毛姆短篇小说选

〔英〕威廉·萨默塞特·毛姆 著
王晋华 译

時代文藝出版社

图书在版编目（CIP）数据

毛姆短篇小说选 /（英）威廉 · 萨默塞特 · 毛姆著；王晋华译.
—长春：时代文艺出版社，2018.6（2022.11重印）

ISBN 978-7-5387-5787-3

Ⅰ.①毛… Ⅱ.①威… ②王… Ⅲ.①短篇小说－小说集－英国－现代 Ⅳ.①I561.45

中国版本图书馆 CIP 数据核字（2018）第062367号

出 品 人　陈　琛
产品总监　郭力家
出版总监　宁德伟　周新桂
策划编辑　赵　盼
责任编辑　付　娜
装帧设计　临风设计
排版制作　芳华时代

毛姆短篇小说选

〔英〕威廉 · 萨默塞特 · 毛姆 著　王晋华 译

出版发行 / 时代文艺出版社
地址 / 长春市福祉大路5788号 龙腾国际大厦A座15层 时代文艺出版社
邮编 / 130118
总编办 / 0431-81629751 发行部 / 0431-81629755
官方微博 / weibo.com / tlapress
印刷 / 北京盛通印刷股份有限公司
开本 / 880mm × 1230mm　1 / 32　字数 / 320千字　印张 / 12.75
版次 / 2018 年 6 月第 1 版　印次 / 2022 年11月第 3 次印刷　定价 / 40.00 元

图书如有印装错误　请寄回印厂调换

目 录

❖

太平洋

太平洋无常且不定地变化着，就像人的情感一样。有时它是灰色的，海水满满地涨起来，犹如离比奇角不远的英吉利海峡；有时它很暴躁，海面上升起喧闹的白色波峰，它很少呈现平静和蓝色，但是蓝色确实显得有些太自负了。无云的天空中，太阳强烈地照射着。信风搅动着你的心绪，让你对未知失去了耐心。滚动的巨浪蔚为壮观，浸满了你身体的每个部位，不留下一丝缝隙。你忘记了已逝去的青春，仅是对生命的躁动和难以抑制的渴望留下美好、情有独钟的记忆。尤利西斯便是在这样的海洋中航行，寻找着幸福岛。

不过，也有的时候，太平洋就像一个大湖，水面平静且光亮。飞鱼是光亮镜面上的一丝黑影，在落回到水中时制造了一个又一个波光粼粼的小喷泉。天边是羊毛状的云朵，日落时这些云朵呈现各种形状，使你不得不相信自己看到了连绵不断的山丘。这是出现在你梦中的乡间的山丘。

于奇妙的大海中，你在不可思议的寂静中航行。不时地有几只海鸥提醒你离陆地已经不远，这陆地就是隐藏在浩瀚大海上的一个被遗忘的小岛；海鸥，这些忧郁的海鸥，是你拥有的唯一可以表明陆地存在的标志。在太平洋，你从不会看到不定期的货轮和它的烟囱冒出的黑烟，也不会看到很气派的小帆船或精巧的纵帆船，甚至不会看到渔船；这是空旷的沙漠，眼前只有让你产生模糊感的虚空。

马金托什

马金托什在海里扑腾了几分钟，海水太浅无法游泳，又因害怕鲨鱼不敢到深水区，他便从海里出来去了公共澡堂。在太平洋又浓又黏的咸水里泡过之后，用清凉的淡水冲个澡会让人身心舒畅。海水太热，尽管刚刚过了早上七点，浸在里面不但不能使人振作，反而叫人更加无精打采。

擦干身体以后，他披上浴巾，冲着中国厨师喊，五分钟后给他准备好早饭。他赤脚穿过一小片坑洼不平的草地——行政官沃克曾自豪地认定那是一块"草坪"，来到自己的宿舍。他很快换好了衣服，因为他仅仅穿上了一件衬衣和一条帆布裤子。接着，他向院子另一侧的餐厅走去。平时是两名男子一起吃饭，中国厨师告诉他，沃克五点就骑马出去了，一小时后才会回来。马金托什没睡好觉，他憎恶地看了看放在面前的番木瓜、鸡蛋和熏肉。

昨晚的蚊子简直令人抓狂，它们在他睡觉的蚊帐周围四处乱飞，数量多得惊人，发出让人战栗的嗡嗡声，仿佛是远处的管风琴发出的无休无止的音符。每当他昏昏欲睡时，就会突然惊醒过来——他相信一定是有一只蚊子钻进了蚊帐。天太热了，他只能赤裸着身子睡觉，但也只是在床上辗转反侧罢了。

暗礁上浪花发出的单调的轰鸣声逐渐变得清晰起来，而平时是听不到的，因为它不曾停歇过，从来都是那么有规律地进行着。但是现在，它的律动却如锤子般敲打着你疲惫的神经。马金托什攥紧了拳头，控制着自己，忍耐着，一想到没有任何东西能阻止那个声音——因为它会永远响下去——就让他无法忍受。这个时候，他的心中会跃起一股疯狂的破坏冲动，简直跟无情残酷的自然之力不相上下，他觉得必须要控制好自己，否则就会疯掉。

现在，他朝窗外的潟湖[①]和象征暗礁的白沫带看去，那儿的壮观景象让他憎恨地战栗起来，而万里碧空犹如一只翻转的碗将它罩了进去。他点上烟斗，翻了翻几天前从阿皮亚[②]运来的一摞奥克兰报纸。最新的报纸也是三周前的，里面的内容都是些极其无聊的东西。

之后他去了办公室。这是一个宽敞、空旷的房间，有两张办公桌和一把靠墙的长椅。长椅上坐着几个土著人，其中有两三名女子。他们小声嘀咕着，在等待行政官回来。马金托什进门时，他们用萨摩亚语向他问候道：

“您好！”

他也问候了他们，然后在办公桌旁坐下，开始写一份报告。这份报告是萨摩亚的总督一直催要的，但沃克平时拖沓惯了，懒得去做。马金托什一边做着笔记，一边恶狠狠地想到，沃克迟迟不写报告，真实的原因是他本人非常无知，对任何笔头工作都极其厌恶。不过，当简洁、有条理、规范的报告最终完成后，他就会把下属的劳动成果据为己有，却不会表达任何谢意，然后带着轻蔑和嘲笑将

① 潟（xì）湖，指海岸带被沙嘴、沙坝或珊瑚分割而与外海相分离的局部海水水域。

② 阿皮亚，萨摩亚独立国（简称萨摩亚）的首府，位于太平洋南部，属热带雨林气候，旅游业是其经济支柱之一。

其发送给自己的上司，一切都好像是他自己的成果——实际上，他一个字都不会写。马金托什还愤然想到，假如他用铅笔添加了什么话，那在表达上一定是幼稚的，在语法上是错误的。而如果自己表示抗议，或者试图把他的意思用一个清楚的短语表达出来，他便会勃然大怒，并叫嚷道：

“我管它什么语法，这就是我要说的话，我就想这么说。”

终于，沃克回来了。他一进门，等候在此的土著人就把他围了起来，希望马上引起他的注意。但是他大发雷霆，叫他们坐下、闭嘴，并吓唬说，如果他们不能保持安静，就把他们轰走，他今天谁都不见。然后他冲马金托什点了点头：

“你好，马克，还是起床啦？真不明白你怎么能把一天最好的时间用在床上。你应该像我一样在黎明前就起来——懒骨头！”

他扑通一声坐进自己的椅子里，拿起一根香蕉擦了擦脸。

“老天，我口渴了。”

他把脸转向站在门口的警察——那可是一个形象别致的人物：上身穿着白衬衣，下身系着印花缠腰布短围裙，即萨摩亚人常系在腰间的缠腰布。他告诉他去倒些卡瓦酒来，装卡瓦酒的酒桶就放在房间墙角的地板上。警察倒了半椰子壳的酒，递给沃克。他往地上洒了几滴酒，对着周围的人嘀咕了几句惯用的话，就津津有味地喝起来。同时，他叫警察去招呼一下在此等候他的土著人，按照年龄和地位，把装有酒水的椰子壳轮流递送到他们手中，然后他们用同样的方式喝掉。

这时，他开始了一天的工作。沃克是个小个子男人，远低于正常人的平均身高，但极为肥胖，有一张肉嘟嘟的大脸盘，脸刮得干干净净，脸颊悬挂在两块巨大的垂肉之上，长着三层宽阔的下巴——总之，他细小的特征都融化在一团肥肉中了。另外，除了脑袋后面残留的一块新月形的白发，他的头顶已经全部秃了，让你联想到那位匹克威克先生。他是个怪诞、滑稽的人，但奇怪的是，他浑身上下又透露着威严。他大号的金边眼镜后面是一双精明、活泼的蓝色眼睛，脸上露出非常坚毅的神情。他六十岁了，但是身上与生俱来的活力战胜了不断增长的年龄。他虽然体型臃肿，动作却利索，走路时迈着沉重、坚定的步子，仿佛要在大地上留下他体重的烙印，说话时声音响亮而粗鲁。

到现在，马金托什被任命为沃克的助手已经两年了。沃克在塔卢亚——萨摩亚群岛中一个较大的岛屿——担任行政官已有二十五年，无论是在人们的口碑还是媒体报道中，他都是整个南太平洋家喻户晓的人物。最初，马金托什怀着强烈的好奇心期待着与他的第一次见面。他因故在阿皮亚逗留了两三周，然后才接受这个职位。在都市酒店和英国夜总会，他听到了关于行政官数不清的传闻，当时引起他极大的兴趣，现在想来却有种讽刺的意味，因为从那时起，沃克本人已为他讲了一百遍。沃克知道自己是个人物，并对自己的名气引以为荣，所以要故意处处表现出来。他小心守护着关于自己的“传说”，人们必须要了解他那些著名故事的精确细节，否则他会感到焦虑，若是哪位陌生人讲错了，他会发怒，让人哭笑不得。

沃克粗鲁的热情对初来乍到的马金托什是有吸引力的，而沃克也乐得拥有一个倾听者。因为在马金托什看来，沃克讲的都是全新的，他便可以尽情地发挥了。他是个好脾气的人，热心而体贴。马金托什原先是名政府官员，在伦敦过着安逸的生活，直到三十四岁那年，他突然得了肺炎，面临着罹患肺结核的危险，不得不尝试来太平洋找份工作。在马金托什看来，沃克长期驻留此地是极其浪漫的一件事，在征服环境的过程中体现出的冒险精神是这个人的典型特征。

十五岁那年，沃克就一个人跑到海上，在一艘运煤船上铲了一年煤。他当时还是个身材不高的小男孩儿，工人和船员都对他很好，但是船长不知何故极其厌恶他，待他很粗暴，经常对他拳脚相向。他经常因为肢体伤痛难以入眠，所以对船长恨之入骨。这时，有人鼓动他参加赛马会，他设法从一个朋友——在贝尔法斯特结识的——那里借了二十五英镑，然后押在了一匹几乎没有胜算的高赔率马匹上。如果输掉了，他是没办法还款的，但他从未想过会输，他觉得自己是个幸运儿。结果那匹马真的赢了，他发现自己一下子拥有了一千英镑的现金。

他的机会终于来了。当运煤船在爱尔兰沿海某地停靠时，他弄清楚了谁是城里最好的律师，然后找到这位律师，说他听说运煤船正在待售，请这位律师代他安排好收购事宜。律师被他的小客户逗乐了——他那时只有十六岁，而且看起来还不到实际年龄；或许是出于同情和受到了感动，律师不但答应帮他安排好收购，还确保让他做一笔好买卖。过了一段时间，沃克就发现自己成了这艘船的主人。他回到船上，接下来——用他自己的话说，他一生中最美妙的时刻出现了——他对船长下令，要他在半小时内离开运煤船。他让大副当了船长，在海上又航行了九个月，最后把船卖了，获利不少。

二十六岁时，沃克以种植园主的身份来到萨摩亚群岛，他是德国占领期间居住在塔卢亚岛的为数不多的白人之一。那时，他对土著人已经有了一些影响力，德国人让他做了行政官，他在这个位子上一坐就是二十年。当岛屿被英国人占领后，他的地位更加稳固了。这一不小的成功是马金托什对他感兴趣的另一个原因。

但是两人迥异的性格使他们不能做到亲密无间。马金托什其貌不扬，动作笨拙，长得又高又瘦，胸部狭窄，肩膀拱起，脸色发黄，脸颊深陷，眼睛大而忧伤。不过他极好阅读，当他的书籍运抵后，沃克来到他的宿舍看了看，然后用嘶哑的嗓音对着马金托什大笑起来。

“你带这些垃圾到这里干什么？”他问。

马金托什的脸变成了深红色，“你觉得它们是垃圾，我很遗憾，我带书来是因为我喜欢看。”

“你说你有很多书在路上，我想可能有些是我想看的，难道没有侦探小说吗？”

“我对侦探小说不感兴趣。”

“那你就是个不可救药的傻瓜。”

“你这么想，我很高兴。”

每趟邮班都给沃克带来一堆期刊类文献，还有新西兰报纸和美国杂志。马金托什根本不屑于去读这类时效性出版物，这令沃克感到恼火。他对马金托什空闲时间看的那些书没有一点儿耐心，他觉得他读吉本的《罗马帝国衰亡史》和伯顿的《忧郁的解剖》，不过是摆摆样子罢了。因为沃克从未学会管住自己的嘴巴，所以在评论起他的助手时，也总是口无遮拦。

马金托什开始审视起这个人的真实面目，在他粗鲁、热诚的外表下面，能看到让人痛恨的粗俗和狡诈。另外，他自视甚高，飞扬跋扈。不过奇怪的是，他的个性中带着一丝戒备，让他不喜欢性情上不能相契合的人。他会幼稚地根据别人说过的话来判断他们，如果话语里没有咒骂，没有下流——他自己说的话里尽是这些东西——他就会满腹狐疑地看着他们。

晚上，两个男人会打打皮克牌[①]。沃克牌技糟糕，却又颇为自负，赢了便扬扬得意，输了就乱发脾气。偶尔会有几个种植园主和商人开车过来打桥牌，在马金托什看来，这个时候沃克的性格更是暴露无遗。他打牌时全然不顾自己的搭档，出牌时吵吵闹闹，跟人

① 皮克牌，一种牌戏，两人用 7 到 A 共 32 张牌对玩的一种纸牌戏。

争论不休，仅是嗓门就足以斩杀对手。另外，他不断地悔牌，每次这么做的时候，他一边讨好对方，一边嘀嘀咕咕：“哦，你不能让一个几乎看不清东西的老人吃亏。”他确信他的对手会认为让他一把也无妨，至于要不要坚持游戏规则，他们都无所谓了。马金托什用冷淡、轻蔑的眼神看着他。

打完牌，大家会抽抽烟斗，喝点儿威士忌。这时，他就开始讲故事了，满腔热忱地讲起他的婚姻——讲他在婚宴上喝得酩酊大醉，结果新娘跑了，从此再也没有见过她。他曾跟这个岛上的女人有过无数次的“奇遇”。尽管都是些老生常谈、污秽不堪的经历，但他讲得豪气十足，妙语连珠，让本来就不屑一顾的马金托什听起来更是觉得不堪入耳，认为这是个缺乏教养、耽于声色的老家伙。而在沃克眼里，马金托什是个可怜虫，因为他竟然不知道分享自己的风流韵事，众人都醉了，只有他一个人还保持着清醒。

沃克看不起马金托什，还因为他在工作中井井有条，马金托什做任何事情都喜欢这样。他的书桌上总是整整齐齐的，报纸都仔细地贴了标签，任何需要的文件都在触手可及的位置，他总是不假思索就能说出他们管理工作中的各种规章制度。

“胡说，胡说，”沃克嚷道，“这个岛我管了二十年了，从来不用那些红带[①]，现在也不需要。”

“一封信让你找上半个小时，这样好吗？”马金托什问。

“你这个官员当得太差劲，不过你人还不错，你在这里待上一两年就好了。你的问题是不喝酒，如果你一星期喝醉一次，就能成为一名不错的官员。”

奇怪的是，沃克完全没有意识到他的下属心中对他的厌恶，而这种厌恶感每个月都在增强。虽然沃克嘲笑他，但也习惯了跟他相

① 红带，指旧时捆扎公文的红带。

处，甚至开始喜欢他了。他在一定程度上能容忍别人的怪癖，所以只是把马金托什当作一个怪人而已。他对他的喜欢或许是下意识的，因为他能跟他逗趣。他的幽默里含有些粗俗的玩笑话，需要一个人做他开玩笑的对象。马金托什为人的认真劲儿、优良的品德以及从不喝醉酒等，都成了他开玩笑的话题，马金托什的苏格兰名字则成为他通常调侃苏格兰这个国家的引子。当两三人聚在一起时，他通常会“牺牲”马金托什一人，逗得大伙哈哈大笑，对此他也尽享其乐。他会跟土著人说起马金托什的可笑之处，而马金托什对萨摩亚的了解还不多，每当沃克在所讲的下流话中提到他，并看到人们在纵声大笑时，马金托什也会开心地笑起来。

“我这个是讲给你听的，马克，”沃克用他粗鲁的大嗓门说，“你能经得起开玩笑。”

“这是玩笑吗？”马金托什微笑着，“我不清楚。”

“苏格兰人①！”沃克如响雷般地大笑着，“只有一个办法能让苏格兰人听懂笑话，那就是外科手术。”

沃克几乎不知道，马金托什最不能容忍的就是戏谑的话。在夜里——在雨季的不眠之夜，他面色阴郁地回想着沃克几天前随口说出的嘲讽话语。他感到生气，心中充满了愤怒，开始想着怎样对这个恶棍进行报复。他曾试着反驳他，但沃克擅长巧辩，话语粗俗，内容直白，毫不掩饰，这就让他占尽了上风。马金托什反应迟钝，使那些精致的攻击性语言变得毫无用处，而沃克良好的自我感觉也让人难以伤害到他，他的大嗓门和雷鸣般的大笑是马金托什无法抵挡的武器。马金托什意识到，最明智的做法就是不要暴露出对他的恨意，他学会了自我控制，但他的愤怒在暗暗地不断增长，乃至让

---

① 苏格兰人，引用自苏格兰农民诗人罗伯特·彭斯（1759—1796）抒发爱国情怀的诗歌《苏格兰人》的标题。

自己愈发偏执起来。

现在，他怀着强烈的戒备心观察着沃克。沃克每一次的卑鄙言行，以及暴露出的幼稚和虚荣、狡诈和粗俗，都让他的自尊心得到抚慰。沃克吃饭时贪婪、肮脏的吃相及发出的难听声音，让他心满意足。另外，他也注意到了沃克说过的蠢话及措辞上的错误。沃克对自己不怎么尊重，等他得知上司对他的评价后，他有一种苦涩的满足感，这也增加了马金托什对这个心胸狭隘、扬扬自得的老头的蔑视。当他知道沃克完全没有意识到自己对他的恨意后，他感到一种特别的快乐。这个人喜欢受人追捧，他是个傻瓜，竟然以为人人都崇拜他。有一次，马金托什无意中听到沃克在谈论自己。

"我把他调教好后就没问题了，"沃克说，"他是条不错的狗，会忠诚于他的主人的。"

马金托什沉默了，那张土黄色的长脸一动不动。接着，他突然大笑起来，笑了很久，笑得很开心。

但是他的怨恨并没有使他变得盲目，相反他十分地清醒。对沃克的才干，他有着精确的判断：他高效地统治着这个小小的王国，人是公正、诚实的。在这里，他有挣钱的机会，但他现在却比最初任职时穷了许多，唯一的养老金是他最终卸任后可以领到的退休金。让他感到自豪的是，在仅有一名助手和一名混血职员的情况下，他对岛屿的管理比乌波卢岛——那里是中心城市阿皮亚的所在地，而且拥有一大群的公务人员——还要好。虽说他也有几名土著警察来维持他的权威，但是他从来没用过他们，他是依靠吓唬和他的爱尔兰式的幽默管理着这里。

"他们非要给我建一座监狱，"他说，"我要监狱有个屁用？我不会把土著人关进监狱的。如果他们犯了错，我知道如何处置他们。"

沃克同阿皮亚的上级机关曾发生过一次争吵，是因为他要求拥有对岛上土著人的完全审判权。也就是说，无论他们犯下怎样的罪行，他都无须将他们押送到相应的法庭。他与乌波卢岛上的政府机构之间往来了几次措辞强硬的公函。他把土著人看作是自己的孩子——就这个粗鄙、低俗、自私的人而言，这是令人诧异的。他热爱这座岛屿，在这里他满怀激情地居住了如此之久。对待土著人，他有一种别样的粗鲁的柔情，这的确非同寻常。

他骑上那匹灰不溜秋的老母马，在岛上四处游逛着，他从未厌倦过这儿的美丽。当他漫步在椰子丛林中芳草萋萋的大道上，优美的景致常常让他驻足观赏起来。偶尔来到一个土著人的村落，他会停下来，酋长给他端来一碗卡瓦酒，看着那些有着高高茅草屋顶的钟形小屋像蜂巢一样排列着，他肥胖的脸上浮现出笑意。不过一会儿，当他的视线停留在一大片碧绿的面包树上时，无尽的喜悦又会流淌在他的心头。

“天哪，跟伊甸园一样。”

有时他会沿着海岸前行，越过树丛，就能瞥见浩瀚的空荡荡的海面，没有一张船帆打破它的孤寂；有时他爬上山丘，一大片土地就会尽收眼底，一个个小村落掩映在高大的丛林当中，就像一个世界王国，他会在那里心醉神迷地坐上一个小时。不过他无法用言辞来表述情感，非要如此，说出的也只是下流的玩笑话，仿佛他的情绪如此地狂暴激烈，乃至于只能诉诸粗野才能消除它的张力。

马金托什淡然、轻蔑地观察着沃克的情绪变化。沃克一向喜欢豪饮。在阿皮亚度过的晚上，看到年龄小他一半的人都醉得趴到了桌子底下，他感到很是得意。他反复无常的情绪跟一般酒徒无异，杂志上读到的故事能让他痛哭流涕，但他也会拒绝借钱给一个认识了二十年、一时陷入困境的商人。他把他的钱包捂得很紧，有一次马金托什对他说：

“没有人会指责你浪费钱财。”

他把这句话看作是一种恭维。他对大自然的热情不过是酒鬼头脑混乱时的一时所感，至于他对土著人所抱有的情感，马金托什也没有一丝一毫的赞同——他爱他们只是因为他处在那个位置上，就像一个自私的人爱着他的一条狗。他的心智跟他们一个水准，他的幽默是淫荡的，说起下流话来从来都是口若悬河，他跟那些人沆瀣一气、臭味相投，他把他们看作是自己的孩子，也掺和在他们所有的事务中。不过，他非常看重他的权威，他用铁腕统治着他们，容不得任何违逆的行为。但是与此同时，他也绝不会让岛上任何一个白人欺负他们。他用猜忌的眼光看着那些传教士，以免他们做出任何他不赞成的事情，如果他不满意他们，他会将他们的生活弄得难以忍受，叫他们最终不得不选择离开——即便他无权调离他们。他对土著人的影响巨大，以至只要他一声令下，他们就会拒绝给传教士出力，或者提供食物。

另外，沃克对商人也绝无偏袒。他要确保土著人不受欺骗，他们付出的辛劳、生产的椰子肉，都能得到合理的回报，商人不可以从所售货物中谋取暴利，对那些他认为有失公允的交易，他会毫不客气。有时商人会到阿皮亚投诉，说他们没有得到公平的对待，而沃克根本不去搭理他们的诽谤和谣言，并会毫不犹豫地对他们加以报复。他们最终发现，要想在岛上安然住下去，甚至苟全性命，就必须接受他的条件。不止一次，令他憎恶的商人的店铺被一把火烧掉了，可并无确切证据表明此事为行政官煽动。一次，一个瑞典裔的混血儿因遭遇火灾破产了，他找到沃克，严厉谴责他的纵火行径，沃克当即大笑起来。

“你这个混蛋，你妈妈是土著人，你还想欺骗他们。你那破房子烧了，那是上帝的判决，一点儿没错——上帝的判决。你滚出去！”

当这个人被两名土著警察推出去时，行政官放声哈哈地大笑。

“上帝的判决！”

现在，马金托什看着沃克开始了一天的工作。他是从给病人看病开始的，因为除了其他活动，他还给自己添加了一份行医的差事，他的办公室后面有一个装满了药品的小房间。一位老人走上前来，他留着平头，头发花白、卷曲，腰间系着缠腰布，身上刺着精美的文身，皮肤如酒囊般皱纹纵横。

“你来干什么？”沃克突然问他。

老人抱怨说，他一吃饭就呕吐，还说他身上这儿疼那儿疼。

“去找传教士，”沃克说，“你知道我只给孩子看病。”

“我去找传教士了，但他们治不好。”

“那回家等死好了，你活这么久了，还想继续活吗？你个蠢货！”

那人满腹牢骚，求他不要这样，但沃克指了指一个抱着生病的孩子的妇女，叫她把孩子抱到办公桌前。他问了她几个问题，然后看了看孩子。

“我给你开点儿药，”他说，然后转身对着混血职员，“到药房拿点儿甘汞片[①]。”

他当场让孩子服了一片，然后把另一片给了孩子的母亲。

“把孩子抱走吧，注意保暖。明天要是死不了就能好一些。”

他在椅子里向后靠了靠，点上了烟斗。

“真是好东西——甘汞片。我用它救活的人比阿皮亚所有医院的医生救活的都多。”

沃克对自己的医术很是自负，同时，武断和无知使他受不了医疗行业的那些人。

“我喜欢的病例，”他说，“是那种所有医生都无法医治而最终放弃的病例。所有的医生都说他们治不好了，我跟他们说：‘来找我。’我给你讲过那名癌症患者吗？”

---

① 甘汞片，可作为杀虫剂或杀菌剂，过去古人曾用它做过泻药。

“经常讲。”马金托什回答。

“我只用了三个月就给他治好了。”

“你从没提过你没治好的那些人。”

沃克结束了这部分工作，开始处理其他事项。事情杂乱得离奇：一名女子跟丈夫关系不够和谐，一名男子抱怨说他的妻子弃他而去。

“你太幸运了，”沃克说，“大部分男人都希望他的妻子也会如此。”

一块几码[①]的土地归属权问题引发了长久而复杂的争执，如何分配刚捕获的一批鱼让一些人吵闹不休，还有一个投诉白人商人的——因为他缺斤短两。沃克认真倾听了每一个诉讼，快速做出裁断，最后给出判决。过后，他就不管不问了，如果有人继续投诉，他就叫警察把他轰出去。马金托什带着抑郁和愤怒，听他审完了所有案件。总体看来，或许可以承认的是正义基本得到了伸张；但是让马金托什恼怒的是，沃克做出的判决依赖的是他自己的直觉，而不是证据。他听不进任何劝说，动辄对证人进行恫吓，如果他们没目击到他所期望的，就被称作“贼”和“说谎者”。

他把坐在角落里的一群人留在了最后，故意对他们视而不见。人群里有一个年老的酋长，高大而尊贵，留着白色的短发，系一件新的缠腰布，上面挂着一个巨大的象征权力的羽毛装饰。另外还有他的儿子和村子里五六个重要人物。沃克曾跟他们有过不和，并动手打过他们，让他们在利益上吃了大亏而毫无办法。由于性格使然，他有意在他们面前强化一下自己的胜利。整个事件想来并不寻常。

沃克对修路情有独钟，当他刚到塔卢亚时，整个岛上只有稀稀疏疏几条小道。过了些时间，他在乡间修筑了若干条大路，把众多

① 码，英美制长度单位，1 码＝0.9144 米。

村落连贯起来，也由此奠定了今日岛上的大部分繁荣景象。以前要把农产品——主要是干椰子肉，运到海边，装上帆船或汽艇运往阿皮亚是不可能的，现在却变得轻松而简单。他的远大目标是修建一条环岛大道，到目前，其中的一部分已经竣工。

“两年后便能完工了，到时候我就是死了或被解雇了，也不会遗憾了。”

修路给他的内心带来快乐，他常常前去视察，确保一切顺利进行。大道宽阔，绿草如茵，穿过灌木丛和种植园。修路不难，但在修筑过程中要把树木连根拔出，掘出或炸掉岩石，如果需要，有时还要凿平路面。让他骄傲的是出现问题时，他利用自己的技术解决了它们，他对自己的处置方式颇感自豪，一是他的方式便捷，二是他最喜爱的岛屿美景都可以尽收眼底。谈起他修建的公路，他几乎变成了一位诗人。

当漫步在那些环境优美的修路现场时，沃克格外留意：哪儿需要将路修直，这样就可以透过挺拔的树丛看到绿色的远景；哪儿需要出现弯道，路况和景色的多样化可以让行人的心灵得到休憩。为了取得想象中的效果，这个外表粗俗的男人展现了无比精妙的创造力，真是令人惊讶。在修路过程中，他采用了日本园丁那样的出神入化的技巧。更加绝妙的是，他只使用了总体工程拨款的一小部分。上一年，在拨给他的一千英镑中，他仅仅用掉了一百镑。

“他们要钱干什么？”他振振有词，“他们只会买些不需要的垃圾，都是那些传教士留下的。”

没有什么特别的原因，或许只是因为节约办公能让他有一种自豪感，也许是有意想使自己的高效管理跟阿皮亚政府的拖沓作风形成对比，他只象征性地付给干活的土著人极少的一点儿工资。正因为如此，他最近跟这个村子之间有了矛盾，现在他们的重要人物都跑来找他了。酋长的儿子在阿皮亚待了一年，他回到村子后告诉村民，在阿皮亚做这样的公共工程，所给的报酬非常高。通过闲暇时的不断鼓动，他激起了他们心中获得财富的欲望，给他们描绘了拥有大笔钱财后的美景，他们想到了威士忌——威士忌价格高昂，因为法律规定不可以卖给土著人，他们不得不花费双倍的价钱去购买——想到了可以存放财宝的巨大檀木箱子，想到了香皂和罐装鲑鱼，想到了那些不惜任何代价都想拥有的奢侈品。所以当行政官派人把土著人找来，告诉他们会支付给他们每人二十英镑，来修一条从他们村庄通往某地的海滨公路时，他们要求给一百英镑的报酬。

酋长的儿子叫麦奴马，是个挺拔英俊的小伙子，古铜色的皮肤，一头毛茸茸的头发染成了红色和绿黄色，脖子上挂着红莓花冠，耳朵后面戴着一朵如火焰般鲜红的花朵，映衬着他褐色的面容。他上身赤裸，但为表明他不再是一个野蛮人——因为他在阿皮亚待过——他没系缠腰布，而是穿着粗布工装裤。他跟土著人说只要他们团结起来，行政官就只能接受他们的条件；他现在决意要修建这条道路，如果发现他们没有开工，就会答应他们提出的薪水要求。有一点很重要：无论他说什么，他们都绝不可以动摇，不能降低要求，既然提出了一百镑就必须坚持。

在他们提出这个数字后，沃克用他低沉的声音大笑起来，笑了很久才停下。他叫他们不要再出洋相了，赶紧开工。那天他心情不错，答应道路竣工后会宴请他们。不过当他发现迟迟不见开工后，就去了村子质问他们在玩什么鬼把戏。麦奴马早已教好了村民一切，他们个个都非常平静，根本不去争辩——跟热衷争论的土著人吵架是件让人气恼的事——他们只是耸了耸肩：不给一百英镑休想让他们干活。这时沃克暴躁起来，本来短粗的脖子又粗了几圈，红脸膛变成了紫色，嘴唇上唾沫四溅，嘴里咒骂个不停。他知道怎样去伤害、羞辱他们，委实让人害怕！一些年老的人已是面色苍白，局促不安，他们开始犹豫了，要不是见过大世面的麦奴马，要不是担心他嘲笑他们，他们早就缴械投降啦。这时，麦奴马站出来说：

“给我们一百英镑，我们马上开工。”

沃克对他挥着拳头，把能想到的所有骂人话都骂了一遍，对他极尽嘲讽之能事，但麦奴马只是安静地坐在那里微笑着——他的微笑可能更多的是装装样子，而不是来自他的信心，但在众人面前他必须如此。他重复着刚才的话：

“给我们一百英镑，我们就开工。”

他们认为沃克会袭击他——他动手打土著人也不是第一次了；他们知道他很有力气，虽然他的年龄是这个年轻人的三倍，又比他矮了六英寸[①]，但人们毫不怀疑麦奴马根本不是他的对手，没人会想到去抵抗行政官的野蛮攻击。但沃克什么也没说，只是轻声地笑了笑。

“我是不会跟一帮傻瓜浪费时间的，”他说，“你们再回去讨论讨论吧，我出的价你们都知道，如果一周内不开工，小心点儿！”

他转身走出了酋长的小屋，解开他的老母马。他跟土著人之间的默契关系还表现在一个细节上：在他上马时，总有一个年长者紧紧抓住右侧的马镫，然后沃克顺势踩上一块大石头，抬起笨重的身体，坐到马鞍上。

就在同一个晚上，沃克习惯性地沿着房子旁的一条大道散步，突然听到什么东西嗖的一声从耳畔飞了过去，然后砰地击在一棵树上。有人向他扔东西！他本能地躲到一边，大声问：“谁？”然后他向投掷物飞来的方向跑去，听到一个人穿过灌木丛逃跑了。他知道天黑了没法追赶，而且他很快就气喘吁吁了，于是停下来回到大道上。他四下里看了看，没找到投掷物。天全黑了，他赶紧回了家，喊来了马金托什和中国厨师。

① 英寸，英美制长度单位，1 英寸＝2.54 厘米。

“有个坏蛋向我投掷东西，跟我去看看他扔的是什么。”

他叫厨师带上一盏灯笼，然后三人去到那里。他们在周围搜寻了一阵，可一无所获。突然，厨师尖叫起来，他们都转过身，看到他正举着灯笼站在那儿，灯光驱散了四周的黑暗，一把长长的刀子插在一棵椰子树的树干上，发出邪恶的光。投掷的力气很大，费了很大劲儿才把它拔出来。

“天哪，如果击中了我，我的样子一定会很漂亮！”

沃克拿过刀子，这是一把水手刀仿制品，原刀是一百年前第一批白人登岛时带来的，可用来切割椰子——把椰子从中间一分为二，然后晒干椰子肉。这是一把异常锋利的武器，刀刃有十二英寸长。沃克轻声笑了起来。

“浑蛋，无耻！”

他认为肇事者是麦奴马无疑，他距离死亡只有三英寸之遥！但他没有生气，相反兴致很高，这次历险让他感到兴奋。回到屋里叫人拿上酒来，他笑呵呵地搓着双手说：

“我要让他们付出代价。”

他的小眼睛闪烁着，肚子吃得饱饱的像只雄火鸡，半小时之内把事件的每个细节跟马金托什讲了两遍。然后他要马金托什跟他一起玩儿皮克牌，玩的中间又把他的打算吹嘘了一番，马金托什双唇紧闭，只是听着。

“不过，你为什么要这么折磨他们呢？”他终于问道，“这么大的工程，二十英镑真是太少了。”

“无论我给多少钱，他们都要好好感激我。”

“算了吧，又不是你自己的钱，政府拨给你那么多的钱，就是全花出去，上面也不会有怨言。”

“阿皮亚的那帮人就是一群混蛋。”

马金托什看明白了，沃克一切的动机不过是满足自己的虚荣心罢了。他耸了耸肩。

“为了蔑视阿皮亚的那些家伙，以你的生命为代价，不值得。”

“放心吧，他们伤害不了我，这些人！他们没我不行，他们崇拜我。麦奴马是个傻小子，他扔那把刀子只是想吓唬我。”

第二天，沃克又骑马去了那个叫马塔图的村子。他没下马，直接去了酋长家。到达后，看到一群人正团坐着，交谈着什么，他猜他们又在讨论修路的事。萨摩亚人的小屋是这样建造的：把几根较细的树干围成一圈儿，固定在地上，彼此相隔五到六英尺[①]，圆圈中心竖起一根较高的树干，然后向周围搭起向下倾斜的茅草屋顶。晚上或下雨时四周可以拉下椰子树叶编成的活动百叶窗。通常，小屋四面都是开放的，这样微风就可以自由地穿堂而过。

沃克来到小屋边，大声冲酋长喊道：

“喂，坦嘎图，你儿子昨天晚上把刀子留在一棵树上了，我给你带来了。”

他把刀子扔在了那圈人中间的地上，然后低声笑着缓步离开了。

星期一，他出去查看有没有开工，但没有任何开工的迹象。他骑马穿过村子，村民们正忙着各自的活计：有些在用露兜树叶编织草席，一位老人在做一个卡瓦酒碗，孩子们在玩耍，妇女们忙着家务。沃克嘴唇上微笑了一下，朝酋长家走去。

“你好。”酋长说。

“你好。”沃克回答。

麦奴马正在织网，嘴唇上叼着一支香烟，他抬头看了看沃克，脸上带着胜利的微笑。

“你们决定不修路了吗？”

---

① 英尺，英美制长度单位，1 英尺＝0.3048 米。

酋长回答：

“不修，除非你给我们一百英镑。”

“你会后悔的。”他转向麦奴马，“还有你，小伙子，如果你长大后，觉得后背疼痛难忍，我是不会感到奇怪的。”

他笑着离开了，这让那些土著人感到茫然和不安，他们对这个居心叵测的肥胖老头感到恐惧。传教士对他的咒骂，还有麦奴马在阿皮亚学会的讥讽，都不能让他们忘记他的邪恶和狡诈，没有哪个人公然反抗他而最终不倒霉的。

他们在二十四小时内就明白了他的计划，因为第二天早上，一大群人——男女老少都有——进了村子。带头的一个人说他们跟沃克谈好了修路价钱，他给他们出二十英镑，他们答应了。现在他的狡黠之处暴露无遗：原来波利尼西亚人有礼貌待客的规定，其效力等同于法律，其中一种礼节必须要绝对执行，就是村民要为来村子里的陌生人无偿提供住宿，提供食物和饮料，而且他们想住多久就住多久。如此一来，马塔图的村民无计可施了。

每天早上，工人们笑嘻嘻地成群结队出去，砍树，炸掉岩石，这儿那儿地凿齐路面；傍晚，他们步行回来，开始连吃带喝，等酒足饭饱了再去跳舞、唱赞美歌，过得非常开心。对他们来说，这跟一场野餐郊游无异，但随后不久，主人的脸便越拉越长。陌生人的胃口极好，在他们的大吃大喝面前，芭蕉和面包果很快就被吃了个精光，鳄梨树的果子运到阿皮亚后可以卖很多钱，但现在树上已被摘得一个不剩——破坏行为就在他们眼皮底下发生着。这时，他们又发现这群陌生人的工作进度非常缓慢，他们是否得到了沃克的暗示，要他们尽可能地磨洋工？按照他们目前的进展速度，等路修好了，村子里连食物渣滓都没了。

更为糟糕的是，他们现在已成了别人眼中的笑话——他们中有人到较远的村子跑差事，结果他们发现还没到达那里，这件事已经传过去了，等待他们的尽是嘲弄和讥笑。土著人最不能忍受的就是别人的嘲笑。时隔不久，这些“受害人”开始愤愤地嘀咕起来，麦奴马不再是一个英雄，一些难听的话都冲着他来了，他不得不忍受着。

一天，沃克暗示的那句话真的发生了：一场激烈的争辩演变成了争吵，五六个年轻人袭击了酋长的儿子，把他痛揍了一顿，让他在露兜树叶垫子上躺了一周，到处都是瘀青和伤口。他在垫子上翻来覆去，不得安宁。每隔一两天，行政官就骑上他的老母马，去视察道路的施工情况。把被打倒的敌人奚落一番，这种诱惑他抵御不了，他不失时机地给这些深感羞辱的马塔图村民心里揉进更多的痛楚，直接摧毁了他们的精神。

一天早上，他们把自尊放进了口袋——这是一个比喻，因为他们根本没有口袋——然后跟陌生人一起去修路了。如果他们想把食物节省下来的话，必须尽快把路修好，全村人都出动了。不过干活时，他们是沉默的，心中满是愤怒和屈辱，甚至孩子们也一声不吭地埋头干着。妇女们一边搬运着成捆的树枝，一边悄悄地流着泪。

当沃克看到这些时，他放声大笑起来，差点儿从马鞍上滚落下来。消息迅速传开，岛上的人几乎要乐死了。这是一个最了不起的笑话——那个狡黠的白人老头取得了最辉煌的胜利，没有任何土著人能够在智慧上战胜他。人们拖家带口从遥远的村庄赶来，就是为了看看这些愚蠢的人——他们拒绝了二十英镑的报酬，到头来却免费为人干活。不过他们干得越辛苦，客人们就越轻松。既然不花钱就能吃到不错的食物，为何还要那么匆忙呢？再说，他们干得越久，这个笑话不就越有趣吗？

最后，可怜的村民再也受不了了，今天早上他们来找行政官沃克，请求他把那些陌生人打发回去。如果他愿意这样做，他们就承诺把剩下的路修好，而不要一分钱。对他而言，这是一个完全彻底的胜利——他们就这样被击垮了。他那张滑溜溜的大脸上掠过一丝傲慢和自负，人坐在椅子里似乎膨胀起来，就像一个巨大的牛蛙，他阴险骄横的样子，让马金托什恶心得发抖。这时，他用低沉的声音说：

“修这条路是为了我自己的利益吗？你们认为我从中能得到什么好处？是为了你们！这样你们就可以走得舒坦，就能把干椰子肉方便地运走。你们干活我来出钱，尽管活儿是给你们自己干的，我出的钱已经够多了。现在你们必须偿付这笔钱，如果你们能把剩下的路修完，我可以把马奴亚的村民打发回去，但是我付给他们的二十英镑必须由你们来付。”

有人大声抗议，他们试图据理力争，告诉他说他们没有这笔钱，但不管说什么，他都报以无情的嘲笑，这时铃响了。

“该吃饭了，”他说，“把他们赶出去。”

他从椅子里猛地站起来，然后走出了房间。马金托什跟着进了餐厅，发现他已坐在桌边，脖子上系着一块餐巾，手里拿着刀叉，等中国厨师把饭端上来。他看上去非常兴奋。

“我把他们全击垮了，”马金托什坐下时，他说道，“今后修路就没有太多问题了。”

“我想你是在跟他们开玩笑吧。”马金托什冷冷地说道。

“你这话什么意思？”

“你不会真让他们付二十英镑吧？”

“当然是真的。”

“我不清楚你有什么权力这样做。”

“不清楚吗？我想，在这个岛上，我有权力做任何事。”

“你不觉得在这一点上，你有点儿欺人太甚了吗？”

沃克哈哈大笑起来。马金托什怎么想，他并不在意。

“我想听你的意见时，会找你的。”

马金托什的脸变得煞白，以往痛苦的经验告诉他，除了沉默他别无他法。他尽力克制着，结果弄得自己恶心、晕眩起来。面前的饭是吃不进去了，他憎恶地看着沃克把一块块肉胡乱地塞进自己的大嘴里——瞧那副肮脏的吃相，跟他同桌吃饭必须要有一个强大的胃口才行。马金托什浑身颤抖着，心里突然有了要羞辱一下这个残忍的粗人的念头，如果能让他遭受到侮辱，遭受到他给别人带来的一切，他什么都愿意做——他从来没这么憎恨过这个恶霸。

这一天在慢慢地过去，午饭后，马金托什想睡上一觉，但心中的愤怒让他无法入睡；他想读点儿东西，但文字在他眼前漂浮起来。太阳炽热地照射着，他渴望下雨，不过他知道雨水也不会带来清凉，只能让空气变得更加闷热和潮湿。他是个土生土长的阿伯丁[①]人，他的心突然向往起那个城市的花岗岩街道上拂过的阵阵凉风。在这里，他是个牢犯，不仅被那片温热的大海囚禁，还被那个可怕的老头囚禁着。他感到头疼，用手按着前额——他真想把他杀掉。不过他还是强打精神，想做点儿什么事来分散一下注意力。既然读不进去，他觉得可以把私人文件整理一下，这是他一直想要做的，但总是一推再推。

他打开书桌抽屉，拿起一小摞信件；这时，他看到了自己的那把左轮手枪，突然有了要杀掉自己的冲动，这样就可以逃脱让人无法忍受的禁锢了，但念头转瞬即逝。他注意到由于空气潮湿，手枪已稍稍生锈了，他拿出油布开始擦拭起来。就在这时，他突然注意到有人从门口悄悄地走了进来。他抬起头喊道：

“是谁？”

沉寂了片刻后，那人露面了——是麦奴马。

“你要干什么？”

---

① 阿伯丁，英国苏格兰地区的主要城市之一。

酋长的儿子面色沉郁地站了一会儿，待他开口时，声音有些哽咽。

“我们付不起二十英镑，我们没钱。”

“我能怎么办？”马金托什说，“沃克先生的话你都听到了。”

麦奴马开始哀求起来，话语里夹杂着萨摩亚语和英语，声音如唱歌般起伏不定，带着颤抖的调子，令马金托什感到恶心——此人竟让自己卑躬屈膝到这种地步，真是个可怜虫！马金托什不由得恼怒起来。

“我什么忙也帮不上，”马金托什气愤地说，“你知道，沃克先生是这里的主人。”

麦奴马再一次沉默了，仍站在门口一动不动。

“我觉得不舒服，”他终于说道，“给我拿点儿药吧。”

“你怎么啦？”

“我不知道，就是不舒服，身上感到疼痛。”

“不要站那儿，”马金托什厉声喊道，“过来让我看看。”

麦奴马走进了小屋里，站到办公桌前。

“我这里，还有这里疼。”

他把手放在腰部，脸上露出痛苦的表情。马金托什突然注意到男孩儿的视线停留在了左轮手枪上——刚才麦奴马出现在过道上时，他把枪放在了办公桌上。两人都没说话，马金托什觉得他们俩之间的沉默持续了很长时间，他似乎读懂了这个土著人的心思，心不由得狂跳起来。就在这时，他感觉自己仿佛被什么控制住了，身体丝毫动弹不得，行动完全受到外来意志的驱使，对他来说，那是一种陌生的力量。他嗓子发干，机械地把手放在喉咙上，好让他说话更容易些。不过，他的这一切都避开了麦奴马的视线。

“就在这里等着，”马金托什说，他的声音好像被谁捏住了气管，“我到药房给你拿点儿药。”

他站了起来，稍微趔趄了一下——这是错觉吗？麦奴马站着没有说话。尽管目光转移开了，马金托什仍然知道他正茫然地看向窗外。马金托什感觉自己仿佛被另外一个人控制了，并把他自己赶出了房间。出于本能，他拿出了一小摞乱糟糟的报纸盖在左轮手枪上，以免他人看到。他走到药房，拿了一个药丸，朝一个小瓶子里倒了些蓝色饮剂，然后出门走到院子里。他不想再回到屋子里，所以冲麦奴马喊道：

“过来。”

他把药递给他，并告诉他怎样服药。他不知道自己为何不敢直视这个土著人，在跟他说话时，他的视线落在了他的肩膀上。麦奴马服了药，悄悄出去了。

马金托什去了餐厅，翻了翻旧报纸，但根本读不进去。整座房子很安静，沃克在楼上自己的卧室里睡着了，中国厨师在厨房里忙着，两个警察在外面钓鱼。四周静得让人觉得怪异，马金托什的脑子里萦绕着一个问题：那把左轮手枪是否还在原处，他没勇气去看。这种“不确定性”让人害怕，但“确定性”会让人更加恐惧，他全身都被汗水浸透了。

最后，寂静让他再也无法忍受，他决定到一英里外一个叫杰维斯的商人家里去。他是一个混血儿，但身上的那部分白人血统已使他成为可交谈的对象。马金托什想逃离自己的房子——那里的办公桌上胡乱堆着一些脏兮兮的报纸，报纸下面有什么东西，也许没有了什么东西。他沿路走着，路过一个酋长的漂亮房子时，有人大声向他问好。最后，他来到了商人店里，柜台后面坐着商人的女儿——一个皮肤黝黑、五官分得很开的女孩儿，穿着一件粉红色的衬衫和白色的粗斜纹布料短裙。杰维斯希望马金托什能娶她，他自己有的是钱，他跟马金托什说他女儿的丈夫也应该会是个有钱人。看到马金托什后，女孩儿的脸上泛起了红晕。

“父亲正在卸今天早上到的一批货，我去告诉他您来了。”

他坐下来，女孩儿到商店后面去了。过了一会儿，她的母亲——一个身躯庞大的老妇人晃悠悠地走了进来。她是一位女酋长，名下拥有大量土地，她向马金托什伸出了手。她的极度肥胖让人不悦，但她设法成功地给人留下高贵的印象，热情但不谄媚，待人亲切而又顾及到了自己酋长的身份。

“你真是客气得很呀，马金托什先生。特丽莎今天早上还说：‘唉，我们这么久了还没有见到马金托什先生。’”

想到成为这个土著老太太的女婿，让他哆嗦了一下，这个女人一向以铁腕御夫闻名——尽管她的丈夫有着白人血统。她就是权威，就是管事的头领。在白人眼里，她或许只是杰维斯太太，但她的父亲曾是王族中的酋长，而她的祖父和曾祖父都是当年的国王。杰维斯进来了，站在高大的妻子身边，他看起来是那样瘦小。他的皮肤颜色较深，一把黑胡须已变得花白，穿着帆布工装裤，眼睛好看，牙齿闪亮。这是个典型的英国人，话语中充斥着俚俗用语，但你能感觉到他讲的英语带着异国腔调，跟家人他是讲土著话的。他是个过于顺从的人，低声下气，附和逢迎。

“啊，马金托什先生，真是惊喜啊！特丽莎，端威士忌来，马金托什先生要跟我喝一杯。”

他把阿皮亚最近的新闻全讲了一遍，同时对着客人的眼睛观察了一会儿，以便知道什么话题更受欢迎。

“沃克先生怎么样？最近没见到他，我太太想在这周某一天送他一头乳猪。”

“今天早上我看到他骑马回家了。”特丽莎说。

“敬你一杯！”杰维斯端起威士忌。

马金托什跟他喝起来。两位女士都坐在那里看着他。杰维斯夫人穿着黑色长罩衫，温和而矜持，特丽莎每次捕捉到他的目光都急切地微笑着；而杰维斯呢，正在跟马金托什讲着一些让人不会无聊的小道消息。

“阿皮亚有人说沃克该退休了，他已不再年轻。自他上岛以后，岛上的情况已发生了很大的改变，但他并没有随着情况的变化而改变。”

“他做得太过火，”年老的女酋长说，“土著人并不满意。”

“关于那条路真是好笑，”这位商人笑道，“我在阿皮亚跟他们提起时，人们都笑破了肚皮。好个老沃克！”

马金托什不悦地看了他一眼，他这样子称呼沃克是什么意思？作为一名混血商人，他应该称他为“沃克先生”。对于他的无礼，马金托什严厉谴责的话差点儿脱口而出，不过，不知为何最终没有说出口。

“他退休后，我希望你能接替他的工作，马金托什先生，”杰维斯说，“这个岛上的人都喜欢你，你能理解土著人。他们现在都接受过教育，不应该像过去那样对待他们了。现在是时候需要一位有教养的人来做行政官了。沃克不过是一名商人，跟我一样。”

特丽莎的眼睛闪烁着光芒。

“到时候如果有人捣乱，你尽管放心，由我来处理，我将带着所有的酋长去阿皮亚请愿。”

马金托什心里感到极其烦乱，他从未想过如果沃克出现了什么意外，由他自己去继任。在这个位置上，的确没人比他更熟悉这个岛屿了。他突然站起来，没说告别的话就往回走。他径直进了自己的房间，赶紧看了看办公桌，翻开了报纸。

左轮手枪没有了。

他的心脏猛烈地撞击着肋骨，他到处寻找——椅子里、抽屉里——拼命地寻找，但从一开始他就知道不可能找到了。突然，他听到了沃克粗哑、爽朗的声音。

“你到底在忙什么，马克？”

他吓了一跳，沃克正站在门口。他本能地转过身，想把桌上的东西藏起来。

“在搞清理？”沃克问道，“我跟你说过了，把没用的东西直接扔掉。我要去塔浮尼洗澡，你最好跟我一起去。”

“好的。”马金托什说。

只要他跟沃克在一起，就不会发生什么事。他们要去的地方在大约三英里之外，那里有一个淡水池塘，被一道狭窄的岩石屏障同大海隔开了。这是行政官叫人炸开岩石建成的，供土著人洗澡之用。这样的池塘在岛屿四周建有多个，只要有泉水就行。跟黏稠温热的海水相比，池塘里的水清凉爽快得多。

他们沿着寂静的青草大道前行，跋涉过海水入侵后形成的浅滩，经过两个土著人村落——村子里钟形的小屋彼此相隔遥远，村中央有座白色的小教堂。到了第三个村子，他们下了马车，拴好马，向池塘走去。跟他们同去的还有四五个女孩儿和十几个小孩子。很快，池子里就水花四溅起来，喧哗声、笑声响成一片。沃克系着缠腰布，像一只笨拙的海豚来回游着，跟女孩们讲着下流笑话。她们钻到他身下游来游去，当他试图抓住她们时，她们蜿蜒着游走了，大家玩得兴高采烈。游累了，他就躺在一块岩石上，女孩们和小孩子围在他身边，像一个其乐融融的大家庭。这个肥胖的老头——瞧他那新月形的白发、闪亮的秃顶，宛如一尊年老的海神，马金托什一度从他的眼睛里看到一种别样的慈祥。

“他们都是我的孩子，”他说，“他们把我当作父亲。”

话还没说完，他转过身来对着一个女孩儿说了句粗鄙的话，惹得她们全都哈哈大笑起来。马金托什开始穿衣服了，他的细胳膊细腿使他的身材看上去很可笑，活像那个不幸的堂吉诃德。沃克开始讲起关于他的粗俗笑话来，又引得她们放声大笑。马金托什使劲地拽着衬衣，他知道自己很可笑，但他憎恨被人嘲笑，他一声不响地站在那里，怒视着沃克。

“如果你想及时赶回去吃晚饭，就赶紧走吧。”

“你是个不错的小伙子，马克，不过你是个傻瓜。你做一件事时还总想着另一件，我们活着是不应该这样子的。”

尽管如此，他还是慢慢地站起身，穿上衣服，然后不紧不慢地走回村子，跟酋长一起喝了碗卡瓦酒，所有的村民都高兴地前来告别，然后他们坐上马车回家了。

晚饭后，沃克习惯性地点上一支雪茄，准备出去散步。马金托什突然感到一阵恐惧。

“现在天都黑了，还一个人出去散步，你不觉得这很不明智吗？”

沃克用他的蓝色圆眼睛凝视着他。

“你到底什么意思？”

“别忘了前几天那把刀，你惹恼了那些人。”

“呸！他们不敢。”

“原先有人敢过。”

“那只是吓唬人罢了，他们不会伤害我的，他们把我看作他们的父亲，他们知道无论我怎么做都是为了他们好。”

马金托什望着他，心里充满轻蔑，这个人的自负激怒了他，但还有什么——他自己也说不清楚。马金托什继续说道：

“记着今天早上发生的事，今晚待在家里对你有好处，我可以跟你玩儿皮克牌。”

“我回来再跟你玩，能让我改变计划的土著人还没出生呢。”

“那我最好跟你一块去。”

“你就留在家里吧。”

马金托什耸了耸肩膀，所有提醒的话他都跟这个人说了，如果他不加注意，那就是他自己的事了。沃克戴上帽子走了出去，马金托什开始阅读，不过他脑子里却在想着别的事情：或许他应好好考虑考虑下一步该怎么办了。他走到厨房，找了个借口跟厨师聊了一会儿，然后搬出留声机，放上一张唱片。机器咯吱咯吱地发出忧伤的旋律，那是伦敦音乐厅的一首滑稽歌曲，不过他竖起耳朵等待着黑夜里远处传来另一个声音。唱片就在他旁边响着，乐声尖利，歌词刺耳，但他似乎被一种神秘的静谧笼罩着。他听到碎浪拍击在礁石上发出的沉闷的轰鸣声，听到微风吹过高处的椰子树时树叶发出的沙沙声。还要等多久呢？太可怕了。

一阵嘶哑的笑声突然传来。

“奇迹永远都不会停止，你自己不怎么爱听音乐的，马克。”

沃克站在窗边，面色红润，粗鲁而兴奋。

“你瞧我多精神，活蹦乱跳的，你放音乐干什么？”

沃克走了进来。

“情绪不好，呃？放首歌让自己振作一下？”

“给你放安魂曲。”

“到底是什么鬼东西？”

“‘喝苦啤酒的傻子’。”

“这是很好听的一首歌，听多少遍我都不介意。现在打皮克牌吧，我要把你的钱都赢光。”

他们开始打牌。沃克出手霸道，凯歌高奏。他恫吓、揶揄、斥责对手，对对手的错误冷嘲热讽，对对手的诡计洞若观火，最后胜利了，他便大呼小叫，得意忘形。马金托什不久就恢复了冷静，他似乎能够置身事外、漠然地观察这个不可一世的老头子了，这让他获得了一种超然的快乐——就在某个地方，麦奴马正静静地等待着属于他的机会。

沃克连战连胜，最后结束时，他心情大好地把收益装进了口袋。

“要想赢我，你还得再长大一点儿，马克。事实上，我在打牌方面是有天赋的。”

“分牌时我碰巧分给你十四张‘爱司’，我不知道这跟天赋有啥关系。”

“好牌手，牌也好，”沃克反击道，“换了你的牌我照样赢。”

接下来，他开始长篇大论地讲述自己跟那些臭名昭著的赌棍们打牌的经历——那时的他，在他们的错愕当中，把所有的钱席卷而去。当然，他是在吹牛，在自我标榜，马金托什专注地听着，不过他现在不想再压抑自己的怒火了，沃克说的每句话，每个动作，都叫他觉得可憎。最后，沃克站了起来。

“哦，我要睡觉了，”他打了个响亮的呵欠说，“明天有很多要处理的事。”

“有什么事？”

“我要到岛的另一头去，凌晨五点就出发，我不希望回来时错过了吃完饭的时间。”他们平时是晚上七点吃饭。

“那晚饭改成七点半吧。”

“我想可以的。”

马金托什看着他把烟斗里的灰敲出来。这个人保持着原始的活力，生命力旺盛，想到死亡正盘旋在他的头顶上，真让人觉得不可思议。

马金托什冷峻、忧郁的眼睛里掠过一丝淡淡的笑意。

“要我跟你一起去吗？”

“老天，你跟我去干什么？我是坐马车，能拉我一个人就不错了，三十多英里的路，可不想再拉上你了。”

“或许你还不太明白马塔图的村民是怎么想的，我觉得我跟你一起去，你会更安全些。”

沃克爆发出一阵轻蔑的笑声。

“做剪报时你才有大用，我最不擅长的就是紧张兮兮的。”

笑意从马金托什的眼睛扩展到嘴唇，变得痛苦和扭曲。

“上帝要想毁灭谁，首先使其失去理智。”① 马金托什说。

“你究竟在说什么？”沃克问。

“拉丁语。”马金托什一边往外走一边回答。

现在他微微地笑了，情绪也变了——他已做了力所能及的一切，其余的就交给命运吧。晚上他睡得很安稳，几周来都没睡得这么香甜。第二天早上醒来后，他就出去了。一夜酣睡让他觉得身心舒坦，空气清新。大海愈加湛蓝，天空更为明亮，远远好过大多数的日子。信风阵阵，令人神清气爽，微风轻拂，潟湖上波光粼粼，宛如没刷好的天鹅绒。他觉得自己更强壮、更年轻了，热情洋溢地开始了一天的工作。

午餐后，他睡了一觉。黄昏时分，他给自己的枣红母马装上马鞍，骑上去，慢悠悠地穿过了丛林。他仿佛要用全新的目光去把一切看个遍——他终于觉得正常多了，最不寻常的是，他现在可以把沃克完全置于脑后不管，就好像他从来没存在过一样。

他回来得很晚，一路骑马让他身上发热，于是又洗了个澡。然后，他坐在阳台上抽起了烟斗，看着湖面上天光正渐渐褪去——夕阳中的潟湖上，蔷薇色、紫色和绿色相互交映，异常美丽。他觉得自己跟这个世界的关系又变得融洽起来。厨师出来跟他说，晚饭已经做好，要不要再等一等。马金托什友好地看着他笑了，他看了看表。

“七点半了，最好不要等了，长官何时回来说不准。”

厨师点点头。过了一会儿，马金托什看到他端着一碗热气腾腾

① 原文为拉丁语“Quem deus vult perdere prius dementat”。

的汤穿过了院子。他懒洋洋地起身，到餐厅吃饭。那件事发生了吗？“不确定性”真的很有意思，马金托什默默地轻笑了起来。今天的食物似乎不像平时那样寡淡无味，即便仍是汉堡、牛排——厨师想不出新花样时必然会做的一道菜——味道也神奇般地变得香喷喷了。

晚饭后，他懒散地走到阳台拿了本书，他喜欢这种纯粹的宁静。现在，夜幕已经降临，星星在空中闪烁。他喊了一声，叫人送一盏灯过来。过了一会儿，中国厨师赤着脚啪踏啪踏地过来了，一束灯光刺破了四周的黑暗。他把灯放在办公桌上，然后悄无声息地走出了房间。马金托什站在那里，突然，他的双脚像被钉在了地板上——在那堆杂乱的报纸中间，他看到了他的左轮手枪。他的心脏剧烈地跳动起来，全身大汗淋漓。一切已经结束了。

他用颤抖的手拿起枪，四个弹膛已经空了。他停顿了一会儿，满腹狐疑地看着外面的夜色，但是那里没有任何人。他迅速把四颗子弹塞进弹膛，然后把枪锁进抽屉里。

他坐下来，等待着。

一小时过去了，又一小时过去了，什么事都没有发生。他坐在办公桌旁，似乎在写什么东西，但既没写也没读，而只是听着。他竖着耳朵搜寻着一个从远处传来的声音，但听到的是踌躇犹豫的脚步声，他知道那是中国厨师发出的声音。

“阿松。”他叫道。

厨师来到门口。

“长官这么晚还没回来，”他说，“晚饭都没法吃了。”

马金托什凝视着他，不清楚他是否知道已经发生的事情；如果知道的话，那是否了解他跟沃克以前的关系？他开始工作起来，一声不响地微笑着，一切都有条不紊——谁能读懂他的心事？

“我希望他在路上吃过了，但不管怎样还是要把汤温着。”

这句话刚出口，寂静突然被一阵混乱的喊叫声和匆忙的赤脚跑步声打破了。一群土著人冲进了房子，有男有女，还有孩子。他们围在马金托什周围叽叽喳喳说开了，但说的话让人无法听懂。他们激动、恐惧，有几个人已经哭了起来。马金托什从他们中间挤过去，走到门口。他虽然几乎听不懂他们在说什么，但他非常明白，一定是发生了什么事情。等他走到大门口时，马车已经到了。一个土著人牵着老母马，马车里蹲着两个人，他们正试图把沃克扶起来，一小群土著人围在马车周围。

母马被牵进了院子，土著人一窝蜂似的都跟了进来，马金托什大声喊着叫他们后退，两个警察——老天知道他们突然从哪里钻出来的——把他们狠狠推到一边。此时，他才明白了是怎么回事：一些打鱼回来的少年在路上看到了这辆马车，当时它正停在浅滩朝着村子的这一侧，母马在草丛里擦着鼻子。他们在黑暗中看到这个老人庞大的白色身躯夹在座位和挡泥板之间。他们开始只以为他喝醉了，所以都笑嘻嘻地探头进去看，不过听到他在呻吟，这时他们意识到是出事了，就跑到村里叫人。他们返回时跟来了五十多个人，这才发现沃克中枪了。

马金托什突然惊恐地想到他是否已经死了。无论如何，第一件事就是把他从车里抬出来，但是因为沃克过于肥胖，用了四个壮汉才把他抬起来，他们晃动了一下，他发出低沉的呻吟声——他还活着。最后，他们把他抬进屋子，上了楼梯，放在床上。这时，马金托什能够看清他了，刚才在院子里只有五六盏防风灯，一切都模糊不清。沃克的白色工装裤和缠腰布上染满了鲜血，抬他进屋的人手上也沾满了血。

马金托什举起灯，他没料到沃克的脸色会如此苍白，眼睛紧闭着，仍有呼吸，但脉搏微弱，仅仅能够摸得到。显而易见，他就要死了。马金托什没想到自己会如此震惊和恐惧，感觉全身都要抽搐起来。他看到那个土著职员也在，便用嘶哑、惊恐的声音告诉他到药房取来所有的皮下注射用具和药品。其中一名警察拿来了威士忌，马金托什给沃克嘴里灌了一口。

房间里挤满了土著人，他们坐在地板上一言不发，显得紧张和不安，不时有人大声哭起来。天气非常炎热，但马金托什却感觉全身发冷，手脚冰凉，他拼命抑制着四肢的颤抖。他不知道该怎么去做，不知道沃克是否还在流血——假如还流的话，他该如何止血？

职员把注射针头拿来了。

“你给他注射吧，”马金托什说，“对这类东西你比我熟。”

他现在头痛欲裂，里面仿佛有各种小野人在相互厮杀，并试图挣脱。他观察着注射的效果。不久，沃克缓缓睁开了眼睛，他似乎不知道自己身在何处。

“保持安静，”马金托什说，“你在家里，很安全。”

沃克的嘴角露出似有似无的笑容。

“他们得手了。”他发出低低的声音。

“我叫杰维斯马上派人乘摩托艇去阿皮亚，明天下午我们就能请来医生。”

停顿了很久，沃克才开口。

“到那时我就死了。”

一丝恐慌闪过马金托什苍白的面孔，他强作欢颜道：

“别瞎说！保持安静，你不会有事的。”

“给我喝一口，”沃克说，“度数高一点儿的。”

马金托什双手颤抖着，往玻璃杯里倒入各一半的威士忌和水，然后端着让沃克贪婪地喝了下去。酒似乎让他恢复了精神，他长长地叹了口气，宽大肥厚的脸上出现了一片红晕。马金托什现在完全不知道该如何做了，他站在那里，盯着沃克。

“你告诉我怎么做，我就去做。”他说道。

“什么都不用，让我独自待一会儿，我太累了。”

这个肥胖、浮肿的老头躺在大床上，面无血色，虚弱不堪，看上去极其可怜，令人心碎。他躺在那里，但头脑似乎变得清醒起来。

“你是对的，马克，”他不久说道，“你警告过我。”

“我真希望当时我跟你在一起。”

“你是个好小伙，马克，只是你不喝酒。”

他又长时间不说话了。情况显然愈加不妙，现在出现了内出血，马金托什虽然不懂，但仍看出留给沃克的时间只有一两个小时了。他一动不动地站在床边，在大约半个小时的时间里，沃克一直闭着眼睛；然后，他缓缓睁开了眼。

“他们会让你接替我的工作，”他缓缓地说，“上次在阿皮亚，我跟他们说了你很不错。把我的路修好，我希望能够修完——环岛大道。”

“我不想接替你的工作，你会没事的。”

沃克无力地摇了摇头。

“我的日子到了。好好地对待他们，这很重要。他们都是孩子——你一定要记住这一点。对他们，你一定要严格，但必须要做到善良、公正。我从来没在他们身上赚过钱。二十年了，我都没攒下一百英镑。修路是件大事，要把它修完。”

马金托什差点儿啜泣起来。

“你是个好小伙，马克，我一直很喜欢你。”

他闭上了眼睛，马金托什觉得它们再也不会睁开了。他觉得嘴唇非常干燥，必须要喝点儿东西。中国厨师默默地给他搬来一把椅子，他坐在床边等着，不知过去了多久——长夜漫漫，没有尽头。

突然，坐着地上的一个人像个孩子一样，控制不住自己大声地哭起来。马金托什这才注意到，此时屋里已挤满了土著人，他们都席地而坐，盯着床上。

“这些人在此干什么？”马金托什问，“他们没有资格，把他们赶走，赶走，全赶走。”

他的话似乎唤醒了沃克，他又睁开了眼睛，但一切都变得模糊了。他想说话，但身体过于虚弱，马金托什不得不俯下身子来听清他讲的话。

“让他们留下吧，他们是我的孩子，应该留在这里。”

马金托什转向土著人。

“留下吧，他希望你们在这里，不过要保持安静。”

沃克苍白的脸上浮起一丝笑意。

“靠近点儿。”他说。

马金托什弯下身子，沃克的眼睛紧闭着，说的话就像吹过椰子树树叶的一阵微风。

“给我再喝一口，我有话要说。”

这一次，马金托什给他喝的是没有稀释的威士忌，沃克攒足了最后的力气说出他的遗嘱。

“这件事不要大惊小怪。九五年[①]就发生过意外，有白人被杀，结果调来了舰队，毁坏了一些村庄，很多无辜的人被杀。阿皮亚的那些人都是该死的傻瓜。如果他们小题大做的话，就会冤枉好人，我不想让任何人遭到惩罚。”

他停下来休息了一会儿。

“就说这是个意外，任何人都不需要承担责任，答应我你能做到。”

“你说什么我都去做。”马金托什小声说。

“好小伙，最好的小伙。他们都是孩子，我就是他们的父亲，父亲是不会让孩子惹上麻烦的——如果他能够做到的话。”

---

① 指 1895 年。

他从喉咙里发出一阵低低的笑声，笑声极其怪异和吓人。

“你虔诚地信教，马克。宽恕他们怎么样？你知道怎么做。”

一时间马金托什不知道如何回答，他的嘴唇颤抖着。

“宽恕他们，因为他们不了解自己的行为？”

“对，宽恕他们。我爱他们，你知道的，一直爱着。”

他叹了口气，嘴唇轻轻翕动着。马金托什的耳朵靠得更近了，以便能听到他的话。

“抓住我的手。”他说。

马金托什发出一声叹息，心里如同刀割。他抓起老人的一只手，放到自己手里——他的手如此地冰冷、虚弱、粗糙。他就这样坐着，一直坐着，突然屋里的寂静被一阵长久的咳嗽声打破，声音如此可怕和怪异，他差点儿吓得从椅子里跳起来——沃克死了。土著人开始号啕大哭，他们捶打着胸口，泪水从脸颊上流下来。

马金托什把自己的手从沃克的手里抽出来，像一个睡意蒙眬的醉汉，晃晃悠悠地走出了房间。

他回到办公桌前，从锁着的抽屉里拿出左轮手枪，走向海边的潟湖。他走得非常小心，以免被脚下的珊瑚礁绊倒，直到湖水浸到他的腋下，这时，他把一颗子弹射进了自己的脑袋。

一小时后，五六条细长的白鲨在他倒下的地方争抢着，溅起一朵朵浪花。

爱德华·巴纳尔德的堕落

贝特曼·亨特睡得很不好。从塔希提[1]到旧金山两个星期的航程中，他一直在考虑该如何讲述这个他回去后不得不讲的故事。在从旧金山到芝加哥三天火车的旅程中，他又反复推敲着讲述这个故事时该用的一词一句。现在，过不了几个小时就要到达芝加哥了，他却又开始忧心忡忡。

他那永远敏感的内心正感到忐忑不安。他不敢肯定自己是否已经尽了最大的努力。按道理说，他有责任比现在做得更好，可实际情况是，在这件与自身利益息息相关的事情上，他竟可笑地让自己的利益占了上风，每当想到这里，他就感到一阵不安。自我牺牲精神对他有一种难以想象的诱惑，以致这一趟未能让自己做出任何牺牲的差事竟使他产生了一种幻灭感。他就像一位慈善家，毫无私心地想要为穷人建造规范化住宅，到头来竟发现自己做了一笔获利颇丰的投资生意。一方面，他抑制不住自己内心的得意之情——撒到水里的粮食[2]居然获得一成的报酬；但是另一方面，他的一桩美德

① 塔希提，位于南太平洋中部，首府帕皮提，法属波利尼西亚的一部分。

② 见《旧约·传道书》："将你的粮食撒在水面，因为日久必能得着。"

黯然失色，这又让他觉得心里很不是滋味。

贝特曼·亨特知道自己内心清白，但他又没有把握，担心他把这个故事讲给伊莎贝尔·朗斯塔夫听时，自己是否足够坚强，能经得住她冷峻的灰色眼睛的审视。她那双眼睛深邃而冷静。她为人明察秋毫，总是以自己的正直作为衡量别人的标准，对于不符合她严苛准则的行为，就用冷漠和沉默来表示不满，再没有比这种谴责更厉害的了。她的判断毫无回旋余地，一旦下定决心就绝不更改。可是话说回来，贝特曼就喜欢这样的她。他不仅爱慕她外表的美——身材苗条，亭亭玉立，神情冷傲——更倾慕她内在的美。在贝特曼眼里，她的诚实、她的一丝不苟的荣誉感和她的无所畏惧的精神，似乎把美国女性最令人钦羡的美德都聚集到了一起。

不过，他在她身上看到的优点却比这还要多。他觉得从某个方面来讲，她的优雅源自她独特的生活环境，他相信世界上除了芝加哥之外，再没有哪个城市能够造就出她这样的女性。想到他将会不得不严重地伤害到她的自尊心时，他就不由得被一阵痛苦攫住，可是一想到爱德华·巴纳尔德，他内心又蹿起一股无名的怒火。

终于，火车匡次匡次地驶进芝加哥，看到一条条长街上的灰色建筑，他心中欢欣雀跃起来。他脑海里浮现出斯泰特和沃巴什大街上熙熙攘攘的行人、川流不息的车辆，以及街道上的喧闹声，恨不得一下子也能置身其中。到家啦。他非常高兴自己能出生在这个美国最重要的城市。旧金山有些鄙俗，纽约已经衰败，美国的未来全依靠经济发展潜能，只有芝加哥，由于它的重要地位和其公民的品德，注定将成为这个国家真正的首都。

“我想我一定能活到那么一天，亲眼见证它成为世界上最大的城市。”贝特曼迈步走上站台时自言自语道。

父亲到车站来接他。亲切地握手之后，父子俩——两人身材颀长、体形匀称，都长着一副禁欲主义者的面容和薄薄的嘴唇——走出了车站。亨特先生的车正等着他们，他们坐了进去。亨特先生一眼就注意到儿子看向街景时快乐和自豪的眼神。

“回家高兴吧，孩子？”父亲问。

“高兴。”贝特曼说。

他的目光贪婪地注视着街头繁忙的景象。

“我想，这里车水马龙的景象，南海群岛不会有吧？”亨特先生笑着说，“你喜欢那里吗？”

“我还是更喜欢芝加哥。”贝特曼回答。

“你没把爱德华·巴纳尔德一起带回来。”

“没有。”

“他怎么样？”

贝特曼半晌儿没说话，他英俊、敏感的面容暗了下来。

“还是别谈他了，爸爸。”他最后说。

“没什么，我的孩子。我想，你妈今天要高兴死了。”

他们行车穿过路普区拥挤的街道，沿着湖滨路一直驶到一栋富丽堂皇的房子前。这是亨特先生几年前亲手盖的，式样同伫立在法国卢瓦尔河[①]畔的大别墅一模一样。贝特曼一回到自己的房间，就马上拨通了一个电话号码。听到话筒里传来对方的声音时，他的心怦怦直跳。

“早上好，伊莎贝尔。”他高兴地说。

“早上好，贝特曼。”

“你怎么听出是我的声音？”

“从上次听到你的声音到现在，可没过多久啊。再说，我一直在等你的消息呢。”

“我什么时候能和你见面？”

---

① 卢瓦尔河，位于法国中西部，是法国最长的河流，全长 1015 公里。

“你要是没有什么别的事，今天晚上来我家一起吃饭吧。”

“你很清楚我不可能有比见你更重要的事。”

“我想，你一定带回了不少消息吧？”

他觉得他从她的声音里已经听出，她好像预感到了什么。

“是的。”他回答。

“那好吧，今天晚上你一定要讲给我听。再见。”

她挂断了电话。这正是她的性格——居然能够等那么多没必要再等的时间，只为去了解一件与她休戚相关的事。在贝特曼看来，她的克制蕴含着一股让人敬佩的坚韧不拔的精神。

晚饭时，除了贝特曼和伊莎贝尔之外，只有她的父母。他注意到她有意把话题引向礼貌性的闲谈，这给他一种印象：一位侯爵夫人即将走向断头台，尽管知道时日不多，也正是像伊莎贝尔这样以游戏的态度处理着当天的事务。她娇美的面庞，具有贵族气质的上唇，浓密的金色头发，的确能使人联想到一位侯爵夫人。显而易见，她血管里流淌着芝加哥最高贵的血液，尽管人们并没有公开讨论过这件事。

餐厅和她娇柔美丽的外表相得益彰，因为是伊莎贝尔本人让一位英国专家把这栋房子——一所威尼斯大运河畔的豪华宫殿的复制品——仿照路易十五时期风格进行布置。这位风流君主的优雅装饰风格增添了她的妩媚多姿，同时她的美丽又赋予房屋装修以深长的意味。伊莎贝尔学识渊博，无论与她的谈话多么随意，也从不显得肤浅。她这时正在谈她和她母亲下午参加的一场音乐会，一位英国诗人在芝加哥大礼堂的演讲，政治形势，以及她父亲最近以五万美元的高价在纽约购买的一位中世纪大师的名画。这样的谈话使贝特曼的心情非常舒畅。他感觉自己重新回到了文明世界，回到了文化中心和贵族之中。他不安的心绪和心中一直无法抑制的烦乱终于平静下来。

“谢天谢地，我又回到芝加哥了。”他说。

晚饭结束。大家走出餐厅，这时伊莎贝尔对她母亲说：

“我要带贝特曼去我的房间。我们有很多事要聊。”

“好吧，亲爱的，”朗斯塔夫太太说，“你们聊完了，可以到杜·巴里夫人的房间来找我和你爸爸。”

伊莎贝尔领着这位年轻人上了楼，走进一间曾给他留下许多美好回忆的房间。虽然他对这间屋子已经非常熟悉了，但是一走进去，还是忍不住像以往一样的欣喜和感叹。她微笑着回过头来看了他一眼。

“我觉得房间布置得还不错，”她说，“重要的是所有东西都要合规矩，就连一个烟灰缸也一定得是那一时期的不可。”

“我想这间屋子之所以显得这么美妙，也正是因为这一点。无论你做什么，总是能做得那么完美。”

他们坐在燃烧着炭火的壁炉前面，伊莎贝尔用她沉着冷静的灰色眸子注视着贝特曼。

“说说，你有什么要讲给我听的？”她问。

“我真不知道从哪儿说起。”

“爱德华·巴纳尔德会回来吗？”

“不会。”

沉寂了好一会儿，贝特曼才又开口讲话，而他说的每句话都是经过深思熟虑的。他的故事难以启齿，有很多细节是伊莎贝尔难以接受的，他实在不忍心把这些事讲出来。但是另一方面，无论是对她还是对自己，他又绝不能说任何违心的话，他必须把真实情况和盘托出。

事情要从很久之前说起。那时，他和爱德华·巴纳尔德都还在读大学，在一场为伊莎贝尔·朗斯塔夫进入社交圈而举办的茶会上，他们俩同时见到了她。早在少年时代，他们就认识伊莎贝尔，那时他们还都是细胳膊细腿的小男孩儿。后来她去欧洲待了两年，在那里完成了她的学业。能同这位刚刚回国的可爱姑娘重逢，他们俩真是惊喜万分。他们两个人都没头没脑地爱上了她。但是贝特曼很快便看出，她的心里只有爱德华一个人。为了忠实于自己的好友，贝特曼退居到知己的位置上。他经历了很长一段痛苦的日子，可他无法否认，爱德华理应被好运青睐。他不想让自己珍贵的友情蒙受任何损伤，于是分外小心地把自己对伊莎贝尔的感情掩藏起来。

六个月后，这年轻的一对订了婚，但是他俩年纪都还小，伊莎贝尔的父亲决定，至少要等爱德华毕业才让他们结婚。他们只好等上一年。贝特曼清楚地记得他们婚期前的那个冬天——冬天一过他们就举行婚礼——接连不断的舞会、戏剧会和非正式的欢宴。在所有聚会中，贝特曼作为第三方，几乎没有缺席过一次。他对伊莎贝尔的爱并未因为她即将成为自己朋友的妻子而有所减少。她的笑容，她偶然对他说的一句开心话，她把他当作知己的倾诉，永远给他一种说不出来的愉悦之情。他暗自庆幸，他对两人的幸福并没有心存任何嫉妒。

就在这个时候，一件出乎意料的事情发生了。一家大型银行倒闭，交易所掀起一场风波，爱德华·巴纳尔德的父亲破产了。一天晚上，他回到家中，告诉妻子，他已经不名一文。晚饭后，他走进书房，开枪自杀了。

一个星期以后，面色苍白、疲惫不堪的爱德华·巴纳尔德来到伊莎贝尔面前，请求她解除他们的婚约。她唯一的回答是用两臂环住他的脖子，泪流满面。

“别让我更难过了，亲爱的。”他说。

“你觉得我现在会让你离开我吗？我爱你。”

“我怎么还能请求你嫁给我呢？什么希望都没有了。你父亲绝对不会同意的。我连一个铜板都没有了。”

“我不在乎。我爱你。”

他把自己的计划告诉她。他必须马上出去赚钱。他家的一位老朋友——乔治·布伦施密特愿意在自己的公司里为他提供一个职位。布伦施密特在南海经商，在太平洋的很多岛屿上都设有办事处。他建议爱德华先到塔希提岛去，在那里先干上一两年，在当地他最能干的经理手下学会经营不同货品的窍门，之后他可以在芝加哥为他提供一个职位。这是个千载难逢的机会，当他把这一切说清楚以后，伊莎贝尔又重新露出了笑容。

“你这个傻瓜，为什么不早说，故意让我难过呢？”

她的话使他脸上泛上一层光彩，眼睛也亮了起来。

“伊莎贝尔，你的意思是你会等着我吗？”

“你不觉得你值得让我等吗？”她笑着说。

“噢，你就别笑话我了。我请你认真考虑一下。可能要等上两年呢。”

“别担心。我爱你，爱德华。你一回来，我就和你结婚。”

爱德华的雇主是个办事干净利索的人，他告诉爱德华，如果愿意接受他的安排，一个星期之内就必须离开旧金山启程远航。爱德华和伊莎贝尔一起度过了离别前的最后一夜。一直到吃过晚饭，朗斯塔夫先生才提出他要和爱德华说几句话，把他领到了吸烟室。事先，朗斯塔夫先生已经同意女儿转告给他的这一决定，并没有表示出任何不满，爱德华想象不出他还有什么要紧的事要同他谈。看到朗斯塔夫先生神情有些尴尬，爱德华自己也非常困惑。朗斯塔夫先生说话有些支支吾吾，开始时只是谈论一些无关重要的琐事，最后才把憋在心里的话说出来。

“我想你大概听说过阿诺德·杰克逊吧？”他说，皱着眉头扫了爱德华一眼。

爱德华犹豫了一会儿。他诚实的性格使他不得不承认一件他讳莫如深的事。

“是的，听说过。不过那是很久以前的事了。我也没太在意这件事。”

“住在芝加哥的人很少有不知道阿诺德·杰克逊的，”朗斯塔夫尖刻地说，“就是有人不知道，也不难找到乐于谈论这个故事的人。你知道他是朗斯塔夫太太的兄弟吗？”

“是的，我知道。”

“当然，我们已经和他多年没有联系过了。他一找到脱身的机会就马上就离开了美国，我想美国也没有因为失去他而有什么遗憾的。据我们了解，他现在就在塔希提岛。我劝你到那儿以后，别跟他接近。但是你如果听到有关他的消息，朗斯塔夫太太和我还是很愿意你能把知道的情况告诉我们。”

“那是一定的。”

“我就想和你说这些。我想你一定更愿意回到女士们那边去的。”

几乎随便哪个家庭都有一两个这样的成员，如果邻居不提起的话，他们是很乐意把他忘掉的。随着一两代新人的出生和成长，此人的怪诞行为会笼罩上一层浪漫的色彩，这时，家人们的日子就好过多了。但是如果这个人一直活着，而他的怪诞行为不是用一句“他心眼不坏，就是同自己过不去”的话便能宽恕过去的话，或者用“这个罪人没有干过什么大坏事，只不过爱喝酒或者拈花惹草”这么一句无关痛痒的话就能敷衍过去的话，那么，唯一的办法就是对此人闭口不谈。

朗斯塔夫一家人对阿诺德·杰克逊采取的就是这个对策。他们从来不提他。甚至他过去住过的那条街，他们也从不涉足。他们心肠慈善，不忍心看到杰克逊的妻儿为他做过的错事受罪，多年来一直在经济上扶持着他们，前提是他们一定要住在欧洲。他们做了一切力所能及的事，尽量把阿诺德·杰克逊从所有人的记忆中抹掉。但是他们心里却非常明白，大家对这个人记忆犹新，就像他的丑闻最初暴露时一样。

阿诺德·杰克逊是个十足的害群之马，只要哪个家庭出了这么个人，全家就都要跟着倒霉。一个阔绰的银行家，一个教会里人尽皆知的虔诚教徒，一个慈善家，一个受人尊重的人物，这些成就不只是由于他的社会关系（他的血管里流淌着芝加哥名门贵族的血液），而且也因为他本人诚实的品格。但是就是这么一个人，却突然因为欺诈罪被逮捕了。审判揭露出他的不法行为并不是那种可以解释为因一念之差而误入歧途，而是精心策划、蓄谋已久的罪行。总而言之，阿诺德·杰克逊是个十足的恶棍。当他被判七年有期徒刑之后，几乎所有人都说这太便宜他了。

在这对情侣即将分别的最后一个晚上，两人少不了海誓山盟一番。伊莎贝尔虽然泪眼盈盈，但是她相信爱德华对自己一片深情，心中不免有了些许宽慰。她的心情非常复杂：一方面，因为分离在即，伤心至极；一方面，又因为爱德华对自己的痴心，感到幸福。

这已是两年多以前的事了。

分别以后，每趟邮班爱德华总会寄信给伊莎贝尔。因为每个月只走一批邮件，所以她总共只有二十四封信。这些书信同任何一封情书没有什么差别，充满亲昵、迷人的词句，有时幽默风趣，特别是后来，更是通篇情意缠绵。最初从信中可以看出，他很思念故乡，一再表示他想回到芝加哥，回到伊莎贝尔身边。伊莎贝尔有些担忧，急忙回信请他一定要坚持下去。她害怕他会放弃这次良机，贸然跑回来。她不希望她的爱人缺乏毅力，她引用了诗句劝诫他：

“如果我不更爱荣誉，

就不能这么一往情深地爱你。”①

但是没过多久，他似乎就习惯了。伊莎贝尔发现他的热情越来越高，一心想把美国的工作方式介绍到那个被大家遗忘的角落，她为此感到非常高兴。但是她是了解他的，到了一年年底——这是他必须在塔希提岛停留的最短期限——她预想到自己不得不想方设法劝阻他回来。如果他能够彻底熟悉了他的业务，情况就大不一样了。再说，既然他们已经等了一年，她想不出有什么理由不能再等一年。她同贝特曼·亨特谈论过这件事，贝特曼一直是最热心的朋友（在爱德华走后最初那段日子里，如果没有他，她真不知道该怎么度过），他们讨论的结果是，一切都应以爱德华的前途为重。随着时间的推移，爱德华不再提及回国的事了，这使她大大地松了一口气。

“他简直是块美玉，对吗？”她对着贝特曼赞美道。

“洁白无瑕。”

“从他来信的字里行间可以看出来，他很不喜欢那个地方，但他还是忍受下来了，这是因为……”

她脸上泛起一层淡淡的红晕，贝特曼十分庄重地笑了一下——这是他非常迷人的一种表情——接过她的话：

“因为他爱你。”

“这让我觉得自己配不上他。”她说。

“你很好，伊莎贝尔，你真的很出色了。”

第二年也过去了，伊莎贝尔仍然每个月都收到爱德华的一封来信，但是不久她就发现事情有些蹊跷，他对回国的事竟闭口不谈了。看他的来信，反倒仿佛他已在塔希提岛定居下来了。更甚的是，

① 出自理查德·洛夫莱斯（1618—1658）的诗《致卢卡斯塔》。

给人的感觉是他不但定居了，而且竟然安居乐业了。她感到有些吃惊。之后，她又把他的全部来信，反复重读了几遍。这次她着实迷惑不解了：她注意到了信中的字里行间有一种变化，以前她竟忽略了。后来的几封信虽然充满柔情蜜意和欢快情调，这方面同最初的来信没有什么两样，但是语气却大不相同了。她对这些信里的幽默词句隐隐约约有些怀疑。出于女性的本能，她对信中那些叫她捉摸不透的东西感到疑虑重重，她发觉信中颇有一些使她困惑不解的轻佻和浮躁。她不敢确定，现在给他写信的爱德华还是不是她以前熟悉的那个爱德华了。一天下午，刚好是从塔希提岛来的邮班到达的第二天，她和贝特曼驾驶汽车走在路上，他对她说：

“爱德华没告诉你他什么时候启程回国吗？”

“没有，他没提这个。我想也许他同你谈过这件事。”

“只字未提。”

“你知道爱德华是怎样的人，”她笑着答道，“他是没有时间概念的。下次写信，你如果想起的话，不妨问问他准备什么时候回来。”

她说话的语调是那么随意，只有贝特曼这般敏锐的心灵才能感觉到她所提出的是一个多么急切的请求。他莞尔一笑。

“好的，我问问他。真不知道他在想什么。”

几天以后，再次同贝特曼见面的时候，她注意到他好像有了什么心事。自从爱德华离开芝加哥以后，他俩经常在一起。两个人都十分惦念爱德华，只要有一个人想谈谈这位不在身边的老朋友，另一个人一定是热心的听众。因此，伊莎贝尔了解贝特曼脸上的任何一种表情，他想否认也没有用，她敏锐的天性一眼就把他看穿了。她心里有一个声音告诉她，贝特曼心烦意乱的神色与爱德华有关，直到她逼着他承认这一点，她才稍微平静下来。

“情况是这样的，”他终于松口，“我间接听人说，爱德华已经不在布伦施密特公司工作了。昨天我趁机问了布伦施密特先生本人。”

"是吗？"

"爱德华离开他们公司差不多快一年了。"

"真不知道是怎么回事。他居然连一个字也没提过。"贝特曼沉吟了一会儿，但是他已经说了这么多，只好把余下的也和盘托出。这使他感到非常为难。

"他是被解雇的。"

"天哪，这是为什么？"

"好像他们早就对他提出过一两次警告，最后只能让他离开。他们说他既懒惰又不称职。"

"爱德华吗？"

有那么一会儿，两人谁也没再开口。后来他看到伊莎贝尔在掉眼泪。他本能地握住她的手。

"噢，亲爱的，别这样，你别哭，"他说，"我受不了你哭。"

她心慌意乱，一直没把手抽回来。他想方设法安慰她。

"简直不可理喻，是不是？爱德华不可能是这样的。我想这肯定是个误会。"

她什么也没说，过了一会儿，才吞吞吐吐地开了口。

"他后来写的那些信，你看没看出有些奇怪？"她问道，头扭向一边，眼睛里闪着晶莹的泪珠。

他真不知道如何回答才好。

"我从信里也看出他变了，"他坦白道，"他好像把以前我非常敬佩的那般严肃认真的劲儿给丢了。简直让你觉得，一切对他——好像都无所谓了。"

伊莎贝尔没有回答。不知什么原因，她神色非常不安。

"可能下次他给你写回信的时候，会告诉你什么时候回国。我们除了等待没有别的办法。"

爱德华又给两人分别寄来一封信，信里仍然没提到回国的事。

但是他写信的时候，可能还没收到贝特曼那封询问的信。下一封信也许会对这个问题有个答复。下一班邮班到了，贝特曼把他刚收到的信带给伊莎贝尔，但是用不着读信，只要看一眼他的不安，她就全明白了。她仔细地把信读了一遍，抿紧了嘴唇，又重新读了起来。

“太奇怪了，”她说，“我看不太明白。”

“别人会以为他是在和我开玩笑。”贝特曼说，脸唰地一下涨红了。

“读起来会给人这样的印象，可他一定不是故意这么写的。这太不像爱德华的风格。”

“他根本没说回国的事。”

“要不是我对他的感情一点儿也不怀疑，我会想……我不知道我会怎么想。”

直到此时此刻，贝特曼才把他下午在脑子里酝酿的计划讲出来。他现在是他父亲公司的合股人，公司生产各式各样装配内燃机的车辆。他们准备在檀香山、悉尼、惠灵顿等地设立经销处，贝特曼自告奋勇愿意代替去往这些地区的经理亲自走一趟。从惠灵顿回来的途中，塔希提岛是必经之路。他可以去看看爱德华。

“事情有些蹊跷，我打算弄清楚，现在只有去一趟塔希提了。”

“噢，贝特曼，你真是太好了，心地太善良了。”她惊呼道。

“你知道的，对我而言，世上没有什么比你的幸福更重要了，伊莎贝尔。”

她注视着他，把双手伸向了他。

“你太好了，贝特曼。世界上像你这样的人真是太少了。我怎么才能报答你呢？”

“我不要你的感谢。我只要你允许我帮助你。”

她垂下了眼皮，脸上泛起一层淡淡的红晕。她和他太熟悉了，已经忘记他是多么英俊了。他和爱德华一样身材高大，体形匀称；

他皮肤黝黑，面无血色，而爱德华却面色红润。她当然知道他很爱她。她心里很感动，对他有一种爱怜的感情。

现在，贝特曼•亨特正是从这一趟旅行中刚刚回来。

公事占用的时间比他预期的要长一些，他有更多时间思考两位朋友的事。他得出的结论是，爱德华不想回来绝不会是因为什么大不了的事，说不定就是一种骄傲心理，立志要在出人头地以后，再要求他心仪的女孩儿跟自己结婚；但他必须用说理的方法叫他摈弃这种骄傲。伊莎贝尔情绪低落。爱德华一定要同自己一起回到芝加哥，马上同她结婚。他可以在亨特内燃机和汽车公司给爱德华找个工作。虽然内心在隐隐作痛，但当贝特曼想到自己做出这样的牺牲是在为他最爱的两位朋友争取幸福时，又不禁有些自豪。他这一辈子都不会结婚。等爱德华和伊莎贝尔有了孩子，他就当孩子的教父。多年以后，等两人都去世以后，他会告诉伊莎贝尔的女儿，在很久、很久以前他曾如何爱过她的母亲。贝特曼脑海里幻想着这样一副场景，眼睛渐渐地被泪水模糊了。

为了给爱德华一个惊喜，他出发前并没有给他发电报。在塔希提岛上岸以后，他跟着一个自称是鲜花旅馆老板儿子的年轻人，向这家旅馆走去。一想到他的朋友看到自己——一个最意想不到的客人——走进办公室时那种目瞪口呆的样子，他不由地笑出声来。

“顺便问一下，”他一边走一边问那个年轻人，“你能告诉我，在什么地方能找到爱德华•巴纳尔德先生吗？”

“巴纳尔德？”年轻人说，“这个名字我好像听说过。”

“一个美国人。浅棕色的头发，蓝眼睛。他来这儿已经两年多了。”

“当然啦。我知道你说的是谁了。你是指杰克逊先生的侄子。”

“谁的侄子？”

“阿诺德•杰克逊先生的侄子。”

“我想咱俩说的不是一个人。”贝特曼冷冷地回答。

他吓了一跳。太奇怪了，这位声名狼藉的阿诺德·杰克逊在这里居然还沿用他被判刑时的那个不光彩的名字。但是这个以他的侄子身份出现的人又是谁呢？贝特曼一点儿也捉摸不透。阿诺德只有朗斯塔夫太太一个妹妹，并没有兄弟啊。走在贝特曼旁边的年轻人操着一口流利的英语，但听起来还是掺杂着一些外国腔调。贝特曼瞟了他一眼，发现他身上有许多自己一开始没有注意到的土著血统的特征。虽然不是有意为之，贝特曼的态度却立刻变得矜持起来。

他们走进旅馆。贝特曼把房间安顿好，就叫人告诉他去布伦施密特公司的路线。这家公司的办事处在海岸边，面朝与大海相连的咸水湖。八天的海上行程过后，贝特曼非常高兴又踏上坚实的土地，他在洒满阳光的马路上悠闲地向湖滨走去。找到他要寻找的地址以后，他把一张名片递了进去。他被领着穿过一间高大的谷仓似的建筑（这间房子兼作仓库和店面），走进经理的办公室，办公室里坐着一位大腹便便、戴着眼镜的秃顶男人。

“您能告诉我在哪儿可以找到爱德华·巴纳尔德先生吗？我知道他在你们这儿工作过一段时间。”

“你是找他呀。我可不知道他现在在什么地方。”

“可是我知道他来这儿工作是经过布伦施密特先生特别介绍的。我和布伦施密特先生很熟。”

这个胖男人用精明而怀疑的眼神看向贝特曼。冲着在仓库里干活的那些男孩子中的一个喊道：

“我说，亨利，你知道巴纳尔德现在在哪儿吗？”

“他大概在卡梅伦商店干活吧。”那个人回答说，并没有走出来。

胖男人点了点头。

“你出门向左拐，走三分钟左右的路就到卡梅伦商店了。”

贝特曼犹豫了一下。

“我觉得我应该告诉你，爱德华·巴纳尔德是我最要好的朋友。听说他离开了布伦施密特公司，我感到非常吃惊。”

那个胖男人把眼睛眯成了一条缝，死死地盯着贝特曼。贝特曼被他看得很不自在，甚至觉得脸都有些发烫了。

“我猜布伦施密特公司和爱德华·巴纳尔德在某些问题上，一定没能达成一致意见。”他回答说。

贝特曼不太喜欢那家伙的态度，于是站起身来，保持着自己应有的体面，说了两句抱歉打扰的客套话就告辞了。离开这个地方时，他有一种奇怪的感觉：刚才见到的胖男人有不少事可以告诉他，只是不想说罢了。

他按照那人指点的方向，没走多远便找到了卡梅伦商店。这是一家杂货店，和他一路上经过的六七家小店铺没有什么差别。走进商店，他看到的第一个人就是爱德华。爱德华连外套都没穿，只穿着一件衬衫，正在量一块棉布。贝特曼看到他正在做这样一份卑微的工作，不由得大吃了一惊。这时，爱德华恰好抬起头来，看到他，惊喜地喊了起来。

“贝特曼！真没想到你会来到这儿！”

他从柜台后面伸出胳膊，紧紧握住贝特曼的手。他的神色坦然自若，反而是贝特曼感到有些尴尬。

“等一下，我这就把这块布包好。”

他非常老练地剪开手里的一块棉布，折起来包好，递给一个皮肤黝黑的顾客。

“请到前台付钱吧。”

他的眼睛闪闪发亮，满面笑容地转向贝特曼。

“你怎么到这地方来了？哎呀，见到你真的太高兴了。快坐下，老朋友，别拘束。”

“我们不能在这儿谈话。到我住的旅馆去吧。我想你应该能走得开吧？”

最后一句话他问得有几分顾虑。

“当然走得开。在塔希提岛做买卖，不需要那么多规矩的。”他朝对面柜台后面的一位中国人喊道：“阿林，老板来时，告诉他我有一个朋友刚从美国来，我出去和他喝一杯。”

“好的。”中国人满脸笑容地说。

爱德华穿了一件外套，戴上帽子，跟着贝特曼走出铺子。贝特曼想把他要办的正经事用轻松、诙谐的语调讲出来。

“没想到你在这儿做这个工作，给一个脏兮兮的黑人扯三码半烂布头儿。”他笑着说。

“你知道，布伦施密特把我辞了。我觉得不管做什么都一样。”

爱德华的坦诚让贝特曼非常吃惊，但是他觉得自己还是应该慎重一些，暂时不追问这个话题为妙。

“我想你现在这个工作是发不了财的。”他说，语气有些干巴巴的。

“我也这么觉得。可是我挣的钱喂饱肚子还是绰绰有余的，我倒也知足了。”

“两年前的你可不是这样的。”

“人总是越活越聪明嘛。”爱德华回答，心情显然十分开心。

贝特曼瞟了他一眼。爱德华穿着一身寒酸的白帆布衣服，一点儿也不干净，头上戴的是当地制作的草帽。他比以前消瘦多了，皮肤晒得黝黑，但比以前任何时候都显得更洒脱了。可是他的表情里却有一种说不出来的劲儿，这让贝特曼心里觉得很不安。他走起路来带着一股贝特曼从没见过的兴致勃勃的劲头，他的举止也很洒脱。他仿佛因为什么事——说不上到底是为了什么——非常的高兴。对他的这种表现，虽说贝特曼没有什么可指责的，心里却不免感到疑惑不解。

“真不知道他为什么这么得意扬扬。”他暗自问自己。

他们回到旅馆，在阳台上坐定。一位中国侍者给他们拿来了鸡尾酒。爱德华迫不及待地想知道芝加哥方面的新闻，急切地问了一大堆问题。他表现出的兴趣真挚而自然。奇怪的是，他的兴趣并不专一，对许多不同的事情抱有同等程度的关心。他热情地打听贝特曼的父亲怎么样，正像他急于想知道伊莎贝尔在做什么一样。谈起伊莎贝尔来，他丝毫也不尴尬，让你弄不清她是他的亲姐妹还是他的未婚妻。来不及揣摩爱德华谈话的真正含义，贝特曼发现话题已经转移到他自己的工作和他父亲最近新建的大楼上去了。他决心把话题再次拉回到伊莎贝尔身上，正当他寻找着这样一个机会时，他看到爱德华热情地朝一个人挥了挥手。一个男人朝阳台上的他们走来，但是贝特曼是背对着他的，所以看不到来的是什么人。

“来，这边坐。”爱德华高兴地说。

来客走近了。他身材高大、瘦削，穿着白帆布衣服，一头整齐的花白卷发。他虽然脸容瘦长，还长着鹰钩鼻子，可嘴巴却生得很美，富于表情。

“这位是我的老朋友贝特曼·亨特。我告诉过你有关他的事。”爱德华说，嘴角又一次浮现出笑容。

“非常高兴见到你，亨特先生，我曾经同你父亲很熟。”

这位陌生人伸出手来，亲切、有力地握住贝特曼的手。直到这时，爱德华才报出来客的姓名。

“阿诺德·杰克逊先生。”

贝特曼的脸色唰地变得煞白，他感到自己两手冰冷。这就是那个因为开假支票被判刑的人，这就是伊莎贝尔的舅舅。他不知道该说些什么。他努力不让自己的慌乱表露出来。

阿诺德·杰克逊目光闪烁地打量着他。

“我敢说，我的名字对你来说并不陌生。”

贝特曼不知道应该承认还是否认，更让他感到狼狈的是，杰克逊和爱德华两人对他的窘态好像都觉得很有趣。硬叫他认识一个他宁愿在这个岛上远远避开的人，这已经够晦气了，更让他受不了的是，看得出来这两人明明是在拿他打趣。也可能他这个结论下得太早了点儿，因为杰克逊紧接着说道：

“我知道你同朗斯塔夫一家交情很深。玛丽·朗斯塔夫是我妹妹。”

贝特曼开始思忖，阿诺德·杰克逊是不是以为他对芝加哥有史以来最大的一件丑闻一无所知？这时，杰克逊却把一只手搭在爱德华的肩膀上。

“我就不坐了，台迪[①]，”他说，“我还有点儿事。你们两个小伙子今晚还是到我那儿吃晚饭吧。”

“太好了。”爱德华说。

“谢谢您的好意，杰克逊先生，”贝特曼不冷不热地说，“但是您知道，我在这里只能停留很短的时间；我坐的那艘船明天就启航。请您见谅，我今晚就不去了。”

“噢，别胡说了。我来招待你一顿地方风味菜。我妻子做饭的手艺很好，台迪会领你去的。早点儿来，可以看看日落。如果你们愿意的话，你们俩都可以在我那里住上一晚。”

“我们当然去，”爱德华说，“轮船一来，旅馆晚上肯定吵翻了天，住在你家里，我们可以好好聊一聊。”

“我可不会放走你的，亨特先生，”杰克逊态度非常亲切地继续说，“我想听听芝加哥都有什么新闻，还有玛丽的事。”贝特曼还没来得及说什么，他已点点头离开了。

“在塔希提岛这地方的人要是想请客，你是推脱不了的，”爱德

① 台迪（Teddie）是爱德华（Edward）的昵称。

华笑着说，“此外，你还可以吃一顿岛上最丰盛的晚餐。”

“他刚才说他妻子的手艺很不错，那是什么意思？我碰巧知道他的妻子在日内瓦。”

“作为他的妻子，日内瓦离这里太远了点儿，不是吗？”爱德华说，“再说，他也好长时间没见到她了。我想他刚才说的是他的另外一位妻子吧！”

贝特曼有一会儿没说话。他的脸色显得很严肃。当他抬起头，发现爱德华一副逗乐的眼神时，他的脸唰地一下子涨红了。

“阿诺德·杰克逊是个卑鄙的家伙。”

“我怕让你说着了。”爱德华笑着说。

“我不懂，正经人怎么会跟他有来往。”

“也可能我不是个正经人吧。”

“你是不是经常跟他在一起，爱德华？”

“经常在一起。他认我做他的侄子了。”

贝特曼向前倾了倾身子，直勾勾地盯着爱德华。

“你喜欢他？”

“很喜欢。”

“你难道不知道，这里的人难道都不知道，他伪造支票被判过刑吗？他是应该被文明社会摒弃的人。”

爱德华的眼睛看着燃着的雪茄上升起的烟圈，看着它们一直飘进充满烟草香的空气里。

“我想他确实可以说是个不折不扣的无赖，”沉吟了一会儿，他终于开口说道，“即便他对自己的过错有所忏悔，也不可能取得人们的宽恕。他曾经是一个诈骗犯，欺骗过别人，这一点永远也抹不掉了。可我还从未碰到过一个比他更能和我处得来的人。我现在知道的这些东西都是他教给我的。”

“他教会了你什么？”贝特曼颇为惊讶地问。

“如何生活。”

贝特曼忍不住笑出声来。

“真是位高师。是不是因为他的谆谆教导，你才甘愿丢掉大好前程，在一家廉价的杂货铺里站在柜台工作？”

“他的性格太棒了，”爱德华一点儿也没有发火，依旧是在笑着说，“也许你今晚便能知道我这话的意思了。”

“如果你的意思是要我去和他共进晚餐，你可以死了这条心。说什么我也不会踏进他家的门槛。”

“去吧，贝特曼，看在我的面子上。我们两人这么多年的友谊，如果我求你，你总不会拒绝吧。”

爱德华的语调里有一种贝特曼所不熟悉的东西。他那柔声柔气的调子有一种奇特的说服力。

“你要是这么说的话，爱德华，看来我是非去不可了。”他笑了。

贝特曼另外还有考虑，他这样做也可以对阿诺德·杰克逊有更多的了解。很明显，这个人对爱德华有很大的影响，若想把爱德华从他的手里夺回来，首先就要弄清楚，他为什么能左右爱德华。贝特曼越是和爱德华谈下去，就越是觉得爱德华身上发生的变化太大了，他本能地感觉到自己应该更谨慎一些，他下决心一定要把局势看清楚，再告知他此行的真正目的。贝特曼开始天南地北地随便聊了起来，聊旅途中的见闻、办成的几笔交易、芝加哥政界的新闻、他们的朋友和大学生活等。

最后，爱德华说他得回去继续工作一会儿，并提议五点钟再来接贝特曼，一起乘车去阿诺德·杰克逊家。

“顺便说一句，我一直觉得你应该住在这家旅馆里的。”在他俩慢慢走出旅馆花园的时候，贝特曼开口说，“据我所知，在塔希提，唯一高级一点儿的旅馆就是这家了。”

“我可不住在这儿，”爱德华笑起来，“对我来说，这里太奢华了。我在城边租了一间房子，既便宜又干净。”

“如果我没记错的话，在芝加哥的时候，你似乎可不是这样的。”

“哈，芝加哥！”

“你这是什么意思，爱德华？芝加哥是世界上最伟大的城市啊！”

“我知道。”爱德华说。

贝特曼很快扫了他一眼，可是从爱德华的面孔上一点儿也看不透他的内心。

“你打算什么时候回国？”

“我也常常这样问自己。”

他的回答和他所使用的语气把贝特曼吓了一跳，但是不容他叫爱德华解释，爱德华已经对着一个驾着汽车从他们身边经过的欧亚混血儿招了招手。

“搭搭你的顺风车，查理。”他说。

他朝贝特曼点点头就向停在前面几步远的汽车跑去，留下满心杂乱、困惑不解的贝特曼。

爱德华再来找他时，坐的是一辆一匹母马拉着的东摇西晃的破马车，他们沿着海边的马路向前驶去。马路两旁都是种植园，种着椰子树或香草；他们不时会看见一株硕大无比的芒果树，浓密的绿叶里露出黄色、红色和紫色的果实。偶尔还有平静、蔚蓝的大海上一两个被高大的棕榈树装点得美丽非凡的玲珑小岛映入他们的眼帘。阿诺德·杰克逊的房子坐落在一座小山上，只有一条小路通上去。他们把马卸下来，拴在一棵树上，把马车停在路边。对贝特曼来讲，这种做事方法有点儿马马虎虎了。通向房子的路上，一位身材高大、相貌端正但年纪偏大的土著女人朝着他们走过来。爱德华热情地同她握手，并把贝特曼介绍给她认识。

“这位是我的朋友亨特先生。我们到你家吃饭来了，拉薇娜。”

“太好了，”她说，脸上掠过一丝笑容，“阿诺德还没有回来。”

“我们先下去洗个澡。给我们拿两条‘帕里欧[①]’来吧。”

那个女人点点头，走回房子里。

“她是谁？”贝特曼问道。

“噢，她是拉薇娜，阿诺德的妻子。”

贝特曼抿紧嘴唇，什么也没说。不一会儿，那个女人拿着一捆东西走回来交给爱德华。他们俩顺着一条陡峭的小路向海滩上一片椰子树走去。脱掉衣服以后，爱德华教给他的朋友如何把这块叫作“帕里欧”的红色棉布当作泳裤围在腰上。没过一会儿，两人已经在暖洋洋的并不很深的海水里泼弄得水花四溅了。爱德华的兴致非常高。他笑着、喊着、唱着，活脱得像个十五岁的孩子。贝特曼从来没有看见过他这么开心。后来他们躺在沙滩上，在清澈纯净的空气里抽着烟，爱德华兴高采烈的劲儿和欢乐的情绪简直叫人无法抗拒，让人看着不由得心动，贝特曼简直有点儿担心了。

“你好像觉得生活非常欢乐。”他说。

“就是这样呀。”

他们听到一阵窸窣声，回头一看，原来是阿诺德·杰克逊走来了。

“我知道我非得来接你们这两个孩子不可，”他说，“洗得痛快吧，亨特先生？”

“很舒服。”贝特曼说。

这时，阿诺德·杰克逊已经脱去了他那身整洁的帆布衣服，只在胯下缠着一条“帕里欧”，光着脚。他的身体被阳光晒得黝黑。长

---

① 帕里欧，名称因时因地而异，热带国家男子用以遮体的缠腰布，类似筒裙，穿着方便、舒适且凉爽。

长的花白卷发和一张苦行僧似的面庞，配着这种当地服装，使他看上去很怪诞，但是他自己却一点儿也不在意，举止反倒非常自然。

“你们要是收拾好了，我们就上去吧。”杰克逊说。

“我这就穿上衣服。”贝特曼说。

“怎么，台迪，你没有给你朋友拿一条‘帕里欧’来吗？”

“我想他还是愿意把衣服穿上。”爱德华笑着说。

“我当然得穿上衣服。”贝特曼以一副严肃的口吻答道。在他还没来得及把衬衫穿好之前，他看见爱德华已经把腰部缠好，站在那里准备走了。

他又问爱德华，“你不穿鞋走路，不嫌扎脚吗？我下来的时候就发现路上石头可不少啊。”

“哦，我已经习惯了。”

“从城里回来换上‘帕里欧’真是太舒服了，”杰克逊说，“你要是在这里待下去的话，我一定推荐你穿这玩意儿。这是我见过的最合理的服装了。既凉快，又方便，还非常经济。”

他们回到上面的房子，杰克逊把他们领进一间大屋子，墙壁粉刷得雪白，天花板是露天的。屋子里饭桌已经摆好。贝特曼发现饭桌上摆着五个人的餐具。

“伊娃，过来让台迪的朋友看看你，然后给我们兑点儿鸡尾酒。”杰克逊喊道。

然后，他把贝特曼领到一个比较低的长窗子前面，

“朝外边看看，”他说，做了一个夸张的手势，“好好看一下。”

房子外面，椰树林顺着陡峭的山坡迤逦而下，一直延伸到海滨，海水在夕阳余晖的映照下呈现出鸽子胸脯般变幻莫测的柔和色彩。稍远一点儿是一个小港湾，两旁散落着一簇簇土著居民的茅屋；靠近一块礁石的地方，有一艘独木舟，轮廓鲜明，几个土著人正在船上捕鱼。再远一些，可以看到广阔平静的太平洋。二十英里以外，

则是那个名叫莫里亚的仙境般的岛屿，美轮美奂，宛如诗人驰骋的幻想编织出的一块锦缎。太美了，贝特曼看得简直出神了。

“我从来没欣赏过这样美丽的景色。”他终于说了一句话。

阿诺德·杰克逊站在一旁，注视着前方，他的眼睛里流露出一股梦幻般的柔情。他瘦削、若有所思的面孔显得十分肃穆。贝特曼看了他一眼，再一次转向给人超脱的感觉的美景之中。

“美啊，”阿诺德·杰克逊低声说，“一个人很少有机会看到如此美好的景色。好好看看吧，亨特先生，你现在所看到的景色，以后再也看不到了，因为这一时刻转瞬即逝，但是它在你心里将留下不可磨灭的印象。你接触到了永恒。”

他的声音深沉，好像发着回响。他的言辞似乎饱含着最纯洁的理想主义色彩，贝特曼不由得一再提醒自己：现在和自己说话的这个人是个罪犯，是个没人性的骗子。爱德华这时却好像听见了什么声音，突然扭过身去。

“这是我女儿，亨特先生。”

贝特曼和她握了握手。她有着一双晶莹的黑眼睛，绯红的嘴唇带着盈盈笑意，但是她的皮肤是棕色的，卷曲的长发犹如波浪般地披在肩上，像石墨一般乌黑。她只穿了一件红棉布做的宽松长衫，光着脚，头上戴着一个用白花编织的香气袭人的花环。她的样子非常可爱，好像波利尼西亚传说中的泉边女神。

她稍微有些羞涩，但是比她更加扭捏不安的却是贝特曼。对他来说，这里的一切都让他困窘不堪，即使看着这个精灵般的窈窕女孩儿拿着一个调酒器，一杯又一杯地熟练地调制着鸡尾酒时，他的心情也没有好多少。

“酒劲儿大一点儿，孩子。”杰克逊说。

她把酒倒好后，甜甜地笑了一下，递给三个人每人一杯。贝特曼一直对自己调制鸡尾酒的手艺感到自豪，当他尝了一口手里的酒以后，发现味道那么醇美，也不由得有些吃惊。杰克逊发现客人不自觉地流露出赞赏的神情，骄傲地大笑起来。

“还不错吧？这孩子的手艺是我亲自教的。以前在芝加哥的时候，我曾经觉得，论调酒的本领，全城没有一个酒侍能配得上给我打下手的。我在监狱无事可做，常常琢磨鸡尾酒的新配方来解闷。可是讲到真正的好酒，再也没有什么比得上不带甜味的马提尼了。”

贝特曼仿佛感觉到有人在他胳膊肘的麻筋上狠狠打了一拳，他的脸红一阵白一阵的，他还没想起该说句什么话的时候，一个土著小男孩儿就端来了一大碗汤。大家围着桌子坐下来开始吃饭。阿诺德·杰克逊的这番话好像让他想起一连串往事，他滔滔不绝地讲起自己在狱中的日子来。他说得那么自然，没有一点儿怨恨，仿佛是在讲述自己在国外上大学的经历。他总是朝着贝特曼讲话，贝特曼开始时觉得不好意思，后来简直变得狼狈不堪。他看到爱德华始终盯着自己，眼睛里充满了戏谑。

突然之间，他觉得杰克逊是在耍弄自己，脸不由地涨得通红，之后他又觉得事情如此荒诞——想不出杰克逊的这一举动有什么缘由——不由得冒起火来。阿诺德·杰克逊的脸皮简直太厚了——没有别的什么词可以形容他——甚至可以说是麻木不仁，不管是假装的还是真实的，都太无耻了。菜肴不断地被端上来。贝特曼被逼着品尝各种奇怪的食物，生鱼和一些他叫不出名字的东西；出于礼貌，他才不得不吞咽下去。然而，他却惊讶地发现这些东西都非常可口。后来又发生了一件事，贝特曼认为这是整个晚上最让他尴尬的了。他面前摆着一个小花环，纯粹是为了找话说，他随口评论了一句。

“这是伊娃给你编的花环，”杰克逊说，“我猜她太害羞了，不好意思自己给你。”

贝特曼把花环拿到手中，对女孩儿说了几句表示感谢的客气话。

“你得把它戴上。”她笑着说，脸色绯红。

“戴上？那可不行。”

“这是我们这儿的一个别具一格的习俗。”阿诺德·杰克逊说。

他面前也放着一个花环，他把它戴到头上。爱德华也把自己前面的花环戴上。

“我想我穿这身衣服不适合戴这个。”贝特曼有些不安地说。

“你要不要一条‘帕里欧’？”伊娃马上接口说，“我马上就给你拿一条来。”

“不，不用啦，谢谢你。我这样穿就好了。”

“你来教他怎么戴，伊娃。”爱德华说。

贝特曼突然恨起他这位最要好的朋友来。伊娃从桌旁站起来，笑得前仰后合，把花环戴在他乌黑的头发上。

“你戴着真漂亮，”杰克逊太太说，“你看漂不漂亮，阿诺德？”

“漂亮极了。”

贝特曼的每一个毛孔都在往外冒汗。

“只可惜天黑了，”伊娃说，“不然可以给你们三个人拍一张合影。”

贝特曼暗自庆幸，幸亏天已经黑了。他想他穿着这套蓝色哔叽西服，系着领带——一副绅士派头——头上却顶着一个洋相百出的花环，看上去一定很可笑。他心里简直是火冒三丈，他从来没有像现在这样需要极力克制自己的怒火，因为他得始终保持一副乐呵呵的笑脸。看见坐在餐桌对面的那个老头儿，半裸着身子，漂亮的花白头发上戴着一顶花环，一副圣徒般的面容，贝特曼简直气不打一处来。他现在这个处境简直令他急也不是，恼也不是。

晚饭终于结束了。伊娃和她母亲留下来收拾餐桌，三个男人坐在外面露台上。天气很温暖，空气里弥漫着一种在夜间开放的白花的香气。一轮圆月在无云的天空中缓缓移动，在广阔的海面上映出一条通路，通向永恒浩瀚的天际。

阿诺德·杰克逊侃侃而谈。他的嗓音浑厚，像音乐一样。他讲的是这里的土著居民和他们古老的传说。他讲过去的传奇故事；讲探索未知的冒险故事；讲爱情和死亡，仇恨和复仇。他谈到发现那些遥远岛屿的冒险家们；谈到在那些岛屿上定居的水手们，那些人和一些酋长的女儿结婚；也谈到那些在银色海岸边过着各种各样生活的流浪汉。起初贝特曼强忍着自己的怒气，阴沉着脸听着，但是不一会儿，他就被杰克逊话语中的一种魔力吸引了，听得如痴如醉，连身体都不动一下。传奇的幻影使平凡庸俗的日常生活显得黯淡无光。难道他忘记了杰克逊善辩的口才吗？难道他忘记了杰克逊就是凭这张巧嘴骗取了轻信他的公众的大笔钱财，使自己几乎逃脱法网吗？再没有谁比他的嘴巴更能说会道了，也再没有谁比他更懂得如何讲话才能引人入胜了。只是，杰克逊却突然站起来。

“好了，你们俩很久没有见面了。我得让你们好好聊聊。什么时候想睡觉，台迪会带你回房间。”

“噢，可是我没打算在这里过夜呢，杰克逊先生。”贝特曼说。

“你会发现在这里更舒服一些的，我们到时候会早一点儿叫醒你。”

阿诺德·杰克逊非常礼貌地跟贝特曼握手后，像身披法衣的主教①，神态庄严地离去。

“当然，你如果实在不想住在这里，我就开车送你回帕皮提，”爱德华说，“但是我还是希望你留下。清晨走这条路，那才真是美妙呢。”

---

① 主教，罗马天主教和东正教的高级神职人员，职位在神父之上，通常是一个地区教会的首领。

大约好几分钟，两人谁也没有说话。贝特曼盘算着应该怎么开始这场谈话。这一天的经历让他觉得，这场谈话势在必行了。

“你打算什么时候回芝加哥？”他突然问道。

爱德华踌躇了一会儿。后来，他懒洋洋地转过身看着他的朋友，笑着说：

“我不知道，也许永远也不会回去了。”

“我真不明白，你这是什么意思？”贝特曼惊呼。

“我在这里很幸福。再改变现在的生活，那不是很愚蠢吗？”

“天哪，你不可能在这里住一辈子吧？这不是正常人过的生活。过这种生活跟死了没有什么两样。哎，爱德华，趁现在还不算太晚，你赶紧回家吧。我已经感觉到有些事不对劲了。这个地方把你迷住了，你已经被邪恶势力抓到掌心里，但是只要你狠下心，还是可以挣脱的。一旦你摆脱了这个环境，你就会感天谢地了。你会像一个染上毒瘾的人把毒品戒掉一样。你会明白两年来你一直呼吸着有毒的空气。当你的肺再次呼吸到祖国新鲜纯净的空气时，你无法想象那时你的心情会有多么舒畅。”

他说得很快，因为情绪激动，一句话紧跟着另一句话脱口而出，他的话语里充满了真挚和热情。爱德华被感动了。

“老朋友，你这么关心我，我真的太感谢你了。”

“爱德华，你明天跟我一起走吧。一开始你来这个地方，就是个错误。你不应该过这种生活。”

“你口口声声跟我说着这种生活、那种生活，可你认为一个人怎样才能享受到生活中最美好的东西呢？”

“这还用问？我认为这个问题的答案只有一个。要获得生活中最美好的东西，只有恪尽职守，努力工作，不辜负地位、身份对一个人的期许。”

“那什么是对他的回报呢？”

“回报是，他感觉到自己已经做起当初立志要从事的事业。”

“这对我来说简直有点儿高不可攀了。”爱德华说，贝特曼借着夜晚微弱的月光看到他正在微笑，“恐怕你会觉得我已经堕落到令人可悲的地步了。现在有些事情，三年前可能对我来讲也是无法忍受的。”

“你是从阿诺德·杰克逊那里学来的吗？”贝特曼带着鄙夷的神情问。

“你不喜欢他？或许根本就不该指望你会喜欢他。我刚到这儿时，也和你一样，对他抱有偏见。他不是一个普通人。你自己也看到了，他并不隐瞒他曾经坐牢的事。我看不出他对坐牢，或者对他犯下的那些罪恶有任何悔恨之心。我听到他唯一抱怨过的事就是出狱以后健康受到损害。我想他这个人根本不知道什么叫懊悔。他完全没有道德观念。他把一切事都看作是理所当然，对他自己的所作所为也不例外。他为人慷慨大方，心肠慈善。”

“他一直都是如此，”贝特曼打断了他的话，“非常慷慨地给予别人钱财。”

“我发现他是一个很好的朋友。我根据自己对一个人的印象来评判他，不是一件很自然的事情吗？”

“结果是你已经分不清区分是非善恶的界限了。”

“不是的，在我心里，这种界限和以前一样清晰，让我感到有些混淆的，只不过是区分好人和坏人的界限罢了。阿诺德·杰克逊究竟是一个做好事的坏人，还是一个做坏事的好人呢？这是一个很难回答的问题。也许我们把人同人之间的界限区分得太绝对了。或许，我们当中那些最大的好人实际上是罪人，而那些最坏的人反倒是圣徒。谁知道呢？”

“你永远也不能说服我，叫我把白的看成黑的，把黑的看成白的。”贝特曼说。

“我肯定做不到，贝特曼。”

贝特曼不明白，为什么爱德华在附和他的看法时嘴角掠过一丝笑容。爱德华沉默了一会儿。

“我今天早上见到你的时候，贝特曼，”他又开口说，“好像看到了两年前的我自己。同样的衣领，同样的皮鞋，同样的蓝色西装，同样精力充沛，同样也是立下了壮志豪言。上帝哪，我那时干劲多么充足啊！这里半死不活的办事方式让我血液沸腾。我四处走了走，不管走到哪儿，都觉得前途无限，大有可为。这里是有大买卖可做的。这里的椰肉干为什么要用麻袋装到美国再榨油呢？我觉得太荒唐了。如果在这里提炼，既可以利用廉价的劳动力，又省了运费，不是更划算吗？我好像已经看到巨大的工厂在岛上巍然耸立起来。另外，这里加工椰子的方法我也觉得太愚蠢了。我发明了一种将椰子裂壳剥肉的机器，每小时可以加工二百四十个椰子。这里的港口也很小。我制订了扩建港口的计划，还计划组织一个企业联合组织购置土地，为到这里来的旅客兴建两三家大旅馆，建造带露台的住房。我还制订了一个改善轮船服务行业的方案，招揽从加利福尼亚来的游客。二十年之后，这里将不再是半法国式的懒洋洋的帕皮提小镇了，我仿佛看到了一个美国式的繁华城市，有十层高的大楼，有电车，有剧场，有歌剧院，有股票交易所，还有一位市长。”

“好啊，爱德华，”贝特曼惊呼着，立刻兴奋得从椅子上跳了起来，“你既有想法，又有能力。我觉得，你会成为澳大利亚和美国最富有的人了。”

爱德华轻轻地笑了。

“可是我不想要那样的生活。”他说。

“你的意思是你不想要钱，不想发财，几百万的钱？你知道你可以拿这笔钱做什么吗？你知道它能带给你多大权力吗？如果你自己不在乎那些钱，不妨想想你能用它做什么，为人类繁荣开辟新渠道，为成千上万的人提供就业机会。你刚才那番话在我脑子里勾画出一幅幅图景，弄得我都有点儿发晕了。”

“那么，你还是坐下来吧，亲爱的贝特曼，”爱德华笑起来，“我的椰肉破碎机永远也不会有人使用，在我看来，帕皮提懒散的街道上也永远不会有电车行驶。”

贝特曼扑通一声坐回自己的椅子上。

“我不明白你的意思。”他说。

“我也是逐渐才明白的。我逐渐喜欢上这里的生活，喜欢这里的恬静、懒散，喜欢这里的人们，他们性格温顺，永远洋溢着开心的笑容。我开始思索。我以前从来没有时间思考过这些事。我也开始读书。”

“你从来就没有停止过读书呀。”

“以前，我读书是为了应付考试，为了在谈话时炫耀自己的谈资。我为了学知识而读书。在这里，我学会为兴趣而读书。我学会了聊天。你知道吗？聊天是人生中的一大乐事。但是聊天需要闲暇。以前我一直太忙碌了。逐渐地，以前那些对我非常重要的事情开始变得无所谓了。那种没日没夜拼搏奋斗、忙忙碌碌的生活有什么用呀？现在我一想起芝加哥，就仿佛看到一座灰暗的城市——到处是石头砌的房屋，就像一座监狱——和无休止的喧嚣吵闹。但是，所有的那些喧嚣活动到底是为了什么呢？在那里，人们能够享受生活中最美好的事情吗？我们来到这个世界，难道就是为了匆匆忙忙地赶着上班，一刻也不停歇地从早忙到晚，然后匆匆忙忙地回家吃晚饭，再匆匆忙忙地赶往电影院吗？难道我就必须这样虚度我的青春？可是，青春转瞬即逝，贝特曼。等我年纪大了，我还能期盼什么呢？还是那一套——早上匆匆忙忙地上班，一刻也不停歇地工作到天黑，然后匆忙赶回家吃晚饭，匆忙地赶往电影院吗？如果想赚钱的话，这样倒也值得。我不知道，这就要看个人的性格了。但是如果不想赚钱的话，还值得这样做吗？我想让自己的生活过得比这个更有意义，贝特曼。”

“你觉得生活中最珍贵的地方是什么？”

“我猜你可能会笑话我的。真、善、美。”

“你认为这些在芝加哥得不到吗？”

“或许有人能得到，可我不行。”现在轮到爱德华蓦地站起身。“实话告诉你，每当我想起以前那种生活，我就感到毛骨悚然，”他激动地惊呼，“想到我有幸逃避开的那些危险，我简直吓得发抖。来到这里之前，我从不知道自己还有灵魂。如果我一直是个富人，我可能就永远地失去灵魂了。”

“我不明白你怎么会这么说，”贝特曼气愤地说道，“这个问题，我们过去也经常讨论。”

“是的，我知道。那简直就像是和聋哑人讨论和弦一样，毫无意义。我永远也不会回芝加哥了，贝特曼。”

“那伊莎贝尔怎么办？”

爱德华走到露台边上，向外倾着身子，专心致志地凝望着迷人的蓝色夜空。当他再次转过身的时候，脸上带着浅浅的微笑。

“对我来说，伊莎贝尔真的太完美了。我对她的崇拜胜过我见过的任何一个女人。她非常聪明，内心的善良不亚于她美丽的外表。我敬佩她精力充沛，有着雄心壮志。她来到这个世界就是享受成功的。我一点儿也配不上她。”

“她可不是这么认为的。”

“但是你必须把我的话转告给她。”

“我？”贝特曼惊呼，“你找谁做这件事都可以，就是别找我。”

爱德华背对着皎洁的月光，贝特曼看不清他的脸色。他会不会又在微笑呢？

“贝特曼，你想把什么事瞒着不告诉她，那是没有用的。她头脑非常灵活，不出五分钟就能把你看透了。你最好还是一见到她，就把事情全部告诉她。”

“我不明白你的意思。当然，我会告诉她，我见到你了。”贝特曼有些困惑地说，“说实话，我真不知道该怎么对她讲这件事。”

“告诉她我一事无成，我不但很贫穷而且还安于贫穷。告诉她，我因为懒散、干活不专心被解雇了。告诉她今天晚上你见到的一切，以及我跟你说的一切。”

突然，贝特曼被脑海里闪现的一个念头吓了一跳，他带着无法控制的焦灼走到爱德华面前。

“天哪，你不想跟她结婚了吗？”

爱德华神情严肃地看着他。

“我绝不能要求她废除婚约，给我自由。如果她希望我恪守誓言，我将尽力做一个好丈夫，一个爱她的丈夫。”

“你希望我把这个消息告诉她吗，爱德华？天哪，我不能。这太可怕了。她从来没想到过你不想和她结婚了。她爱你。我怎么能让她承受这样的打击？”

爱德华再次露出浅浅的微笑。

“你为什么不跟她结婚，贝特曼？你已经爱她爱了那么长时间。你们俩太合适了。你会带给她幸福的。”

“别跟我说这个，我受不了。”

“我甘愿退出，贝特曼。你是更好的人选。”

爱德华怪异的语调使贝特曼快速抬起头来，但是爱德华的眼神非常严肃，脸上也没有笑容。贝特曼不知道该说什么好。他感到有些难堪。他怀疑爱德华会不会已经猜到他来塔希提岛是带着一个特殊任务呢？尽管他知道这个想法很可怕，却又掩盖不住内心的狂喜。

“如果伊莎贝尔写信，要求解除跟你的婚约，你准备怎么办？”

他慢悠悠地问。

“活下去。”爱德华说。

贝特曼非常激动，竟没有听清他的回答。

“我希望你穿的是正常的衣服，”他有些气恼地说，“你做出的是一件命运攸关的决定，而你穿的这件奇怪的衣服却让人觉得你是在信口开河。”

“我向你保证，我穿着‘帕里欧’，戴着花环，跟戴着礼帽、穿着西装是一样的严肃认真。”

这时，贝特曼又想到另外一件事。

“爱德华，你不是为了我才故意这么做的吧？我自己也说不清，但是这件事可能会使我的未来发生重大的转变。你不是为了我在牺牲你自己吧？你知道，这是我不能忍受的。”

“不是，贝特曼。我在这儿已经学会不再犯傻，也不再多愁善感了。我希望你和伊莎贝尔幸福，可也不希望我自己不幸福。”

这个回答多少让贝特曼感到有些心寒。这话听起来有点儿嘲讽的味道。如果爱德华表现出的是一副高尚的风度，他就不会感到愧疚了。

“你的意思是，你准备安心在这里浪费自己的生命？这简直就是自杀。想到我们刚毕业时你的那番理想抱负，而现在你却甘心在一家小杂货店站柜台，这真是太可怕了！”

“噢，我只是暂时凑合一下，我正在积攒更多宝贵的人生经验。我还有一个计划。阿诺德·杰克逊在帕莫塔斯有一个小岛，离这里大概一千英里，是一个环形岛屿，环抱着一个咸水湖。他在那里种了椰子树。他已经答应把那块地送给我了。”

“他为什么要这么做？”贝特曼问道。

“因为如果伊莎贝尔解除了我们的婚约，我就和他的女儿结婚。”

“你？”贝特曼简直被这个消息惊呆了，“你不能和一个混血儿结婚，你不能这么疯狂。”

“她是个好女孩儿，温顺又惹人怜爱。我想她会让我幸福的。”

“你爱她吗？”

“我不知道，”爱德华若有所思地回答，“我对她的爱和我对伊莎贝尔的爱是不一样。我崇拜伊莎贝尔。我认为她是我遇到的最了不起的女孩儿。我连她的一半也不如。我对伊娃的感情就不同了。她就像一朵异乡的花朵，需要人来保护她不受寒风吹袭。我想保护她。而伊莎贝尔是用不着谁来保护的。我想伊娃爱我是爱我这个人，不是为了我以后会怎么样。不管今后我怎么样，她都不会失望的。她非常适合我。”

贝特曼什么也没有说。

“明天咱们还得早起，”爱德华最后说，“我们真的该睡觉了。”

这时贝特曼才开始讲话，他的声音中流露出实实在在的痛苦。

“现在我的脑子全乱了，我不知道该说些什么好。我到这儿来是因为我觉得这里一定出了什么事。我猜是你没有达到最初的目标，因为失败了就没有脸面回去。我完全没有想到会是这样的情况。这让我感到太遗憾、太失望了，爱德华。我本来希望你会做出一番事业来的。看到你这样可悲地浪费着你的才华、你的青春，我简直难过极了。”

“别难过，老朋友，”爱德华说，“我并没有失败。我成功了。你想象不出我是多么热切地想投入到生活中去，生活对我说来是多么充实，多么有意义。当你和伊莎贝尔结婚以后，你会偶尔想起我来的。我会在我的珊瑚岛上盖一座房子，我要住在那儿，照看我的椰子树——用土著人不知道使用了多少年的老办法剥出椰肉——我会在我的花园里种植各式各样的花草树木，我还要捕鱼。有的是工作让我做，我不会感到百无聊赖的。我有我的书，有伊娃和孩子做伴。更重要的是，我还有千变万化的海洋和天空，清新的黎明、绚丽的落日和姣美的夜晚。我将在一片荒野上开垦出花园。我将会创造出一切。岁月不知不觉地流逝，当我老了，回首一生，我希望我过的是朴实、宁静、幸福的生活。尽管没有什么大作为，我也将是在‘美’中度过一生。你是不是认为，我满足于这些东西太没有志气了？我们都明白，假如一个人得到了整个世界，却丢失了自己的灵魂，那他的生活也是没有什么意义的。我觉得我的灵魂已经失而复得了。”

爱德华把他领到一间摆着两张床的屋子里，自己倒头躺在一张床上。十分钟以后，贝特曼听到他那孩子般的平静均匀的呼吸，知道他已经进入了梦乡。但是，贝特曼自己却平静不下来。他脑子里乱糟糟的，直到晨曦像幽灵般静悄悄地爬进屋子，他才迷迷糊糊地入睡。

贝特曼向伊莎贝尔讲完了这个长长的故事。除了他觉得可能会伤害她的感情或者让自己显得太可笑的部分之外，他什么也没有隐瞒。他没告诉她自己曾被逼着戴上花环坐在餐桌旁，也没告诉她一旦爱德华和她解除婚约就准备同她舅舅的女儿结婚的事。也许伊莎贝尔的直觉能让她感知到更多东西，因为他越往下讲这个故事，她的目光越冷静，嘴唇也抿得越紧。她还时不时地仔细上下打量他，要不是他在专心致志地叙述着故事，他肯定会去琢磨一下她的这些表情了。

“那个女孩儿长得什么样？”当他讲完以后，她问道，“我是说阿诺德舅舅的女儿，你觉得我和她的长相相似吗？”

贝特曼对这个问题感到有些吃惊。

“我没看出来。你知道，除了你，我从来没有仔细地看过别的女人，我也从不认为有谁会长得像你。”

“她漂亮吗？”伊莎贝尔问，因为他说的话，她露出了笑容。

“我猜也许挺漂亮的。我想有些男人会觉得她长得很美。”

“好了，这没关系。我想我们没有必要议论她了。”

“你准备怎么办，伊莎贝尔？”他接着问。

伊莎贝尔低下头，看了看自己的手，手上仍然戴着订婚时爱德华送给她的戒指。

“我当时没有同意和爱德华解除婚约，是因为我觉得这样可以鼓起他的干劲来。我想用这个激励他。我当时想，如果还有什么事能够鼓励他干出一番事业来的话，那就是让他想到我是爱他的。我已经尽力了。没有希望了。如果现在我再不面对现实，我就太软弱了。可怜的爱德华，他没有害人之心，只不过是跟自己过不去罢了。他是个很好的人，只不过缺少了什么，可能缺乏的是骨气吧。我希望他幸福。”

她摘下手上的戒指，把它放在桌上。贝特曼注视着她，心怦怦直跳，几乎喘不上气来。

“你太好了，伊莎贝尔，你真的太好了。”

她笑着站起身来，把手伸给他。

“你为我做了这么多事情，叫我怎么感谢你呢？”她说，“你为了我付出了这么多。我早就知道我可以信赖你了。”

他抓住她的手，握在自己的手心里。她从来没有像现在这样美丽过。

“噢，伊莎贝尔，为了你，我可以做任何事情。你知道，我对你的唯一的请求，就是允许我爱你，为你做任何事。”

“你是个坚强的人，贝特曼，”她叹了口气说，“你给我一种很舒服的感觉，让我觉得可以信赖你。”

“伊莎贝尔，我非常爱你。”

他自己也不知道哪里来的勇气，突然一把将她搂在怀里。她一点儿也没有推拒，只是笑盈盈地看着他的眼睛。

“伊莎贝尔，你知道从我见到你的第一天起，我就想娶你。”他深情地说。

“那你为什么不向我求婚呢？”她问。

她也是爱他的。他几乎不敢相信这是真的。她把可爱的嘴唇伸过去让他亲吻。当他把她抱在怀里的时候，眼前浮现出一幅图景：亨特内燃机和汽车公司声望越来越高，规模越来越大，占地面积超过一百英亩，生产出几百万台内燃机。此外，他还看到他收集了大量名画，整个纽约城的收藏家都瞠目结舌。他将戴上一副玳瑁[①]眼镜。而伊莎贝尔，在贝特曼甜蜜的怀抱中，幸福地叹着气。她想到的是她将有一座富丽堂皇的房子，摆满了古董家具，她将在那里举办音乐会、舞会和只有上流人士才有资格出席的宴会。

“可怜的爱德华。”伊莎贝尔哀叹道。

① 玳瑁（dài mào），玳瑁眼镜的基材是从一种名叫玳瑁的海龟龟壳上取用的，是装饰典藏之极品；玳瑁属珍稀保护动物，现已禁止捕猎。

雨

❖

差不多是就寝的时候了，等明天早晨一觉醒来，眼前就会看到陆地。麦克菲尔医生点燃了烟斗，将身子倚在船栏杆上，在天空中寻找着南十字星座。他在前线待了两年，一处早该愈合的伤口，竟迟迟不能愈合，他很乐意在阿皮亚安安静静地住上至少一年，甚至就是在当下的旅途中，他已经觉得好多了。因为第二天有些旅客要在帕果帕果[①]下船，晚上他们跳了一会儿舞，现在他的耳朵里还敲打着自动钢琴刺耳的键音。甲板上终于安静下来了。不远处，他看见妻子坐在长椅上，正和戴维森夫妇聊天，他朝她走了过去。等他在灯光里坐下来，摘下帽子，你就会看到他长着一头深色的红发，头顶有一块已经光秃秃了，红润而布满雀斑的皮肤辉映在红发之间。他四十多岁，瘦骨嶙峋，一张干瘪的脸，刻板而迂腐；说起话来，满口苏格兰腔，声调徐缓而低沉。

麦克菲尔夫妇和海外传教士戴维森夫妇之间产生了一种旅途中的情谊，与其说这种情谊是由于某种共同的爱好，倒不如说是由于气质上的相似。他们主要的共同点是看不惯那些日夜都在吸烟室

① 帕果帕果，太平洋中南部美属萨摩亚首府和主要港口。

里玩儿扑克、打桥牌、喝酒的人们。麦克菲尔夫人一想到他们夫妇俩居然成为戴维森夫妇在船上唯一愿意交往的人，不免有些受宠若惊，甚至医生本人，虽然有些腼腆却并不愚笨，也隐隐约约感受到了这种礼遇。由于他禀性好辩，因此夜晚在他们的舱房里，他总要对传教士夫妇吹毛求疵一番。

“戴维森夫人说，要是没有我们，她简直不知道应该怎样度过他们的旅程，”麦克菲尔夫人一边说，一边麻利地收拾着她的假发，“她说在船上所有人里面，只有我们俩才是他们愿意结交的。”

“我并不以为一个海外传教士该是这样一位大亨，居然摆出这副臭架子来。”

“这并不是摆臭架子。我完全理解她说的话。戴维森夫妇若是也混在吸烟室那帮粗人里面，那就太不像话了。”

“他们宗教的创始人可并不是这样孤芳自赏的。”麦克菲尔轻轻一笑。

“我不知道告诉过你多少回了，不要拿宗教开玩笑，”他妻子说，“我不该喜欢你这种德行的人，亚列克。你从来不看别人的优点。”

他用他那双灰蓝色的眼睛，斜瞥了她一眼，但没有反驳。多年夫妻生活的经验让他学会了一个夫妻和睦相处的妙招，那就是让他妻子讲完最后一句，不再回嘴。他比她先脱掉衣服，爬到上铺，躺着看了一会儿书睡着了。

第二天早上，麦克菲尔医生走上甲板，船已经快到岸边了。他用贪婪的目光注视着这块陆地。眼前是一条狭长的银色沙滩，沙滩后面是一座草木茂盛的山岗。椰树林茂密而翠绿，一直伸展到海边，树林中散落着萨莫亚人的草屋；一座座闪耀着白光的小教堂点缀其中。戴维森夫人走上前来，站在医生身旁。她穿着一身黑衣服，脖子上戴了一条坠着小十字架的金项链。她身材瘦小，褐色而无光泽的头发梳理得十分平整，夹鼻眼镜后面是一双鼓出的蓝眼珠。她有张瘦得像绵羊一样的长脸，但是毫无蠢相，反倒极其机警；动作像飞鸟般敏捷。最引人注目的是她的语调，高亢、刺耳、僵硬而单调，传进耳中时，如风钻的啸声，把人搅动得心神不宁。

“对您来说，这里一定就像是家乡一样。”麦克菲尔医生说，带着勉强的浅笑。

“我们那儿的岛屿地势很低，您知道的，那儿是珊瑚岛。跟这儿不一样，这里是火山岛。到我们那儿，还需要十天的航程呢。”

“到了这儿就像是到了家门口一样吧。”麦克菲尔医生打趣地说。

“呃，这种说法不免有些夸张。但是在南海一带，人们对于远近的看法确实有些不一样。这么看来，您说的也对。”

麦克菲尔医生轻叹了一声。

“我很庆幸我们不是住在这儿，”她继续说着，“他们说，在这里工作很困难。来来往往的邮船使人安不下心来，还有设立在这儿的海军驻地，土著人觉得很不好。在我们那里，没有这些麻烦事可以叫我们埋怨的。当然，也有一两个生意人，但是我们会时刻关注他们的行为，如果他们不守规矩，我们就弄得他们受不了，叫他们宁愿离开，再不回来。”

她扶正鼻梁上的眼镜，用一种冷酷的眼神望着这座葱茏的岛屿。

“对海外传教士来说，在这儿工作简直是白费气力。我对上帝真是感激不尽，至少我们不是在这个地方。”

戴维森的教区包括北萨摩亚在内的一群小岛；这些小岛分布得很零散，他经常要乘坐独木舟才能到达远处的岛上。在他出门远行的日子里，他的妻子就留在总部，打理海外教会的工作。麦克菲尔医生一想到她必然会使用的管理方法和做事效率，就会觉得心里一沉。她说到土著人的腐化堕落，语调激昂，表情恐怖，简直无法使她平静下来。她对道德羞耻的敏感是独一无二的。早在他们刚认识时，她就对医生说过：

“您知道，我们刚到岛上时，这些土著人的婚俗，使我们大吃一惊，我简直无法向你描述。我会告诉麦克菲尔夫人，她会转告您的。”

后来，他便看见妻子和戴维森夫人，把帆布躺椅并在一起，热切地嘀咕了差不多两个小时。当他为了活动四肢，在她们面前来回地踱步时，他曾听到戴维森夫人激动的耳语，犹如远处山间的洪流，他也看到妻子张大了嘴，脸色变得惨白，显然她觉得听这样的讲述是一种享受。到了夜晚，回到他们的舱房后，她把所听到的一切，压低声调向他复述了一遍。

“瞧，我讲得怎么样？”第二天早上，戴维森夫人兴高采烈地大声说，“您听过比这更可怕的事情吗？您不会怀疑为什么我不亲口告诉您了吧，您信了吧，虽然您是位医生。”

戴维森夫人打量了一会儿医生的脸色。她殷切地想要看到自己预想中的效果。

“您能体会到我们刚到这里时低落的心情吗？您也许不会相信我说的话，在任何一个村庄都不可能找到一个好姑娘。”

她严格选用了“好”这个字的字面意义。

“戴维森先生和我讨论了一番，我们决定要做的第一件事就是禁止跳舞。土著人对跳舞简直是发了疯似的喜欢。”

“我年轻时也不反对跳舞。”麦克菲尔医生说。

“昨天晚上，当您要求麦克菲尔夫人跟您跳一曲时，我就猜到了。我认为男人和他自己的妻子跳舞并没有什么问题，但她不肯陪您跳，这倒使我很欣慰。在这种情况之下，我们必须严格克制自己。”

“在哪种情况下？”

戴维森夫人从她的夹鼻眼镜后面瞄了他一眼，却没有回答。

“但是，在白人中间，事情就截然不同了，”她接着说下去，“尽管我自己也同意戴维森先生的看法：做丈夫的怎么能站在一旁，眼睁睁地看着自己的妻子搂在其他男人的臂弯里。至于我自己，自从结婚，我就再没跳过舞。但土著人跳舞完全是另一回事：跳舞不仅本身就不道德，而且肯定会有伤风化。无论如何，感谢上帝，我们禁止了跳舞，我想我这么说一定没错，在我们教区里，已经有八年没人跳舞了。”

说话间，他们乘坐的船已经靠近港口，麦克菲尔夫人也和他们站在一起。船身转了一个急转弯便缓缓地驶入港口。这是一个被陆地环绕着的海港，大得足以容下整队海军船只，港口周围耸立着悬崖峭壁，后面是碧绿的群山。港口不远处，迎着海上吹来的微风，坐落着被花坛簇拥着的总督府，门前悬挂着一面无精打采的星条旗。

他们经过两三栋整齐的带长廊的平房、一个网球场，便来到了码头和仓库群。戴维森夫人指着停靠在二三百码之外的纵帆船，那是要送他们去阿皮亚去的船。岸边有一些从岛上各处来的土著人，他们兴高采烈的，有些是来看热闹的，有些则是在跟去往悉尼的旅客做生意；他们带来了凤梨，大串的香蕉，塔帕纤维布，用贝壳或鲨鱼牙齿串成的项链，胡椒木碗和战船模型。美国水兵穿戴整齐，胡子刮得干干净净，带着友善的神情，在土著人中间穿行，此外还有一小群官员。

卸行李的间隙，麦克菲尔夫妇和戴维森夫人一起望着人群。麦克菲尔医生注意到，大部分小孩儿和少年似乎都患有一种传染性皮肤病，畸形与溃烂就像是潜伏期的溃疡病，这是他行医多年第一次看到这种象皮病[①]，他的眼睛发出敏锐的光彩，那些男人不是有着粗

---

① 象皮病，又称血丝虫病，因血丝虫感染造成的一种症状，通过蚊子传播，使肢体或阴囊明显肿大，类似于大象的皮肤和腿。

胖、笨重的手臂，就是拖着臃肿变形的小腿。男人、女人都穿着萨摩亚印花缠腰布[①]。

“这是最猥琐的穿着了，”戴维森夫人说，“戴维森先生认为应该立法禁止这种服装。怎么能期盼人们有道德呢？他们除了在腰间围上一条红布，别的什么也不穿。”

“这倒是很适合当地的气候。”医生说着，擦了擦额头上的汗水。

现在他们已经上岸了，虽然是大清早，那个热劲儿压得人透不过气来。帕果帕果岛被群山环绕，没有一丝凉风吹得进来。

“在我们教区的那些岛屿上，”戴维森夫人用高亢的声调继续说着，“实际上，我们已经完全禁止那些土著人的穿着。只有少数几个老人还在穿，但是就只有那么几个人了。妇女们都已穿上齐胸的长裙，男人们穿上了长裤和汗衫。我们刚去的时候，戴维森先生在一份报告里写道：这些岛上的居民将永远不能成为基督教徒，除非规定十岁以上的男性必须穿长裤。”

戴维森夫人用她像鸟儿似的目光，朝聚集在港口上空的乌云瞟了两三眼。雨点开始落了下来。

“我们得找地方躲躲雨。”她说。

他们跟着人群挤进一处白铁瓦楞板搭建的大棚，瓢泼大雨已经倾泻下来。他们在那里站了一会儿，戴维森也过来跟和他们站在一起。旅途中，他对麦克菲尔夫妇礼貌周到，但是没有他夫人那样热情，总是一个人看书。他是一个沉默而且经常闷闷不乐的人，让人觉得他的和蔼可亲，完全是出于基督教赋予他的职责。他生性冷淡，甚至有些乖僻。他的长相也是绝无仅有的：他的身材又高又瘦，修长的四肢松散地连接在躯体上；两颊深陷，颧骨出奇的高；他总是

① 印花缠腰布，萨摩亚及其他太平洋岛屿土著人的传统服饰，类似筒裙，穿着方便、舒适且凉爽。

一副死气沉沉的样子，所以当你留意到他那丰满而性感的嘴唇时，不免大吃一惊。他留着很长的头发。他那双乌黑的眼珠深藏在眼窝里，显得又大又悲戚；手指又大又长，长得很好看，给人一种毅然有力的感觉。但是，他最突出的一点是给你一种有一团火在他体内焖烧的感觉，这团火含而不露却又蠢蠢欲动。他是那种难以亲近的人。

现在，他带来了一个不好的消息。当地正流行麻疹，在岛上土著人中间，这是一种非常严重的能致命的疾病，纵帆船上的水手中也发现了一例这样的病情，而这条船正是要载着他们继续前行的。病人已经上岸，被送进了检疫站的医院，但是阿皮亚官方来电报指示，除非能确定这条纵帆船上没有别的水手染上这种病，否则就不能进港。

“这就是说，我们至少得在这儿停留上十天的时间了。”

“但是阿皮亚那边正等着我呢。”麦克菲尔医生说。

“这也是没有办法的。如果船上没有再发现别的病人，纵帆船可以开航，可是只能载白人旅客，所有土著人都要被禁行三个月。”

“这儿有旅馆吗？”麦克菲尔夫人问。

戴维森低声笑了。

“没有。”

“那我们怎么办？”

“我已经跟总督说过了。海边有个做生意的人，他有几间屋子出租，我的建议是等雨一停，我们就到那儿去想想办法。不要指望能舒舒服服。如果我们能有一张床，头上有个屋顶，就该谢天谢地了。”

但是雨没有停下来的迹象，最后，只能是撑着雨伞，穿着雨衣，他们就出发了。岛上没有城镇，只有一个区官署建筑群、一两家商店，在街后椰树林和芭蕉丛中，有几处土著人的居所。

他们要找的那座房子从码头过去，用不了五分钟。这是一座两层楼的木板房，每层都有宽敞的阳台，屋顶是瓦楞铁皮的。房东是个混血儿，名叫霍恩，娶了个土著女人，生了一群孩子；房子的一层是铺面，出售罐头食物和布匹。他领他们去看的屋子差不多都是空荡荡的。在麦克菲尔的屋子里，除了一张又破又烂的床和一顶千疮百孔的蚊帐之外，就是一把快要散架的椅子和一个脸盆架。他们沮丧地环视了一下屋子。外面瓢泼大雨下个没完没了。

"除了拿出非用不可的东西，否则我决不打开行李。"麦克菲尔夫人说。

戴维森夫人一边打开手提包一边走进屋子里来。她的动作显得轻快敏捷，令人丧气的环境丝毫没有影响到她。

"要是你们愿意听我的话，就马上拿出针线，把蚊帐缝补一下，"她说，"否则，你们今晚就休想睡觉。"

"蚊子有那么厉害吗？"麦克菲尔医生说。

"这是蚊子猖獗的季节。如果阿皮亚政府官邸邀请你参加晚会，你就能看到太太小姐们都把两条腿藏在发给她们的枕头套里了。"

"我希望雨能停一会儿，"麦克菲尔夫人说，"要是太阳能出来，我就有心思把这儿收拾得舒适一些了。"

"噢，你要是等那么一天，那可得等好多日子啦。帕果帕果是太平洋雨下得最多的地方。你知道，是群山和那个海湾造成了多雨的天气，无论如何，当地人都知道，在一年的这个季节雨是要来的。"

戴维森夫人从麦克菲尔医生身上打量到他妻子身上，他俩束手无策地各自站在屋子的一边，一副失魂落魄的样子。她把嘴巴一噘。她知道，一定得由自己来指挥一切了。像这类不中用的人使她很不耐烦，她不由得双手发痒，要把一切给他们安排妥当。

"哦，把针线给我，我来给你们补好这顶蚊帐，你们去打开行李拿东西。一点钟吃午饭。麦克菲尔医生，您最好先到码头，看看您那些大件行李是不是放在干燥的地方。您知道这些土著人是怎么个德行，他们很可能把那些行李直接放在露天，任凭风吹雨打。”

医生又套上雨衣，下楼去了。在门口，霍恩先生正在同他们所搭的那艘船上的事务长站着谈话，另外还有一位二等舱旅客，麦克菲尔在船上见过几次。事务长是个瘦小干瘪的汉子，脏得出奇，麦克菲尔走过他身边时，他便点头致意。

“这次的麻疹来得很快，”事务长说，“我想，您已经安排得差不多了。”

麦克菲尔医生认为这家伙有点儿放肆，可他是个谨小慎微的人，一般不会随便生气的。

“是的，我们在楼上有了一间屋子。”

“汤普森小姐同你们一道都要去阿皮亚，所以我把她带到这儿来了。”

事务长用大拇指指向站在他身边的女人。她大约二十七岁，体型丰满，脸相中带着点儿野性，颇具姿色。她穿着一身白色衣裙，戴着一顶白色帽子，套在棉纱长筒袜里的粗胖小腿从白色漆皮长筒靴上鼓了出来。她向麦克菲尔医生嫣然一笑。

“这家伙跟我要三块钱一天，就是那么豆腐干大的房间。”她嗓子沙哑地说。

“我告诉你，她是我的朋友，乔，”事务长说，“她付不起比一块更多的钱，你一定得照她说的办。”

老板胖得圆滚滚的，咧着嘴笑了。

“好吧，要是你这么说，斯万先生，我来想想办法。我同霍恩太太商量一下，看看我们能不能减价出租。”

“别跟我来这一套，”汤普森小姐说，“我们一言为定。我出一块半一天，一个子儿也甭想多要。”

麦克菲尔医生笑了。他钦佩她那种单刀直入的杀价手段。他自己是那种要多少钱就给多少钱的人，宁愿多付几个子儿，也不去讨价还价。老板叹了口气。

“好吧，看在斯万先生的面上，我认了。”

“这才像个做生意的，”汤普森小姐说，“进屋来喝杯土烧酒。斯万先生，你把我的手提包拿来，里面还有瓶黑麦威士忌酒。你也一起来，医生。”

“谢谢你，我恐怕不行，”医生答道，“我要去看看我们的行李有没有出问题。”

他跨步出门，走到雨中。滂沱大雨从港口一直倾泻到这里，对岸一片模糊。他在路上遇见两三个腰间围着一条宽布、打着一把大伞的土著人。他们身板笔直，自在地走着，一副优哉游哉的样子，一边笑一边用古怪的语言跟他打招呼。

麦克菲尔回到住处已是午饭时分，他们的饭食就摆在商人的那间客厅里。说是客厅，平时并无人去，只是为了装装体面，因此屋子里一股霉味，气味让人窒息。沿着墙壁整整齐齐摆着一套丝绒长沙发，天花板中间吊着一盏镀金的树枝形烛灯，四周绕了一圈黄色薄纸，以免苍蝇爬上去。戴维森没有来吃饭。

“我听说他去拜访总督了，”戴维森夫人说，“我猜想，一定是总督留他吃了饭。”

一个当地的小女孩儿给他们端上了一盘子牛肉饼，不久，老板也进来看看客人的饭菜是不是都上齐了。

“我想我们有了一位同住的旅客了。”麦克菲尔医生说。

“她只租了一间房，就是那么回事，”老板回答，“自理伙食。”

他看看这两位夫人，一副想要巴结的神态。

“我把她安置在楼下，免得在这儿碍事。她不会来麻烦你们的。”

“是坐船的人吧？”麦克菲尔夫人问道。

“是的，太太，她搭的是二等舱。她要到阿皮亚去，在那里做个出纳员。”

“哦。”

等老板一走，麦克菲尔说：

“我想，她在自己屋里吃饭，一定会很无趣的。”

“如果她搭的是二等舱，我想她还是在屋里吃的好。”戴维森夫人答道，“我不知道她是哪种女人。”

“船上事务长带她来时，我碰巧在那儿。她名叫汤普森。”

“那不就是昨晚跟事务长跳舞的那个女人吗？”戴维森夫人问。

“可能就是那一个，”麦克菲尔夫人说，“我那时就有些怀疑，看来她是有些放荡。”

“肯定不是好人家出身的。”戴维森夫人说。

他们随即换了话题，由于他们起得很早，不免有些倦意，饭后便各自回去午睡了。等他们醒来，虽然天色依然阴沉，乌云低垂，雨却停了，他们走到大路上去散步，这是美国人沿着海湾修建起来的一条路。

他们散步回来时，看见戴维森也刚好进来。

“我们也许要在这儿留上半个月，”他烦躁地说，“我和总督争论了一番，但是总督说他毫无办法。”

“戴维森先生渴望回去工作。”他妻子说，焦急的目光瞥了他一眼。

“我们已经离开一年了，”戴维森说着，他在阳台上走来走去，“教会的事务让当地人管理，这令我心里万分的不安，担心他们把事情搞砸。他们都是好人，我不会说一个字来斥责他们。他们敬畏上帝，虔诚，是真正的基督教徒——他们的基督精神会使国内那些号称基督教徒的人脸红——只可惜他们不能坚持。他们可以顶住一次，也可以顶住两次，但是时间长了，他们就坚持不住了。要是你把海外传教事业交给当地的传教士，不管他看起来多么可靠，随着时光的流逝，你就会发现他又会重蹈覆辙。”

戴维森先生凝神伫立。他高大的身躯、松垮的体态和苍白的脸上那双忽闪忽闪的大眼睛，实在让人感动。从他热烈的姿势和深沉感慨的语调中，他的诚挚似乎昭然可见。

“我渴望让自己的工作有个好的安排。我要行动，而且要马上行动。如果一棵树已经腐朽，那就该马上砍掉并且投进火里。”

吃过肉食茶点之后——这是他们一天里最后的一顿——已经是晚上了，他们坐在这间散发着霉味的客厅里，女士们做着活计，麦克菲尔抽着烟斗，传教士给大家讲着他在太平洋群岛上的工作。

“我们刚到时，他们完全没有原罪[①]的观念，”他说，“他们把十诫一条一条地触犯，而且从来不知道这是罪过。我想我最难做的工作，就是把原罪的观念逐渐灌输给土著人。”

麦克菲尔夫妇早已知道，戴维森是在所罗门群岛工作了五年之后才认识了他的妻子。她曾经在中国传教。他俩利用回国休假的机会，参加了在波士顿举办的海外传教士大会，在那里他们才彼此相识。结婚之后，他们就被派遣到这些岛屿上工作至今。

在麦克菲尔夫妇和戴维森先生的历次谈话中，有一点是表述得再清楚不过的，那就是这个人有着从不退缩的勇气。他是个行医的传教士，所以他随时有被叫去各个岛上的可能。甚至当人们在捕鲸船上都感到不安全，怯于在雨季的太平洋上航行时，他却冒着风险，常常独自驾着一叶扁舟出海。面对疾病或危险，他从没有瞬间的犹豫。不知有多少次，他从黑漆漆的下着暴风雨的海上死里逃生，而且不止一次，戴维森夫人认为他已失踪而万念俱灰。

---

① 原罪，来自基督教的传说，指人类与生俱来的、洗脱不掉的“罪行”。《圣经》中讲：人有两种罪——原罪与本罪，原罪是始祖犯罪所遗留的罪性与恶根，本罪是各人今生所犯的罪。

“有时我哀求他不要出海，”她说，“或是至少等到风平浪静时再去，可他从没有听过我的劝告。他坚定的信念和决心，简直无法动摇。”

“要是我自己都害怕，我又怎么能要求土著人虔诚地相信上帝呢？”戴维森大声地说着，“我决不能退缩，决不能。大家知道，凡有危急求助于我，只要是凡人能做到的，我一定是有求必应。你以为，我在给上帝行道的时候，上帝会离弃我吗？要知道，风因他的吩咐而劲吹，波涛也因他的命令而汹涌。”

麦克菲尔是个胆小的人。他在战壕里连猛烈对射的枪弹都受不了，他在前沿阵地急救站做手术，由于要努力控制颤抖的双手，汗水总是从眉间流下来，模糊了他的眼镜。所以，在他看着这位传教士侃侃而谈时，不免有些不寒而栗。

“但愿我能说自己什么也不怕。”麦克菲尔说。

“但愿你能说自己一向笃信上帝。”戴维森反唇相讥。

不知怎么的，那天晚上，这对传教士夫妇的脑子里总是萦绕着他俩刚到群岛时所过的那种生活。

“有时候，戴维森夫人和我相对无言，泪流满面。我们无休止地工作着，却毫无进展。那时如果没有她，我简直不知道该怎么办了。在我情绪低落时，在我接近绝望时，是她给了我勇气和希望。”

戴维森夫人垂下头来看着手里的活计，脸颊上泛起一抹淡淡的红晕，手微微颤抖着，没有说话。

“没有一个人来帮助我们。我们孤军奋战，被包围在黑暗之中，亲人远在千里之外。每当我沮丧疲惫时，她就会把手头的工作搁在一旁，坐下来给我念《圣经》，直到宁静重新降临到我身上，一如睡神降临在孩子的眼睑上。最后，她合上经书，对我说：‘不管他们愿意与否，我们一定要拯救他们。’于是我感到自己更加笃信上帝，我回答她说：‘是呀，有了上帝的帮助，我一定会拯救他们。我必须拯救他们。’”

他向前一步站在桌子前面，似乎这里就是教堂的讲经坛。

“你们知道，这些土著人堕落到连自己的邪恶都看不见。我们从他们习以为常的行为中定出来何为罪恶。我们不但把通奸、撒谎和偷盗定为罪恶，而且把赤裸身体、跳舞和不进教堂也定为罪恶。我把女孩儿露出胸部和男人不穿长裤都定为罪恶。”

“然后呢？”麦克菲尔医生颇感惊奇地问。

“我施行了惩罚。显然，要使人们知道什么是犯罪，唯一的办法就是在他们做那类事情时就惩罚他们。如果他们不进教堂，罚他们钱；他们跳舞，也罚他们钱；他们衣衫不整，也处以罚款。我立了张处罚表，每犯一种罪，就必须支付罚款或是劳作。最后，他们终于明白了。”

“但是，他们难道从来没有拒绝过付款吗？”

“他们怎么敢？”传教士反问。

“敢于站出来反对戴维森先生，必定是个胆大包天的人。”传教士的妻子紧咬着嘴唇说。

麦克菲尔医生用惶惑的眼光注视着戴维森。他听到的这番话令他震惊，可他却怯于表示自己的反感。

“你须记住，我最后的一招，就是把他们开除出教堂。”

“他们会介意吗？”

戴维森微微一笑，得意地搓了搓自己的手。

“他们无法卖掉椰子干。出去捕鱼，他们得不到应有的那一份。这意思就是说，他们要挨饿。是呀，他们是很在乎这一点的。”

“告诉他弗雷德·奥尔森的事情。”戴维森夫人说。

这位传教士用他那双恶狠狠的眼睛盯住麦克菲尔医生。

“弗雷德·奥尔森是个丹麦商人，他已经在岛上好多年了。作为一个商人，他很有钱，我们去时，他很不乐意。要知道，他在那儿一意孤行。他高兴付多少钱收买土著人的椰子干就付多少，而且是用食物和威士忌酒当钱来支付。他娶了个土著妻子，但是他公然对她不忠诚。他是个酒鬼。我给他改过自新的机会，但是他毫不理会，还嘲笑我。”

戴维森把说最后那句话的声调降得很低，而且沉默了一两分钟。沉默里充满了威吓。

“用不了两年，他就成了落魄潦倒的人。他在半个世纪里积聚起来的财富，荡然无存。我把他搞得倾家荡产，最后他没有办法，只得来求我，那时他已经是一副乞丐模样，哀求我给他几个钱，买张船票回悉尼。”

“我真希望你能看到他来找戴维森先生的那副样子，”传教士的妻子说，“他原来是个五官端正身强力壮的人，大腹便便，说起话来声若洪钟，如今他干瘪瘦削、颤颤巍巍的，前后判若两人。他突然变成了一个老态龙钟的人啦。”

戴维森出神地望着夜空。又下雨了。

蓦然从楼下传来一阵声音，戴维森转过身来，询问似的望着妻子。这是留声机发出的声音，响得刺耳，喘气似的奏出音节交错的舞曲。

“那是什么？”他问。

戴维森夫人紧了紧她的夹鼻眼镜。

“楼下屋子里住了一个二等舱的女人。我想声音大概是从那儿传来的。”

他们默默地听着，显然还有跳舞的脚步声。接着音乐停了下来，他们又听到开酒瓶的砰砰声和一片嘈杂的说话声音。

“我敢说，她准是在给船上的朋友举行欢送会，”麦克菲尔医生说，“十二点钟开船，不是吗？”

戴维森并不理会，只是看了一下自己的手表。

“你手上的活计做完了吗？”他问妻子。

她站起身来，折叠好手里的活计。

“是的，做完了。”她答道。

“现在上床还早吧，是不是？”医生说。

“我们还要念一会儿书，”戴维森夫人解释道，“不论我们在哪儿，晚上临睡前，总要念一章《圣经》，按照注解做些研究，你知道，也就是加以彻底的讨论。这是对心智最好的训练。”

两对夫妇相互道了晚安。后来就只有麦克菲尔医生和他夫人留在屋里了。有两三分钟，他们彼此都没有说话。

“我想还是去把纸牌拿来吧。”最后医生开了口。

麦克菲尔夫人满怀疑虑地望着他。与戴维森夫妇的谈话使她感到不安，但是却又不愿说他们最好不要玩儿纸牌，以免戴维森夫妇突然进屋来引起难堪。麦克菲尔医生拿着纸牌回来，她便在旁边望着他一个人打通关，心里隐约有些做了错事的感觉。楼下还是一派酒会的喧闹。

第二天天气晴好，由于不得不在帕果帕果待上半个月之久，麦克菲尔夫妇为了消磨他们百无聊赖的日子，便出门去游逛。他们一直走到码头，从箱子里拿了几本书。医生拜访了海军医院的外科主任，还跟着主任去查病房。他们还在总督府留下自己登门拜访的名帖。在路上，他们遇见了汤普森小姐。医生脱帽致礼，汤普森小姐用响亮而兴奋的声音回了句：“早上好，医生。”她还是穿着前一天那身装扮，一身白色衣裙，一双发亮的高跟靴，她那胖腿肚子还是鼓出在靴口上，给这片异国情调的景色添上一道旖旎的色彩。

“照我说，她穿得有点儿俗艳，”麦克菲尔夫人说，“看上去有点儿粗俗。”

他们回到住处时，汤普森小姐正在阳台上同房东的一个皮肤黝黑的孩子玩耍。

“跟她打个招呼吧，”麦克菲尔医生在妻子耳边轻声说了句，“她孤身在这儿，不理睬她不太好。”

麦克菲尔夫人有些怯场，但是她一向习惯按照丈夫的吩咐行事。

“我想我们是同住在一块的旅伴。”她说，话语不免有些笨嘴笨舌。

“可怕啊，是吧，窝在这么个偏僻无聊的鬼地方？”汤普森小姐说，“他们说我真幸运，有个房间住着。我不愿住在土著人家里，可有些人却不得不住在那儿。我真不懂他们为什么不在这儿开家旅店。”

他们又聊了几句。汤普森小姐嗓门大、话多，可是麦克菲尔夫人却不善言辞，无以应对，不久就说道：

“哦，我想我们该上楼了。”

晚上，他们坐下来吃肉食茶点，戴维森一进门就说：

“我看到住在楼下的那个女人和几个水手坐在一块儿，我真不知道她怎么会认识那些人的。”

“她根本不懂得礼义廉耻。”戴维森夫人说。

他们度过了百无聊赖的一天，反而感到疲惫不堪。

“若是像这样子过上半个月，最后，我不知道我们会无聊成什么样子啦。”麦克菲尔医生说。

“唯一的办法就是把日子分成几段来过，”传教士答道，“我准备花几个小时坐下来看书，花一些时间运动，不论晴天还是雨天——雨季里你无法期盼有多少晴天——另外一些时间，安排些娱乐消遣。”

麦克菲尔医生用怀疑的眼光看着他的同伴。戴维森的计划让他听着厌烦。他们吃的又是连着吃了几顿的牛肉饼。看来这是厨师唯一会做的饭菜。后来，楼下的留声机又唱了起来。戴维森一听便身心不安，但是没有说什么。男人的声音飘到了楼上。汤普森小姐的朋友们正在合唱一支流行的曲子，她那又高又哑的嗓音也夹在中间，不时地还传出叫喊和哄笑声。楼上的四个人，本来想打起精神聊天，却又按捺不住要去细听楼下的碰杯声和椅子挪动声。很明显，又来了许多人。汤普森小姐正在举办晚会。

“我想象不出，她怎么能招来了那么多人。”麦克菲尔夫人突然打断了传教士和她丈夫关于医学的谈话。

从麦克菲尔夫人的话里，可以看出她的思想漫游到什么地方去了。而戴维森呢，虽然他嘴上在谈论科学的东西，他的思绪却同麦克菲尔夫人想到了一起。医生正在谈着佛兰德斯前线医治伤员的经历时，戴维森突然大喊一声，从椅上跳了起来。

“怎么啦，艾尔弗雷德？”戴维森夫人问。

“准是这样的！我怎么就没有想到这一点。她是从哀威里那儿来的。”

“不会的。”

“她是在檀香山上的船。这就一清二楚了。她居然把她的生意也带到这儿来了，带到这儿来了。”

他带着激情，恨恨地吐出了最后几个字。

“什么是哀威里？”麦克菲尔夫人问。

戴维森用他那双悲天悯人的眼睛看着她，发颤的语调里夹杂着恐怖。

“那是檀香山藏污纳垢的地方。红灯区。是我们文明的污点。”

哀威里在檀香山市区的边缘。你从港口附近的偏街陋巷那里穿过，黑灯瞎火，走过一座摇摇晃晃的小桥，就会来到一条荒凉的街道，走完坑坑洼洼的地段，你就突然到了一处灯光明亮的地方。马路两边设有停车场，还有酒吧间，到处是花里胡哨的色彩和光亮，每一家店里都响着自动钢琴声，中间也有些理发店和烟草铺。那里的气氛令人飘飘然，给人一种淫荡和寻欢作乐的感觉。你拐弯走进一条窄巷，这条窄巷把哀威里分成两部分，无论是你的左边还是右边，都是这种寻乐子的场所。

一排排带有阳台、粉刷成绿色的小屋，整整齐齐、干干净净的，小屋之间的通道又宽又直，布置得像是一座花园城市。它那让人尊敬的齐整规矩、井然有序和清洁潇洒的外表，给人一种嘲讽的印象；因为寻欢作乐之事从来没有这样空前的系统化和制度化。幽径小道偶尔有盏微弱的路灯，要不是从这些小屋开着的窗里透出一丝丝光亮来，这儿简直会漆黑一片。男人们在此踯躅往返，窥视着坐在窗前的女人们，她们有的在看书，有的在做针线活，更多时候压根儿对那些路人连正眼也不瞧。这些行人与窗里的女人们一样的是，他们的国籍五花八门：有美国人，港里船只上的水手、炮艇上下来的士兵，喝得醉醺醺，还有驻扎在岛上的军队里的兵士，白人、黑人都有；有日本人，三两成群地信步闲行；有夏威夷人，穿着长衫的中国人，还有戴着式样可笑的帽子的菲律宾人。他们都默不作声，像是受到了压抑，七情六欲也是忧郁的。

“这是太平洋上最臭名昭著的地方，”戴维森大声地喊道，“多少年来，海外传教会一直在反对，最后当地的报纸也予以响应。但是警察却毫无行动。你知道他们的论点，他们说罪恶是不能避免的，最好的办法就是划定区域，加以控制。实际上是他们收了贿赂，被买通了。酒吧和妓院老板给他们份子钱，甚至那些女人们自己也出一份。可是，最后警方还是采取了行动。”

“在檀香山停靠时，我在当地的报纸上看到了。”麦克菲尔医生说。

“哀威里，连同它的罪恶与耻辱，在我们到达时都已经不存在了。那里所有的人都受到了审判。我不知道自己怎么会没有看出那个女人是什么货色。”

“现在我明白了，”麦克菲尔夫人说，“我记得，就在我们这艘船起锚前的几分钟，她才登船。记得我当时还在想，她来得可真及时。”

“她怎么敢到这儿来！”戴维森恨恨地喊着，“我决不允许。”

他向屋门走去。

“您要去干什么？”麦克菲尔问。

“您希望我去干什么？我要去阻止他们。我决不让这所房子变成——变成……”

他在找寻一个不会使夫人们觉得刺耳的字眼。在激动之中，他的眼睛幽幽发光，他苍白的脸变得惨白。

“听起来，楼下屋子里有三四个男人，”医生说，“您现在去，会不会有点儿冒失？”

传教士向他鄙视地扫了一眼，没吭声，就冲出门去了。

“您不太了解戴维森先生，您以为他在执行使命时会因为考虑到个人安危而退缩吗？”戴维森夫人说。

她坐在那儿，两手不安地握在一起，高高的颧骨上罩上一层阴影，静静地听着楼下会出什么事儿。他们听见传教士噔噔地跑下木板楼梯，房门被推开。歌声戛然停止，但是留声机还继续播放着低俗的歌曲。他们听到戴维森的喊叫声，接着把什么重物摔在了地上。音乐停止了。他把留声机扔到了地上。后来，他们又听到戴维森在说话，但是听不清他在说些什么，紧接着是汤普森小姐的声音，又高又尖，而后又是一阵嘈杂的吵闹，好像是那几个人在愤怒的吼叫。戴维森夫人倒抽了一口冷气，把自己的双手握得更紧了。麦克菲尔医生把游移的眼光从她身上转向自己妻子身上。他不愿意下楼去，可他怀疑她们是不是希望他下去。接着又像是一阵是扭打的声音。现在吵闹声更加清晰了。也许是戴维森被人扔出了门外。门砰的一声关上。有一刹那的沉寂，后来，他们听见戴维森上楼的沉重的脚步声。他回到自己的屋里去了。

“我想我应该去看看他。”戴维森夫人说。

她站起来，离开了屋子。

“如果需要我，就喊一声，”麦克菲尔夫人说，“我希望他没有受伤。”

“为什么他要多管闲事？”麦克菲尔医生说。

他们默默地坐了一两分钟，之后两人又都吓了一跳，因为留声机重新响了起来，嘲弄的、挑衅似的嗓音嘶哑地吼着一首低俗的歌曲。

第二天，戴维森夫人脸色苍白，显得很疲惫。她抱怨头痛，样子憔悴枯槁得像老了许多岁。她告诉麦克菲尔夫人，传教士一夜没睡，在一种可怕的烦恼中过了一夜，早上五点钟就起床出门了。回来时，衣服上洒得都是啤酒，酒气熏天。提到汤普森小姐时，戴维森夫人眼里冒出阴郁的怒火。

“她得罪了戴维森先生，总有一天，她会觉得后悔都来不及的。”她说，“戴维森先生心地善良得无法形容，遭厄受困的人只要去找他，没有得不到安慰的，但是他疾恶如仇，一旦激起了他的仇恨，那就什么也拦不住他了。”

“如果真是那样的话，他会怎么做？”麦克菲尔夫人问。

“我不知道，但是我说什么也不愿意把自己置身于这个贱女人的处境。”

麦克菲尔夫人不寒而栗。在那位矮小女人昂然自信的神态中含有某种断然的恫吓。那天早上，麦克菲尔夫人和戴维森夫人一起出门，并排地走下楼。汤普森小姐的房门敞着，她们看见她披了件肮脏的晨衣，在锅里煮着什么。

“早上好，”她对着他们喊了声，“今天早上戴维森先生好些了吗？”

她们不吭一声地走了出去，好像汤普森小姐不存在似的。但是一听见她一连串嘲讽的大笑声，她们不禁脸上发热。戴维森夫人突然转过身去。

“你居然敢对我这样说话，”她高声嚷起来，“要是你侮辱我，我一定会把你从这儿赶出去。”

“嗨，是我请戴维森先生到我这儿来的吗？”

“不要理睬她。”麦克菲尔夫人赶快轻轻地说了一句。

她们一直往前走，直到听不见汤普森的叫嚣声。

“她简直是个厚颜无耻、死不要脸的东西。”戴维森夫人扯着嗓子喊。怒气差不多让她窒息得透不过气来。

回去的路上，她们看见汤普森小姐在码头上漫步。她一身盛装。那顶特别大的白帽子的帽檐上插满俗艳的花儿，很是惹眼。她一边走一边兴致勃勃地跟她们打招呼，站在路边的几个美国水手看见这两位太太冷若冰霜的表情，不禁咧着嘴笑开了。她们刚回到店里落脚，雨便又下了起来。

“我想她肯定得把那身漂亮衣服糟蹋了。”戴维森夫人尖酸刻薄地说。

他们午饭吃了一半的时候，戴维森走了进来，他已经淋成了个落汤鸡，却执意不去换衣服。他坐下来，愁眉不展，默默无语，吃了一口东西便不再吃了，只呆呆地望着斜扫进屋的雨幕。戴维森夫人告诉他，她们上午两次遇到汤普森小姐的事，他一言不发。只是他的眉头蹙得越来越深，表明他什么都听到了。

“你觉得我们去找霍恩先生把她赶出这儿好不好？”戴维森夫人问，“不能让她侮辱我们。”

“可她在这儿没有其他可以落脚的地方。”麦克菲尔说。

“她可以跟土著人住在一块。”

“这样的雨天，住土著人的茅屋，一定很不舒服。”

“我曾经在茅屋里住过几年。”传教士说。

那个土著小女孩儿端来煎香蕉做的甜点，这是他们每天必吃的一道菜，戴维森转身看着她。

“你去问问汤普森小姐，她什么时候方便，我能去看她。”他说。

小女孩儿怯生生地点点头，转身走了。

“你去看她做什么，艾尔弗雷德。”他妻子问。

“去看她是我的责任。我要做到仁至义尽，给她一个回头的机会，否则我是不会采取行动的。”

“你简直不明白她是个什么样的女人。她会侮辱你的。”

“让她来侮辱我。让她来啐我。她有永恒的灵魂，我必须竭尽全力去拯救她。”

戴维森夫人的耳朵里至今还回响着那个女人的嘲笑声。

“她已经走得太远了。”

“远得不能接受上帝的恩赐了吗？”他的眼睛突然发出光亮，口气也变得轻松柔和了，“永远不会。罪人的孽债也许比地狱还深，可是上帝的爱怜仍然能远及他身上。”

小女孩儿带来了答复。

“汤普森小姐致意，只要戴维森牧师大人不在她营业的时间光临，其他时间她都在屋里恭候。”

这一屋子人用石头般的沉默听着这个回复，麦克菲尔医生赶快把他已经出现在嘴唇上的笑意压下去。他知道，他要是觉得汤普森小姐无动于衷的厚颜无耻是件有趣的事情，妻子会恼火的。

他们默默吃完午饭。餐桌上的东西一撤下去，两位太太就拿起了她们的活计。麦克菲尔夫人又开始编织围巾，自从战争以来，她已经不知织了多少条了。医生则点燃烟斗。但是戴维森还是坐在椅子上，用一种出神的眼光紧紧地盯着餐桌。最后，他站起身来，一句话也没说，离开了屋子。他们听见他走下楼，又听见他在敲门，随后是汤普森小姐那声挑衅似的“进来”。他在汤普森小姐那儿逗留了一个小时。麦克菲尔医生望着外面不停倾泻的雨，心里变得很不安。雨点不像是我们英国的那样轻落在地上，而是无情地令人心悸地鞭挞着地面，使你感到大自然原始力量的邪恶。雨水像是决了堤似的倾倒下来，好似洪水自天而降，毫无间息地敲击在那个瓦楞铁皮屋顶上，叫人几近于要发狂、发怒，看来雨水也会狂怒。你觉得你马上就会尖声地叫喊起来了，可是突然间你又觉得自己毫无缚鸡之力，好像全身的骨头都酥软了，你有的只是苦恼和绝望。

麦克菲尔医生转身看见传教士走了进来。两位太太也抬起头来探询似的望着他。

“我给了她所有的机会。我规劝她悔改。她是个邪恶的女人。”

他略做停顿，麦克菲尔医生看到他的眼神阴沉得可怕，苍白的脸变得铁青。

“现在，我要拿起上帝用的鞭子，他曾经把圣殿里的高利贷者和银币兑换商驱逐了出去。”

他在屋子里来回走着，嘴唇紧闭，浓眉深锁。

“即使她逃到天涯海角，我也要把她追回来。”

蓦然间，他又转身出去了。他们听见他又下楼去了。

“他会干出什么事来呢？”麦克菲尔太太说。

“我也不知道。”戴维森夫人摘下了夹鼻眼镜，擦拭着，“他在执行上帝的意旨时，我从来不问他任何问题。”

她微微叹了口气。

“怎么啦？”

“他非把自己累倒不可。他太不知道爱惜自己。”

麦克菲尔医生从房东霍恩那里知道了传教士行动的第一回合。房东把正从店前走过的医生拦下，在门廊里跟他说话，房东脸上的表情显得很无奈。

“戴维森牧师大人责怪我不该让汤普森小姐住进来，”他说，“但是我出租给她的时候，并不知道她是干哪一行的。有人找上门来要租我的房子，我只问他们能不能按时付租金。更何况，她还预先给了我一个星期的房租。”

麦克菲尔医生不愿意卷进这场是非之中。

“说到底，这是你的房子。你能让我们留下来，我们是非常感激的。”

霍恩怀疑地看着他。他不知道麦克菲尔医生究竟支持传教士到什么程度。

“传教士们是相互通气的，”霍恩迟疑地说，“如果他们要对付一个生意人，那他只能关上店门，卷铺盖走人。”

“他要你把她赶出去吗？”

“没有，他说只要她规规矩矩，他不会这么做。他说要对我公平。我答应牧师大人，告诉她不要再招揽客人了。我刚去告诉她了。”

“她听了怎么说？”

“她痛骂了我一顿。”

霍恩扭动着他那条帆布旧裤衩，手足无措。他觉得汤普森小姐很难对付。

“噢，要是这样，我敢说，她一定得离开这儿了。我相信不让她的客人们来，她也不会留在这儿的。”

“可是她没处去，只有土著人的房屋，眼下土著人谁也不会收留她，现在传教士已经在她身上插了一刀。”

麦克菲尔看了看倾泻着的雨水。

“哦，我看要等雨过天晴也是没用的了。”

这天晚上，他们坐在客厅里听戴维森讲他当年的大学生活。他没钱，只能在假期去打短工才得以读完大学。楼下一片寂静。汤普森小姐孤零零地待在屋子里。但是突然间留声机又唱起来。她故意打开留声机来挑衅，来打发她的寂寥，但是那儿没人应和，而且歌曲的音调也很凄凉。这声音听起来好像在喊救命。戴维森完全不理睬。他的故事正讲到一半，面不改色地继续讲着。留声机也继续唱着。汤普森小姐唱了一张又一张，看来寂静的长夜使她受不了了。天气闷热得透不过气来。麦克菲尔夫妇上床后无法入眠。他们并排躺在那里，眼睛张得大大的，听着蚊帐外面蚊子疯狂的嗡嗡声。

“你听。”麦克菲尔夫人低声说。

他俩听出那是戴维森的声音，从木板隔墙的另一边传过来。他绵绵不绝的声音显得单调、热切、固执。他正在大声祈祷着，在为汤普森小姐的灵魂做祷告。

两三天过去了。现在他们在路上遇见汤普森小姐，她再也不用那种敷衍的殷勤或满脸嘲讽的笑容来跟他们打招呼了；她仰着头，涂着脂粉的脸上布满阴云，皱着眉头，好像没有看见他们。霍恩告诉麦克菲尔医生，她正在各处找栖身之地，可没有找到。到了晚上，她就打开留声机听各种唱片，唱片里黑人音乐中的那种破碎的、伤心的节奏，像是绝望的舞步，正跟她此时的心情相符。星期天她也打开留声机，戴维森请霍恩去要她立即停止，因为这是主日[①]。留声机停下来，整座房子里鸦雀无声，除了永不停歇地拍打在铁皮屋顶上的雨声。

“我想她有点儿按捺不住了，”第二天，房东对麦克菲尔医生说，“她不知道戴维森先生到底要对她做什么，这使她感到害怕。”

大清早时，麦克菲尔医生曾经见过她一面，令他惊讶的是她那副傲慢的神情已经完全消失了。她脸上有一种走投无路的绝望。这位混血儿房东向麦克菲尔医生斜了一眼。

① 主日，是基督教中称呼每周的第一天——星期日——的一个传统名称。

“我想您也不知道戴维森先生在搞些什么名堂吧？”他毫无把握地问。

“是的，我不知道。”

霍恩这样问也是有他的担心在里面的，因为他怀疑传教士正在秘密地进行着什么。

他有种感觉，传教士正小心缜密地在这个女人的四周布下天罗地网，一旦诸事齐备，便会把网绳一收。

“传教士让我去告诉她，”房东说，“不论什么时候她要找传教士，只要说一声，他便会下来的。”

“你告诉她时，她怎么说？”

“她什么也没说。我还没等她讲话，就离开了她住的屋子。我想也许她就要哭出来了。”

“我一点儿也不怀疑，这种寂寞的生活让她受不了，”医生说，“还有这雨——也叫人心惊肉跳。”他不耐烦地说着，“这个讨厌的地方会有不下雨的日子吗？”

“在雨季里，会一直下个不停。我们这里一年里有三百英寸的雨量。您知道的，这是由于港湾的地势，好像整个太平洋上的雨水都下到这里来了。”

“这港湾的地势真是活见鬼。”医生说。

他抓挠着蚊子叮过的地方，情绪显得非常烦躁。等到雨一停太阳出来，这里就成了桑拿房，酷热、潮湿、窒闷，让人有种奇怪的感觉，好像万物生长都带着一种野蛮的冲力似的。那些土著人，素来生性快乐、天真烂漫，可当你看见他们一身刺青，头发染成各种颜色，赤着脚在你后面啪嗒啪嗒走着时，你不由得会心生畏惧，回头去看。你觉得也许他们会随时迅速地追上来，用长匕首在你的肩胛骨之间刺上一刀。你猜不透那些土著人长得很开的双眉之间，究竟在转着什么邪恶的念头。他们有那么一点儿像古埃及人画在殿堂上的那种样子，浑身上下散发着千百年传承下来的恐怖气息。

传教士在屋子里进进出出，忙得厉害，但是麦克菲尔夫妇却不知道他在忙些什么。霍恩告诉医生，传教士每天都去找总督。有一次戴维森还提到过这位总督。

“看上去总督的决心似乎很大，”传教士说，“但是要让他斩钉截铁地做出决定时，他的骨头就软了。”

“我想他一定不愿照您的要求办的。”医生开玩笑似的说。

传教士连笑也不笑。

“我要他做的是正确的事情。本来这说服的工作也用不着的。”

“但是对于什么是正确的事，什么是不正确的事，人们是有着不同的看法的。”

“要是一个人腿上长了坏疽，在犹豫究竟是锯掉，还是不锯掉，你会对他耐心地等待吗？”

“坏疽是一个客观存在的事实。”

“那么罪恶呢？”

戴维森在忙活的事情不久便水落石出了。他们四个人刚吃完午饭，还没各自回房午睡——这是炎热驱使两位太太和医生要做的日课，戴维森对这种懒散的习惯不屑一顾——屋门猛地一下子被打开了，汤普森小姐走了进来。她的眼睛在屋内扫了一圈儿，接着就走向戴维森。

“你这个臭流氓，你在总督面前说了我什么坏话？”

由于狂怒，说话间，她唾沫横飞。大家都是面面相觑。随后，传教士把椅子推给她。

“坐下来好吗，汤普森小姐？我正盼望着和你再谈一次呢。”

“你这个无赖，浑蛋。”

她脱口而出，骂不绝口，说的话既难听又蛮横。戴维森神情庄重地注视着她。

“我才不理睬你堆在我身上的责难哩，汤普森小姐，”他说，“但是我不得不提醒你，别忘了这儿还有两位太太在座。”

这时候，在盛怒之下，她反而把眼泪抑制住了。她的脸涨得通红，气喘吁吁的。

“出什么事了？”麦克菲尔医生说。

“刚才有一个家伙来，限我一定要在下次来船时卷好铺盖走人。”

传教士的眼里会有一丝喜悦的闪光吗？但是，他的脸上还是那么不露声色。

“以你这种情况，怎么能盼望总督让你继续在此逗留呢？”

“都是你干的好事，”她尖叫起来，“你骗不了我的。是你干的。”

“我不愿欺骗你。我力促总督采取这唯一可行的做法，是为了维护他的职守。”

“为什么你要管我的事？我没有冒犯过你。”

“你可以放心，如果你冒犯我，我将是最不计较的人。”

“你以为我愿意留在这个连小市镇都不如的鬼地方吗？我像是个乡巴佬吗？”

“既然如此，我想不出你有什么可以抱怨的理由。”他答道。

她含糊不清地怒骂了一声，跑出屋去了。接着是一阵短暂的沉默。

“听到总督最后居然行动了起来，真令人欣慰。”戴维森终于开口了，“他是个懦弱的人，犹犹豫豫。他说汤普森小姐说来说去也不过在这儿留半个月，要是她去阿皮亚，那里是英国法律统治的，就用不着他来管了。”

传教士站起来，走向屋子的另一头。

“那些有权力的人不作为的做法，真是糟糕。照他们的说法，好像邪恶不在眼前就不称其为邪恶。人世间有了那种女人，就是丑事，即使推到另一个岛上去，丑事总归还是丑事。结果我不得不摊牌了。”

戴维森双眉紧蹙，咬牙切齿，样子凶巴巴的。

“你这话是怎么意思？”

“我们海外传教会在华盛顿是有一定影响力的。我向总督指出，要是有人控告他在这儿的所作所为，对他可没有什么好处。”

“她会在什么时候走？”医生迟疑了一下，问道。

“从悉尼到旧金山的船，下星期二经过这儿。她必须搭那艘船走。”

那还有五天的时间。第二天，医生为了找些有意义的事情打发时间，在医院里待了差不多一上午，他回到住处刚要上楼，那个混血儿霍恩就拦住了他。

“请原谅，麦克菲尔医生，汤普森小姐身体不舒服。您能去给她看看吗？”

“当然可以。”

霍恩领着医生进了她的房间。她百无聊赖地坐在一把椅子上，既不看书也不做活计，呆呆地望着前方。她依旧穿着那身白衣裙，戴着帽檐插着花儿的大帽子。麦克菲尔注意到，她皮肤黄黄的，脂粉被泪水打湿成斑斑块块，眼睛臃肿。

“听说你身体不舒服，我真抱歉。”他说。

“噢，我不是真的生病了。我这么说，只不过是要见到你。我只能搭去旧金山的船离开这儿。”

她盯着他，使他觉得她的眼睛像是突然间从梦里醒来一样。她的双手捏住放开、放开捏住，就像得了痉挛。老板也站在门口听着。

“我已经知道了。”医生说。

她哽咽了一下。

“我觉得我现在不方便去旧金山。昨天下午我去求见总督，但是他不见我。我看到了他的秘书，他告诉我，我只能坐这艘船回去，没有别的选择。我无论如何都要见到总督本人，今天早上，我在总督官邸门前等他，他一出来，我就上前拦住他。他不愿意理我，我死缠烂打不让他甩开我，最后他说，只要戴维森牧师大人同意，他并不反对我留在这儿，等下一班到悉尼的航船。”

她停止了说话，迫切地看着麦克菲尔医生。

“我实在不知道能帮你什么忙。”他说。

“好吧，我想也许你不介意去替我向牧师大人讲个情。我向上帝发誓，只要他让我在这儿留下来，我决不重操旧业。要是他同意的话，我可以不出屋门半步。眼下就是再待，也待不了半个月了。”

“我去跟他说说。”

“他不会答应的，”霍恩说，“他要你下星期二就走。你还是死了这条心吧。”

“告诉他，我可以在悉尼找到工作，我说的是正儿八经的工作。我的要求不过分吧。”

“我努力去试试。”

“一有结果，马上来告诉我，好吗？这个结解不开，我的心就安定不下来。”

医生并不愿意接受这个差事，可这也是他的性格使然，他打算绕着弯去办这件事。传教士的态度不免有些专横，所以他把汤普森小姐说的话告诉妻子，要妻子去和戴维森夫人谈，意思就是让这个女人在帕果帕果再待上半个月，也不会有什么危害。可是他这一外交手腕带来的结果，却大大出乎他的意料。传教士直接来找他了。

“戴维森夫人告诉我说，汤普森曾经托你来说情。”

麦克菲尔医生，由于戴维森牧师这一直截了当的追问，不免露出了一个性格腼腆的人在这种场合下会出现的尴尬。他感到自己的火气上升，脸也涨红了。

“我并不认为她宁愿去悉尼而不去旧金山，这两者之间有什么区别。而且，她既然已经答应会规规矩矩地在这儿待着，为什么还要再为难她不可。那么做，是不是有点儿太狠心了？”

传教士用严峻的目光盯着医生。

“为什么她不愿意回旧金山去？”

“我没有问她，”医生回答，他有些气恼了，“而且我认为一个人最好少管闲事。”

也许这不是一个圆滑婉转的回答。

“总督已经下令把她驱逐出境，搭最快离开这座岛的船。他不过是在执行职责，我不会去干涉的。她的出现，对这里来说是种危险。”

“我想你有点儿太严酷了。”

两位太太抬起头，有些吃惊地看着医生。不过，她们用不着担心会发生一场口角，因为传教士只是温和地笑了笑。

“我万分抱歉，麦克菲尔医生，你居然会这样看待我。相信我，我的心在为这个不幸的女人淌着血，而且，我不过是做了我该做的事。”

医生没有回答，绷起脸望着窗外。雨终于停了，向港口那边远眺，可以隐约看见散布在树丛中的土著人茅屋。

“我想趁这会儿雨停了到外面去走走。”他说。

“不要因为我没有答应你的请求而抱怨我。很抱歉，我实在是无能为力。”戴维森凄然一笑，“我十分尊敬你，医生，如果你以为我是个坏人，我很遗憾。”

“我毫不怀疑您太过于自信了，不可能坦然接受我的意见的。”他反唇相讥。

“就算这是我的不是好了。”戴维森咯咯地笑出声来。

医生看到自己莽莽撞撞地自讨没趣，只好下楼去了，汤普森小姐半开着门在等候他。

“怎么样？”她说，“您跟他说过了吗？”

“说过了，真抱歉，他不肯插手。”他回答道，他难堪得连瞧也不敢瞧她一眼。

不过，走之前他还是看了她一眼，因为她抽泣起来了。看到她的脸因恐惧而变得煞白，他心里很难受。突然间，他有了个主意。

“可你也不要绝望。我认为他们这样对待你简直丢人，我要自己去找总督。”

“现在？”

他点点头。她的脸上发出了光亮。

“噢，您真好。我想只要您跟他一说，他一定会让我留下的。在这以后的十几天里，我决不会再做不该做的事。”

医生自己也不知道他为什么要替她去求总督。他跟汤普森小姐的事情毫无瓜葛，应该是那个传教士触怒了他，而他向来有什么总是憋在肚子里的。他在官邸里找到了总督。总督是个身材魁梧、长相颇为英俊的人，水手出身，唇上留着一抹齐整的牙刷似的花白短须，穿了一身洁净的白色斜纹制服。

“我来见您，是想谈谈跟我们租住在一起的那个女人。”他说，“她名叫汤普森。”

“我觉得这个名字我已经听腻了，麦克菲尔医生，”总督笑眯眯地说，“我已经命令她下星期二出境，我只能这么办。”

“我恳请您能宽容一些，让她等到从旧金山来的船再离境，这样她就可以到悉尼去。我担保她的行为会很规矩。”

总督还是笑眯眯的，但是他的双眼夹紧，开始变得严肃起来。

“但愿还能按照你说的去办，麦克菲尔医生，可我已下令，无法再改了。”

医生又极力理论，现在总督不再笑了。他一脸不高兴地听着，有所提防地看着医生。麦克菲尔发现他并没能说动总督。

“对不起，我给那位女士带来了不便，但是她在星期二一定得离开，再没有商量的余地了。”

“但是，对您来说，她到哪里去，有很大的区别吗？”

“请原谅，医生，我认为除了对我的上级，我没有义务向任何人解释我的行政行为。”

麦克菲尔狠狠地盯了总督一眼。他想起了戴维森的暗示，戴维森是用过威胁手段的，而且从总督的态度，似乎也可以看出他是受过威逼的。

“戴维森真是多管闲事的人。”麦克菲尔气愤地说。

“我就是跟你说说，麦克菲尔医生，我对戴维森先生也没多大的好感，但我又不得不实话实说，他有权向我指出，像汤普森小姐这种品行的女人在这儿是有危险性的，因为有许多现役兵士驻扎在土著人中间。”

他站起身来，麦克菲尔也不得不跟着站了起来。

“请你务必原谅，我有个约会，请你代我向麦克菲尔夫人问好。”

医生碰了一鼻子灰离开了总督。他知道汤普森小姐一定在等着，他不愿自己亲口告诉她失败的经过，于是从后门走进旅店，偷偷摸摸上了楼，好像要隐瞒什么事儿似的。

晚饭时，他默不作声而且坐立不安，但是传教士却兴高采烈。麦克菲尔医生感觉到传教士的眼光不时落在他身上，流露出一种胜利者的扬扬自得的神态。他突然想到戴维森一定已经知道他去拜访过总督而且碰壁归来。但是天知道他怎么会听到这一切的？显然这个人有点儿神秘的力量。晚餐后，他看到霍恩在阳台上，便装作有什么话要和他说，走出了屋子。

“她想知道你是不是已经去见过总督了。”霍恩轻声说。

“去过了。他说什么都不肯答应。我真的很抱歉，我无能为力了。”

“我知道他不会答应的。他们不敢得罪传教士。”

“你们在讲什么？”戴维森和蔼可亲地说，走出屋子来找他们。

“我刚才说你们运气不好，至少还得要一个礼拜才能去阿皮亚。”霍恩脱口便说。

霍恩离开了，他们二人也回到客厅，戴维森在晚饭后总要消遣一个小时。

不久，传来轻轻的叩门声。

“进。”戴维森夫人用高亢的声调回应。

可是门却没有打开。她站起身来开了门。他们看见汤普森小姐站在门前。她的外貌有了很大的改变。那个在路上嘲讽他们时得意扬扬的泼辣风度已不复存在，而是变成一个失魂落魄、胆战心惊的女人。她的头发，一贯是精心梳理的，现在却蓬蓬松松凌乱地垂在脖际。她穿了双拖鞋，短衫长裙，脏兮兮的，皱成一团。她站在门口，满脸泪痕，不敢走进来。

“你来干什么？”戴维森夫人粗暴地说。

“我可以和戴维森先生说话吗？”她哽咽着说。

传教士站起身来走向她。

“进来吧，汤普森小姐，”他好声好气地说，“我能够帮你什么忙吗？”

她走进了屋里。

“我说，那天我说话冲撞了您，还有别的一些事情，实在对不起。我想我做得有点儿过分了，请您原谅。”

“哦，那没什么。我的肚量还担当得起这些难听的话。”

她走向他，卑躬屈膝的举止简直令人吃惊。

“您把我的精神弄垮了。我也服了。您不会再让我到旧金山去了吧？”

他那副亲切的模样顿时消失，声音也变得突然生硬严肃起来。

“为什么你不愿回到那里去？”

她在传教士面前畏畏缩缩。

“我想我家里人住在那儿。我不愿意让他们看见我这副落魄的样子。我愿意到您要我去的任何地方。”

“为什么不愿意回旧金山去？”

“我刚才告诉过您了。”

他俯身向前，盯住她，他那双又大又亮的眼睛看起来似乎要钻进她的灵魂中去。他猛地喘了口气。

“感化院。”

她尖叫起来，猛地跪在他的脚前，紧紧抱住了他的小腿。

“不要送我到那里去。我在上帝面前向您发誓，我要做个正经女人。我把这个行当整个放弃了。”

她一口气说了一大串杂乱无章的话，眼泪在她抹过脂粉的脸上簌簌地淌了下来。他俯下身子，用手把她的脸抬起来，迫使她双眼望着他。

“就是那个感化院吗？”

“他们要捉我时，我就逃掉了，”她喘着气，“如果警察逮住我，那就是入狱三年。”

他把手放下来，她就瘫软在地上仿佛成了一摊泥，悲苦地啜泣着。麦克菲尔医生站了起来。

“这就完全改变了事情的性质，”他说，“你既然明白了这一切，就不能再强迫她回去。再给她一次机会吧。她决心翻开新的一页。”

“我给了她一生中从来没有过的机会。如果她要赎罪，那就让她接受这个惩罚吧。”

她听错了他话语的意思，把头抬起来。在她哭肿了的眼睛里露出了一线希望。

“您会放我走了？”

“不。下星期二你得上船去旧金山。”

她哼出可怕的呻吟声，接着发出一声低沉沙哑的狂叫，简直不像是人的声音，她把脑袋捣蒜似的撞着地板。麦克菲尔医生跃身向前，去拉她起来。

“起来，你不能这样。你最好还是回去躺一会儿。我给你找点儿药吃。”

他将她扶了起来，半拖半抱，送下楼去。他对妻子和戴维森太太十分气恼，因为她们两个一点儿忙也不帮。混血儿房东站在楼梯口，帮助医生把汤普森扶到床上。她连哭带喊，差不多陷入昏迷状态。医生给她在皮下注射了一针。他又热又累，回到了楼上。

“我让她睡下了。”

那两位夫人和戴维森还坐在原来的地方，医生走后，他们既没动弹也没说话。

“我在等你，医生。”戴维森说，声音显得古怪、冷淡，“我要你们和我一起祷告，为我们做了错事的姊妹的灵魂祈祷。”

他从书架上拿起《圣经》，在他们吃晚饭的餐桌前坐了下来。餐桌还没有收拾过，他把挡在面前的茶壶向前一推，用一种有力、洪亮和深沉的音调，给他们朗读了记载耶稣同犯了通奸罪的女人见面的那段故事。

“现在跟我一起跪下来，给我们亲爱的姊妹赛迪·汤普森的灵魂祈祷。”

他一口气念了一篇长长的动人的祷词，他祈求上帝怜悯这个有罪的女人。麦克菲尔夫人和戴维森夫人闭着眼睛跪着。医生也笨拙而又顺从地跪了下来。传教士的祷词激情澎湃，连他自己也不禁为之大大感动，一边滔滔不绝，一边泪流满面。屋外，无情的雨点落个不停，沉重地敲打着屋顶和地面，带着人世间所有的残酷和狠毒。

最后，戴维森停住了，歇了一口气，说：

“我们现在重念一遍主祷文。”

念过之后，他们跟着戴维森一起站了起来。戴维森夫人脸色苍白而安详。她心里感受到了慰藉和平静，但是麦克菲尔夫妇却突然感到了羞愧，他们不知该把脸藏向何处。

“我马上下去看看她现在怎么样了。”麦克菲尔医生说。

他下楼来敲门，给他开门的是霍恩。汤普森小姐躺在摇椅上，默默地流着眼泪。

“你怎么下床了？”麦克菲尔喊了一声，“我告诉你要躺在床上。”

“我躺不住。我要见戴维森先生。”

“可怜的孩子，你想这有什么好处呢？你永远说不动他。”

“他说过只要我叫一声他就来。”

麦克菲尔给霍恩做了个手势。

“去叫他来。”

霍恩上楼去了，医生和汤普森默然等待着，戴维森来了。

“原谅我请您下来。”她说，悲伤地望着他。

“我正等着你来叫我。我知道上帝会应承我的祷告的。”

他俩相互注视了一会儿，接着她把目光移开了。她说话时也不正眼瞧他。

“我是个坏女人。我要赎罪。”

“感谢上帝！感谢上帝！他听见了我们的祈祷。”

他转身向着另外两个男人。

“让我一个人来陪她吧。告诉戴维森夫人，我们的祈祷应验了。”

他俩退了出来，关上了身后的门。

“希望老天开眼。”霍恩说。

这一晚，麦克菲尔久久不能入睡，他听到传教士上楼时，看了看自己的表，已是清晨两点了。即便这么晚了，传教士也没有马上上床，透过分隔他们两间房的隔板，他听见传教士在大声地祷告，他听着听着，不知不觉睡着了。

第二天早上，当医生看到传教士时，不禁为他的神态大吃一惊。他比往常的面色更加苍白，一脸的倦容，但眼里却喷出欲火，好像内心充满着不能抑制的快乐。

“我希望你立刻去看看赛迪，”传教士说，“我想她的肉体不会好起来，但是她的灵魂——她的灵魂却开始升华了。”

医生的心情郁闷，而且不安。

“昨晚上你在她那儿待到很晚。”他说。

“对，我一要离开，她就受不了。”

“可你看来快活得像个痴汉。”医生烦躁地说。

戴维森流露出一副身心陶醉的神态。

“一种至高无上的宽恕已经托付给我了。昨天夜晚，我受到恩赐，使一个迷失的灵魂重新又回到上帝仁慈的怀抱里。”

汤普森整日靠在摇椅里。床不铺，屋不整，甚至都懒得穿着，只披了一件肮脏的浴衣，头发慵懒地打了一个髻。她用湿毛巾擦了一下脸，但是脸上浮肿，泪痕犹在，显得毫无生气。

医生走进屋子，她抬起迟钝的目光，一副失魂落魄的样子。

“戴维森先生在哪儿？”

“如果你要见他，他马上就来，”麦克菲尔医生带着点儿嘲讽的语调说着，“我来看看你怎么样了。”

“噢，我想我没事的。您用不着担心。”

“你吃过东西了吗？”

“霍恩给我送来了咖啡。”

她急切地望着门外。

“你想他会马上下来吗？我感觉到有他和我在一起时，我就不那么害怕了。”

“下星期二你还得走吗？”

“还得走，他说我必须走。请您告诉他，让他马上就来吧。您对我没有什么用。眼下他是唯一可以救我的人。”

“好吧。”麦克菲尔医生说。

在此后的三天里，传教士差不多把全部的时间都花在了赛迪·汤普森身上。只有吃饭的时候，他才和其他三个人在一起。麦克菲尔医生注意到他吃得很少。

“他要把自己搞垮为止，”戴维森夫人怜惜地说，“要是他不加小心，他会精神崩溃的，他不会吝惜自己的身体的。”

她自己的脸色也变得白里透青。她告诉麦克菲尔夫人说自己也无法入眠。传教士从汤普森小姐那儿上楼来，还要做祷告直到筋疲力尽才罢休，即使这样，他睡不到一两个钟头，就又起身穿好衣服去海湾散步了。他说他做了些古怪的梦。

“今天早上，他告诉我说他梦到了内布拉斯加州[①]的山丘。”戴维森夫人说。

“他真是想入非非了。”麦克菲尔医生说。

他回忆在漫游美国时，曾经从火车的车窗上，看到过这些山丘。这些山丘像是巨大的鼹鼠窝，圆润光滑，在平地上拔地而起。麦克菲尔医生想这一风景之所以如此打动他，是因为它们就像是女人胸前隆起的乳房。

戴维森的忐忑不安甚至连他自己都感到难以忍受。与此同时，他又被一种莫名的兴奋燃烧着。他居然把这个可怜女人深藏在心房

---

① 内布拉斯加州，美国中西部的一个州，位于高平原中心。

角落里的最后一点儿罪恶的残枝败叶，也清除掉了。他陪她读经，陪她祈祷。

“简直出了奇迹，”有天晚饭时，戴维森对在座的人说，“这是真正的重生。她的灵魂，漆黑得像是子夜，现在却变得洁白如雪。我是那么卑微而畏惧。她对于自己罪恶的忏悔真是太美了。我简直不配去碰一碰她长袍的衣角。”

“您还有意把她送回旧金山去吗？”医生问，“在美国监狱里待三年。我想你应该会饶了她吧。”

“呃，你不明白吗？这是必不可少的。你能想到我的心也在为她流血吗？我爱她像爱我的妻子，爱我的亲生姊妹。当她在监狱里时，我将同她一起忍受牢狱的痛苦。”

“废话。”医生不耐烦地喊出声来。

“你不能理解，因为你看不见上帝的光。她有罪，就得受苦。我知道她将会忍受什么。她要挨饿，受罚，忍辱。我要她接受人类的惩罚，作为奉献给上帝的祭祀。我要她心甘情愿接受这一切。她获得了我们这群人中罕有的机会。上帝是善良的、仁慈的。”

戴维森的声音因激动而颤抖。他的口齿模糊不清，这些话是从他颤动的双唇间抖搂出来的。

“一整天我都和她一起祷告，即使我离开她，我还在祷告。我倾出全身的力量来祈祷，恳求上帝会把极大的怜悯和恩赐给她。到头来要使她从心底里甘受惩罚，纵使我放过她，她也不会放过她自己。我要让她体会到牢狱惩罚的苦与痛，她愿意感恩，做至高无上的主的脚下的祭品，因为上帝曾为她捐献了自己的生命。”

日子过得很慢。整个屋里人的心思都专注在楼下那个备受苦痛折磨的女人身上，大家都生活在一种不安和骚动之中。她活像是个为了供祭凶神恶煞准备的牺牲品。她的恐怖使她变得痴呆。她一下子都不愿让戴维森离开；只有戴维森和她在一起，她才有勇气，她用一种奴隶般的千依百顺来缠住他。她哭泣，她念《圣经》，做祷告。有些时候，她搞得自己筋疲力尽，变得麻木不仁。后来，她真的以期待的心情要去迎接苦难，看来也只有这样才能使她从目前难以忍受的痛苦中，找到一条直接而又切实的逃遁之路。她再也承受不了眼下主宰着她全身心的那种难以名状的恐怖。带着一身罪恶，她放弃一切个人的虚荣，在屋里踉踉跄跄地转来转去，蓬头垢面，穿着那件花里胡哨的浴衣。她已经四天不解睡衣，也不穿长袜了。她的屋子凌乱不堪。

同时，无情的雨仍在一个劲儿瓢泼似的下着。让人觉得天上的水都已枯竭，但却还在滂沱倾泻，在铁皮屋顶上疯狂地敲打，永无宁日。衣物上都是潮乎乎、黏糊糊的。墙壁、放在地上的靴子，都发了霉。在一个个无眠的长夜中，你无奈地静听着蚊群的嗡嗡声。

“哪怕就晴上一天，日子也不会这样难过。”麦克菲尔医生说。

大家全都盼望着星期二那一天，因为在这一天从悉尼开往旧金山的船会来到这个港口。这种紧张简直令人窒息。对医生来说，他只盼望这个命运多舛的女人早早离去，他的怜悯与怨恨都因为这种心情给一股脑消散了。不能幸免的事情就只得逆来顺受。他觉得只要船启航了，就连自己的呼吸也会变得自由顺畅了。按照规定，赛迪·汤普森将由总督府派的一名办事员押送上船。这个人星期一晚上来了一次，通知汤普森小姐次日上午十一点钟准备妥当。当时，戴维森就站在汤普森小姐身边。

“我会照料好一切的。我的意思是说，我自己会陪她上船。”

汤普森小姐一言不发。

麦克菲尔医生吹灭了蜡烛，小心地钻进了蚊帐，如释重负地叹了口气。

“好啊，感谢上帝，这事儿总算闹完了。明天的这个时候，她已经走了。”

“戴维森夫人也会高兴的。她说戴维森先生瘦得只剩一具空壳了。”麦克菲尔夫人说，“她是个不平常的女人。”

“谁？”

“赛迪。我怎么也无法想象，在一个人身上怎么能发生这么大的改变。那样一个性格的女人能够变得如此谦卑。”

麦克菲尔没有答话，而且马上睡着了。他疲倦不堪，比往日都睡得香甜。

第二天早晨醒来时，他觉得有只手放在自己的臂上，睁开眼睛，看见霍恩站在床边。这个混血儿一只手指放在嘴上，做了个手势要医生不要声张，悄悄地起床。霍恩平时总是穿着一条破旧的帆布裤，但眼下他却赤着双脚，穿着土著人的围腰。他突然变成了个野蛮人的模样，麦克菲尔起身下床，看见霍恩满身的刺青。霍恩打了个手势要他去阳台，麦克菲尔医生便跟了出去。

“不要声张，”霍恩轻声说，“要请你去是有些事儿。穿上衣服和皮鞋。快一点儿。”

麦克菲尔想到的第一个念头，是以为汤普森小姐出事了。

“出了什么事？要我带医疗器械吗？”

“快点儿，请你快点儿，快点儿。”

麦克菲尔蹑手蹑脚地回到卧室，在睡衣外面披了件雨衣，另外穿上了一双橡皮底的鞋子。他出来和霍恩会合，两人踮脚走下了楼梯。大门早已打开，门外站着五六个土著人。

“出了什么事？”医生又问了一次。

“请跟我来。”霍恩说。

霍恩走出大门，医生和其他一些土著人跟在后面。他们穿过大路到了海滩。医生看到有一大群土著人围住了水边的一个物体。他们加快脚步走过去，大概走了二十多码，土著人看见医生来到，便让出了一条路，霍恩推着他向前走了几步。接着，医生便看见一个一半泡在水里一半露出水面的尸体，那是戴维森。麦克菲尔医生俯下身——他不是一个在意外事件中会头脑糊涂的人——把尸体翻转过来。喉部整个儿划开了，右手还握着自杀用的剃刀。

“他全身都冰凉了，”医生说，“至少已经死了几个小时了。”

“一个伙计在上工的路上看到他躺在水里，马上跑来告诉我。您觉得他是自己动手杀死自己的吗？”

“是的。得派一个人去报告警察。”

霍恩用土话说了几句，有两个青年人离开了。

“我们一定得等他们来了再离开这里，”医生说。

“他们可不能把他抬进我的房子，我不愿把他放在我屋里。”

“你听上头的吩咐，照着办就是，”医生严厉地说，“事实上，我也希望他们把他送去停尸房。”

他们就站在那儿等着。霍恩从围腰里掏出一个烟盒，从盒里拿出一支烟递给麦克菲尔医生。他们一边抽烟，一边望着死尸。麦克菲尔医生实在想不通。

“你想他为什么要这么干？”霍恩问。

医生耸耸肩膀。过了一会儿，一个海军士兵领着土著警察抬着担架来了。不久，一些海军军官和海军医生也跟着来了。他们用公事公办的态度把一切例行手续办完。

“他妻子怎么办？”一个军官说。

“现在你们既然来了，我就回屋去穿衣服了。我将负责把这个噩耗告诉给他妻子。最好等到你们把他收拾干净，再让她见他。”

“我想这么办可以。”海军医生说。

麦克菲尔医生回到住处，发现妻子已经差不多穿好衣服了。

“戴维森夫人对她丈夫的行踪很不安，”他一落脚，妻子便对他这样说，“他一夜都没有回来睡。她听见她丈夫两点钟离开汤普森的屋子，但是他没有回来。如果他不在附近漫步，那么到这个时候他很可能已经死了。”

麦克菲尔医生把事情的经过告诉了妻子，而且要她把消息传给戴维森夫人。

“但是，他为什么要这样做呢？”她问，心里有一种莫名的恐惧。

“我也想不出来。”

“我不愿意去，我有点儿怕。”

“你一定要去。”

她露出一副害怕的脸色作为回答，从屋里走了出去。他听到妻子进了戴维森夫人的房间。他待了一分钟，定了定神，然后去刮脸洗漱，穿好衣服，坐在床边等妻子回来。终于，她回来了。

“她要亲眼见见他。”她说。

“他们已经把他抬到停尸房去了。我们还是陪她一块儿去。她受得了吗？”

“我想她吓傻了，一声也没有哭，就像树叶子那样哆嗦。”

“我们最好现在就动身吧。”

他们敲了敲她的门，戴维森夫人走了出来。她脸色惨白，但是眼里却干干的，没有一滴泪水。从医生看来，她不免有些矫揉造作。他们没有交谈，一声不吭地上了路，到达停尸房时，戴维森夫人才说话。

“让我一个人进去看看他。”

他们站在一边。一个土著人开门让她进去，随即把门关上了。他们坐下来等着。有一两个白人走来同他们谈话，语声压得低低的。麦克菲尔医生又把自己知道的悲剧对他们讲了一遍。最后那扇门静悄悄地打开了，戴维森夫人走了出来。大家都没有说话。

“我现在准备回去了。”她说。

她的声音既冷酷又坚定。麦克菲尔医生不能理解她的那种目光。她煞白的脸变得十分严峻。他们慢慢地走回家去，谁也没有吭声，最后走到拐弯的地方，对面就是他们的住处了。这时，戴维森夫人突然倒抽了一口冷气，他们几个都惊呆了，站在那里：多日来不发一声的留声机又唱了起来，又响又刺耳地播放着跳舞的音乐。

“这是怎么回事？”麦克菲尔夫人惊恐地喊起来。

“我们继续走吧。”戴维森夫人说。

他们上了台阶进了门厅。汤普森小姐站在房门口，正和一个水手说话。她一下子变得判若两人了。她不再是过去几天里那个吓得魂不守舍的女人了。她全身都穿上了漂亮的衣服，还有那双发亮的皮靴，裹在长筒棉袜里的胖乎乎的小腿依然鼓在靴口上；她的头发经过精心的梳理，戴上了那顶插满俗艳花儿的大帽子。她涂脂抹粉，双眉画得又粗又浓，嘴唇涂得鲜红。她挺着丰满的胸脯，又是他们初次见到她时那种不可一世的皇后神态了。在他们进来时，她嘲讽地大笑着。戴维森夫人不由自主地停了一下，汤普森小姐用嘴里吸足的唾沫，啐了一口。戴维森夫人吓得向后一缩，脸颊上突然出现了两片红色。接着，她用双手捂着脸，猛地冲上楼梯去了。麦克菲尔医生勃然大怒。他把那个女人推向一边，进了她的屋子。

“见鬼，你这是干什么？”他喊着，“关掉这个见鬼的留声机。”

他走上前去，把唱片拿下来。汤普森小姐转身朝向他。

“嗨，医生，你也对我来这一手。见鬼，你到我屋里来干什么？”

“你这是什么意思？”他大声喊着，“你这是什么意思？”

她昂首挺胸，简直没有人能用语言来形容她那副轻蔑的神情和她话语中含有的傲慢和憎恶。

“你们这些男人！你们这些又臭又脏的臭猪。你们全是一路货色，你们这些鬼东西。臭猪！臭猪！”

麦克菲尔医生倒抽一口冷气，蓦地恍然大悟。

赴宴之前

❖

斯金纳太太做事情喜欢守时。她早早地就穿戴整齐了，身上那件黑色的真丝外套既符合她的年龄，又适合她为死去的女婿服丧。此时，她还打算戴上一顶帽子。对于这一点，她有点儿犹豫，因为帽子上装饰的白鹭羽毛很可能会引起一些朋友的非议，而她赴宴时又免不了会碰上朋友。要获得这些羽毛，就必须杀死那些美丽的白鸟，而且必须在它们交配的季节，这听起来多吓人呀。可是话说回来，这些羽毛看起来真的很漂亮、时髦，不戴上这顶帽子的话，岂不是太可惜了，而且要是被她女婿知道，准会伤了他的感情。他从婆罗洲[①]那么远的地方把羽毛带回来，不就是为了让他岳母开心嘛。当时，凯瑟琳的神情似乎就不那么高兴，如今噩耗传来，她一定后悔当初不该那样。不过，凯瑟琳从一开始就没有真心喜欢过哈罗德。

斯金纳太太站在梳妆台前，戴上了那顶帽子，然后用一枚镶着一颗大圆珠子的发针把它固定住。毕竟，她只有这一顶漂亮的帽子。要是有人跟她问起这几根羽毛的事儿，她自然知道如何应对。

“我知道这种事很吓人，”她会说，“我自己是绝对想不到要买

① 婆罗洲，一般指加里曼丹岛，是世界第三大岛，位于东南亚马来群岛中部，曾经是英国殖民地。

这些羽毛的，是我可怜的女婿最后一次回国探亲时带给我的。”

这样就解释了她拥有这几根羽毛的理由，也为她戴这几根羽毛找到了借口。她的朋友们一向都很和善。斯金纳太太从抽屉里拿出一块干净的手帕，在上面洒了几滴古龙水①。她从来不用香水，因为她觉得使用香水有点儿轻佻，但古龙水却让人神清气爽。

她差不多打扮好了，于是抬起头，眼神越过梳妆镜，朝窗外望去。卡农·海伍德家今天要举办花园宴会，正好赶上了好天气。风是暖暖的，天是蓝蓝的，树上那早春的嫩绿还没有褪尽。小外孙女正在屋后狭长的花园里忙着把自己那片小小的花床弄得松软一些；斯金纳太太看在眼里，脸上露出一丝笑意。她希望琼的脸色不要那么苍白，过去很长一段时间里，他们错误地把这孩子留在热带地区。这么小的年纪，成天板着脸，从没见她蹦蹦跳跳的天真模样。这时，小外孙女正悄悄地独自玩着游戏，给花圃里的花浇着水。斯金纳太太轻轻地拍了拍自己的前襟，然后拿起手套，走下楼去。

凯瑟琳坐在窗前的写字台边，忙着整理几张名单，因为她是妇女高尔夫俱乐部的名誉秘书，遇到有比赛的时候，她就会有一大堆事情要做。可即使这么忙，她还是早早地做好了参加宴会的准备。

“你最终还是穿上这件套衫啦。”斯金纳太太说。

吃午饭的时候，她们就为凯瑟琳到底应该穿这件套衫还是那件黑绸衫讨论了好一会儿。这件套衫黑白相间，凯瑟琳觉得很漂亮，不过不太像服丧的样子。但米莉森特却赞成她穿这一件。

“我们为什么都要穿得像刚从葬礼上回来似的，”米莉森特说，“哈罗德都死了八个月了。”

斯金纳太太觉得这话听着有点儿不顺耳。米莉森特从婆罗洲回来以后，举止态度都不太正常。

---

① 古龙水，又译科隆水，一种原产于德国科隆的低浓度香水。

“你不会现在就脱掉丧服吧，亲爱的？”斯金纳太太问。

米莉森特没有正面回答她的问题。

“现在人们对于服丧的观念跟从前不一样啦。”她说道。

听她说话的语气，斯金纳太太觉得很是奇怪。凯瑟琳也明显注意到了这一点，因为她也用不解的眼神瞟了姐姐一眼。

“我敢肯定，哈罗德也绝不会要我永远为他服丧的。”

“我早就穿戴好了，因为我有事要跟米莉森特谈谈。”凯瑟琳说，算是对母亲那种怀疑眼光的回应。

“哦，是吗？”

凯瑟琳没有解释。她把那几张名单放在一旁，皱起眉头，把一位女士寄来的信又读了一遍。那位女士在信里投诉委员会做事不公平，竟然把她应得的让棍数目从二十四减到十八[①]。作为妇女高尔夫俱乐部的名誉秘书，她必须具备相当的智慧来处理这些事情。

遮阳篷使屋子里感觉到阴凉。斯金纳太太戴上她那副崭新的手套，看着哈罗德生前托她保管的那只硕大的、染得光彩照人的木制犀鸟；她觉得这个标本有点儿特别，看起来很粗野，但哈罗德却对它十分珍爱。它带有一点儿宗教的意味，连卡农·海伍德也对它倍加赞赏。沙发靠着墙，墙上是几件马来人的土制武器，但她忘记了它们的名称。几张随意摆放着的小桌上，到处堆着哈罗德在不同场合送给他们的银器和铜器。她以前一直很喜欢哈罗德，因此两眼不由自主地移向钢琴上方，那上面原本摆放有他的照片，旁边还有她的两个女儿、外孙女、姐姐和外甥的几张照片。

“唉，凯瑟琳，哈罗德的照片去哪儿了？”斯金纳太太问。

---

① 根据高尔夫球赛规则，以击棍数较少者胜出。业余球员与正式球员比赛，业余球员可以将其击棍数减去让棍数，以其相减的差数与正式球员的击棍数相比。例如：业余球员击棍 98 下，减去让棍数 28 下，所得为 70 下；正式球员必须少于 70 下才算赢过业余球员，否则即使实际击棍少于业余球员也算输。

凯瑟琳环顾四周。照片已经不在原来的地方。

“有人把它拿走了吧。”凯瑟琳说。

她惊讶而疑惑地站起身来，走到钢琴旁边。几张照片的位置已经重新摆放过，看不出它们之间有什么空缺。

“也许米莉森特想把它拿到自己的卧室里去吧。”斯金纳太太说。“我早就该发觉的。再说，米莉森特已经有好几张哈罗德的照片了。只是，她把它们都锁起来了。”

女儿没有在自己的卧室里放一张女婿的照片，斯金纳太太对此感到十分奇怪。她曾经跟她提起过这件事，但米莉森特并没有理会她。从婆罗洲回来以后，米莉森特就一直不爱说话；斯金纳太太想对她表示一番同情，但看见她那副样子，也就不再想表示什么了。她好像也不大情愿谈起自己痛失丈夫的遭遇。悲伤，在不同的人身上，会有不同的表现方式。斯金纳先生就曾经告诫过自己的夫人，对待米莉森特，最好的办法就是让她一个人独处。一想到自己的丈夫，斯金纳太太蓦然想到，他们该动身去参加宴会了。

“你爸爸问我，他是不是应该戴一顶大礼帽，”她说，“我跟他说，还是戴上为好。”

那场花园宴会的排场肯定会很大。大家会品尝到博迪糖果店的草莓香草双色冰激凌，还有卡农•海伍德家自制的冰咖啡。社会各界名流都会出席这场宴会。

宴会的主人要向客人们介绍香港主教，那位主教这几天就住在卡农•海伍德的家里，因为他是卡农大学时的老同学。这次，他还要做一次演讲，谈谈他在中国的传教活动。斯金纳太太的大女儿曾经在东方度过了八个春秋，她的女婿又曾经是婆罗洲一个地区的驻地长官，所以她对这方面特别感兴趣。当然，在那些跟殖民地之类的事情毫无关系的人们看来，这种演讲虽然有趣，但并不像对她来说具有那么重要的意义。

“只了解有英国的人，怎么可能对英国有真正的了解呢？”斯金纳先生曾经这样说。

这时，斯金纳先生走进房间。斯金纳先生子承父业，也是一名律师，他在林肯律师学院广场[①]开了几家事务所。他每天早上到伦敦市区上班，傍晚回家。他能陪夫人和女儿们去参加卡农家的宴会，那得感谢卡农明智地把宴会时间定在星期六。斯金纳先生穿着燕尾服和灰色花呢裤子，显得十分精神。他并不刻意讲究穿着，但他穿得还是蛮精干利落的。他看上去像是一个受人尊敬的专攻家庭事务案件的辩护律师，更何况他确实做得不错。他的事务所从来都不受理哪怕有一点点不正经的业务；如果有客人请他解决一些不大体面的麻烦事情，斯金纳先生就会变得一脸的严肃。

“我想，本事务所是无意接手这类案件的，”他会说，“您最好还是另请高明吧。”

他拿过一个便条簿，快速地在上面写下几个名字和地址。他撕下这张便条，递给对方。

“如果我是您，就会去拜访这几个人。如果您提到我的名字，我相信他们会尽力为您帮忙的。”

斯金纳先生的胡子刮得很干净，头顶几乎全秃了。他那苍白而单薄的嘴唇紧闭着，蓝色的眼睛里透着一分羞怯。他的两颊没有血色，脸上满是皱纹。

“我看见你穿上那条新裤子了。”斯金纳太太说。

“我觉得这样的场合穿挺合适的，”他答道，“我在想是否要在西装翻领上戴一朵花呢。”

“要是我的话，就不别那种东西，爸爸。”凯瑟琳说，“我觉得

---

① 林肯律师学院广场，英国伦敦最大的公共广场，林肯律师学院是英国四大律师学院之一，位于寸土寸金的伦敦市中心。

那样不好看。”

“很多人都会戴花的。”斯金纳太太说。

“只有小职员那种人才会戴花呢，”凯瑟琳说，“您也知道，海伍德会请各种各样的人来参加；再说，我们还在服丧呢。”

“我不知道主教做完演讲之后，会不会组织大家捐款。”斯金纳先生说。

“我想不会吧。”斯金纳太太说。

“我觉得要真是那样，就有点儿损了。”凯瑟琳附和地说。

“保险起见，还是准备上比较好，”斯金纳先生说，“到时候，我就代表我们一家人来捐。可我不知道捐十先令够不够？还是必须捐一英镑？”

“我觉得要么不捐，要捐就捐一英镑，爸爸。”凯瑟琳说。

“我会见机行事的。我不想比别人捐得少，但也没有理由比别人捐得多。”

凯瑟琳把文件放进写字台的抽屉里，站起身。她看了看手表。

“米莉森特准备好了吗？”斯金纳太太问道。

“还有的是时间。人家请我们四点钟去，我想我们没必要赶在四点半之前到场[①]。我吩咐过戴维斯，四点一刻把车开过来。”

平常都是凯瑟琳开车，但是像今天这样的大场合，不妨就让花匠戴维斯穿上制服，权当一回司机吧。这样汽车开到门口时，派头会大一点儿。再说，凯瑟琳穿上那件新的套衫，自然也不太愿意自己开车。

凯瑟琳看见母亲把手指一根根地伸进新手套里，不禁想起自己也该戴一副手套。她闻了闻自己的手套，确认是不是还留着肥皂味儿。还好，只有一点儿味道。她相信没有人会察觉到的。

① 按照英国人出席宴会的习惯，客人到场的时间一般会比请柬上写的时间稍晚。

房门终于打开了，米莉森特走了进来。她穿着寡妇的丧服。斯金纳太太很不喜欢她的这身打扮，但她知道，一年之内，米莉森特必须穿成这样。她穿的这套丧服并不适合她，这有点儿可惜了，因为有的人穿这套丧服挺合适的。有一次，她自己就试戴过米莉森特的帽子，再配上那根白带子、黑面纱，她觉得自己挺适合那身打扮的。当然，她希望自己亲爱的丈夫艾尔弗雷德比她活得长久，一旦他先走的话，那她会永远穿着丧服，不再脱下来。维多利亚女王就一直没有脱下丧服。可是米莉森特的情况不一样，她年轻多了，她只有三十六岁；三十六岁就成了寡妇，实在是有点儿悲惨。况且，她也不大有机会再婚。凯瑟琳如今也不太可能出嫁，她已经三十五岁了。

米莉森特和哈罗德上次回国的时候，斯金纳太太就建议他们俩把凯瑟琳接过去，跟他们一起住。哈罗德好像挺乐意的，但是米莉森特坚决反对。斯金纳太太一直不明白为什么不行，那样原本可以给凯瑟琳一个机会。当然，那并不是因为他们想把她打发走，而是因为女孩子总是要嫁人的，可他们家在国内认识的男人都已经结婚了。米莉森特的解释是，婆罗洲的气候太恶劣了。这话没错，她本人的脸色就很难看。有谁能想象，当初米莉森特可是比她妹妹更漂亮的呀。随着年龄的增长，凯瑟琳越来越有姿色，当然也有人说她太瘦了；现在她把头发剪短了，再加上风雨无阻地坚持打高尔夫球，两颊变得红扑扑的，看得斯金纳太太心里也十分怜爱。而可怜的米莉森特呢，就没有人那样评论她了；她的身材已不再苗条；她原本个头就不高，现在又发胖了，简直就像一个矮胖墩儿。她也确实太胖了，斯金纳太太猜想这大概是因为热带气候太热，她没法出去活动吧。她的肤色呈灰黄色，像泥土一般，那双蓝色的眼睛原本是她脸上最好看的地方，如今也变得黯淡无光了。

“她的脖子要找人看一下，”斯金纳太太心想，“两边的肉都坠下来了，看着实在是有点儿不好看。”

这件事她跟丈夫谈过一两回。斯金纳先生的回答是，米莉森特已经不再年轻了。这话也没错，可也不能任其自然，随她怎么样就怎么样。斯金纳太太决定要跟米莉森特好好谈谈此事，但她必须顾忌女儿悲伤的情绪，所以需要等她一年服丧期结束之后再说。

米莉森特一想到要跟母亲交谈就有点儿紧张，现在凭这个理由可以将此事推迟一年，她也很乐意接受。米莉森特已经完全变了个人。她老是阴沉着脸，跟母亲在一块儿时，她总感到很不自在。斯金纳太太总爱大声唠叨，想到什么就说什么，可是你要跟米莉森特说说话吧，就是用随便说说的那种口气，她老是阴阳怪气的，习惯性地不作回答，你也不知道她到底听见没有。有时候，斯金纳太太感到忍无可忍，必须提醒自己说，可怜的哈罗德才死了八个月啊，只有这样，她才能让自己心平气和，对米莉森特也就不那么严厉了。

米莉森特默默地走上前来，窗外的一线阳光照在她阴沉的脸上，但是凯瑟琳却背朝着窗户站在那里。她对姐姐凝神望了片刻。

“米莉森特，有件事情我想跟你说，”凯瑟琳说，“今天早上，我跟格拉迪丝·海伍德打了一场高尔夫。”

“你赢了吗？”米莉森特问。

格拉迪丝是卡农家里唯一还没有结婚的女儿。

“她跟我说了一些关于你的事情，我觉得应该让你知道。”

米莉森特的目光越过妹妹，落到那个正在花园里浇花的小女孩儿身上。

“妈妈，你有没有让安妮把琼带到厨房去喝茶？”她问斯金纳太太。

“说了，等仆人们喝茶的时候再让她喝吧。”

凯瑟琳冷冷地看着姐姐。

“主教回国的途中，在新加坡停留了两三天，”她接着说，“他很喜欢旅行。他去过婆罗洲，许多你认识的人，他都认识。”

“他一定很乐意见到你，亲爱的，”斯金纳太太说，“他认识可怜的哈罗德吗？”

“认识，主教在吉所罗[①]见过他。他清清楚楚地记得他。他说，听到他的死讯，他感到十分震惊。”

米莉森特坐下来，慢慢地戴上她的黑手套。

女儿听到这些话竟然保持沉默，这使斯金纳太太感到有点儿意外。

“哦，米莉森特，”她说，“哈罗德的照片不见了。是你拿走的吗？”

“嗯，我把它收起来了。”

“我还以为你更愿意把它放在外面呢。”

米莉森特又不说话了。她这个习惯确实令人生气。

凯瑟琳微微地侧过身子，恰好正面对着她姐姐。

“米莉森特，你为什么跟我们说哈罗德是得感冒而死的？”

米莉森特一动不动，她定睛看着凯瑟琳，土灰的脸上泛起一片红晕，但却带着一层荫翳[②]。她没有回答。

“你这是什么意思，凯瑟琳？”斯金纳先生吃惊地问。

“主教说哈罗德是自杀死的。”

斯金纳太太失声尖叫起来，她的丈夫摆摆手，示意让她安静。

“那是真的吗，米莉森特？”

“是真的。”

“那你为什么不告诉我们真相呢？”

---

① 吉所罗，婆罗洲的重镇。

② 荫翳（yì），阴霾，阴云。

米莉森特迟疑了一会儿。她身旁的桌子上有一件文莱的铜器，她用手指慵懒地抚弄着。这也是哈罗德送来的礼物。

“我想这样对琼比较好，让她相信她爸爸是得感冒死的。我不想什么都让她知道。”

“你让我们置于一个十分尴尬的境地，”凯瑟琳皱了皱眉头说，“格拉迪丝·海伍德责怪我没有把真相告诉她，觉得我不够意思。我费了好大功夫才让她相信，我自己也根本不了解真相。她说她爸爸也很不高兴，他说，我们两家有着这么多年的交情，考虑到他还是你们的证婚人，平时我们两家关系又很近等等，他原以为我们会完全信任他的。无论怎么样，即便我们不想把真相告诉他，也没有必要对他撒谎呀。”

“在这一点上，我必须说，我同意他的观点。”斯金纳先生带着批评的口吻说。

“当然，我对格拉迪丝说，这件事不应该责怪我们。我们只是把你跟我们说的再转述给他们而已。”

“但愿这件事没把你们那场高尔夫球赛搞砸。”米莉森特说。

“你可真是的，亲爱的，我觉得你这话说得太不像话啦。”她父亲大声地说。

他从椅子上站起来，走向空着的壁炉，按他习惯的样子，敞开燕尾服，站在壁炉前面。

“这是我自己的事，”米莉森特说，“如果我想把这件事埋在心里，我不明白，凭什么我就不可以这么做呢。”

“你对你妈妈都不愿意说，看来你对你妈妈也没什么感情了。”斯金纳太太说。

米莉森特耸了耸肩。

“你应该知道，这种事情迟早会露馅儿的。”凯瑟琳说。

“凭什么呀？我觉得，那两个爱嚼舌根的老牧师除了议论我之外，就没有其他事情可做了。”

“当主教说他去过婆罗洲的时候，海伍德家的人自然就会问他认不认识你和哈罗德。”

“说了半天，你们都没说到正题上，”斯金纳先生说，“我认为你应该把哈罗德去世的真相告诉我们，这样我们就可以决定怎么做是最好的。作为律师，我可以告诉你，从长远来看，你越是想隐瞒真相，就越会把事情搞糟。”

“可怜的哈罗德，”斯金纳太太说，眼泪开始顺着她涂满胭脂的脸颊流下来，“这太可怕了吧。我一直觉得他是个好女婿。究竟发生了什么事，导致他干出这种可怕的事情来的？”

“气候。”

“我觉得你最好把所有真相都讲给我们听，米莉森特。”她的父亲说。

“凯瑟琳会告诉你们的。”

凯瑟琳迟疑了一会儿，她要讲的事情确实是挺吓人的。这种事情竟然发生在他们这样的家庭里，看来真的很可怕。

“主教说他是割喉咙死的。”

斯金纳太太喘着粗气，她一激动，竟冲到她那遭受不幸的女儿身边。她想把她搂在怀里。

“我可怜的孩子呀。”她哽咽着说。

但米莉森特却把身子往后缩了一下。

“请别来烦我，妈妈。这种搂来抱去的，我真的受不了。”

“你也真是的，米莉森特。”斯金纳先生皱起眉头说道。

他觉得女儿的举止太不像话了。

斯金纳太太小心地用手帕吸干眼泪，一边叹气，一边轻轻摇着头，回到自己的椅子上。凯瑟琳不耐烦地摆弄着自己脖子上的项链。

“我的姐夫是怎么死的，这件事情的详细情况要由我的朋友来告诉我，真是荒唐。这让我们大家在别人眼里都变得跟傻瓜一样。主教很想见你，米莉森特。他想告诉你，他是多么替你难过。”

她停顿了一下，但米莉森特并没有说话。

“他说，当时米莉森特带着琼在外面，当她回来的时候，发现可怜的哈罗德躺在床上，死了。”

“这太让人感到惊讶了。”斯金纳先生说。

斯金纳太太又开始哭起来，这时凯瑟琳把手轻轻地搭在她的肩上。

“妈妈，别哭了，”她说，“眼睛哭红了，人家会笑话的。”

大家都沉默不语，斯金纳太太擦干眼泪，她费了很大功夫，才终于控制住了自己的情绪。在这种时候，她竟然还戴着可怜的哈罗德送给她的白鹭羽毛，这使她感觉十分别扭。

“还有件事情，我也应该告诉你们。”凯瑟琳说。

米莉森特依旧看着妹妹，目光是定定的，但带着一点儿警觉。那种神态，就像是一个人在等着听到一记响声，生怕自己错过似的。

“我不想说什么话来伤害你的感情，亲爱的，”凯瑟琳接着说，“但是另外还有一件事，我觉得你们应该知道。主教说，哈罗德酗酒。”

“噢，天哪！”斯金纳太太喊起来，“这话听着多吓人呐！是格拉迪丝·海伍德告诉你的吗？你怎么回答她的？”

“我说这纯粹是胡说八道。”

“这就是隐瞒事实真相的结果，”斯金纳先生有些不耐烦地说，“这种事情是百试不爽的。你越是想把事情隐藏起来，各种流言蜚语就越是会传开，说得比真相还糟糕十倍。”

“主教在新加坡的时候，有人跟他说，哈罗德是在喝了酒、神志不清的情况下自杀的。我觉得，出于对我们全家人的考虑，米莉森特，你应该站出来否认这种说法。”

“这样去谈论一个已经过世的人，真是太不应该了，”斯金纳太太说，“更何况，等琼长大了，对孩子也不好。”

“但是这种说法有什么依据吗，米莉森特？”斯纳金先生问，“哈罗德做事一向很有节制呀。”

“这个嘛——”米莉森特说。

“他喝酒吗？”

“简直是个酒鬼。”

这个回答是大家都没有预料到的，而且语气那么尖刻，他们三个人——斯纳金夫妇和凯瑟琳——都大为震惊。

“米莉森特，你怎么可以用这种口气谈论你死去的丈夫呢？”她的母亲嚷着，那双整齐地戴着手套的手紧紧地攥在一起，“我不懂你在说什么。自你回家以来，你一直都有点儿怪怪的。我绝不能相信我的女儿用这种态度去看待她过世的丈夫。”

“先别说这个啦，孩子他妈，”斯金纳先生说，“这件事我们以后再详谈。”

他走到窗前，朝充满阳光的小花园里看了一会儿，然后又走回屋里。他从口袋里掏出夹鼻眼镜，但是他并不打算把它戴上，而是用手帕擦拭着。米莉森特望着他，眼睛里明显含着嘲讽的意味。斯金纳先生心里烦透了。他干完了一周的工作，在星期一上班之前，原本可以过上一段清净的日子。虽然他跟夫人说过，参加花园宴会是件讨厌的事情，还不如在自己家的花园里静静地喝下午茶更加惬意，但是他心里一直还是很想去的。对于主教在中国传教的活动，他不太感兴趣，不过认识一下那位主教，还是挺有意思的。可是谁会预料到现在竟出了这种状况！他对这类事情，是绝不愿意搅和进去的；何况有人跟他说，他的女婿是个酒鬼，还自寻短见，让他毫无心理准备，这实在是太令人不快了。米莉森特若有所思地把自己的白色袖口抚平。那副镇定自若的样子也着实惹他生气，可他并没有朝她发火，而是对小女儿发火了。

“你为什么不坐下，凯瑟琳？屋子里有的是椅子。”

凯瑟琳一把拉过椅子，坐了下来，一句话也没说。斯金纳先生走到米莉森特面前，停下脚步，面对着她。

“当然，我明白你为什么跟我们说哈罗德是得感冒过世的。我觉得那是个错误，因为这种事情迟早是会暴露出来的。我不知道主教跟海伍德的家人所说的话中，有几分恰巧与事实相符；但是如果你愿意听我的建议，你就应该把你知道的一切都告诉我们，然后我们再作商议。既然这件事情被卡农•海伍德和格拉迪丝知道了，那么可以想见，其他人也会知道的。像我们这种地方，人们都爱说长道短的，不管什么事情，一定要把真相弄得清清楚楚的，如果是那样，对我们大家会更加不利。”

斯金纳太太和凯瑟琳觉得他说得很在理。她们等着米莉森特做出回应。但是她却面无表情地听着，脸上的红晕早已消失，又恢复了往常的苍白和土灰色。

“要是我真的把什么都说出来，我想你们会不乐意听的。”她说。

“你要相信，我们是同情你、理解你的。”凯瑟琳很认真地说。

米莉森特朝她瞥了一眼，紧闭的嘴角上掠过一丝微笑。她慢悠悠地看了他们三人一眼。斯金纳太太心里很不自在，觉得米莉森特看向他们的时候，仿佛他们三人都是服装店里的人体模特，而她仿佛生活在另一个世界里，跟他们一点儿关系都没有。

“其实，我嫁给哈罗德的时候，我并不爱他。”她若有所思地说。

斯金纳太太差点儿叫出声来，她丈夫迅速地做了一个几乎无人察觉的手势阻止了她，多年来的夫妻生活经历，使这个动作足以在他们之间传神达意。

米莉森特接着往下说，声调平稳而徐缓，语气也没有多大变化。

“我那时已经二十七岁，好像也没有其他人愿意娶我。不错，他当时已经四十四岁，年纪似乎有点儿大，可他有个挺不错的职位，是吧？而我呢，也不大可能再会有比这更好的机会了。”

斯金纳太太差点儿又叫出声来，但是她想起自己还要去赴宴。

“我现在知道你为什么把他的照片拿走了。”她伤心地说。

“妈妈，你可别这么说。”凯瑟琳大声说道。

照片是哈罗德跟米莉森特订婚的时候拍的，哈罗德的形象挺不错，斯金纳太太一直觉得他是一个有修养的男人。他身材魁梧、高大，或许是有点儿胖，但举止得体，外表庄重。那时他就已经开始有点儿秃顶了，可是现在的男人，秃顶的情况都来得比较早；何况他说过，硬壳帽，就是那种遮阳帽，对头发的伤害很大。他留了两撇小黑胡子，脸晒得黑黑的。他脸上最好看的地方就是他的那双棕色的大眼睛，琼的眼睛跟他一样。他跟人说话也很风趣。凯瑟琳说他爱吹牛，但斯金纳太太却不觉得，男人说话都有点儿颐指气使的感觉，她并不在意。特别是当她发现，那可是才一会儿的事，他竟被米莉森特迷住了的时候，她便开始喜欢起他来。他对斯金纳太太一直表现得很殷勤，他跟她谈自己工作的地区，告诉她自己捕杀的大猎物，她也听得很认真，仿佛对此很感兴趣。凯瑟琳说哈罗德总以为自己很了不起，而斯金纳太太却属于对男人的自夸全盘接受的一类人。米莉森特很快就看出大势已定，虽然她什么也没跟母亲说，但她母亲心里明白，要是哈罗德向她求婚，她肯定会接受他。

哈罗德跟一些在婆罗洲住了三十多年的人住在一起，他们都认为那个地方不错。谁要说哪个女人在那里不能过上舒服的日子，那是没有根据的。当然，小孩子到了七岁就必须回国，但是斯金纳太太觉得现在就操这份心，还为时过早。她请哈罗德到家里来吃饭、喝午茶，她说他们一家人随时都欢迎他的到来。他似乎可以较为宽松地支配自己的时间，所以当他住在老朋友家里一段时间，就要离开的时候，斯金纳太太跟他说，希望他能到自己家里住上两个星期。也就是在这次到访即将结束时，哈罗德跟米莉森特订婚了。他们先举办了隆重的婚礼，然后到威尼斯度蜜月，这才坐船去东方。轮船每到一个港口，米莉森特都要给家里写信。看起来她挺幸福的。

“吉所罗的人都对我很好，”她说，“我们跟驻地长官住在一起，大家轮流请我们吃饭。有那么一两次，我听到有人说请哈罗德去喝酒，他拒绝了。他说自己现在结婚了，已经重新做人。他们都大笑起来，我不知道那是什么原因。长官夫人格雷太太对我说，大家都很高兴能见到哈罗德结婚了。她说，一个单身汉在边防哨所服役是很寂寞的。我们离开吉所罗的时候，格雷太太阴阳怪气地跟我道别，我感觉很奇怪，好像她要郑重地把哈罗德交付给我照顾似的。”

他们默默地听她讲述。凯瑟琳的目光一直没有离开姐姐那副冷漠的面孔，而斯金纳先生一直盯着妻子坐着的那张沙发后面墙上挂着的曲刃短剑①、帕兰刀②等马来人的传统武器。

“直到一年半以后，当我重新回到吉所罗时，我才明白他们此前的态度为什么那么古怪，”米莉森特发出一种细微的怪声，像是嘲笑声的回音，“到那时，我才明白了很多以前一直没搞懂的事情。哈罗德那次回国，原来就是为了要结婚。可他并不在乎跟谁结婚。妈妈，你还记得我们当时是怎么跟他套近乎的吗？其实，我们根本不用花那么大的功夫。”

“我不懂你在说什么，米莉森特。”斯金纳太太说，语气中带着些酸楚，因为米莉森特这样拐着弯儿指责她用心计，着实让她很不开心，“我还以为，他被你迷住了。”

---

① 曲刃短剑，马来人用的匕首，刀锋呈波浪形。

② 帕兰刀，马来人用的带鞘砍刀。

米莉森特耸了耸她肥厚的肩膀。

“他是个酗酒成性的人。他每天晚上上床前都要抱一瓶威士忌，天亮前把它喝光。秘书长跟他说过，如果再不戒酒，他就必须辞职。秘书长表示，他会再给他一次机会。他可以先回英国去休假一段时间。他还建议他娶个妻子，那样回来以后就会有人管住他。哈罗德娶我，因为他想要一个管他的人。吉所罗的那些人打赌，看我能让他清醒多长时间。”

“可是他爱你呀，”斯金纳太太抢过话头说，“你不知道他是怎么跟我谈论你的，而且就在你刚刚谈到的那段期间，你去吉所罗生琼的时候，他曾经给我写了一封多么感人的信来谈论你啊。”

米莉森特又望着母亲，土灰色的脸上出现了红晕。她的双手搭在大腿上，开始微微地颤抖。她想起刚结婚时头几个月的情形。政府的汽艇把他们送到入河口，他们俩在那间孟加拉式平房里过了一夜，那个小屋，哈罗德戏称为他们的海滨别墅。第二天，他们俩乘一艘普拉胡帆船[①]逆流而上。她读过相关的小说，猜想婆罗洲的河流都是漆黑一片、阴森可怕的，可事实上，那里的天却那么蓝，还点缀着几朵白云；红树林和棕榈树的绿树枝被流水冲刷后，在太阳的照射下，闪闪发亮。河的两岸，茂密的丛林连成一片，遥远的天空映衬出一座高山的崎岖轮廓。清晨的空气清新凉爽。她仿佛踏进一片友善而肥沃的土地，感受到无限的自由。他们眺望着河的两岸，猴子们正坐在缠绕的树枝上。有一次，哈罗德还指着一段像树桩一样的东西，说那是一条鳄鱼。副长官穿着帆布裤，戴着遮阳帽，站在码头上迎接他们，还有十几个士兵齐刷刷排成一列，向他们致意。他们向她介绍了副长官，他叫辛普森。

---

① 普拉胡帆船，马来西亚或印尼的一种帆船，典型的是有一个大三角风帆和舷外架，又称双体帆船。

“哎呀，长官，”他对哈罗德说，“我很高兴见到你回来。没有你，我们可真是寂寞透了。”

长官住的那间孟加拉式平房，坐落在一个小山顶上，周围有一个长满各色野花的花园。这是一座破旧的房子，家具也很少，但是房间里却很凉快，而且宽敞。

“我们的村庄就在那儿。”哈罗德指着前方说道。

顺着他手指的方向望去，她听见椰树林里响起了一片锣声。这让她心里感觉有点儿奇怪。

虽然她没什么事情可做，但这样的日子过得很轻松。每天早上，仆人会把茶端到他们面前。哈罗德只穿一件背心和一条纱笼[①]，而她穿着晨衣，他们就这样一直在阳台上散步，享受着清晨的芬芳气息，直到穿好衣服吃早餐。然后，哈罗德去他的办公室，她就花一两个小时学习马来语。他回来吃午饭，然后又去办公室，她就睡个午觉。喝完下午茶，他们俩振作精神，就出门散步，或者打高尔夫。哈罗德把孟加拉式平房下边的草丛清除掉，整理出一块平地，建了一个九洞高尔夫球场。晚上六点左右，夜色降临，辛普森先生会过来喝一杯。他们会聊天，一直聊到吃夜宵的时间。有时，哈罗德和辛普森先生也会一起下棋。温暖的夜晚是迷人的。萤火虫把阳台两边的灌木丛变成了闪动着冷光的点点信号灯，开着花儿的树林里传来阵阵甜美的香气。晚饭之后，他们阅读六周前从伦敦寄出的报纸，然后上床睡觉。

米莉森特非常享受这种婚后生活。作为一个女人，她有自己的房子。她对那些土著仆人也很满意；他们穿着色彩鲜艳的纱笼，光着脚在孟加拉式平房里走动，没有响声，态度也很友善。这种生活使她很快乐，她感觉到作为一个驻地长官的夫人挺受人尊重。哈罗

---

① 纱笼，或译围裙，马来西亚的民族服装，色彩鲜艳，男女皆穿。

德会说一口流利的马来语，他那颐指气使的派头，那种尊严，都让她觉得他很神气、很威武。她有时会到法院去，甚至还旁听他审理案件。他要处理的事务很多，但他却处理得十分干练，让她不禁对他生出一番敬意。辛普森先生告诉她，哈罗德对土著人的了解，在整个婆罗洲是数一数二的。他坚定、机智、幽默，这些特点综合起来，是对付那些怯弱、好斗、多疑的土著人必不可少的。米莉森特开始对自己的丈夫怀有某种程度的钦佩。

他们结婚快满一年的时候，两位来自英国的自然学家在去往内地的途中，曾在他们家借宿过几天。两位自然学家拿出了总督的一封介绍信，信中措辞诚恳，所以哈罗德表示要盛情款待他们。他们的来访给哈罗德和米莉森特的生活带来了可喜的变化。米莉森特邀请辛普森先生共进晚餐，他住在营地，所以只有星期天晚上才能跟他们一起吃饭。饭后男人们坐下来打桥牌。过了一会儿，米莉森特就去睡觉了，可是他们吵闹个不停，弄得她很久也没能睡着。也不知道是在什么时候，哈罗德跌跌撞撞地冲进屋里，把她吵醒了。她没有搭理。哈罗德决定先洗澡再上床睡觉；浴室就在他们卧室楼下，他顺着台阶往下走。突然，米莉森特听见外面扑通一声，哈罗德摔了一跤，于是他破口大骂起来。接着，他开始翻江倒海地呕吐。她听见他把一桶桶凉水往自己身上泼，过了一会儿，他拖着脚步（这次是小心翼翼的）爬上台阶，悄悄地爬上了床。米莉森特假装睡着了，她恶心透了。哈罗德喝醉了。她决定明早跟他谈谈。那两位自然学家究竟会怎么看待他呢？

可是到了第二天早上，哈罗德表现得仪表堂堂，她一下子吃不准该不该再提起昨晚的事情了。

到了八点钟，她和哈罗德，还有那两位客人，坐下来吃早饭。哈罗德环顾四周。

“麦片粥，”他说，“米莉森特，你为什么不在客人们吃早饭的时候，弄点儿伍斯特[1]风味的辣酱油呢？我想他们此刻最想吃的就是那个东西了。我呢，只想来一点儿威士忌加苏打水。”

两位自然学家笑了，似乎有点儿不好意思。

“您的丈夫真是个难对付的家伙。”其中一位自然学家说。

“有贵客光临，如果第一个晚上我就没让两位吃饱喝足了再去睡觉，那是我没有尽到地主之谊。”哈罗德用他那种周到而体面的方式说道。

米莉森特脸上露出一丝讪笑[2]，想到昨晚这两位客人也跟她丈夫一样醉得不省人事，她的心里稍微感到一些宽慰。第二天晚上，她一直陪在他们身边，到了一个恰如其分的点上，大家就散了。她很高兴，两位客人终于要继续赶路了。他们的生活又恢复了平静。过了几个月，哈罗德去视察他所管辖的某个地区，结果回来时感染了严重的疟疾。

这种病，她是第一次亲眼见到，可此前她听人说起过好几回，所以哈罗德病愈之后身体虚弱，她也没感觉有什么奇怪。让她感觉奇怪的是，他的举止有点儿反常。他下班回来，总是呆滞地凝视着她。有时他站在阳台上，对英国的政治局势发表长篇大论，身体微微摇晃，但是还能保持仪态；但说着说着，就前言不搭后语起来，看着她，带着一副跟他惯有的体面不太相称的狡黠神情说道：

“这该死的疟疾，真是把人害苦了。唉，夫人，你不懂，要想建造一个帝国，会把一个男人压死的。”

她感觉到，辛普森先生开始显得担忧起来。有一两次，只有她和辛普森两人在一起时，他好像要跟她说些什么，可是话到嘴边，他总是出于腼腆又缩了回去。这种感觉越来越强烈，使她心神不

---

① 伍斯特，英国英格兰中西部历史名城。

② 讪（shàn）笑，指强颜欢笑，勉强装笑。

定。终于，有一天晚上，哈罗德不知为什么在办公室里待得比平时更久，于是她就对辛普森进行了盘问。

“辛普森先生，你是有什么话要跟我说吗？”她突然问道。

他的脸唰地一下红了起来，有点儿迟疑。

“没有啊。您怎么会想到我有话要跟您说呢？”

辛普森先生是位瘦瘦的、高个子的年轻人，二十四岁，有一头漂亮的卷发，他费了好大劲儿才终于把它梳得平整。他的手腕被蚊子咬得红一块紫一块，还留着几处疤痕。米莉森特镇定地望着他。

“如果这件事跟哈罗德有关，你不觉得跟我直说，那样更好吗？”

这时，他满脸通红，坐在藤椅上，扭过来扭过去，怎么都不舒服。米莉森特坚持要他说出来。

“我担心您会觉得，我是个不要脸的家伙，”他终于开口说，“背地里说自己上司的坏话，我这人真是太坏了。疟疾真是个烂透了的病，谁要是感染了一回，就会感到彻底完蛋的。”

他又迟疑了一下，嘴角耷拉着，就像要哭起来似的。在米莉森特的眼里，他就像是个孩子。

“我会像坟墓一样保守这个秘密的。”她说着，面带微笑，努力隐藏内心的不安，“告诉我吧。”

“我觉得很遗憾，您丈夫在办公室里放着一瓶威士忌。这样他就可以比平时多喝上几口。”辛普森先生激动得声音都嘶哑了。

米莉森特突然感觉到全身冰凉，瑟瑟发抖。她竭力保持镇定，因为她知道不能吓着那个孩子，否则就无法让他把知道的事情都说出来。他不愿意再说什么了。她求他，哄他，告诉他有责任把知道的一切都说出来，但是最后她自己还是哭了起来。这时，辛普森跟她说，哈罗德最近两个星期一直在酗酒，土著人都在议论这件事情，说他很快就会恢复结婚前的那些坏习惯。从前他就有酗酒的习惯，至于当时具体酗酒到什么程度，不管米莉森特怎样盘问，辛普森先生就是咬紧牙关，不肯透露。

“你觉得他这会儿是在喝酒吗？”她问道。

“这个我不知道。”

米莉森特突然感到怒火中烧，羞耻和愤恨交织在一起。那个营地，其实也是法院的所在地，之所以那么叫它，是因为那里屯放着枪支弹药。营地位于驻地长官哈罗德的孟加拉式平房的对面，带有一个花园。太阳快下山了，米莉森特不需要戴上帽子。她站起身来，径直朝对面走去。她穿过哈罗德审理案件的大厅，看见他坐在大厅后面的办公室里，面前放着一瓶威士忌。他一边抽烟，一边跟三四个马来人说话。那些马来人站在他面前听他说话，脸上是谄媚又含有轻蔑的表情。哈罗德满面通红。

那几个土著人一下子没了踪影。

“我过来看看你在干什么。”她说。

他装出惯常的那副刻意的礼貌态度招呼她，但是却显得跌跌撞撞的。他觉察到自己站不稳，于是装出一副刻意的仪表堂堂的派头。

“请坐，亲爱的，请坐。公务紧急，耽误了一会儿。”

她愤怒地瞪着他。

“你喝醉了。”她说。

他直愣愣地望着她，两颗眼珠子略微鼓出，肥大的脸颊上露出一副盛气凌人的神情。

“我听不懂你究竟在说什么。”他说。

她原本打算用一连串激愤的言辞，劝他改邪归正，但现在却忍不住大哭起来。她一屁股坐进椅子，两手捂着脸。哈罗德看了她一会儿，泪水也从脸颊上流下来。他朝她走去，张开双臂，扑通一声跪了下来，他抽泣着，把她搂在怀里。

“原谅我，原谅我，”他说，“我向你保证，这种事情永远不会再发生了。这都是那该死的疟疾害的。”

“这事太丢脸了。”她呜咽着。

他像个孩子似的哭着。这个仪表堂堂的大男人竟做出这样的自我谴责，实在令人感动。

过了一会儿，米莉森特抬起头来。他的双眼带着恳求和悔恨的神情，寻找着她的目光。

“你能向我保证，永远不再酗酒了吗？”

“我保证，我保证。我恨透了那个东西。”

就在这时，她告诉他自己怀孕了。他简直喜出望外。

“只要我想着这件事，就会让我做个真正的好人。”

他们俩回到孟加拉式平房。哈罗德洗了澡，然后睡了一会儿。晚饭之后，他们谈了很长时间，谈得很平静。他承认自己在跟她结婚之前，有时喝酒喝得过量。他说，生活在偏远的驻地，是很容易染上坏习惯的。米莉森特提出的各种要求，他都照单全收。分娩前的几个月，米莉森特必须到吉所罗去，那段时间里，哈罗德一直是个尽心的丈夫，温柔、体贴、豪迈、热情，他简直无可挑剔。一艘小汽艇来接她，她要离开他六个星期，他忠诚地向她保证，在她不在身边的时候滴酒不沾。他把双手搭在她的肩膀上。

“我从不食言，”他带着惯有的那种仪态说，“即使不做保证，你能想象我会在你经受痛苦的时候，做出给你增添麻烦的事情吗？”

琼出生了。米莉森特暂时住在驻地长官的家里，他的夫人格雷太太是个中年妇女，性情温良，对她十分友善。两个女人长时间单独相处，除了聊天，别无他事。时间久了，米莉森特对她丈夫过去酗酒的事情，已经了解得一清二楚。最让她难以接受的一个事实是，哈罗德曾经被警告过，如果他想保住自己的公职，就必须娶一个妻子回来。这件事在她心里激起一股隐隐的怨恨之情。当她发现自己的丈夫原来是个积习难改的酒鬼，她隐约感到有些不安。最让她担心的是，在她生孩子不在家的这段时间里，他可能会经不起那种嗜好的诱惑。她带着婴儿和一个保姆启程回家。她在河口住了一晚，并找了一位划独木舟的信差向哈罗德通报她快到家了。当小汽艇快要靠岸时，她的眼神急切地扫过码头。哈罗德和辛普森先生站在那儿。那些士兵齐刷刷排成一列，也在那儿迎候。哈罗德的身子略微有点儿晃悠，就像在颠簸的船上站不太稳一样，她的心突然一沉，她知道他喝醉了。

这次回国她的心情并不好。她几乎忘了自己的父母和妹妹都坐在那儿，一声不吭地听她讲述这些事。这时，她抖擞精神，才重新意识到他们的存在。她所讲述的一切似乎都是发生在很久以前的事了。

“那时候，我知道自己恨他，”她说，“我本该杀了他。”

“噢，米莉森特，可别那么说，”她母亲叫道，“别忘了，他已经去世了，那个可怜的人。”

米莉森特朝母亲望了一眼，她呆滞的表情里一时间又多了一层荫翳。斯金纳先生不安地挪动了一下身子。

“继续说。”凯瑟琳说。

“知道了我对他的过去都了解得一清二楚后，他反而变得更加无所顾忌了。三个月之后，他又有一次震颤性谵妄症[①]发作。”

“你为什么不离开他？”

“那有什么好处呢？要不了两个星期，他就会被开除公职。那样的话，谁来养活我和琼呢？我必须待在那儿。在他清醒的时候，我没什么可抱怨的。他从来就没有爱过我，可是他喜欢我。我当初嫁给他，也不是因为我爱他，我不过是想要出嫁而已。我想尽一切办法不让他喝酒。我设法让格雷先生禁止威士忌从吉所罗运过来，可

① 震颤性谵妄，D.T.'S，全称delirium tremens，饮酒过量导致身体震颤和出现幻觉。

是他从中国人那儿弄到了。我就像猫盯老鼠一样地盯着他。他太狡猾了，我对付不了他。没过多久，他又有一次震颤性谵妄症发作。他在工作中失职了。我担心有人会向他的上司投诉。我们那儿离吉所罗有两天的路程，这种阻隔对我们是一种保护，但我还是觉得有人传话上去了，因为格雷先生私底下给我写了一封信，要我特别提防。我把那封信转交给哈罗德看了。他愤怒地大吼大叫起来，但我看得出来，他害怕了。有两三个月，他始终是清醒的。后来，他又我行我素起来。在我们休假回国之前，一直都是那样。

“我们回国之前，我求他，恳求他千万要克制。我不想让你们任何一个人知道我竟然嫁给了这样一个男人。他在英国休假期间，表现得还不错。在我们回去之前，我又警告过他。这几年他对琼非常疼爱，为她骄傲，琼也跟他很亲近。她一直都喜欢她爸爸，甚至超过喜欢我。我问哈罗德，等孩子长大以后，是否愿意让她知道爸爸是个酒鬼。这个念头把他吓坏了；我发现自己找到了一个约束他的绝招。我跟他说，我不会允许这种事情发生的，如果他让琼看见自己的爸爸喝醉了，我就立即把她带走，离开她的爸爸。你们知道吗，我说完这句话，他的脸唰地一下变得惨白了。当天晚上，我跪倒在地上感谢上帝，因为我终于找到一个拯救我丈夫的方法了。

“他告诉我，如果我支持他，他愿意再次戒酒。我们下定决心，共同克服它。这一次，他真的很努力。当他觉得忍不住要喝一口的时候，他就来找我。你们知道，他总是有点儿盛气凌人的样子。可在我面前，他是那么谦卑，就像是个孩子，他依赖我。或许他在跟我结婚的时候并不爱我，可这时候他爱我，爱我和琼。我恨过他，因为那件丢脸的事情，因为他喝醉了还要装得仪表堂堂、派头十足，实在令人厌恶。但是这会儿，我心里有一种奇怪的感觉。那不是爱情，而是古怪的、羞涩的温情。他不只是我的丈夫，他像是一个在漫长的岁月里，我一直担心着的孩子。他为我感到自豪，而我呢，你们知道，也感到自豪。他口若悬河，我也不再反感，只是觉得他那种威武的仪态实在很可笑，也很迷人。最后我们取得了胜利。整整两年，他滴酒未沾。他彻底戒掉了那种嗜好。他甚至可以拿那件事情开玩笑了。

“辛普森先生当时已经调离婆罗洲了，我们那儿又来了一个年轻人，名叫弗朗西斯。

“‘你要知道，我可是一个改造成功的酒鬼哟，弗朗西斯，’哈罗德有一次跟他说，‘要不是我妻子呀，我早就丢掉饭碗了。我娶的是全世界最棒的妻子啊，弗朗西斯。’

“听到他说这些话，我的心里甭提有多美了。以前我经历的一切，现在我都觉得值得了。我太幸福了。”

她沉默了。她回想起那条宽阔、泛黄而混浊的河流，就在那条河的岸边，她生活了那么长的一段时间。几只白鹭在微弱的夕阳下闪着光，它们成群结伴地朝着河的下游飞去，飞得很低、很快，然后四下散开。它们就像一串洁白的音符，激起一片涟漪，像春天般甜美、清纯，似一段神灵般的琵琶音，在无形的竖琴上，被一只无形的手弹奏出来。白鹭拍打着双翅，沿着葱绿的两岸飞翔，融化到苍茫的暮色里，就像是一个幸福的人脑子里洋溢的快乐的思绪。

“不久，琼病了。整整三个星期，我们一直提心吊胆的。没有比在吉所罗更近的医生了，我们只好将就着请当地的一名药剂师来治病。琼病好之后，我就把她带到河口，想让她呼吸一下新鲜的海洋空气。我们在那儿住了一个星期。除了之前琼出生时，我离开过家以外，这还是我第一次离开哈罗德。河口那里有一个小渔村，房子都搭建在木桩上，渔村离得不远，但我们还是感觉很冷清。我非常想念哈罗德，甚至充满了柔情，突然间我感觉到我爱他了。所以当普拉胡帆船来接我们回去时，我兴奋极了，因为我要回去告诉他我是多么爱他。我觉得这件事情对他来说具有重大的意义。我简直没法形容我当时有多么高兴。我们朝上游划去，船夫告诉我，弗朗西斯要到内地去抓一个谋杀丈夫的女人，已经走了两三天了。

“哈罗德竟然没到码头上来接我，这让我感到很意外。对待这类事情，他一向是很守礼节的。他经常说，夫妻间应该相敬如宾。我想不出会有什么事情让他抽不出身来。我沿着小山坡往上走，上面就是那间孟加拉式平房。仆人领着琼跟在我后面。屋里安静得有点儿奇怪，好像一个仆人都不在，我不明白那是怎么回事；我猜想也许哈罗德没预料到我会这么快回来，所以出去了。我走上台阶。琼说她口渴，仆人领她到仆人房去给她弄点儿喝的。哈罗德不在客厅。我喊他，但是没人回应。我感到失望，因为我真的希望他在家。我走进卧室，哈罗德根本就没有出门：他正躺在床上睡觉。我实在觉得很好玩儿，因为他一向自称从来不睡午觉的。他说我们白种人没有必要养成那种习惯。我轻手轻脚地走近床边。我想跟他开个玩笑。我掀开蚊帐。他仰面朝天躺在床上，只穿了一条纱笼，身边是一个威士忌的空瓶子。他喝醉了。

“老毛病又犯了。我多年来的努力全都白费了。我的梦想破灭了。一切都没有指望了。我感到怒火中烧。”

米莉森特的脸上又泛起一片带着荫翳的红晕，双手紧紧抓着她坐的那把椅子的扶手。

“我抓着他的肩膀，使劲地摇晃他。‘你这个畜生，’我喊，‘你这个畜生！’我气得不知道自己在做什么，不知道自己在说什么。我只是不停地摇晃着他。你们不知道，他的样子多让人恶心，肥头大耳的，赤裸着上半身；他有好几天没刮胡子了，脸蛋又肿又紫。他喘着粗气。我对着他大喊大叫，可他根本不理会。我想把他从床上拖下来，可是他太重了。他像根木头一样躺着，一动不动。‘睁开眼睛。’我尖声叫着。我又抓着他使劲摇晃。我恨他。我比以前更加恨他，因为有一个星期，我曾经全身心地去爱他。他对不起我。他太对不起我了。我要告诉他，他是个多么肮脏的畜生。可是我没办法让他知道。‘睁开你的眼睛。’我喊着。我决定要让他睁开眼睛来看我。”

米莉森特舔着自己干涸的嘴唇。她的呼吸好像有点儿急促。她说不出话了。

“要我说，就他当时的情况，还不如就让他睡着好了。”凯瑟琳说。

“床边的墙上挂着一把帕兰刀。你们知道，哈罗德就喜欢那些古董。”

“什么叫‘帕兰刀’？”斯金纳太太问。

“别犯傻了，孩子他妈，”斯金纳先生不耐烦地说，“你身后的墙上就挂着一把呢。”

他指了指那把马来短刀，不知什么缘故，他的目光一直下意识地没有离开过那个东西。斯金纳太太倏地蜷缩到沙发的一角，做出一个受到惊吓的手势，似乎有人跟她说她身旁盘着一条蛇。

“突然，一股鲜血从哈罗德的喉咙喷涌而出。喉咙上割了一道大红口子。”

“米莉森特。”凯瑟琳叫唤了一声，嗖地站起身来，几乎是扑向她的姐姐，“上帝啊，你这话是什么意思？”

斯金纳太太吓得站了起来，两眼瞪着她，嘴巴张得很大。

“那把帕兰刀已经不在墙上了。它在床上。这时，哈罗德睁开了眼睛。那双眼睛跟琼一模一样。”

“可我不太明白，”斯金纳先生说，“如果他当时处于你所描述的状态，怎么可能自杀呢？”

凯瑟琳抓着姐姐的肩膀，愤怒地摇晃着。

“米莉森特，看在上帝的分上，请解释清楚。”

米莉森特从妹妹的手中挣脱出来。

“帕兰刀挂在墙上，我说过了。我也不知道怎么回事。到处都是血，哈罗德睁开了眼睛。他几乎当场就死了。他没有说话，只是喘了口气。”

这时，斯金纳先生才缓过神来，张口说话。

“你这个恶毒的女人，那是谋杀！”

米莉森特的脸涨得通红，用轻蔑而仇恨的眼神瞪了他一眼，叫他吓得倒退了半步。

斯金纳太太大喊：“米莉森特，那不是你干的，对吧？”

这时，米莉森特的一个举动，让他们感到自己血管里的血都凝成了冰：她咯咯地笑了起来。

“难道还会是别人干的吗？”她说。

“我的上帝啊！”斯金纳先生嘟囔道。

凯瑟琳僵直地站在那儿，两手捂着胸口，像是经受不住心脏的跳动。

“后来呢？”她问。

“我尖叫起来。我跑到窗前，推开窗户。我叫仆人过来。她带着琼从院子那边过来。‘别让琼过来，’我说，‘别让琼过来。’她找来了厨师，让他照顾孩子。我催她快点儿。她上来了，我就把哈罗德指给她看。‘老爷自杀啦！’我喊。她尖叫一声，就跑出了房门。”

“谁也不敢靠近。大家都吓得不知道做什么才好。我写信给弗朗西斯先生，告诉他发生了什么事情，要他马上回来。”

“你在信中是怎么跟他说的？”

“我说，我从河口回来，发现哈罗德的喉咙被割断了。你们知道，在热带地区，人死了要尽快埋掉。我弄了一口中国棺材，士兵们就在营地后面挖了一个坑。等弗朗西斯先生回来时，哈罗德已经下葬快两天了。弗朗西斯还是个孩子。我可以随便应付他。我告诉他，我发现哈罗德手里握着那把帕兰刀，毫无疑问，他是在谵妄症发作时自杀的。我把空酒瓶拿给他看。仆人们也说，自从我离开家到海边去以后，他一直喝酒喝得醉醺醺的。我在吉所罗也是那样说的。大家都很同情我，政府还给了我一笔抚恤金。”

大约有好一会儿，大家都沉默不语。最后，斯金纳先生终于缓过神来。

“我是专门从事法律工作的。我是一名律师，承担着某些职责。我们这项工作一直是最受人尊敬的，可你让我处在一个难堪的境地。”

他苦苦地思索着，在他混乱的思绪中搜寻着那些跟他玩着躲猫猫的词语。米莉森特轻蔑地望了他一眼。

“您打算怎么做？”

“那是谋杀，确凿无疑。你认为我能保持沉默吗？”

“别瞎扯啦，爸爸，”凯瑟琳厉声说，“您不能告发自己的亲生女儿。”

“你让我处在一个难堪的境地。”他重复道。

米莉森特耸了耸肩膀。

“当初可是你们要我说出来的。这件事情我独自忍受了那么久，现在该轮到你们也来忍受了。”

这时，女仆推开了房门。

“老爷，戴维斯已经把车停在楼下了。”她说。

凯瑟琳装作镇定的样子说了几句，女仆就退了出去。

“我们该走了。”米莉森特说。

“我现在不可能去赴宴，”斯金纳太太惊惶地大声说，“我的心里太乱了。我们怎么去面对海伍德一家人呢？更何况，主教还想认识你呢。”

米莉森特做了一个满不在乎的手势。她眼睛里依然带着嘲讽的神情。

“我们必须得去，妈妈，”凯瑟琳说，“要是连我们都不去，那岂不是很奇怪。”她愤愤不平地转向米莉森特，“哎呀，我觉得我们大家都被这件事情搞乱了心情！”

斯金纳太太不知所措地望着她的丈夫。他走过去，伸手把她从沙发上扶起来。

“恐怕我们还是得去啊，孩子他妈。”他说。

“可我还戴着一顶帽子，上面装饰着哈罗德亲手送给我的白鹭羽毛。”她呜咽着说。

他搀着她走出房间，凯瑟琳紧随其后，米莉森特离他们一两步的距离，跟在后面。

“这件事情，你们慢慢就会习惯的，”她慢条斯理地说，“一开始，我心里也一直放不下，可是现在我偶尔能有几天的时间不去想它了。看来不会有什么危险。”

谁也没有搭理她。他们穿过门厅，走出家门。三位女士坐到汽车的后座，斯金纳先生坐在司机旁边。这是一辆旧车，车上没有电动启动装置。戴维斯走到车前，用手摇动曲柄，发动引擎。斯金纳先生转过身，恶狠狠地朝米莉森特瞪了一眼。

“你不该让我知道这些事情，”他说，“我觉得你很自私。”

戴维斯回到驾驶座上，他们一家人坐车前去参加卡农家的花园宴会。

铁行轮船公司

哈姆林太太靠在长椅上，懒洋洋地看着乘客们从舷梯上过来。船是夜里抵达新加坡港的，从拂晓起就开始装货，整整一天绞盘都在吵个不停，不过，这会儿她已经习惯了它们不停地喧闹声了。她在“欧罗巴”餐厅里用过午餐之后，因为无事可做，就坐上人力车，穿梭于这个城市里欢快而拥挤的街道。

新加坡是一个各国人种杂处的地方。有马来人，虽说他们是这里的土著，但在城里的日子却不很惬意，人口也少；有中国人，他们灵活、机警、勤快，成群结队地聚集在街头；有皮肤黝黑的泰米尔人，光着脚，走路悄无声息，好像异乡的旅客；有时髦而富足的孟加拉人，他们轻松自如地应对周遭的环境，而且充满自信；有狡猾谄媚的日本人，他们似乎总在忙着一些紧急而绝密的事务；有英国人，他们戴着遮阳帽或白色鸭舌帽，或是坐在小汽车里飞驰而过，或是悠闲地坐在人力车里，摆出一副不动声色的神情。这些形形色色的统治者，用微笑而漠然的态度维持着他们的统治。

这时，哈姆林太太感觉又困又热，等待着海船再次起航，开始她那横跨印度洋的漫长航程。当那位医生陪林赛尔太太上船时，哈姆林太太张开大手挥动着。她是个身材魁梧的女人。她从离开横滨之后就一直搭乘这艘轮船，并且以她敏锐的兴趣关注着这两个人之间亲密关系的进展。林赛尔先生是随同英国驻日本大使馆来东京的海军军官。对于医生如此关心自己的妻子，这位海军军官表现得十分淡然，这使她感到奇怪。另外两个男人也从舷梯上走过来，他们都是新乘客，她试图从他们的举止上猜测他们到底是单身还是已婚，借此聊以自乐。在她近旁，一群男人正坐在藤椅上，从他们的卡其布套装和宽边白帽子来看，她猜他们是种植园主。他们把甲板上的船员指使得团团转。他们都灌了不少酒下肚，大声地谈话，嬉笑的样子几近于胡闹，显然，他们在为其中的一个人送行，但哈姆林太太无从判断那个将与她共度航程的人究竟是哪一个。

开船的时间渐渐临近，乘客们陆续到达。杰夫森先生也到了，他神色庄重地缓步踏上舷梯。他是领事，这次回英国是为了度假。他是在上海登船的，登船之后不久就跟哈姆林太太套起了近乎，但她这会儿实在没有调情的兴致。一想到这次打道回府的缘由，她就眉头紧锁。这次圣诞节她要在海上度过，远离那些对她还有点儿在乎的人，有那么一会儿，她觉得心里有一阵隐隐作痛。有一桩心事，不管她怎么坚决地把它推开，却总是持久地占据着她的心房，这令她烦恼不已。

嘹亮的起航铃声响起，坐在她附近的那几个男人突然一齐动了起来。

“好吧，我们得快点儿了，否则就要被船带走了。”其中一个人说。

他们站起身，向舷梯方向走。他们互相握手，到这个时候她才看清楚他们是在为谁送行。哈姆林太太注视的那个人并无任何特别之处，只是她实在没什么可看的，才把眼神在那个人身上多逗留了一会儿。他是个大块头，六英尺多高，肩膀宽阔，体格强壮，穿着一套邋遢的卡其斜纹布衣服，帽子扁塌而破旧。他的朋友们把他独自留在船上，然后越过码头，再转身致意。哈姆林太太发现他说话时带有浓重的爱尔兰口音，他的嗓音饱满、响亮，充满热情。

林赛尔太太已经走下船舱，医生也过来坐在哈姆林太太身边。他们互相交流着白天听到的一些琐碎的新闻。铃声再次响起，他们所乘的轮船拔锚起航了。那个爱尔兰人最后一次向他的朋友们挥了挥手，然后优哉游哉地踱着步走到他搁着报纸和杂志的椅子边上坐下。他朝医生点了点头。

“你认识那个人吗？”哈姆林太太问道。

“午餐前，有人在俱乐部介绍我们认识的。他叫加拉格尔，是个种植园主。”

经历了码头上的嘈杂和出发时的喧嚷之后，船上显得异常安静，令人有一种惬意感。轮船在汽笛声中徐徐地驶过布满青苔的嶙峋的悬崖，铁行轮船公司[①]的停泊点是一处优美僻静的小海湾，出来后进入主海港。所有国家的船只，客船、拖船、驳船、货船等，都停泊在这里。越过防波堤，你可以看到成片的本地民船，它们的桅杆聚在一起，像一望无际的森林。在傍晚柔和的灯光下，忙忙碌碌的景象被涂上一层奇异的神秘色彩，你觉得所有那些船只的活动在那一刻都暂时消停，仿佛等待什么特别事件的发生。

哈姆林太太一向觉少，天一亮，她就习惯性地走上甲板。那时，最后的星光已经褪去，日色逐渐占据天空，她那困扰的内心也得到一丝抚慰。那是一天中绝早的时辰，镜面般的大海纹丝不动，似乎

① P. & O.，全称Peninsular and Oriental Steam Navigation Company，总部位于英国伦敦的一家航运公司，成立于1837年，俗称铁行轮船公司。初期主要业务为英国和伊比利亚半岛诸港口之间的航线，1840年其航线拓展到亚历山大港，随后扩充至埃及、印度、新加坡、中国等地。2005年以铁行渣华（P. & O. Nedlloyd）的名义被A. P·穆勒－马士基集团（A. P. Moller-Maersk Group）收购，旗下的马士基航运成为全球最大的集装箱承运公司。

大地上的一切忧愁都微不足道了。光线还很黯淡，空气里弥漫着令人愉悦的颤动。

但是第二天凌晨，当她像往常一样走向上层甲板的尾部时，却发现已经有人先她一步了。那是加拉格尔先生，他正注视着苏门答腊岛低平的海岸线。日出像一个魔术师，在它的召唤下，海岸线从黑暗的深海中浮现出来。她感到吃惊，又有些恼怒，她还没来得及转身，他已经发现了她，朝她点头了。

“起得真早啊，”他说，“要来支烟吗？”

他穿着睡衣、拖鞋，从睡衣口袋里掏出烟盒，递给她。她犹豫了一下。除了一件晨衣、一顶用来压住乱发的饰边小帽，她几乎什么都没穿，她猜想自己看上去一定很糟。当然，她感到心烦意乱，还有别的原因。

“我觉得一个四十岁的女人是没有权利再去在意她的容貌的，”她微笑着，好像他一定知道她脑子里动着什么虚荣的念头，她拿了一支烟，“你起得也挺早啊。”

“我是干农活的。长年以来，我都是早上五点起床，我都不知道怎么改掉这个习惯哩。”

“你这个习惯在国内可不太受欢迎啊。”

他脱了帽子，所以现在她看他的脸看得更加清楚了。他的相貌虽然谈不上英俊，但很亲切。当然，他有一点儿胖，但他的五官，年轻时没准是挺好看的，可现在却十分厚实。他的皮肤有些发红，还带点肿胀。但他的黑眼睛很活泼，虽然他看上去少说也有四十五岁，头发却依然又黑又密。他给人的感觉是强壮有力。他是个粗笨而普通的下等人，而哈姆林太太，要不是船上这么混乱不堪，断然不会觉得有什么必要跟这种人搭讪。

“你是回国度假吗？”她大胆地问道。

“不，我回国后就不再回来了。”

他的黑眼睛闪烁了一下。他是个健谈的人。最后，哈姆林太太必须下船舱去洗个澡，可就这一会儿，他已经跟她讲了好多他自己的事情。他在马来联邦州生活了足足二十五年，过去十年里，他经营一家南方的种植园。那里的生活是寂寞的，和所谓的文明简直不可同日而语，但他赚了些钱，在橡胶生意浪潮中，他的生意做得不错，凭借着跟他那副乐天知命的相貌不相配的精明，他把自己的储蓄投资到政府债券中。但随着经济开始衰退，他也准备退休了。

“你是爱尔兰哪里人？”哈姆林太太问道。

“戈尔韦。”

哈姆林太太曾经驱车途经爱尔兰，印象中，她依稀记得那里有一座阴郁的小镇，粗糙的石头房屋，荒颓残败，面向阴森森的大海。一片荒芜，夹着细雨，寂寞、偏僻，这是她对那里的感受。难道这就是加拉格尔先生即将度过余生的地方吗？当他谈起那个地方时，语气里充满孩子般的向往。他的活力和那个灰色的世界相比，显得那么的不协调，这勾起了她的好奇心。

“你的家人都住在那里吗？”她问道。

“我没有家。我的父母都过世了。这世界上没有我的亲人。”

他做好了所有计划，他花了二十五年做这些计划，现在，他很高兴可以将这些计划和盘托出。这么多年，所有这些话他都只能跟自己倾诉。他打算买幢房子，再置办一辆汽车。他还要养马。对于打猎，他不是很上心；早年在马来州的时候，他猎到过不少巨大的野兽，但现在他已经没那个兴趣了。他不理解为什么要去丛林里射杀那些野兽；他在丛林里生活得太久了。但是，他会打猎。

“你是不是觉得我太胖了？”他问她。

哈姆林太太笑了笑，上下打量了他一番。

“我敢说你应该有一吨重。”她答道。

他大笑起来，爱尔兰马是世界上最优良的品种，而他也总是很注意保持身材的。一座橡胶种植园有得你好走的，而他平日里还经常要打网球。他很快就能在爱尔兰瘦下来。接着他就会结婚。哈姆林太太默默地注视着海面，海面渐渐被朝阳染上一层淡淡的金色。她叹了口气。

“把自己的根基都拔掉是件容易的事情吗？就没有一个人值得你怀念吗？我能想象得出，这么多年来，你一直渴望回到家乡，而真当这一刻到来的时候，你的脑子会觉得像是挨了当头一棒似的。”

“我很高兴能抽身离开。我受够了，再也不想看到那个国家，或是那里的任何一个人。”

一两个早起的乘客走上甲板，哈姆林太太想起自己还衣冠不整，就下到船舱里去了。

以后两天，她几乎没有见过加拉格尔先生，而加拉格尔先生也一直待在吸烟室里。因为罢工，轮船没有停靠科伦坡①，而乘客们也开始享受起这段印度洋上的愉快旅程。他们玩起甲板游戏，互相品头论足，打情骂俏。

圣诞节即将来临，这给他们提供了打发时间的主题，有人建议可以在圣诞节举办一个化装舞会，女士们甚至开始着手准备各自的服装。一等舱的乘客召集会议，决定是否让二等舱的乘客也参加舞会，虽然天气热得要命，大家讨论得还是很热烈。女士们认为这只会让二等舱的乘客感觉不安。可以想见，在圣诞节那天，他们肯定会喝过量的酒，紧接着就会弄出些不愉快的事来。一方面，每一个发言的人都声称他根本没有等级差别的想法，谁也不会那么势利，认为一等舱和二等舱的人有什么大不了的差别，可是他们也觉得不应该把二等舱的人放在错误的位置，那才是较为友善的做法。让他们在二等舱里举办他们自己的舞会，那样会让他们感觉更加自在。

① 科伦坡，斯里兰卡的最大城市。

另一方面，大家都无意去伤害他人的感情，当然了，现如今都在讲民主（这是回应一位中国传教士的夫人，她说她乘坐铁行公司的轮船已经三十五年了，还从未听说过有人邀请二等舱的乘客来参加一等舱的会客厅里举办的舞会），即使他们并不感到愉快，他们还是很想来参加的。眼看着很快就要投票了，加拉格尔先生必须很不情愿地从牌桌前退出，因为领事要征求他的意见。二等舱有他的一个种植园的雇工，这次他带他一起回家。他从沙发椅上立起他庞大的身躯。

“要问我的意见嘛，我只能说：我带着的那个伙计和我一起照看我们的机器。他是个顶呱呱的家伙，他和我一样，都有权参加你们这个舞会。但他是不会来的，因为我打算在圣诞节晚上六点之前把他灌醉，他什么事也干不了，只能上床睡觉。”

领事杰夫森先生尴尬地笑了笑。由于他的官方职务，他被挑选来主持会议，他希望能稳妥地处理好这件事。他的口头禅是：凡事要做好，否则就不做。

“我听取了大家的意见，”他不无讥讽地说，“大家都觉得，我们现在开会讨论的这个问题不是什么大问题。”

“根本不需要大惊小怪的。”加拉格尔先生眨着闪亮的眼睛说。

哈姆林太太笑了起来。最终想出的办法是，邀请二等舱的乘客，但私下里再到船长那里去，向他指出，他最好能对邀请他们来参加一等舱的舞会一事保留意见。那天晚上，哈姆林太太身穿晚礼服走上甲板，正好跟加拉格尔先生不期而遇。

“你正好赶上喝一杯鸡尾酒，哈姆林太太。”他用欢快的语调说。

“我很愿意来一杯。说实话，我正想找点儿乐子。”

“为什么？”他笑着问。

在哈姆林太太看来，他的笑很迷人，但她并不想回答他的问题。

“两天前的那个早晨，我告诉过你，”她愉快地答道，“我四十岁了。”

“我没见过哪个女人会老提这件事的。”

他们走进休息室，他给她要了一杯干马提尼，给自己要了杯鸡尾酒。他在东方待得太久，已经不习惯喝别的了。

“你在打嗝。”哈姆林太太说。

“是的，我整个下午都在打嗝，”他不在乎地说，“很奇怪，看不见陆地以后，我就开始打嗝了。”

“我敢说，吃了晚饭你就不打嗝了。”

他们喝完酒，等第二通铃声响起时，就走进了餐厅。

“你不玩儿桥牌？”分手前他问她。

“不玩。”

哈姆林太太没有意识到自己已有两三天没见加拉格尔先生了。她满腹心事。在她缝纫时，它们挥之不去；当她想借着读小说来分散注意力时，它们横在眼前，叫她一个字也读不下去。她本指望在乘船远离伤心地以后，她内心的折磨就能得到缓解，可谁知恰恰相反，随着一天天地离英国越来越近，忧虑也与日俱增。一想到凄清、空虚的生活在前面等着她，她就忧心忡忡。她为那令她畏缩不前的未来费尽了心思，结果她的思绪还是回到了她此前不知尝试过多少次想要避开却从未能避开的那些事情上。

她结婚已经有二十个年头了。二十年是漫长的，当然，她不能指望丈夫依然像刚结婚时那样疯狂地爱她，再说，她也没有疯狂地爱过他。他们现在是彼此了解的好朋友。他们的婚姻，就婚姻而言，表面上是很成功的。只是突然有一天，她发现，他恋爱了。如果是偶尔调调情什么的，她并不反对，他以前也有过，她甚至还拿那些事调笑打趣，他也毫不介意，还把这当成是恭维呢。可这次却不同，他像个十八岁的毛头小伙子那样投身于其中了，他都五十二岁了，这太荒唐了。这件事有失体面。他爱得不理智、不慎重，这件丑事如今已经在横滨的外国人中间闹得沸沸扬扬了。

最初她感到十分震惊和愤怒，因为全世界再也找不到第二个会干出这种蠢事的人，但发过脾气之后，她也试着说服自己去理解。要是他爱上哪个姑娘，那就随他去吧。中年男人有时难免会被那些轻佻的少女们搞昏了头，结果让世人看笑话。在远东待了二十年，她早就明白，五十岁是个危险的年龄。但他没有这种借口。他爱上的是一个比她还要大八岁的女人。这简直太不可思议了，这使得她，也就是他的妻子，成了大家的笑料。

多萝西·拉贡快五十岁了。她跟哈姆林先生一样，都是横滨的丝绸商。因此，他认识她已经十八年了。一年又一年，他们每周都会有三四次见面。有一次，他们在英国碰上了，还曾经一起住在海边的一幢房子里。但是什么事也没发生！即使是一年前，他们也还只是打打趣的朋友关系。真是不可思议。当然，多萝西是个标致的女人，她身材好，可能有些过于丰满，但是胖得并不难看；她有一双坦率的黑眼睛，红唇、秀发。但是那些都是几年前的事了，如今她已经四十八岁了。四十八呀！

哈姆林太太果断地和她丈夫摊牌了。起初，他还发誓说根本没那回事儿，纯粹是子虚乌有，但她握有证据，于是他的脸沉下来，最后没法否认了，只得乖乖地承认。接着，他说出了一句令她震惊的话。“你何必在意呢？”他问她。

这话使她发狂，她愤怒而嘲讽地回敬了他。她变得伶牙俐齿，她在内心的极度痛苦中寻找各种伤人的言辞，而他只是静静地听着。

“我们结婚二十年，我还不至于是那么差劲的丈夫吧。不错，在很长一段时间内，我们只是朋友关系。但我对你有很深厚的感情，而且随着时间的推移，也丝毫没有削减过。我给多萝西的一切，没有一分一毫是从你这里取走的。”

“那我有什么地方可以让你埋怨的吗？”

“没有。没人能娶到比你更好的妻子了。”

“你待我这么冷酷，竟然还能说出这种话？”

“我没想过要对你冷酷，只是我管不住自己的心。”

“可到底是什么让你爱上她的？”

“我怎么知道？你不见得会以为我是故意的吧？”

“难道你就不能抵制它一下？”

“我试过。我想我和她都试过。”

“你说这话，好像你才二十岁似的。要知道，你们都是中年人啦。她比我还大八岁呢。这事把我弄得是一头雾水。”

他没再吭声，她也不清楚她心里翻腾着的是什么样的情感。是嫉妒攫住了她的喉咙？还是气愤？也许只是自尊心在作怪？

“我不会听之任之的。要是只有你和她，那我可以跟你离婚，可现在还牵涉到她丈夫，还有孩子们。天哪，你有没有想过，要是他们是男孩儿而不是女孩儿，她现在没准都成奶奶了？”

“没错。”

“感谢上帝我们没有孩子！”

他深情地伸出手好像要抚摸她，但她厌恶地向后退了退。

“你让我成了朋友中的笑话。为了我们大家好，我宁愿保持沉默，但条件是，这一切都必须得结束，现在、立刻、永远。”

他低着头，若有所思地抚弄着桌上的一件日本装饰品。

“我会把你说的话告诉多萝西。”这是他最后的回答。

她一言不发，稍稍向他欠了欠身，走过他的身边，出了房门。她气愤得甚至没有意识到自己的举止略微显得有些做作。

她等着他和多萝西·拉贡商量的结果，但是他再也没有提起这件事。他很安静，彬彬有礼、沉默寡言；最后她不得不主动开口。

“你没有忘记前两天我和你说过的话吧？”她冷冷地问。

“没有啊，我和多萝西谈过了，她希望我转告你，对于她给你造成的伤害，她感到非常抱歉。她本想来看看你，但又担心这么做会令你反感。”

“你们怎么决定的？”

他犹豫了一下。他很镇定，但是声音还是有一点儿颤抖。

“要是做出承诺而又无法实现，那恐怕对谁也没有好处。”

“这也算是个了结吧。”她回答。

“我想我可以告诉你，如果你提起离婚诉讼，那我们只能应诉。你会发现你根本找不到有用的证据，你会败诉的。”

“我没想过要这么做。我要回英国去，咨询一下律师。现在这种事情办起来很容易，希望你能高抬贵手。我想你有能力还我自由，不必把多萝西·拉贡也拖进来。”

他叹了口气。

“这真是一团糟，是吧？我不想和你离婚，不过当然，我会尽一切努力满足你的要求。”

“你究竟想要我怎么做？”她哭了，怒气又一次发作，“你就希望我什么也不做，当个傻瓜？”

“我真的太抱歉了，让你受了这么大的委屈。”他看着她，眼里充满了忧愁，“我很清楚，我和她的本意并不想相爱的。我们都知道自己有多大年纪了。多萝西，正如你说的，已经足以当奶奶了，而我也是个已秃顶又肥胖的五十二岁的男人。在你二十岁恋爱时，你觉得那会是永恒的，而当你五十岁，当你把生活、爱情都看透了的时候，你知道这不过是转瞬即逝的玩意儿。”他的声音低沉，充满悔恨，似乎他的眼前呈现出秋天的悲凉和纷纷落下的枯叶。

他严肃地看着她，“同样在这个年纪，你知道自己再也不能虚度这个由反复无常的命运送来的机会。不出五年，或许六个月，这一切都会结束。生活是单调的、灰色的，而快乐是珍奇而稀有的。我们的死亡是漫长的。”

听到丈夫的这番话，哈姆林太太心里感到一阵刺痛，这个男人一向讲求实际，就事论事，如今却换上这样一副对她来说全新的腔调。在他身上，陡然生出一种她完全不熟悉的既热情又悲凉的情愫。二十年的共同生活，没有给他留下任何痕迹，在他的决绝面前，她无能为力。她只能一走了之。现在，她满怀怨恨，就像上次跟他说过的那样，她决定离婚，为此她踏上了回英国的旅程。

阳光照射在海面上，海面熠熠地发着光亮，好像一面明镜，空洞、冷漠，就像她所面对的生活，那里没有她的立足之地。整整三天，海面上没有别的船只来打破这片广袤的寂静。偶尔地，因为飞鱼的疾驰，平滑的海面转瞬间波光粼粼。天气酷热，就连最好动的乘客也放弃了甲板上的游戏，比如现在——这时正好是吃完午餐之后——他们就没有睡在船舱里，而是横七竖八地躺在椅子上。林赛尔先生踱着步子向她走来，坐下了。

“林赛尔太太在哪儿？”哈姆林太太问。

“哦，不知道啊。就在附近吧。”

他的冷漠令她气愤。他怎么可能看不出他的妻子和那个医生正打得火热呢？照理，他早就应该在乎了才对。他们的婚姻也浪漫过。林赛尔太太还在中学的时候他们就订婚了，那时他也不过是一个稍大一些的男孩儿。在很长的时间里，他们肯定是一对幸福的夫妻，他们的恋爱故事也一定十分的感人。但是现在，就在这么短的时间内，他们就彼此厌倦了。这真让人心碎。她的丈夫又说过些什么话呢？

“我猜想，你回去后，是准备在伦敦定居吧？”林赛尔先生懒洋洋地问，显然是在找话说。

“我想是的。”哈姆林太太说。

事实上，她回到伦敦后将无处可归，而且她住在哪里，也没人会关心，想到这一切，她的心情很难平静。一些纠缠着她的思绪令她想起加拉格尔。对于他回国的迫切心情，她感到嫉妒，也很感动，对于他热情洋溢地描绘出他想象中的房子，还有他计划娶的妻子，她都觉得很有意思。她那些横滨的朋友，在暗地里得知她决定和丈夫离婚之后，都确信她还会再婚。她倒并不那么急着再婚，毕竟那场婚姻太让她失望了。再说了，大多数男人在向一个四十岁的女人求婚之前，都会犹豫再三的。加拉格尔先生想要找的是身材丰满、圆润的年轻女子。

“加拉格尔先生去哪儿啦？”她问性情谦和的林赛尔先生，“我这两天都没见过他。”

“你不知道吗？他病了。”

“可怜的人。他怎么了？”

“他一直在打嗝。”

哈姆林太太笑了起来。

“打嗝，怎么会让人生病呢？”

“那位医生也很困惑。他什么方法都试过了，就是不奏效。”

“真奇怪。”

从这以后，她就没再多想。但是第二天早上，当她偶然遇见医生时，她问起加拉格尔先生的情况。看见他那张孩子气、乐呵呵的脸上露出阴郁、迷茫的神情，她十分惊讶。

“恐怕很糟糕，可怜的人儿。”

“是因为打嗝吗？”她不解地大声说。

那只不过是一种生理失调，没有人会觉得那是什么大不了的事。

“是的，他咽不下东西。没法入睡。他已经疲惫不堪了。我能想到的方法都试过了。”他迟疑了一会儿，“除非我能很快止住他打嗝，否则，我真的不知道会发生什么。”

哈姆林太太大惊失色。

“但是他很强壮啊。他看起来精力挺旺盛的。”

“我希望你能去看看他现在的样子。”

“他会要我去看他吗？”

“来吧。”

加拉格尔已经被人从船舱转移到了船上医院，当他们走近医院时，就听到一阵阵剧烈的打嗝声。那声音，可能让人联想起饮酒过度，所以听起来有点儿可笑。但加拉格尔的样子，使哈姆林太太感到震惊。他瘦了不少，脖子上的皮肉变得稀松，耷拉下来，即便在阳光下，他的脸色也是一片死灰。他的眼睛，以前总是笑盈盈地充满快乐，现在由于饱受折磨，已经深深地陷了下去。他强壮的身躯因为打嗝而不停地摇晃。这时，那打嗝的声音已经再也没了可笑的成分；对于哈姆林太太，出于一种说不清的原因，那声音听起来怪异而可怕。当她走进房间时，他朝她笑了。

“看见你的样子，我真的很难过。”她说。

“我死不了，你知道的，”他喘着气说，“我会平平安安地回到爱尔兰的绿色海滩。”

有个男人坐在他旁边，当他们进来时，他站了起来。

“这位是普赖斯先生，”医生说，“他负责加拉格尔先生种植园里的机器。”

哈姆林太太朝他点了点头。他就是那天讨论圣诞节晚会时，加拉格尔提到的那个住在二等舱的乘客。他身材十分矮小，但是很结实，一副快活、自信甚至有些放肆的神态。

“你要回家了，感觉开心吗？”哈姆林太太问他。

“那还用说，夫人。”他回答道。

就凭这几个词的语音语调，哈姆林太太便可以断定他是伦敦人，而且属于那种乐观、敏感、脾气很好的一类，这使她感到有点儿亲切。

“你不是爱尔兰人吧？”她微笑着问。

“我可不是，小姐。我家在伦敦，我很乐意回去，不骗你。”

哈姆林太太从来不觉得别人称自己是小姐有什么冒犯的。

“好吧，先生，我先出去。”普赖斯对加拉格尔说，做了个手势，好像要抬手去触一下帽子，可其实他并没戴帽子。

哈姆林太太问有什么事情是她可以效劳的，过了一两分钟，她就和医生一同离开了。那个矮个子伦敦人在门外等着。

“能占用你几分钟吗，小姐？”他问道。

“当然可以。”

医院的舱室位于船尾，他们倚着栏杆，俯身看着下面的凹甲板，不当班的水手和乘务员正在舱口盖上闲逛。

“我不知道这是怎么回事。”普赖斯说，语气含糊，一种严肃的表情以奇怪的方式改变了他原先活泼而布满皱纹的脸。

“我和加拉格尔先生共事四年，他是个难得的好人。”他又迟疑了一会儿。

“我不想说，但这是事实。”

“你不想说什么？”

“好吧，既然你问我，那我就告诉你。他没救了。这一点连医生也不相信。我跟他说过，但他不听我的。”

“你别这么沮丧，普赖斯先生。医生是很年轻，但我想他也不笨，打嗝是不会致命的，你也清楚。我敢说，加拉格尔先生过两天就会好了。”

“你知道这是什么时候发生的吗？就在我们离岸那会儿。她说过，他绝对到不了家。”

哈姆林太太转过身，面对着他。她站直了，足足比他高出三英寸。

“你说什么？”

“我确信，这是一种施在他身上的魔法，我不知道你是不是理解了我说的话。药物对他不起作用。你不了解那些马来女人，我了解她们。”

哈姆林太太感到十分诧异。不过，她还是没法相信，于是耸了耸肩，笑了起来。

“哦，普赖斯先生，那真是无稽之谈。”

“当我告诉医生的时候，他也这么说。但你记住我的话，他等不到看见陆地就会死掉。”

这个男人说得这么认真，哈姆林太太在冥冥之中感到一种不祥，这事儿不由得她不当真。

“为什么有人要对加拉格尔先生施魔法呢？”她问。

“嗯，这事跟女士说起来有点儿尴尬。”

“请告诉我。”

普赖斯露出窘相，要是换个场合，哈姆林太太也许会抑制住自己的好奇心的。

“加拉格尔先生在内地生活了很长时间，这话你能理解吧，一个人是很孤独的，男人嘛，你也懂的，小姐。”

“我已经结婚二十年了。”她笑着回答。

“请原谅，夫人。事实上，他曾经跟一个马来女孩儿同居。我不太清楚有多久，我想应该有十年、十二年吧。当他决定回国不再回来时，那个女孩儿一句话也没说。她就独自坐在那儿。他以为她会一直坐在那里，但是没有。当然，他也没有亏待她，还给她留下一栋小房子，修整得好好的，保证她每个月的收入跟原来差不多。他不是个小气的人，我得这么说。她一直都很清楚，总有一天他是要回家乡的。她没有哭，也没有闹。她一声不吭地坐在那里，看着他把所有的物品都打包好，把它们运走，看着他把所有家具全都变卖给当地的中国人。她想要的一切，他都留给了她。等到他要出发赶着上船的时候，她还是坐着，坐在孟加拉式平房前的台阶上，呆呆地望着，一句话也不说。他想和她道别，就像我们平常做的那样，你相信吗？她竟然一动也没动。‘你不想和我道个别吗？’她的脸上显出一种很滑稽的表情。你知道她怎么说？‘你走。’她说。他们那些当地人，说话跟我们不一样，很滑稽，‘你走，’她说，‘但我告诉你，你绝对到不了家。当陆地沉到海里去的时候，死神就会降临到你身上，在重新看到陆地之前，死神会把你带走，就像陆地沉下去一样。’这话把我吓得半死。”

“对此，加拉格尔先生是怎么说的？”哈姆林太太问。

“这个嘛，你知道他是个什么样的人啦。他只是大笑一声。‘你要开开心心的。’他对她说，然后跳进汽车，我们就这样走了。”

哈姆林太太眼前浮现出那条阳光明媚的道路，它穿过幽静的种植园，穿过那些修剪得整整齐齐、分布均匀的树木，然后蜿蜒上山，又取道密林而下。司机是个马来莽汉，车上坐着两名白人。车子向前疾驰，经过马来人远离大道、安静地隐藏在椰林里的房屋，穿过繁忙的乡村，集市上到处都是身穿明丽纱笼、皮肤黝黑的矮小个子。傍晚，车子终于抵达整洁、现代的城镇，这里有俱乐部、高尔夫球场、整洁的客栈，有在那儿定居的白人，有火车站，这两个人将从这里搭火车前往新加坡。而那个女人坐在孟加拉式平房前的台阶上，等着新主人搬进这栋房子，看着汽车引擎突突启动的那条路，看着汽车扬尘而去，望着它，直到它消失在夜色之中。

“她长什么样？”哈姆林太太问。

“嗯，依我看，那些马来女人都长一个样儿，你知道，”普赖斯先生答道，“当然她也不是那么年轻了，你知道那些本地人，她们胖得吓人。”

“胖？”

这个怪异的想法使哈姆林太太感到沮丧。

“加拉格尔先生可是个从来不会亏待自己的人，你明白我的意思吧？”

想到身材肥胖，哈姆林太太立即恢复到常人的看法。一时之间，她似乎有点儿接受这个矮个子伦敦人的看法，这使她对自己都有点儿讨厌了。

“这真是荒唐，普赖斯先生。肥胖的女人怎么可能在千里之外对一个男人施魔法呢！事实上，肥胖的女人自己生活都很不容易。”

“你尽管笑话吧，小姐。但是除非我们做点儿什么，否则你就听着我这句话，我的主人没救了。而且药对他不管用，反正白人的药没用。”

“说点正经的吧，普赖斯先生。那个肥胖的女人应该不会对加拉格尔先生怀有什么深仇大恨的。按照东方人的办事方式，他算对她不错啦。她何必要伤害他呢？”

“我们不了解他们的想法。即使一个男人在那里和一个本地女人过上二十年，你就以为他懂得那个女人阴暗的心里到底在想些什么啦？至少他不懂！”

对于他那些夸张的言辞，她笑不出来，因为他的紧张情绪是感人的。她知道，男人，不管他们的肤色是黄色的、白色的还是棕色的，他们的心都是难以捉摸的。

“但是，就算她感到愤怒，就算她恨他，想杀了他，她能怎么样呢？”奇怪，哈姆林太太提这些问题时，下意识里已经开始相信这是真的了，“世界上哪有什么毒药可以在六七天后再起作用的呀。”

“我可没说过是毒药。”

“对不起，普赖斯先生，”她笑道，“但我可不愿相信什么巫术，你知道的。”

“你可是在东方生活过的人哪。”

“断断续续差不多二十年吧。”

“就是啊，你知道他们能做什么，不能做什么，反正我是做不到的。”他突然愤怒地攥紧拳头，猛地一拳打在栏杆上，“我真受够了那个该死的国家。一想起来我就生气，那个鬼地方。我们没办法跟他们走到一块儿，我们是白人，事实就是这样。请原谅，我得去喝一杯了，我心里直打战。”

他朝她硬生生地点了点头，离开了。哈姆林太太注视着他，这个敦实矮小的男人，穿着破旧的卡其布衣服，拖着脚跟，跌跌撞撞地走下升降口，来到船腰，低着头穿过去，然后消失在二等舱的大厅里。不知道为什么，他使她感到一阵隐隐的不安。

她无法从脑海里去掉这幅场景——那个矮小的女人，已经不再年轻，穿着纱笼和斑斓的上衣，戴着黄金首饰，坐在一栋孟加拉式平房前的台阶上，望着空荡荡的路面。她的胖脸上涂了脂粉，但是那双没有眼泪的大眼睛里，没有任何表情。开车离去的男人们活像回家度假的学生。加拉格尔舒了一口长气。这天清晨，在明朗的天空下，他的精神异常活跃。未来就像一条洒满阳光的道路蜿蜒穿过一望无际、树木繁茂的大平原。

那天傍晚，哈姆林太太向医生询问加拉格尔先生的情况。医生摇了摇头。

“毫无办法。该做的我都做了。”他皱着眉头说，“真倒霉，碰上这么一个病例。不过，就算是在英国也照样没辙，更别说是在船上了……”

他是爱丁堡人，最近刚通过医师资格认证，这次是回国度假，再回去以后就可以行医了。他真想替自己鸣冤，他本想玩得开开心心的，可面对这神秘的病兆，简直让他郁闷死了。虽然他经验不足，但他已经尽力了。让他恼火的是，他怀疑别的乘客可能觉得他是一个无知的傻瓜。

“你有没有听普赖斯先生说过他的想法？”哈姆林太太问。

“他那种瞎话，我可是闻所未闻。我跟船长说了，他也气得发疯。他希望大家不要谈这件事，认为这会在乘客中引起骚动。”

“我会守口如瓶的。”

医生用锐利的眼神看了她一眼。

“你该不会相信那种胡说八道的言论吧？”他问道。

“当然不会。”她环顾着四周的海景，蔚蓝而宁静的海面上闪着幽光，“我在东方住的时间不短啦，”她加了一句，“那里偶尔会发生一些古怪的事。”

“这话听着让我心里有点儿不安。”医生说道。

在他俩旁边，有两个小个子的日本绅士，正在玩儿掷绳圈的游戏。他们身穿整洁的网球衫、白长裤和麻布鞋。他们看起来很欧化，甚至在用英语相互记分。可是在那一刻，当哈姆林太太看着他们的时候，却隐约地感到有些不安。这些人似乎很会伪装自己，所以在他们身上总有一份邪恶。她的神经快崩溃了。

很快，加拉格尔先生被施了魔法的传闻在船上不胫而走，没人知道是怎么传出去的。女乘客们坐在甲板的躺椅上，一边为圣诞节的化装舞会编织晚装，一边压低声音聊起了这件事，而男士们则在吸烟室里一边啜饮鸡尾酒一边闲谈。他们中的许多人都在东方生活过很长时间，在他们记忆的某个隐秘处，总能挖掘出一些古怪的、令人费解的故事。当然，要是当真以为加拉格尔先生中了魔法，那也太荒唐了，这种事是不可能的，可是各种事实摆在面前，却又没人能够解释。医生不得不承认他无法解释加拉格尔先生的病因，他能给出一个生理上的解释，但对于这可怕的痉挛为什么突然降临在他身上，他却未置一词。他隐约感到一丝自责，所以竭力为自己辩护。

“要知道，这种情形，恐怕你干到退休都不会碰到，”他说，“真是倒霉透了。”

与此同时，他跟过往的船只进行无线通信，不时地收到各种诊治意见。

“他们说的每一种方法我都试过啦，”他不耐烦地说，“日本轮船上的医生建议注射肾上腺素。亏他想得出来，我们现在正漂浮在印度洋的中央，我从哪里去拿到肾上腺素啊！”

当这艘轮船在广袤的海洋上全速航行时，一些看不见的信息从不同的角落传到这艘船上。想到这些，实在有些令人感动。在那一刻，她猛然感到特别孤单，宛如身处世界的中心。隔离舱里正躺着那个病人，痛苦的痉挛使他摇晃着身体，他在拼命地喘息。随后，乘客们发现轮船改变了航线，他们听说船长决定要在亚丁①停靠，因为船上的医疗条件有限。加拉格尔先生将被送到岸上，带到医院接受治疗。总工程师接到命令，要他开足马力。

这艘轮船上了年纪，浑身震颤着，需要加倍卖力才能前行。乘客们早已习惯了轮船的噪音和引擎的震动，这时，由于震动加剧，他们的神经又经受了一番刺激。虽然不会进入他们的潜意识，但却震撼了他们的感官，使每个人都切身地感受到了。海面上依然没有过往的船只，他们就像穿行在一个空荡荡的世界。这时，早已降临在船上但谁也不愿意承认的不安情绪，演变成了证据确凿的危机。乘客们变得暴躁，为了一些小事而大吵大闹，要是在平时，那些事情根本就无足挂齿。杰夫森先生还在讲述他那些老掉牙的笑话，但是不再有人报以微笑。林赛尔夫妇有过一次口角。有人听见林赛尔太太跟她的丈夫深夜在甲板上走来走去，她压低嗓门，用紧张而激

① 亚丁，也门港口城市，在红海的南端、亚丁湾的北岸。

烈的言辞指责她的丈夫。吸烟室里，一天晚上，有人在玩儿桥牌时大打出手，最后的和解是所有人都酩酊大醉。

人们很少谈起加拉格尔先生，但这个人始终萦绕在大家的心头。他们查看航海路线图。医生表示，加拉格尔先生顶多只有三四天了，于是他们热烈地讨论着最早什么时候能到达亚丁。至于他上岸后会怎么样，跟他们没有任何关系。他们只是不希望他死在船上。

哈姆林太太每天都去探望加拉格尔。就像热带的春天，一场阵雨过后，你似乎可以看见青草在你的眼前长出来一样，她眼睁睁地看着他衰竭下去。他的皮肤已经变得松弛，耷拉着，脸颊深陷，双下巴就像火鸡的满是皱褶的赘肉。透过盖在他身上的床单，你能觉察出他高大的身躯已成了一副瘦骨嶙峋的骨架。大多数时候，他因为注射了吗啡，双目紧闭地躺着，但身体仍然在随着可怕的痉挛而摇晃；他有时会睁开他那双异常大的眼睛——深深地陷进了眼窝里——困惑而又不安地望着你。但是当他从昏迷中醒过来，认出是哈姆林太太时，他会努力抽动嘴唇，挤出一丝笑来。

“加拉格尔先生，你感觉怎么样了？”她问。

“好些了，好些了。等度过了这该死的炎热，我就会好的。主啊，我多么希望能一头扎进大西洋里。要能尽兴地游个泳，让我干什么都行啊！我真想再感受一下戈尔韦那冰冷、灰色的海水拍打胸膛的感觉。”

接着，一阵打嗝使他从头顶一直摇晃到脚底。普赖斯先生和女服务员轮流照顾他。小个子伦敦人的脸上再也看不见原先那副无拘无束的快乐神情了，他现在变得闷闷不乐。

“船长昨天把我找去了，”当他和哈姆林太太单独在一起时，他对她说，“他给了我一次警告。”

“他说什么了？”

“他说他不愿意听到这些不吉利的话，说是这些话已经在乘客中间引起了恐慌，我最好管住自己的嘴，否则他就要跟我算账。可这事不是我说的。除了跟你和医生说过，其他人我可一个字也没提。”

“船上的人都听说了。”

“我知道。你难道认为就我一个人在谈这事吗？那些印度水手和中国人，他们都知道他是怎么回事。你不会觉得他们需要我的教导吧？他们都清楚这不是平常人得的病。”

哈姆林太太沉默不语。从某些乘客的女仆那里她了解到，在这艘轮船上，除了白人，现在已经没人再怀疑这个事：加拉格尔先生抛弃的那个女人正在遥远的南方对他施以魔法。所有人都深信不疑，当他们看到阿拉伯岛上那荒芜的山崖时，他的灵魂就会跟他的肉体分离。

“船长说了，要是他再听到我搞什么鬼把戏，他就会在到岸前一直把我锁在船舱里。”普赖斯突然说，他眉头紧蹙，皱巴巴的脸上阴云密布。

“鬼把戏是什么意思？”

他狠狠地瞪了她一眼，就好像她也和船长一样成了他发火的对象。

“医生已经把他知道的所有办法都用上了，他还跟各个地方的人进行了无线通信，可是有什么用？告诉我。难道他看不出来这个人快要死了吗？现在只有一个办法可以救他。”

“什么办法？”

“现在是巫术在杀他，所以只有巫术才能救他。你可不要说这个不管用，我亲眼见过。”他抬高了嗓音，声音显得暴躁而又刺耳，“我看见过一个人就是这么从死亡边上被拖回来的，他们请了一个‘巴旺’，我们叫巫医，他会耍一些小把戏。跟你说吧，这可是我亲眼看见的。”

哈姆林太太没有吭声。普赖斯先生询问似的看了她一眼。

“甲板上的水手中有一个巫医，他跟我们在马来见到的‘巴旺’一样。他说他可以做，但他需要一只活物。一只公鸡就行。”

“要一只活物做什么？”哈姆林太太问道，眉头微微一蹙。

小个子伦敦人很快地用怀疑的眼光看了她一眼。

“你要是听我的劝告，就最好什么都别问。但我告诉你，我会不惜一切代价把我的主人救回来。如果被船长知道，他要把我关进船舱，那就随他的便好了。”

正在这时，林赛尔太太上来了，普赖斯先生做了一个优雅的手势，跟她们道了别。林赛尔太太想让哈姆林太太试试她特地为化装舞会编织的东西。当她们走下船舱的时候，她突然紧张兮兮地对哈姆林太太说，加拉格尔先生可能会死在圣诞节那天。要是他真的死在那一天，那他们就不可能举办舞会了。她已经跟医生说过了，要是真的发生那种事，她就永远不会再理他，他很诚恳地向她保证，他会尽量想办法让加拉格尔先生活过圣诞节的。

“这样对他也好。”林赛尔太太说。

“对谁？”哈姆林太太问。

“对可怜的加拉格尔先生啊！没有人会愿意死在圣诞节，不是吗？”

“我真不知道。”哈姆林太太说。

那天晚上，她睡着不一会儿，就又哭醒了。她居然从睡梦中哭醒，这使她感到惶恐，似乎肉体的脆弱使她无法反抗，她的意志被击垮了，面对不知不觉中产生的悲哀，她毫无招架之力。跟往常一样，她反复回想这些深深地影响着她的不幸事件的种种细节；她的脑子里重复着她和丈夫之间的对话，庆幸自己当时刚好说过某一句话，又为当时不该说而说出口的话感到自责。她现在真心希望自己对丈夫所做的荒唐事情一无所知，她责问自己为什么就不能明智地收起自尊，对那令人不快的事实睁一只眼闭一只眼。她是这个世界上的一个女人，跟自己的丈夫分离，她失去的会是比他的爱多得多的东西，这一点她太清楚了；她失去稳定的家业、确定的地位、富足的家产，还有来自优越的社会背景的支撑。她认识许多离婚后的女人，靠一点儿微薄的收入过活，她们的朋友很快就开始嫌她们烦了。

这时的她感到寂寞，就像这艘匆匆驰过无人海域的轮船一样的寂寞，就像那个举目无亲、躺在隔离舱里的垂死的男人一样寂寞。哈姆林太太知道她现在的思维正活跃得很，不可能很快就又睡着的。船舱里很热。她抬头看了看时间，四点过几分；在平静的白昼来临之前，她必须挨过这难熬的两个钟头。

她披上一件和服式的晨衣，走上甲板。夜色深沉，虽然天上没有一丝云彩，却也看不见一颗星辰。这艘老旧的轮船喘息着、震颤着，在夜色中隆隆作响，笨重地向前移动。这种静穆有点儿诡异。哈姆林太太赤着脚，慢慢地沿着无人的甲板摸索前进。一片漆黑，什么也看不见。

她来到散步的甲板的尽头，身体靠在栏杆上。突然，她吃了一惊，眼睛一眨不眨：下层甲板上，她看见一团忽明忽暗的光。她小心地向前探了探身子，原来那是一小团火，她只能看见光，因为那里有许多男人围成一圈儿，他们佝偻着身子，赤裸的背脊把火焰挡住了。在这一圈人的旁边，与其说是她看到还不如说是猜到的，有一个矮壮的穿着睡衣的身影。其他人都是本地人，只有他是欧洲人。那肯定是普赖斯先生，她立刻猜出来他们正在举行某种黑暗的驱魔仪式。

她竖起耳朵，听到一个低沉的嗓音吐出一串神秘的词语。她的身体开始颤抖。她知道，这些人专注于眼前的事情，是不会料到有人在看着他们的，但她不敢移动脚步。突然间，就像丝帛被撕裂一般，一声鸡叫打破了这片沉闷的静寂。哈姆林太太差点儿叫了出来。普赖斯先生正在向那怪异的东方诸神献上祭品，试图挽救他的那位朋友兼主人的性命。刚才那个声音还在继续，音色低沉、连绵不绝。然后，那黑暗的一圈人里有了一些骚动，那里发生了一些事情，但她不知道究竟是什么。那只公鸡发出一阵愤怒而惊恐的咯咯声，接着听见一声奇怪的、难以形容的声响；巫师正在割断公鸡的喉咙，然后是一片寂静；还有一些影影绰绰的动作，但她看不太清，过了一会儿，好像有人踩灭了火。她模模糊糊地看见这群人消失在夜色之中，甲板上又恢复了平静。她再次听到引擎有规律的震动声。

哈姆林太太怔怔地站了一会儿，有一种奇怪的情绪在内心翻涌。她慢慢地在甲板上挪着步子。她找到一把躺椅，于是躺了下来。她的身体还在颤抖。对于刚才发生的一切，她只能猜测。她不知道自己在那里躺了多久，反正她知道黎明将近了。虽然还不是白天，但也不再是黑夜了。在茫茫的夜空下面，她能依稀辨识出轮船的栏杆。然后她看见一个人影向她走来。这人穿着睡衣。

“谁在那里？”她紧张地喊道。

“是医生。”传来一个亲切的声音。

“哦！晚上这个时候，你在这儿做什么？”

“我一直和加拉格尔先生在一起。”他坐在她旁边，点着一支烟，“我给他注射了一针强力镇静剂，现在他总算安静下来了。”

“他一直病得很厉害吗？”

“我觉得他快不行了。我一直看着他，突然他从床上坐起来，说起了马来语。当然，我一个字也听不懂。他一遍又一遍地重复一个词。”

“也许是一个名字，一个女人的名字。”

“他想起床，都快死的人了，还是那么有劲。天晓得，我竟然跟他扭打了起来。我真怕他会投海自尽。他好像以为有人在叫他。”

“那是什么时候的事情？”哈姆林太太缓缓地问道。

“四点过几分吧。怎么啦？”

“没什么。”她打了个冷战。

这天上午，当船上的生活重新恢复到常态时，哈姆林太太在甲板上和普赖斯先生擦肩而过，但他只跟她简短地打了个招呼，就迅速地避开了她的目光，径直向前走去。他看上去既疲惫又紧张。哈姆林太太忽然又想起那个胖女人，厚密的黑头发上戴着黄金首饰，坐在空无一人的孟加拉式平房前的台阶上，望着那条蜿蜒在修剪得整整齐齐的橡胶林中的道路。

天气热得实在可怕。她现在懂得了为什么夜那么黑。天不再是蓝色的，而是一片死一般的惨白；天空的表面太过均匀，即使有云也显不出来；炎热就像一个大罩子，悬吊在空中。没有一丝风，大海和天空一样惨淡无色，平静地闪着光亮。

乘客们无精打采，喘着粗气，在甲板上晃来晃去，豆大的汗珠从他们的额头上渗出来。他们都压低着嗓门说话。周围都被一种诡异而不安的气氛笼罩着，谁也笑不出声。他们的心里升起一股怨气；他们活得健健康康的，可就在他们中间，有个人快死了，这让他们很是气恼。这件事虽然并不是他们所关心的，可它以一种神秘的方式影响着他们。吸烟室里，一个种植园主把一杯杜松子酒灌下肚里之后，粗暴地把大家感受到的却不敢说出的事情道了出来。

“说实话，如果他当真要死，”他说，“那就死得痛快些，把这事了结了。总是这样，真叫人瘆得慌。”

白天是难熬的。晚餐时间终于到了，哈姆林太太感到一丝欣慰，经历了这么多事情，熬过了这么长时间。她在医生的桌子前坐下。

“我们什么时候到亚丁？”她问他。

“明天的什么时间吧。船长说，我们大概会在早晨五六点钟看到陆地。”

她用锐利的眼神看了他一眼。他也盯着她看了一会儿，然后低下眼睛，脸红了。他想起了那个女人，那个坐在孟加拉式平房前的台阶上的胖女人，她曾经说过，加拉格尔先生绝对不会看见陆地的。哈姆林太太心想，眼前这个不信鬼神、总是相信眼见为实的年轻医生，是否也开始动摇了呢？他皱了皱眉头，然后，好像要打起精神的样子，他重新抬起眼睛看着她。

“我把这个病人交给亚丁那边医院里的人，可以说，我不会感觉有什么遗憾的。”他说。

第二天是圣诞节前夕。哈姆林太太夜里睡得不好，当她醒来时，天已经微微亮了。从舷窗里向外望去，天色晴朗如银；雾气已经在夜间散去，晨光很美。她走上甲板，感觉轻松了许多，于是她走到尽可能靠近船头的地方。在天边贴近地平线处，一颗晨星正闪着黯淡的光。海面上泛着粼粼的波光，好像是闲散的微风伸出它那调皮的手指，轻轻地抚弄着海面。那光线显得优雅而温和，纤薄得好像春日里刚刚抽芽的树木，而且晶莹剔透，令人想起山间小溪里潺潺的流水。

她转过身，望着玫瑰色的旭日从东方冉冉升起，这时，她看见医生向她走来。他依然穿着制服，整宿都没靠过枕头；他蓬头垢面，走路的时候身子佝偻着，看上去已经累坏了。她一下子就明白了，加拉格尔先生死了。当他走到她跟前时，她发现他在哭。他看上去还那么年轻，她不禁对他十分同情，遂上前拉住了他的手。

“可怜的孩子，”她说，“你累坏了。”

“我什么都做了，”他说，“我真的很想救他。”

他的声音在发颤，看得出他已经近乎歇斯底里了。

“他什么时候死的？”她问。

他闭上眼睛，竭力控制着自己，他的嘴唇颤抖着。

“几分钟前。”

哈姆林太太叹了口气。她不知道该说什么。她的目光在平静、冷漠、亘古不变的大海上扫过。大海在四周无限地延伸，恰似人类无限的苦难。突然间，她的目光停住了，那儿，就在他们的前方，在地平线上有样东西，看上去像是一大团高耸的云，但是它的轮廓又太清晰了，不太像是云。她碰了碰医生的手臂。

“那是什么？”

他定睛望了片刻，虽然他的脸晒得有点儿黑，但她还是看得出他的脸色发白了。

“是陆地。”

这时，哈姆林太太再一次想起那个肥胖的马来女人，她静静地坐在加拉格尔的那个孟加拉式平房前的台阶上。她知道这一切吗？

在太阳升到天顶的时候，他们把他埋葬了。一等舱和二等舱的乘客、白人乘务员、欧洲官员，他们都站在下层甲板和舱口。传教士念诵礼文。

> “由女人所生的男子只享有短暂的生命，他的一生充满痛苦。他像花朵一般成长起来，然后被刈倒；他像影子一般消逝，一刻也不停留。”

普赖斯先生低头看着甲板，眉头紧锁。他的牙齿咬得紧紧的。他并不感到悲哀，因为他的内心充满了愤怒。医生和领事紧挨着站着。领事的脸上恰如其分地表现出作为一名官员应有的哀恸，而医生已经剃净了胡子，穿着干净笔挺的制服，佩戴着他的金色肩章，尽管脸色显得苍白，疲惫。哈姆林太太把目光从医生移到林赛尔太太身上。她紧靠在丈夫身边，啜泣着，而他正温柔地握着她的手。

哈姆林太太被这一幕场景莫名地打动了。在这个悲伤的时刻，她感到烦躁，这个小妇人本能地渴望得到丈夫的保护和支持。但她随即感到身上一丝寒战，她的眼睛盯着甲板上的缝隙，因为她不想看到眼前的一切。念诵礼文的声音中断了片刻。人群中有一些骚动。一名官员发了一道命令。传教士的念诵声继续响起。

> “由于万能的上帝出于伟大的仁慈希望将他的灵魂收回，我们亲爱的兄弟在此与我们永别；我们将他的肉体沉入海底，愿它化为腐土，在大海放弃它的时候，它的肉体将得以复活。”

哈姆林太太感觉热泪从她的脸颊上滚下来。泪水滴下来时没有声响。传教士的念诵声还在继续。

葬礼结束后，乘客们散了。二等舱的乘客回到他们的船舱，铃声响起，示意午餐的时间到了。但是一等舱的乘客们还在甲板上漫无目的地闲逛。不少男人们走进吸烟室，准备喝点儿威士忌加苏打水和杜松子酒，提提神。

领事在餐厅外的布告栏上张贴了一份通知，召集所有乘客开会。大多数人都在猜测开会的目的，到了约定的时间，他们都聚集在了一起。这一个星期以来，他们从来没有这么高兴过，他们畅快地谈论着，只是出于礼节，有时才会稍微克制一下自己。领事戴着单片眼镜，他告诉大家，这次召集会议是为了讨论明天举办的化装舞会。他知道大家对加拉格尔先生都怀有深切的同情，他提议大家联名给死者的亲属发一份措辞得体的唁函；但是事务长已经检查过他的证件，没有发现任何线索可以联系到他的亲属或是朋友。已故的加拉格尔先生在世的时候，似乎相当孤单。同时，领事斗胆向医生致以诚挚的慰问，因为他确信，在当时的情况下，医生已经竭尽所能。

“同意，同意！”乘客们纷纷说。

大家都经历了一个非常严峻的时期，领事接着说，有些人可能认为，把化装舞会延后到新年的前夕举办，那样可以更加尊敬地悼念死者。但是他坦言，这并不是他一个人的想法，而且他确信，加拉格尔先生本人也不会希望这样的。当然，这个问题还要看大多数人怎么决定。医生站起身来，对领事和乘客的善意言辞表示感谢，这固然是个非常严峻的时期，但同时医生也说，船长明确表示并授权他告诉大家，希望所有庆祝活动都在圣诞节举行，就当什么事都没有发生过一样。医生还向大家透露说，船长认为乘客们这一阵子都沉浸在恐怖的气氛中，要是大家能在圣诞节找点儿乐子，对大家都有好处。

接着，传教士的妻子站起身来，说他们不应该只想着自己；娱乐委员会已经做好了安排，一等舱乘客的晚餐一结束，就立即给孩子们把圣诞树支起来；他们可一直都盼着见到大家穿上化装舞会的服装呢，让他们失望真是太不好啦；至于说悼念死者，她不比别人更缺少尊敬，而对那些沉浸在悲痛之中无心跳舞的人们，她也抱有同情。她的心情十分沉重，但她依然觉得放纵于那种对任何人都没有好处的情感，实在是自私的表现。要多替孩子们想想。

这一席话深深地打动了轮船上的乘客。他们既想抛弃这么多天以来笼罩着整艘轮船的恐怖气氛，他们是活人，他们要追求快乐；同时，他们又有一个不安的念头，觉得应该适当表示一下哀伤才显得较为得体。但是，要是他们既能按照自己想的去做，同时又能从利他主义的角度得到解释，那就没有什么不安的了。当领事要求大家举手表态时，除了哈姆林太太和一位患有风湿病的老太太之外，所有人都急吼吼地举手赞成。

“既然赞成者占绝对多数，”领事说，“那我就大胆地恭贺会议达成了一项明智的决定。”

正当散会之际，突然有个种植园主站起来，说他有一个建议：

像现在这种情形，难道他们不应该邀请二等舱的乘客也来参加吗？他们那天早上可都来参加了葬礼的呀。传教士一跃而起，对这个提议表示赞同。他表示，过去几天发生的一切，把所有人的距离都拉近了，死亡面前，人人平等。领事再次发话，其实这个问题上次会议就已经讨论过了，讨论的结果是，让二等舱的乘客举办他们自己的舞会，可能会让他们感觉更加自在。但是现在时过境迁，他相信，上次所做的决定应该彻底推翻。

“同意，同意！”乘客们说。

一时间，在乘客中掀起了一股民主的激情，这一提议立即赢得了一片喝彩声。他们散会时都松了口气，感到自己既仁爱又善良。大家在吸烟室里互相敬酒致意。

于是，第二天傍晚，哈姆林太太穿上了她为化装舞会准备的服装。她对眼前的娱乐活动实在打不起精神，有那么一刻，她甚至想装病，但她知道谁也不会相信她的，甚至害怕别人以为她是假惺惺的。她扮成卡门的样子，况且她也确实抵挡不住那份让自己看起来魅力四射的虚荣。她把眉睫染黑，两颊搽红。服装也正合身。集合号响起，当她款款走进会客厅时，一片艳羡之声扑面而来。领事——他总是那么幽默——穿上了芭蕾舞裙，逗得大家一边喝彩，一边大笑。传教士和他的妻子则显然有点儿害羞，但他们对自己倒还满意，他们打扮得像高贵的满清官员。林赛尔太太扮成喜剧人物科伦巴茵，尽情展示她那双美腿。她的丈夫扮成阿拉伯酋长，而医生则扮成马来苏丹①。

大家凑了一些钱，在晚餐上提供香槟，因此餐桌上热闹非凡。轮船公司提供了彩包拉炮，爆出来的是各式各样的纸做的帽子，这些帽子后来都被乘客们戴上了；还有纸做的彩带，他们互相投掷着；

① 苏丹，殖民时期对马来亚各州统治者的称谓。

还有小气球，他们从会客厅的这头打到那头。他们大声地笑着，叫着。每个人都很快活，没有人玩得不开心。

晚餐一结束，他们就走进布置着圣诞树的会客厅，树上点着蜡烛，一切准备就绪，孩子们被带进来，兴奋地尖声叫着，领受各种礼物。然后，舞会开始了。二等舱的乘客羞怯地站在甲板上，在舞池的外面，偶尔有两个人结伴跳舞。

“我很高兴他们来参加，”领事一边和哈姆林太太跳着，一边说，“我是非常民主的，我觉得他们这样规规矩矩的，十分明智。”

但她发现普赖斯先生不在他们当中，她找到一个机会，向二等舱的一名乘客打听他在哪里。

“醉得一塌糊涂，”那人回答说，“我们下午就把他弄到床上去了，他现在被锁在船舱里。”

领事表示，她还欠他一支舞。他是个油腔滑调的人。突然间，那支业余乐队的演奏、领事的调笑、那些跳舞的人们的欢乐气氛，这一切让哈姆林太太觉得无法再忍受了。她不知道这是为什么，只是那些人们在这个夜晚给轮船带来的快乐景象和这片孤寂的大海，突然使她感到恐惧。领事一松手，她就飞快地溜走了，回头瞥了一眼，发现没人注意到她，她就从升降口攀到救生艇甲板上。那里一片漆黑。她悄悄地走到一个地方，确信在那里不会受到打搅。但是她却听到一声轻微的笑，在一个隐蔽的角落，她看见科伦巴茵和马来苏丹在一起。看来，林赛尔太太和医生已经重新拾起了曾经被加拉格尔先生之死打断的调情。

那个可怜而孤单的人在他们中间离奇地死去，可是现在，所有那些人都已经用残忍的方式把他抛诸脑后了。他们不再同情他，反而心生怨恨，正是因为他，那些人才心神不安。他们贪婪地从生活中攫取。他们开玩笑、调情、闲聊。哈姆林太太想起领事说的话，在加拉格尔先生的证件中找不到任何信件、找不到一个朋友的名字能让他们告知其死讯，她不知为什么自己会觉得这件事情悲惨得令她无法承受。一个能够如此寂寞地走过一生的人，身上总有些神秘色彩。她想起他怎样在新加坡上船，这事过去的时间并不长，当时他是那么健壮、那么的充满活力，还有他对未来的野心勃勃的计划，想到那些她感到很沮丧。葬礼上的那段礼文使她内心充溢着肃穆和敬畏："由女人所生的男子只享有短暂的生命，他的一生充满痛苦。他像花朵一般成长起来，然后被刈倒……"

年复一年的，他为未来制订计划，他是那么渴望生活，他有那么多的生活理想。可是，正当他伸出手来准备去拥抱那一切时，啊，多么遗憾哪。跟他相比，世界上的一切痛苦都变得微不足道了。死亡，和死亡的神秘，那才是世界上唯一重要的事情。

哈姆林太太倚着栏杆，眺望着点点星空。人为什么要让自己不快乐呢？让他们为所爱的人流泪吧。死亡总是可怕的，可是，难道一脸苦恼、心怀恶意、自以为是、缺乏仁爱，那就值得吗？她又想起她自己和她丈夫，还有那个他莫名其妙地爱上的女人。他也曾说过，我们快乐地生活的时间是短暂的，我们的死亡是漫长的。她沉吟良久，突然间，好似夏天一道闪电划过黑暗的夜空，一股强大的惊喜贯注她的全身，她有了一个发现：在她内心里，对丈夫的愠怒，对情敌的嫉妒，都不复存在了。一个念头就像一轮旭日，在意识的遥远的地平线上升起，温柔和狂喜的光辉充盈在她心里。从那陌生的爱尔兰人的悲剧中，她欣喜地汲取了孤注一掷的勇气。她的心跳加快，她迫不及待地要将这个想法付诸实施。一种自我牺牲的激情攫住了她。

音乐已经停止，舞会结束了；大部分乘客都要回去睡觉了，剩余的人要到吸烟室去。她走进自己的船舱，路上没有碰见任何人。她打开白纸簿，给丈夫写信。

亲爱的，今天是圣诞节，我想对你说，我的内心充满对你们的关切之情。我很愚蠢，也不够理智。对于那些我们关心的人，我想我们应该允许他们以自己的方式开心。我们应该给他们再多一些关心，不要因为他们的开心方式而使我们变得不开心。我想让你知道，我不再因为那种以特别的方式进入你生活的快乐而对你怀恨在心。我不再嫉妒，不再感到受辱，不再心怀怨恨。不要觉得我会不快乐，会感到孤单。只要你感到需要我，就来找我，我会满心欢喜地欢迎你的到来，没有责备，没有怨恨。我很感激你这些年给我带来的快乐，还有你的柔情。为此，我愿意向你表示一份不带任何要求的情意，而且我希望这份情是完全没有私心的。别再恨我了，愿你开心、开心、永远开心。

她签上名，把信塞进一个信封。虽然这封信要到赛德港[①]才能寄出，可她还是恨不得立刻把它投进邮筒。

做完这一切，她开始宽衣准备睡觉，她看着镜子中的自己。一双眸子闪闪发亮，在她的脂粉底下，肤色依然白嫩。未来不再是贫瘠的，而是充满了希望和光明。她钻进被窝，很快进入了香甜的睡梦中。

---

① 赛德港，位于埃及的北部、红海的北端。

信

❖

窗外的码头上，太阳火辣辣的。摩托车、卡车、公共汽车、私人轿车和出租车，在拥挤的大街上艰难地行驶，所有的司机都在按着喇叭；人力车夫在人群中灵活地穿梭，气喘吁吁的劳工们互相喊着号子，调整着呼吸；苦力们扛着沉重的大包，侧着身子用飞快的碎步向前奔跑，嘴里还大喊着要行人让道；流动的小商贩们叫卖着自己的小玩意儿。新加坡是一个各色人种杂处的地方。这里有黑皮肤的泰米尔人、黄皮肤的华人、棕色皮肤的马来人，还有亚美尼亚人、犹太人和孟加拉人，他们用喧嚷的声调相互打招呼。但是在里普利、乔伊斯和内勒三位律师合伙开设的律师事务所里，却显得凉爽宜人。跟阳光灿烂、尘土飞扬的大街相比，这里显得昏暗；大街上是永无休止的嘈杂声，而这里却是一片舒适和宁静。

乔伊斯先生坐在办公室的写字台前，一台电风扇正对着他使劲地吹。他仰靠着椅背，胳膊肘搭在椅子的扶手上，两手的指尖互相顶在一起。他目不转睛地看着面前长长的书架上已经翻烂的卷帙浩繁的《判例汇编》。壁橱顶上放置着几个涂过漆的方形铁皮盒子，盒子上写着各个诉讼委托人的姓名。

有人敲门。

“进来。”

一个身穿整洁的白色帆布裤的华人职员开了门。

“克罗斯比先生来了，先生。”

他的英文说得很流利，每个词的发音都很准确。乔伊斯先生经常对他能掌握这么丰富的词汇量而感到惊讶。他叫黄志成，广东人，曾在格雷律师学院[①]学习法律。为了将来自己能独立开办律师事务所，他正在里普利、乔伊斯和内勒的合伙律师事务所里做为期一两年的见习生。

“带他进来吧。”乔伊斯先生说。

乔伊斯先生站起来和客人握手，然后请他坐下。他站起来时，阳光照在他的身上。乔伊斯先生的脸依然在阴影里。他生性沉默寡言。这时，他默默地盯着罗伯特·克罗斯比看了很久。克罗斯比身材高大，有六英尺多高，肩膀稍宽，肌肉发达。他是个种植园主，常常在种植园里徒步行走，借以锻炼身体；干完一天的活之后，他还要打网球，借以放松筋骨。他的皮肤被太阳晒得黝黑。他那双毛茸茸的手，还有那双装在笨重的靴子里的脚，都大得出奇。乔伊斯先生心想，那只大拳头抡出去，可以轻易把弱小的泰米尔人置于死地。但是他那双蓝色的眼睛里却没有一丝凶相；它们闪着信任和温柔的光。他脸部宽大，相貌平平，可神情却显得坦诚而率真。不过这个时候，他的脸色非常沮丧，一副瘦削、憔悴的样子。

“看来你这两个晚上都没有睡好。”乔伊斯先生说。

“是的，没睡好。”

这时，乔伊斯先生首先注意到了那顶宽边双檐的旧毡帽，那是克罗斯比刚放在桌子上的。然后，他的目光转移到了他的卡其布短裤上，短裤底下露出了毛茸茸的大腿，他那件领口敞开的网球衫，

---

① 格雷律师学院，英国四大律师学院之一。

没有配领带，接着是那件袖子被卷起的脏兮兮的卡其布外套。他这副样子就像是在橡胶林中长时间行走之后刚刚钻了出来似的。乔伊斯先生微微皱了皱眉。

“要知道，你必须打起精神。你必须保持冷静。”

“哦，我还好。”

“今天见过你的妻子了吗？”

“没有，今天下午就去看她。你也知道，他们竟然逮捕了她，这真的太不像话了！”

“我想这是他们必须做的。”乔伊斯先生平静、温和地回答道。

“我本来以为，他们会允许她保释的。”

“案情很严重呢。”

“真是见鬼！她只是做了任何一个良家妇女在那种情况下都会做的事情，不过，她们十有八九没有她的胆量罢了。莱斯莉是世界上最善良的女人，她连一只苍蝇也不忍心打死呀。这事真是见鬼了！我跟她结婚十二年了，难道我还不了解她吗？上帝啊！如果让那个男人落到我手里，我非要拧断他的脖子，我会毫不犹豫地杀了他。换成是你，也不会饶了他。”

“我亲爱的朋友，大家都同情你。谁也不为哈蒙德辩护。我们打算救她出来。我想，不论是陪审团还是法官，他们一定会在对她宣判无罪之后才肯离开法庭的。”

“这完全是一幕闹剧，”克罗斯比气急败坏地说，“首先，她本来就不该被捕；还有，那可怜的女人吃尽了苦头，还要让她经受审判的折磨，这太可怕了。我到新加坡以来碰到过的男人或女人，没有谁不对我说莱斯莉那样做是合理的。居然把她关在监狱里几个星期，我觉得这太不近人情了。”

“法律面前人人平等嘛。不管怎么说，她承认自己杀了那个男人。这很棘手。我对你们夫妇俩深表同情。”

“我算不了什么。”克罗斯比插了一句。

“但事实是她已经杀了人，在文明社会里，审判是不能避免的。”

“除掉一个无赖恶棍也算杀人吗？她用枪打死他，正如杀死一条疯狗。”

乔伊斯先生又仰靠在椅背上，两手的指尖再次互相顶在一起，像是搭起了一个屋顶架。他沉吟了片刻。

“有一点，我稍微有些担心。”他终于开口说道，语气平和，一双褐色的眼睛冷静地盯着他的诉讼委托人，“如果这一点我不告诉你，作为你的法律顾问，我就不够称职。如果你的妻子只朝哈蒙德开了一枪，整个案件处理起来就会顺利得多。不幸的是，她开了六枪。”

“她的解释直截了当。在那种情况下，谁都会那么做的。”

“情况或许如此，”乔伊斯先生说，“当然，我认为她的解释是合理的。不过，我们回避事实也没有什么好处。站在第三方的立场上考虑问题，总是好的。我不能否认，要是我现在是代理政府来起诉的话，我会特别对这一点提出质疑。”

“我亲爱的朋友，只有白痴才会那样做。”

乔伊斯先生向罗伯特·克罗斯比瞪了一眼。他那棱角分明的嘴唇上露出一丝淡淡的微笑。克罗斯比是个好人，但不够聪明。

“或许这个问题不是很重要，”律师回答说，“但我认为有必要提醒你一句。你用不着等很长时间的。等一切都结束了，我建议你跟你妻子离开这儿，到其他地方去旅游一趟，把这一切都忘掉。尽管我们可以断定她会无罪释放，但这种审判还是很费神的，你们两位到时候都需要休息一下。”

直到这时，克罗斯比的脸上才第一次露出笑容。笑容使他的面部发生了奇妙的变化，让人忘记了他那副凶狠的面相，看到的只是他美好的心灵。

“我觉得我比莱斯莉更期望案件能尽快了结。她居然挺过来了，这太神奇了。说真的，你的委托人可是一个勇敢的女人呀。”

“不错，她的自我控制能力给我留下了深刻的印象。”律师说，“我怎么也没料到，她竟然有那种定力。”

作为克罗斯比太太的辩护律师，乔伊斯先生在她被捕后必须跟她进行多次会面。尽管一切能做的都做了，他千方百计地想让她感觉轻松，但事实上，她身陷囹圄，因涉嫌杀人而等待着开庭审判，即使她吓得六神无主，也是不足为奇的。可是在这场考验面前，她却似乎有能力保持镇静。她读了很多书，尽一切可能锻炼身体。同时，经监狱管理人员批准，她把绣枕套花边作为一种娱乐，用以消磨漫长的时光。

乔伊斯先生上次去看她时，她身上穿着看似凉爽、清新、整洁的外衣，头发经过精心的梳理，指甲也修剪过。她的举止非常得体。她甚至还能拿自己目前所处的困境开几句玩笑。谈到自己遭遇的不幸，她似乎有点儿漫不经心，这使得乔伊斯先生不禁想到，只有像她那样具有良好的出身和教养的人，才不至于在这种严肃的环境中，发现某些事情其实有点儿荒唐。这让他感到惊讶，因为他从来没想到，她居然是个有幽默感的人。

乔伊斯先生跟她的交往，断断续续地也有好多年了。莱斯莉每次来新加坡，都要跟乔伊斯夫妇一起吃饭。有一两次，她甚至和乔伊斯夫妇在他们的海滨别墅里共度周末。乔伊斯先生的妻子曾经在莱斯莉的种植园里住过十几天，并在那里见过杰弗里·哈蒙德好几次。他们两对夫妇的关系虽然谈不上亲密，但也称得上是多年的好朋友了。正因为如此，罗伯特·克罗斯比在发生这次事故之后，立刻赶到新加坡，恳求乔伊斯先生亲自为他那不幸的妻子做辩护。

莱斯莉所讲述的事件经过，跟乔伊斯先生第一次去看她时所讲述的一样，连细节都没有改动。案发之后几个小时，她冷静地讲述了事件经过，现在她依然这样讲述了一遍。她叙述连贯，语调平稳，只有在讲到一两个细节时两颊泛起一点儿红晕，有一点儿思路混乱的迹象。

谁也不会想到，这样的事情会发生在她这样一个女人身上。她刚三十出头，体质柔弱，身材高矮适中，虽然谈不上漂亮，但也称得上有几分姿色。她的手腕和脚踝都很纤细；她极其瘦弱，手臂上白皙的皮肤下面，骨头依稀可见，蓝色的静脉显露。她的脸色苍白，略微泛黄，嘴唇不见血色。她眼睛的颜色不很明显。她有一头浓密的淡褐色头发，略微有些自然卷；只要稍加修剪，她的头发就很漂亮，但是你很难想象克罗斯比太太会刻意地采用那种做法。她是个安静、可爱、谦逊的女人。她举止风度优雅，要是说她不曾受到人们的关注，那是因为她有些害羞。这是可以理解的，因为种植园主的生活是孤独的，只能在她自己的家里，跟自己熟悉的人相处，虽然长得漂亮，也只能孤芳自赏。乔伊斯太太曾经在她那里住了十几天，回来之后对他说，莱斯莉是个非常和蔼可亲的女主人。她说，她的内心还远远没有被人理解；你跟她熟悉之后，就会发现她的知识是那么渊博，她的性情是那么讨人喜欢。

像她那样的女人，是绝不会犯谋杀罪的。

乔伊斯先生对罗伯特·克罗斯比说了许多安慰的话，把他打发走了，然后独自坐在办公室里翻阅卷宗。其实，这不过是一个无意识的动作，他对整个案情的每个细节都已了如指掌。这个案件在当时是一个轰动事件，从新加坡到槟城，整个半岛，不论在俱乐部里还是在餐桌上，大家都在热烈地谈论着。

克罗斯比太太提供的事实很简单。当时，她丈夫去新加坡出差，晚上她独自一人在家。很晚的时候，差不多是九点差一刻，她独自一人吃了晚饭，饭后坐在客厅里绣花边。客厅的门对着走廊敞开着。孟加拉式平房里没有别人，仆人们已经回到后院的住处休息去了。突然，花园的石子路上传来了脚步声。她感到奇怪。那是穿着靴子的声音，说明来人是个白人，而不是土著人，可她没有听到汽车发动机的声音。她想不出这么晚，还会有谁来看她。那个人踏上孟加拉式平房的台阶，经过走廊，来到她坐着的客厅门前。一时间，她没有认出那个人是谁。她坐在一盏带有灯罩的灯旁边，他站在那儿，背对着黑暗。

"我可以进来吗？"

她甚至没有听出是谁的声音。

"你是谁？"她问。

她绣花边的时候戴着眼镜，说话时，她把眼镜摘了下来。

"杰夫·哈蒙德[①]。"

"当然啦。进来喝点儿东西吧。"

她站起身，跟他热情地握手。他的拜访使她有点儿吃惊，因为他虽然是他们的邻居，但不论是她还是罗伯特，跟他的来往都不算密切，而且她有好几个星期没见过他了。他是一个橡胶种植园主，离她家几乎有八英里，她不知道为什么他会挑这么晚的时间来看望他们。

"罗伯特不在家，"她说，"到新加坡去了，今晚回不来。"

也许他觉得有必要为自己深夜来访做个解释，于是他说：

"很抱歉。今天晚上我感觉到很寂寞，所以想过来看望你们。"

"你到底是怎么过来的？我没听见有汽车的声音呀。"

"我把汽车停在公路上了，我以为你们俩都已经上床睡觉了。"

这个解释合情合理。种植园主黎明时就要起床，检查工人的出勤情况，所以喜欢吃过晚饭就睡觉。案发后的第二天，哈蒙德的汽

① 杰夫（Geoff）是杰弗里（Geoffrey）的昵称。

车确实在离她家四分之一英里的地方被人发现了。

由于罗伯特不在家，家里没有威士忌和苏打水。考虑到男仆可能睡着了，莱斯莉没有叫醒他，而是自己去拿了。哈蒙德为自己调制了一杯酒，然后在烟斗里装上了烟。

在这个殖民地，杰夫•哈蒙德有一大批朋友。他这时已经差不多四十岁了，可他刚刚离家的时候还是个小伙子。大战爆发时，他是第一批奔赴战场的志愿军，而且表现得相当英勇。两年后，他膝盖受伤，不再适合军旅生活，于是就退伍了，佩戴着“杰出服务勋章”“军功十字勋章”来到马来联邦州。在这个殖民地，他是最优秀的台球选手之一。他跳舞跳得好，网球也打得很出色。虽然现在跳舞不行了，加上膝盖不灵活，网球也打得不如从前，但是他善于交际，所有人都很喜欢他。他身材高大、相貌英俊，有着一双迷人的蓝色眼睛和一头漂亮的黑色卷发。一些过来人早就说过，他最大的毛病就是贪恋女色。这次事故发生之后，那些人纷纷摇头，说他们早就料到他会在这上面栽跟头。

这时，他跟莱斯莉谈起一些当地新闻，比如新加坡即将举行的赛马会、橡胶的价格，以及最近有一只老虎经常在附近出没，他差一点儿把它打死。莱斯莉正在担心手头绣的花边不能在预定的日子完成，因为她想把它寄回国去给母亲做生日礼物，于是她又戴上眼镜，把放着枕头的小桌子往自己的椅子前挪了挪。

“你要是不戴这种牛角边框的眼镜就好了。”他说，“我搞不懂，一个美女为什么要竭力把自己往平庸里打扮。”

他这番话让她感觉有点儿意外。他从来没有用这种口气跟她说过话。她觉得还是不要理会的好。

“要知道，我可从来不会装模作样要做什么美女。如果你问我，我会明白地告诉你，不管你觉得我是漂亮也好、平庸也罢，我都无所谓。”

“我认为你不平庸。我认为你极其漂亮。”

“你真会说话，”她话里带着刺，“如果你真那么想，我只会觉得你眼光不行。”

他哈哈地笑了起来。他站起身，坐到她身边的椅子上。“你大概不会否认，你这双手是世界上最漂亮的吧？”他说着，做了一个动作，像是要去握她的手。

她轻轻地打了他一下。

“别干傻事。回到你原来的位子，好好说话，不然我就下逐客令了。”

他仍然坐着没动。

“难道你不知道，我非常爱你吗？”他说。

她依然保持着冷静的神态。

“我不知道。我根本不相信这是真的，而且即便是真的，我也不希望你把它说出来。”

他的话叫她暗暗吃惊，因为认识七年以来，他从来没有对她表示过特别的关注。他从战场上回来之后，他们倒是经常见面。有一次他病了，罗伯特还开车把他接到他们的孟加拉式平房来。他跟他们在一起住了两个星期。但是他们双方的兴趣爱好各不相同，这种熟人关系始终没有发展成友情。最近两三年里，他们很少跟他见面。有时他到这边来打打网球，有时他们在其他种植园主的聚会上见到他，但更多的情形是，他们常常是一个月里也见不到他的身影。

这时，他又喝了一杯威士忌加苏打水。莱斯莉怀疑他来之前就喝过酒。她发现他的举动有些异常，这让她略感不安。她嫌恶地看着他自斟自饮。

“如果我是你，我就不喝了。”她依然是心平气和地说。

他一口气喝完酒，放下酒杯。

“你以为我跟你说这些，是因为我喝醉了吗？”他冷不丁地说。

“这是再明显不过的了，难道不是吗？”

“不，绝对不是。我从第一次看见你，就爱上你了。只是我一直把话藏在心里，现在该说出来了。我爱你，我爱你，我爱你。”

她站起身，小心地把枕头放在一边。

“晚安。”她说。

“我不想走。”

终于，她开始发火了。

“你这个可怜虫，你要知道，除了罗伯特，我谁都没有爱过。再说了，即使我不爱罗伯特，也绝不会爱上你这种人。”

“我有什么好担心的？罗伯特又不在家。”

“如果你不马上离开，我就喊仆人过来，把你扔出去。”

“他们听不见。”

她勃然大怒。她朝走廊走去，要是她在那儿喊叫，仆人肯定能听见，但是他抓住了她的胳膊。

“放开我。”她怒不可遏地喊。

“别喊了。现在我可抓住你啦。”

她大声地叫：“来人啊！来人啊！”可是他迅速地用手捂住了她的嘴。她还没弄清楚是怎么回事，他就已经把她搂进怀里，疯狂地吻她。她挣扎着，拼命挣脱他那灼热的嘴唇。

“不，不，”她喊着，“放开我。我不！”

后来发生的事情，她有点儿思路混乱了。对于此前她所说的一切，她都记得非常确切，可是这时她吓得糊里糊涂，恍惚地听到他在自己耳边急促地说话。他似乎在向她求爱。他开始不停地倾诉自己狂热的感情。他一直疯狂地把她搂在怀里。她感到无助，因为他是一个力大无比的男人，而她的手臂被他紧紧地箍住。她的反抗无济于事。她逐渐感到体力不支。她担心自己会晕过去，而他呼出的热气喷到她的脸上，使她觉得非常恶心。他吻她的嘴唇，吻她的眼睛，吻她的脸颊，吻她的头发。他紧紧地搂着她，几乎把她憋死了。他把她抱得两脚离地。她想踢他，可他搂得更紧了。现在，他把她提了起来。他不再说话，但她知道他的脸色是苍白的，双眼充满了欲望之火。他把她抱进了卧室。他不再是个文明人，而是一个野蛮人了。他正走着，不巧被路中间的桌子绊了一脚。他的膝盖不太灵活，再加上怀里抱着一个女人，结果扑通一声跌倒在地。说时迟，那时快，她趁机从他怀里挣脱出来，逃到沙发后面。他迅速站立起来，向她猛扑过去。

桌子上有一把左轮手枪。她不是个神经质的女人，只是罗伯特晚上不在家，她原打算等她去睡觉的时候把它带进卧室的。这就是桌上放着手枪的原因。当时，她吓得惊慌失措。她不知道自己在做什么。她听见砰的一声枪响。她看见哈蒙德打了个趔趄。他大叫了一声，说了句什么话，但她没听清。他摇摇晃晃地走出房间，来到走廊。此刻的她已经陷入狂乱的状态，完全不能自控。她跟到走廊，是的，是那样的，她肯定是跟了出来，尽管她已经都记不清楚了。她不由自主地连续开枪，一枪接着一枪，直到六发子弹全部打光。哈蒙德跌倒在走廊的地板上。他蜷缩成一团，血肉模糊。

仆人们被枪声惊醒，赶到这里，只见她站在哈蒙德身边，手里还拿着枪，而哈蒙德已经死了。她朝仆人们望了一会儿，没有说话。仆人们站在那儿吓坏了，挤成一团。枪从她的手里掉到地上，她一声不响地转身走进客厅。仆人们望着她从客厅走进自己的卧室，转动钥匙把门反锁上。他们不敢触碰尸体，只是惊恐地望着它，激动地议论着。很快，管家就缓过神来；他服侍这家人已经很多年了，是个头脑冷静的华人。罗伯特是骑着摩托车去新加坡的，汽车留在车库里。管家叫司机把车开出来；他们必须马上去见地方助理警官，向他报告这里发生的事情。他从地上捡起手枪，把它放进了口袋。

这位地方助理警官名叫威瑟斯，住在附近一座城市的郊区，离这儿约三十五英里。一个半小时之后，他们开车来到地方助理警官家。所有人都在睡觉，他们只好叫醒仆人。不一会儿，威瑟斯走了出来，他们向他说明来意。管家掏出手枪给他看，证实自己所说的话。地方助理警官回屋穿好衣服，派人把自己的车开过来。不一会儿，他就跟随他们，驱车驶进夜深人静的公路。他们到达克罗斯比的孟加拉式平房时，天刚破晓。威瑟斯跑上走廊的台阶，在哈蒙德的尸体旁边停住脚步。他摸了摸死者的脸，脸已经冰凉了。

“女主人在哪里？”他问仆人。

华人管家指了指她的卧室。威瑟斯走上前去敲门。没有回应。他又敲了敲门。

“克罗斯比太太。”他喊了一声。

“谁呀？”

“威瑟斯。”

又是一阵沉默。屋里传来开锁的声音，门慢慢地开了。莱斯莉站在他面前。她没有上床睡觉，身上还是穿着吃晚饭时的那件宽松外衣。她站在那儿，静静地望着地方助理警官。

“是您的仆人叫我来的，”他说，“死者是哈蒙德。您做了些什么？”

“他想强奸我，我就开枪打死了他。”

“上帝啊！我说，您最好出来说话。您必须把事情真相原原本本地跟我讲一下。”

“现在不行。我做不到。你必须给我时间。派人叫我丈夫回来。”

威瑟斯是个年轻人，面对这种超出他职责范围的紧急情况，他不知道究竟该如何处置。莱斯莉一直保持着沉默，直到最后罗伯特赶回来之后，她才向他们两人讲述了事情的全部经过。从那以后，尽管她一次次地重复讲述这件事，可就连最小的细节都没有过丝毫的出入。

乔伊斯先生在反复思考着开枪的事。作为辩护律师，他感到棘手的是，莱斯莉不是开了一枪，而是六枪，而且验尸报告表明，其中有四枪是在离受害人很近的时候开的。人们很容易认为，受害人倒下之后，她就站在他的身边，把枪里的子弹全部打在了他的身上。尽管她对此前发生的一切都记得非常准确，但对于此时的情形，她表示记不清了。她的脑子一片空白。这表明她愤怒得无法自控了。但是，谁也不会相信，像她这样一位娴静端庄的女子会愤怒得无法自控。乔伊斯先生与她相识多年，一向认为她是一个不容易激动的女人。在悲剧发生后的几个星期里，她的镇定自若是令人惊叹的。

乔伊斯先生耸了耸肩。

“事实上，我觉得，”他心想，“你永远也不会知道，在一位最体面的女人身上会隐藏着什么样的野性。”

有人敲门。

“进来。”

这个华人职员走进来，随手关上了门。他关门的时候很轻，很谨慎，却很果断。随后，他朝着乔伊斯先生的办公桌走过去。

“先生，能否打扰您一会儿？我有几句话要私下跟您讲。”他说。

这个华人职员每次说话都字斟句酌，乔伊斯先生一直隐约觉得此人挺有意思。这时他正微笑着。

“没什么打扰的，志成。”他回答。

“我要跟您说的事情很微妙，是需要保密的那种。”

“这儿没人，你不妨就直说吧。”

乔伊斯先生注意到华人职员狡黠的目光。跟往常一样，黄志成穿着当地最时髦的服装。他脚上是闪亮的漆皮鞋和色彩鲜艳的丝袜；黑领带上别着镶有珍珠和红宝石的饰针，左手无名指上戴着一枚钻戒；洁白的上衣口袋里插着一支镀金的钢笔和一支镀金的铅笔；他戴着一块镀金的手表，鼻梁上架着一副隐形的夹鼻眼镜。他轻轻地咳了一声。

“这件事情和克罗斯比太太的案件有关，先生。”

“是吗？”

“我得知一个信息，先生。在我看来，它会使这个案件出现不同的局面。”

“什么信息？”

“先生，我得知的情况是，有那么一封信，是被告写给在这个事故中遭遇不幸的受害人的。”

“这没什么好大惊小怪的。在过去的七年中，我毫不怀疑克罗斯比太太会经常给哈蒙德先生写信。”

乔伊斯先生一向很赏识这个职员的精明，他说这番话，是故意要掩盖自己的想法。

“那些是不必怀疑的，先生。克罗斯比太太以前肯定和死者交往甚密，比如请他一起吃饭，约他一起打网球。我刚得知这个情况时，也是这么想的。但是这封信是在哈蒙德先生死亡的那天写的。”

乔伊斯先生的眼睛一眨都不眨。他依然面带微笑地望着黄志成，跟往常一样颇有兴趣地听他讲话。

“这是谁告诉你的？”

“我是间接从一个朋友那里得知的，先生。”

乔伊斯先生知道不应该再追问了。

“您一定还记得，先生，克罗斯比太太说过，在案发之前的好几个星期，她没有跟哈蒙德先生有过来往。”

“你手里有那封信吗？”

“没有，先生。”

“信里说了些什么？”

“我的朋友给了我一份抄件。您要过目吗，先生？”

“看看吧。”

黄志成从上衣内侧口袋里掏出一个鼓鼓的皮夹子。皮夹子里装着各种纸片、新加坡纸币和香烟卡片。不一会儿，他从一大堆东西里抽出半张薄薄的便笺纸，放在乔伊斯先生的面前。上面写着：

罗今晚外出。我急欲见你。十一点等你来。我心急如焚，若不来，后果自负。来时勿开车。

——莱

抄件是用外国学校教华人写的那种连体字写的。这些字写得缺乏个性，跟信中那些不祥的词语极不协调，显得非常怪异。

“你凭什么说这封信是克罗斯比太太写的呢？”

“我完全相信那个给我提供信息的人，先生，”黄志成回答说，“要证实这一点很容易。克罗斯比太太肯定能够立即告诉您她是否写过这样一封信。”

从谈话开始，乔伊斯先生的目光便没有离开过这个职员的那副无可挑剔的面容。此刻，他在怀疑这张脸上是否流露出一丝嘲讽的神情。

“克罗斯比太太竟会写出这种信，真是难以置信。”

“如果您是这种想法，先生，这件事情就算了。我的朋友向我披露此事，是因为考虑到我在您的事务所里工作，或许在您和助理检察官交换意见之前，您希望知道有这么一封信的存在。”

“原件在谁的手里？”乔伊斯先生直截了当地问。

黄志成从这个问题以及提问的口气中觉察到对方态度的转变，但他仍然不露声色。

“您一定记得，先生，哈蒙德先生死后，有人发现他跟一个华人妇女同居过。这封信现在就在她手里。”

哈蒙德曾经遭受舆论的强烈谴责，这件事情就是原因之一。人们得知，他生前已经让一个华人妇女在他家里住了好几个月。

他们俩沉默了好一阵子。的确，要说的话都已说了，双方都心照不宣。

“谢谢你，志成。这件事我会考虑一下的。”

“好吧，先生。您是否希望我把您的意思转告给我的朋友呢？”

“我觉得你可以跟他保持接触。”乔伊斯先生神色庄重地说。

“好的，先生。”

黄志成轻手轻脚地退出房间，还像刚才那样，小心地关上了门，留下乔伊斯先生独自思考。他目不转睛地看着莱斯莉写给哈德蒙的那封信的手抄件——用字迹清晰但缺乏个性的字体抄写下的。有一些模糊的疑点使他困惑不解。这些疑点叫他心烦，他竭力想把它们从脑子里赶走。这封信必须有一个简单的解释。当然，莱斯莉能马上做到这一点。上帝啊，无论如何得要有个解释！他从椅子上站起来，把手抄件放进口袋，拿起遮阳帽。他走出来时，黄志成正坐在自己的办公桌前，忙着写东西。

“我要出去一会儿，志成。”他说。

“乔治·里德先生约好中午十二点过来，先生。您要我跟他说您去哪儿了吗？”

乔伊斯先生淡淡地笑了笑。

“就说你不知道我去哪儿了。”

乔伊斯先生心里完全明白，黄志成知道他要到监狱去探监。虽然枪杀案发生在贝兰达，审判也将在贝兰达巴鲁[1]进行，但由于那里的监狱不适合关押白人妇女，克罗斯比太太被送到了新加坡。

克罗斯比太太被带到探监室，看见乔伊斯先生坐在那儿等着，就向他伸出自己纤细的手指，并朝他嫣然一笑。她还是像往常一样

---

① 贝兰达巴鲁，贝兰达和贝兰达巴鲁可能都是作者虚构的地名。

衣着整洁、朴素，一头浓密的淡褐色头发精心梳理过。

“没想到今天上午会见到你。”她说，一副温文尔雅的神态。

她的样子简直像在自己家里，乔伊斯先生似乎听见她吩咐男仆去给客人拿一杯果子酒来。

“身体还好吗？”他问。

“从来没这么好过，谢谢你。”她眼睛里含着欣喜，“这里是个疗养的好地方。”

狱警退了出去，房间里只剩下他们俩。

“坐吧。”莱斯莉说。

他拿了把椅子坐下。他不知道从何说起。她如此冷静，使他几乎难以开口谈起他此行的目的。她虽然谈不上漂亮，但外表中确有某些方面让人觉得挺迷人的。她举止高雅，但那种高雅是来自她良好的教养，绝对没有社交场上的扭捏姿态。你一眼便能看出，跟她打交道的是哪种人，她生活在哪种环境里。她那羸弱的体质更为她平添一种特有的风韵。在她身上不可能联想到一丁点儿残暴的东西。

“今天下午我很想和罗伯特见个面。”她说，语气平和而安详（听她说话是一种享受，她的语音语调都显示出她的身份），“可怜的罗伯特，这件事情给他造成多大的压力呀。好在要不了几天这一切就都会结束了。”

“只有五天了。”

“我知道。每天早上醒来，我就对自己说：‘又过了一天。’”她一边说着一边笑了，“就像我从前上学的时候，数着日子等待放假一样。”

“顺便问一句，在案发前的几个星期里，你没跟哈蒙德有过任何来往，是这样吗？”

“我可以完全肯定。我们最后一次见面是在马克法伦斯网球赛上。我想那天我跟他说了最多不超过两句话。要知道，那天有两块场地，我们碰巧不在一组。”

“你没有给他写过信吧？”

“哦，没有。”

“你能完全肯定吗？”

“哦，完全肯定，”她带着微笑回答说，“我给他写信也无非是邀请他吃饭或约他打网球，而且我已经好几个月都没有请他或约他了。”

“你跟他一度关系相当密切，后来怎么就不再请他过来了呢？”

克罗斯比太太耸了耸瘦削的肩膀。

“有的时候，人会讨厌跟人接触。我们没有什么非常相通的地方。当然，他生病时，罗伯特和我为他做了力所能及的事情。但最近一两年，他身体一直很好，而且交友广泛。他忙于各种应酬，我们似乎没有必要再经常邀请他了。”

“你能确定情况就是这样吗？”

克罗斯比太太迟疑了片刻。

“哦，不妨跟你说说吧。我们听说，他当时跟一个华人妇女同居，罗伯特说他不欢迎他到我们家来。我亲眼见过那个女人。”

乔伊斯先生坐在一把直背扶手椅上，一只手托着下巴，眼睛盯着莱斯莉。乔伊斯先生似乎看见，她说前面那番话时，两只乌黑的瞳孔里突然闪过一道暗红的光。虽然只有几分之一秒，但足以令人震惊。他心想，难道这是自己的幻觉？乔伊斯先生调整了自己的坐姿。他将两手的指尖互相顶在一起，慢慢地字斟句酌地说：

“我想我应该告诉你，我这里有一封你亲手写给杰弗里·哈蒙德的信。”

乔伊斯先生凝视着她。她端坐着，一动不动，面不改色，只是在她回答之前，停顿的时间明显过长。

“我过去经常会因为这样或那样的事情给他写张便条，或者有时候我知道他要去新加坡，就写张便条托他捎点儿东西。”

“在这封信里，你约他来看你，因为罗伯特去了新加坡。”

“那不可能。我从来没有做过那种事情。”

“那么，你还是自己看吧。”

他把信从口袋里掏出来，递给她。她用眼扫了一下，带着鄙夷的微笑把信递还给他。

“这不是我的笔迹。”

“我知道，据说这是跟原件相同的抄件。”

于是她开始读抄件上的文字，读着读着，她发生了可怕的变化。她本就苍白的脸变得十分难看，脸色变得铁青。肌肉仿佛突然消失，只剩下一张皮紧紧地贴在骨头上。她的嘴唇收缩，牙齿露了出来，那形象犹如一张鬼脸。她的眼珠仿佛要从眼眶里鼓出来，盯着乔伊斯先生。乔伊斯先生感到眼前是一具骷髅，说着含糊不清的话语。

“这封信是什么意思？”她轻声问道。

她嘴里干涩，只能发出嘶哑的声音。那已经不是人的声音了。

“这要你来解释。”他回答。

“这封信不是我写的。我发誓不是我写的。”

“说话要慎重。如果原件是你的笔迹，否认也没用。”

“这是伪造的。”

“要证明它是伪造的，很困难。要证明它是真的，却很容易。”

她那瘦削的身体打了个哆嗦，额头上布满了豆大的汗珠。她从包里掏出手帕，擦了擦手心。她又朝那封抄件扫了一眼，然后瞟了一下乔伊斯先生。

“信上没写日期。如果是我写的，我现在也忘记了，那么这就可能是几年前写的。假如你给我时间，我会尽力回想当时的情况。”

“我注意到信上没写日期。如果这封信落到检察官的手里，他们会盘问你的仆人。他们很快便会查出，在哈蒙德死的那天是否有人给他送过信。”

克罗斯比太太十指交叉，双手拼命地攥在一起。她坐在椅子上身体有点儿摇晃，乔伊斯先生生怕她会晕过去。

“我向你发誓，这封信不是我写的。”

乔伊斯先生沉默了一会儿。他把目光从她变形的脸上移开，低头望着地面。他在沉思。

“你要是这么说的话，我们就没必要再谈下去了。”他终于打破沉寂，慢条斯理地说，“假如持有这封信的人觉得有必要把它交给检察官，你要做好心理准备。”

这些话是在提示，他没有其他话要说了，但是他并没有起身告辞。他在等待。他觉得自己等了很长时间。他没有看向莱斯莉，但能感觉到她依旧静静地坐着。她一声不吭。最后，还是他开了口。

“如果你没有其他话要跟我说，我想我要回办公室去了。”

“人们要是读了这封信，会有什么想法？”这时她问道。

“人们会认为你故意撒谎。”乔伊斯先生毫不客气地回答。

“我什么时候撒过谎了？”

“你明确地表示过，你跟哈蒙德至少有三个月没有任何来往了。”

“这件事对我打击太大。那个可怕的夜晚发生的事情简直是一场噩梦。如果我忘了某个细节，那也没什么好奇怪的。”

“很不幸的是，对于你跟哈蒙德见面的每个细节，你都记得而且讲得非常准确，可是在他死的那天晚上，他正是应你的紧急要求，到孟加拉式平房见你的，你竟把这么重要的一条信息给忘了。”

“我没忘。但是案发之后我不敢提这件事了。我觉得，如果我承认他是应我的邀请而来的，你们谁也不会相信我对这件事的陈述了。也许我那么做是愚蠢的，可是我当时脑子里一片空白。既然我第一次说跟哈蒙德没有来往，以后就只能一口咬定了。”

这时，莱斯莉又神奇地恢复了她那镇定的神态，能坦然面对乔伊斯先生审视的目光了。她的温柔颇能令人消除对她的怀疑。

“这样的话，你需要解释为什么你要在罗伯特出差的那天晚上邀请哈蒙德来看你。”

她转过脸，睁大眼睛望着这位律师。他原本以为那双眼睛没什么特别，但是他错了，那是一双迷人的眼睛；如果这次他没有看错的话，她的眼里正闪烁着晶莹的泪花。她的话音有点儿哽咽。

“当时我正准备给罗伯特一个惊喜。下个月他就要过生日了。我知道他想要一支新枪，可你也知道，我对这方面一窍不通。我想跟哈蒙德谈谈，叫他帮我订购一支新枪。”

“或许你记不清楚这封信中的措辞了吧。你是否要再看一遍？”

“不，我不想看。”她连忙说。

“你觉得，一个女人想托一个并不太熟的朋友商量购买一支枪，会写这样的一封信吗？”

“我敢说，那样写是有点儿过分，有点儿冲动。你知道，我表达的时候总是那样。我打算承认自己那样做是愚蠢的。”她微笑着说，“不过，话又说回来，杰弗里·哈蒙德并不是什么不太熟的朋友。他以前生病时，我像母亲一样地照料他。我在罗伯特出差的时候叫他过来，是因为罗伯特不欢迎他到我们家来呀。”

乔伊斯先生保持一个坐姿太久了，感觉到有些乏累。他站起来，在房间里来回走了一两圈，斟酌着他后面要说的话。最后，他把身体倚在刚才坐着的那把椅子的靠背上。他说话时一字一顿，语气极为深沉。

“克罗斯比太太，我想跟你非常、非常认真地谈一谈。总的来说，这个案件的审理还算顺利。我觉得只有一点需要做出解释：根据我的判断，哈蒙德倒在地上以后，你至少又向他开了四枪。人们很难相信，一个体格纤弱、胆小慎微、一向自我控制能力极佳，而且性情温柔、有良好教养的女人，竟然会突然完全失去控制，变得那么疯狂。当然，这种说法被采信了。尽管有不少人喜欢杰弗里·哈蒙德，大家总体上对他的评价也不错，但我还是尽力证明了他可能犯有你为自己的行动辩护时指控他所犯的那种罪行。在他死后，人们发现他曾经跟一个华人妇女同居，这个事实为我们提供了非常明确的、可以作为依据的东西。这也使他失去了人们可能对他怀有的同情。我们决定充分利用他的这种关系，在所有体面人士心里激起对他的憎恶感。今天早上，我告诉你的丈夫，我有把握让你无罪获释，我跟他说这些，并不只是为了让他增强信心。我相信现在陪审团还没有离开法庭呢。”

他们互相注视着对方的眼睛。奇怪的是，克罗斯比太太一动不动。她像一只被蛇施了魔法而瘫痪的小鸟。乔伊斯先生接着往下说，语气还是那么平静。

“可是，这封信使这个案件表现出完全不同的面貌。我是你的辩护律师，我要在法庭上做你的代理。我把你的陈述当作事实来接受，并根据你的陈述内容为你辩护。有可能我相信你的陈述，也有可能我怀疑你的陈述。辩护律师的责任是让法庭相信，摆在他们面前的证据不足以使法庭做出有罪裁定；至于他私底下认为他的诉讼委托人是否有罪，那完全与本案无关。”

乔伊斯先生惊讶地发现，莱斯莉的眼睛里竟闪烁着一丝笑意。他感觉受到了冒犯，于是说话的语气略显得冷淡了。

“你该不会否认哈蒙德是应你的紧急邀请，甚至是非常急切的邀请，才去你家的吧？”

克罗斯比太太迟疑了片刻，好像在沉思。

“他们可以证实，这封信是你的某个男仆送到他的孟加拉式平房的。他是骑着自行车去的。

“你千万不要以为别人都比你笨。这封信会引起别人的怀疑，尽管他们没有怀疑过。我不想跟你说我刚看到这封信的抄件时，我个人是怎么想的。我希望你只告诉我必要的情况，其他什么也别说，否则你会保不住自己的性命。”

克罗斯比太太尖叫了一声。她猛地跳起来，吓得面如死灰。

“你觉得他们会绞死我吗？”

“如果陪审团得出结论，你不是出于自卫杀死哈蒙德，他们就有责任做出有罪裁决。罪名是谋杀。法官就有责任判你死刑。”

“但是他们有什么证据呢？”她气喘吁吁地问。

“我不知道他们有什么证据。我也不想知道。但是，如果他们起了疑心，如果他们开始调查，如果他们审问那些土著人，结果会发现什么呢？”

她突然蜷缩成一团。乔伊斯先生还没来得及伸手去扶她，她就倒在地上，晕了过去。他环顾房间想找水，但是没有水，他也不想有人来打扰。他让她在地板上平躺着，然后在她身边跪着，等她苏醒。她睁开眼睛时，眼里充满了恐惧，那副模样怪吓人的，他一时间有点儿不知所措。

“躺着别动，”他说，“过一会儿就会好的。”

“你不能让他们绞死我。”她轻声说。

她歇斯底里地哭了起来，乔伊斯先生轻声地竭力安慰她。

“看在上帝的分上，镇定一些吧。”他说。

“稍微等一会儿。”

她的勇气令人吃惊。他看得出来，她在竭力克制自己，过了一会儿，她恢复了镇定。

“扶我起来。”

他伸出手，扶着她站了起来。他抓着她的胳膊，把她搀到椅子旁边。她疲惫地坐了下来。

“不要跟我说话，给我一两分钟的时间。”她说。

“好的。”

当她终于开口时，她所说的话完全出乎他的预料。她轻轻地叹了口气。

“恐怕事情被我搞得一团糟了。”她说。

他没有答话，又是一阵沉默。

“就没有可能把那封信弄到手吗？”她终于说。

“我想，要是拿着这封信的人不愿意卖的话，也不会有人来告诉我这件事了。”

“信在谁的手里？”

“跟哈蒙德同居的那个华人妇女。”

莱斯莉的脸颊上立刻泛起一片红晕。

“她的要价很高吗？”

“我想这个女人很机灵，知道这封信的价值。如果不出个大数目，恐怕未必能够把它搞到手。”

“你打算让他们绞死我吗？”

“你认为要把一个对我们不利的证据弄到手是一件轻而易举的事情？这跟买通证人没什么区别。你没有权利向我提出这样的建议。”

“那么，我会有什么样的结果呢？”

“正义必然会得到伸张。”

她的脸色变得煞白。全身涌起一阵轻微的战栗。

“我把一切都交在你的手里。当然，我没有权利要求你做不应该做的事情。”

乔伊斯先生没有想到，她的话音有点儿哽咽，加上她习惯性的自我克制，竟变得如此动人。她用谦卑的眼神看着他，他觉得，如果他拒绝那副眼神，这眼神会在他的下半辈子一直萦绕着他。毕竟，任何事情都不可能使可怜的哈蒙德再活过来了。他急切地想知道这封信背后的解释。光凭这封信就得出结论说，没有人惹怒她，她就把哈蒙德杀死了，那是不公平的。他在东方已经生活了很长时间，职业荣誉感可能不如二十年前那么强烈了。他盯着地板。他决定做一件自知不合法的事情，但是他感觉喉咙被堵住了，他隐隐地对莱斯莉感到憎恶。他觉得尴尬，说不出话来。

“我不太清楚，你丈夫的经济情况怎么样？”

她脸涨得通红，迅速地瞟了他一眼。

“他在锡矿上有很多股份，在两三个种植园里也有一点儿股份。我觉得他能筹到钱。”

“他可能会问这钱是用来做什么的。”

她沉默了片刻。她像是在思考。

“他依然爱我。为了救我，他会做出任何牺牲的。有必要让他看那封信吗？”

乔伊斯先生微微蹙了蹙眉，她马上就会意了，于是接着往下说。

“罗伯特跟你是老朋友了。我不是在求你帮我，而是在求你帮助一个诚实善良、从来没有伤害过你的人，免受各种可能的痛苦。”

乔伊斯先生没有回答。他站起身打算告辞，克罗斯比太太优雅地伸出手，那份优雅在她身上显得尤为自然。虽然刚才的事情让她受到那么大的惊吓，让她面色憔悴，但她还是强打精神，彬彬有礼地和他道别。

“你真好，为我分忧解难。我真不知道如何感谢你才好。”

乔伊斯先生回到事务所。他坐在自己的房间里，什么工作也不想做，只是在思考。他思考着，许多奇怪的念头闪过他的脑际。他颤抖了一下。过了一会儿，有人小心地敲门。这正是他所期待的。黄志成走了进来。

“我正好想出去吃午饭，先生。”

“去吧。”

“在我出去之前，您有什么事情要吩咐我去做的吗，先生？”

“我想没有。你有没有跟乔治·里德先生重新约定时间？”

“是的，先生，他下午三点过来。”

“好吧。”

黄志成转过身，走到门口，伸出细长的手指抓住门环。这时，他好像忽然想起了什么事情，又转身回来。

“先生，您有什么事情要我转告我的朋友的吗？”

虽然黄志成英语说得非常流利，但是r音总是发不准，他把“friend”即“朋友”一词，总念成“fliend”。

“哪个朋友？”

“关于克罗斯比太太写给死者哈蒙德的那封信，先生。”

“噢！我都忘记了。我对克罗斯比太太提起这事儿，她说没有写过那种信。那封信显然是伪造的。”

乔伊斯先生从口袋里掏出那份抄件，递给黄志成。黄志成没有理会他的动作。

“这样的话，先生，要是我的朋友把信交给助理检察官，我想不会有人反对吧？”

“没人反对。但我看不出那样做对你的朋友有什么好处。”

“先生，我的朋友认为，伸张正义是他的职责。”

“我绝不会干涉任何人履行自己的职责，志成。”

这时，律师和华人职员的目光相遇了。两人的嘴唇上都没有一丝笑意，但他们彼此心领神会。

“我完全明白，先生，”黄志成说，“我研究了克罗斯比太太的案件，觉得把这样一封信提交上去，是不利于我们的诉讼委托人的。”

“我一向很欣赏你在法律方面的判断力，志成。”

“我想，先生，如果我能说服我的朋友，让他劝说那个华人妇女把信交到我们手里，那就会省去很多麻烦。”

乔伊斯先生漫不经心地在吸墨水纸上画着各种脸相。

“我想你的朋友是个生意人。你估计他要多少钱才肯把那封信交出来？”

“信不在他手里，还在那个华人妇女那儿。他只是那个华人妇女的亲戚。她什么都不懂，在我的朋友告诉她之前，她并不知道那封信的价值。”

“他觉得那封信值多少钱？”

“一万元，先生。”

“上帝啊！你想让克罗斯比太太到哪儿去弄这一万元！我告诉你，这封信是伪造的。”

他一边说着一边望着黄志成。这个职员对他的叫喊无动于衷。他依然站在桌子旁边，一副礼貌、冷静而恭顺的样子。

“克罗斯比先生在勿洞[①]橡胶园有八分之一的股份，在南角河[②]橡胶园有六分之一的股份。如果克罗斯比先生以他的财产做抵押，我有个朋友，我想他可以借钱给克罗斯比先生。”

“你的朋友真不少啊，志成。”

“是的，先生。”

“既然这样，你可以转告他们，让他们全都见鬼去吧！那封信很容易解释清楚，我会向克罗斯比先生提议，最多出五千元，多一个子儿也不给。”

“那个华人妇女还不愿意把那封信卖了呢，先生。我的朋友花了很长时间才说服她。要是给她少于刚才说的那个数目，给了也是没有用的。”

乔伊斯先生盯着黄志成看了至少三分钟。这个职员坦然地接受

---

① 勿洞，又称雾中山城，在今泰国南部，毗邻马来西亚。

② 南角河，在今印尼。

对方投来的审视目光。他望着地面，毕恭毕敬地站着。乔伊斯先生很了解自己的手下。志成，这家伙真是聪明，他心想，不知道他会从中捞到多少油水。

“一万元是个很大的数目。”

“克罗斯比先生绝不会眼看着自己的妻子被绞死，而不付这个数目的，先生。”

乔伊斯先生又沉默了。除了他说出来的那些信息以外，黄志成还知道些什么呢？他一定摸透了他的底细，所以才会这么明目张胆地索要。这个数目是不能变了，因为不管是谁在策划这件事，他一定早就知道这是克罗斯比能拿得出的最大数目。

“那个华人妇女现在在哪儿？”乔伊斯先生问。

“她住在我那个朋友家里，先生。”

“她能到这儿来吗？”

“我觉得最好还是您去找她，先生。我可以今天晚上带您去，她会把信交给您。那个女人什么也不懂，先生，她连支票也看不懂。”

“我本来也不打算给她支票。我会带现金去。”

“如果您带的钱不足一万元，那就是在浪费宝贵的时间，先生。”

“我当然明白。”

“我吃过午餐就去告诉我的朋友，先生。”

“好吧。你最好今天晚上十点钟在俱乐部门口等我。”

“好的，先生。”黄志成说。

他向乔伊斯先生微微鞠躬，离开了房间。随后，乔伊斯先生也到外面去吃午饭。他来到了俱乐部，果然不出他所料，他在那儿见到了罗伯特·克罗斯比。他坐在一张挤满人的桌子前面，乔伊斯先生经过他的身边，想找个位子坐下，顺手拍了一下他的肩膀。

“临走之前叫我一声，我有话跟你说。”乔伊斯先生说。

“好吧。你吃完了过来叫我也行。”

乔伊斯先生已经想好该如何跟他谈这件事。他吃完午饭，又打了一局桥牌消磨时间，等着俱乐部里的人全都离开。他不想在自己的事务所里为这件事情跟克罗斯比见面。过了一会儿，克罗斯比来到桥牌室，站在一旁看人打牌，直到打完为止。人们都去忙自己的事了，桥牌室里只剩下他们俩。

“很不巧出了一件事，老兄，”乔伊斯先生尽量用听起来很平常的口气说，“在哈蒙德死的那天晚上，你的妻子似乎给他写过一封信，请他到那座孟加拉式平房来。”

“那不可能，”克罗斯比喊了起来，“她一直都说她跟哈蒙德没有来往。据我所知，她有好几个月都没见过他了。”

“事实摆在面前，确实是有一封信。现在那封信在曾经跟哈蒙德同居的那个华人妇女手里。当时你的妻子打算在你生日时送你一件礼物，所以想请哈蒙德帮她去买。悲剧发生之后，她的情绪过于激动，把这件事情给忘了，由于一度否认自己跟哈蒙德有过任何来往，所以她不敢承认自己以前说错了。当然，这件事太不凑巧了，但也不能说这不合情理。”

克罗斯比一句话也没说。他那张宽大的红脸上显露出一片茫然的神情，对于他不开窍的样子，乔伊斯先生既感到宽慰又感到愤怒。他是个愚蠢的人，乔伊斯先生无法忍受他人的愚蠢。然而，自从灾难降临之后，他所经历的窘境已经触到了这位律师的软肋；而且克罗斯比太太请他帮忙不是为了她自己，而是为了她丈夫，这句话说得恰到好处，打动了他的心弦。

“我不说你也知道，如果这封信落到检察官的手里，事情就会非常尴尬。你的妻子撒了谎，她就必须解释撒谎的原因。如果哈蒙德不是作为一个不速之客闯入你家，而是应邀而来，这就会稍稍改变目前的形势。这很容易使陪审团的想法发生一些动摇。”

乔伊斯先生犹豫了。现在他正在执行自己做出的一个决定。想到自己正在为某个人采取一项重大措施，而这个人对这项措施的严重性却茫然不知，要是在平时，他一定会笑出声来，可现在不是笑的时候。或许在克罗斯比看来，乔伊斯先生现在所做的，都跟别的律师一样，是正常办案的一部分。

“亲爱的罗伯特，你不仅是我的诉讼委托人，也是我的朋友。我想我们必须把那封信弄到手。那要花很多钱。要不是钱很多，我是不会向你提起这件事的。”

“要多少？”

“一万元。”

“那也太多啦。现在生意不好做，再加上各种开销，差不多把我所有的家当都赔上了。”

“你能马上弄到吗？”

“我想可以。我把锡矿和两个种植园的股份做抵押，老查理·梅多斯会借给我钱。”

“那你决定这样做啦？”

“必须这样做吗？”

“假如你希望你的妻子无罪释放的话。”

克罗斯比的脸涨得通红。他的嘴角耷拉着，一副很奇怪的模样。

“可是……”他找不到适当的词句，脸憋成了紫色，“可是我不明白。她可以解释嘛。你该不是说，他们会判她有罪吧？他们不会因为她除掉了一个无赖恶棍而把她绞死吧。”

“他们当然不会绞死她。他们只能判她犯有杀人罪。判处两三年监禁或许就能放出来。”

克罗斯比吓得跳了起来，涨红的脸因为惊恐而变了形。

“三年。”

这时，在他迟钝的头脑中似乎透进了一线光亮。他的思维原本是一片黑暗，此时闪过一道亮光，尽管接下来还是同样深沉的黑暗，但那里却留下了对某种看不见的东西的记忆。乔伊斯先生发现，克罗斯比那双干过各种粗活的、又大又红的手在不停地颤抖。

“她原来打算送给我什么礼物？”

“她说想送给你一支新手枪。”

克罗斯比那张宽大的红脸膛涨得更红了。

“你要在什么时间用这笔钱？”

这时，他的嗓音有点儿怪。那声音听起来似乎是被一双无形的手掐住了他的喉咙。

“今晚十点钟。我想你可以大约在六点钟的时候送到我的办公室。”

“那个女人来找你吗？”

“不，我去找她。”

“我会把钱带来。我跟你一起去。”

乔伊斯先生瞪了他一眼。

“你觉得有这个必要吗？我认为让我单独处理这件事比较好。”

“钱是我的，对吗？我要去。”

乔伊斯先生耸了耸肩。他们站起身握手告别。乔伊斯先生好奇地看看他。

十点钟，他们在空荡荡的俱乐部里见面。

“一切都正常吗？”乔伊斯先生问。

“是的，钱在我的口袋里。”

“咱们走吧。”

他们走下了台阶。乔伊斯先生的汽车在广场上等着他们，那个时间广场上空无一人。他们向汽车走去，黄志成从一栋房子的阴影里走了出来。他钻进汽车，坐在司机旁边给他引路。汽车驶过“欧陆饭店”，然后在“海员之家”的街角处拐弯，驶上了维多利亚大街。在这条街上，华人的店铺仍然在营业，一些无所事事的人在街上闲逛。车道上，人力车、汽车和马车来来往往，一派繁忙的景象。

突然，他们乘坐的汽车停住了，黄志成转过头来。

“我想，我们在这儿下车，步行过去更好，先生。”他说。

他们下了车，黄志成走在前面。他们前后只隔着一两步远。不一会儿，他叫他们停下了。

“你等在这儿，先生。我进去，跟我朋友说句话。”

他走进一家临街的店铺，店铺的柜台后面站着三四个华人。那些店铺都很奇怪，柜台里不陈列商品，不知道这些店铺是卖什么的。他们看见黄志成跟一个矮个子的胖男人说话。那个男人身穿一身帆布衣服，胸前挂着一根粗大的金链子，他向屋外黑漆漆的街道扫视了一眼。他将一把钥匙交给黄志成，于是黄志成走了出来。黄志成向等在外面的两人做了个手势，钻进店铺旁边的一个门洞。乔伊斯先生和克罗斯比先生跟着他走进去，一会儿便来到一节楼梯下面。

“等一下，我点一根火柴，”他说，他总是那么有办法，“你们请上楼吧。”

他捏着一根点亮的日本火柴在前面引路，但是这一丁点儿火光是很难驱走黑暗的，他们只得跟着他，摸黑上楼。到了二楼，他打开门，走进去，点亮了一盏煤气灯。

“请进来吧。”他说。

这是一间四四方方的小屋，只有一扇窗子，屋里仅有的家具就是两张铺着垫子的中式矮床。屋子的一角放着一只大箱子，用一把精巧的锁锁着，箱子上是一只破旧的托盘，托盘上摆着一支吸食鸦片用的烟枪和一盏灯。屋子里有一股刺鼻的鸦片烟的味道。乔伊斯先生和克罗斯比先生坐下来，黄志成递给他们香烟。没过一会儿，门开了，进来的是他们刚才看见的站在柜台后面的那个矮个子胖男人。他用流利的英语向他们道了声晚上好，然后在黄志成身旁坐下。

“那个华人妇女快要来了。”黄志成说。

店铺里的仆人端进来一只托盘，上面放着茶壶和茶碗，那个胖男人给乔伊斯先生和克罗斯比先生倒茶。克罗斯比谢绝了。几个华人在私下议论着，但是乔伊斯先生和克罗斯比先生一声不响。终于，屋外传来讲话的声音，有人低声叫开门。胖男人走过去开门。他在屋外说了几句话，然后陪着一位华人妇女走进来。乔伊斯先生看了她一眼。自从哈蒙德死后，人们对这位妇女议论纷纷，但乔伊斯先生却从没见过她。她的体态略微显胖，不能算得上年轻了，脸庞宽宽的，面部没有什么表情。她的脸上搽过脂粉，两道眉毛画得又细又黑，给人一种很有个性的印象。她穿着浅蓝色上衣、白裙子，一身装束既不是欧式，也谈不上中式，但是她脚上却趿拉着中式的丝面拖鞋。她脖子上挂着沉甸甸的金项链，手腕上戴着金镯子，耳朵上吊着金坠子，一头黑发上别着金簪子。她慢腾腾地走过来，一副自信而从容的神情，只是脚步有些许拖沓。她紧挨着黄志成，坐在床沿。黄志成跟她说了些什么，她点点头，朝两位白人——乔伊斯先生和克罗斯比先生——漫不经心地看了一眼。

“她把信带来了吗？”乔伊斯先生问。

“带来了，先生。”

克罗斯比什么也没说，从口袋里掏出一沓五百元的钞票。他数了二十张，交给黄志成。

“你数数，看对不对？”

黄志成数完后交给那个胖男人。

“没错，先生。”

胖男人把钱又数了一遍，然后装进口袋。他又对那个女人说了句什么，她便从怀里掏出那封信，交给黄志成。黄志成低头看了看信。

“这正是那封信的原件，先生。”他说着便准备递给乔伊斯先生，可是克罗斯比一把抢了过去。

“让我看看。”他说。

乔伊斯先生看着他读完信，伸手去要。

“你最好还是让我拿着。”乔伊斯先生说。

克罗斯比却小心翼翼地把信叠好，装进口袋。

“不行。还是我自己保管吧。它花了我不少钱哪。”

乔伊斯先生没有争辩。三个华人看着这场小小的插曲，但是他们脸上毫无表情，你看不出他们对此有什么想法，或者到底有没有想法。乔伊斯先生站了起来。

“今天晚上您还需要我做什么事吗，先生？”黄志成问。

“没什么了。”他知道那个黄志成想留下来，收取原先说好的份子钱，于是他转身对着克罗斯比，“准备走吧？”

克罗斯比没有回答，但他站了起来。胖男人走过去给他们开门。黄志成找到了一小截蜡烛，他点着了，给他们照着下楼，两个华人送他们俩来到街上。他们把那个女人留在屋里，让她坐在床沿上静静地抽烟。他们来到街上，那两个华人便告辞，转身回到楼上。

“你准备怎样处理这封信？”乔伊斯先生问。

“留着。”

他们走到等在门外的汽车那里，乔伊斯先生提出捎克罗斯比一段路，但是他摇了摇头。

“我想走走。”他犹豫了一下，慢慢地挪着脚步，“哈蒙德死的那天晚上，我去新加坡，部分原因就是去买一支新枪，我的一个熟人正好想卖。晚安。”

他很快就在夜幕中消失了。

乔伊斯先生对这次审判结果的估计非常正确。陪审团一走进法庭，就一致决定无罪释放克罗斯比太太。她为自己提供证据。她简单扼要、直截了当地把案情陈述了一遍。助理检察官是个心地善良的人，而且他对自己的职责显然不是很感兴趣，只是敷衍地提了几个必须提的问题。他代表检察机关提出的诉状，完全可以拿来当作被告的辩护词，陪审团只花了不到五分钟就做出了他们乐于见到的裁定。法庭做出判决后，法院内挤得水泄不通的人群中爆发出雷鸣般的掌声。法官向克罗斯比太太祝贺，她获得了自由。

对哈蒙德的丑行最为反感的莫过于乔伊斯太太了；她忠诚地对待自己的朋友，坚持叫克罗斯比夫妇在审判结束后，在她家里住一段时间，等到一切都安排好了再走。她跟大家一样，对会是这样的一个判决结果，从来没有怀疑过。无论如何也不能让可怜、可爱、勇气可嘉的莱斯莉回去，住在那个曾经发生过可怕灾难的孟加拉式平房了。审判到十二点半结束，当他们来到乔伊斯先生的家里时，盛大的午宴已经准备好。鸡尾酒已经调好，乔伊斯太太举办的价值百万的鸡尾酒会在整个马来联邦州是出了名的。乔伊斯太太为莱斯莉的健康干杯。她本来就是个健谈、活跃的女人，这会儿更是兴致勃勃。幸亏她很活跃，否则就冷场了，因为其他三个人都沉默不语。她对此并未觉得有什么奇怪的。她的丈夫一直话就不多，而另外两个人经过好几天的折腾，自然是疲惫不堪了。午餐过程中，只有她在激动而兴奋地自说自话。宴会结束后，咖啡端了上来

“喂，孩子们，”她欢欣雀跃地说，“你们得先休息一下，喝完下午茶，我开车带你们两位到海边兜风。”

乔伊斯先生平时很少在家吃午饭，现在他要回事务所去了。

“恐怕我去不了，乔伊斯太太，”克罗斯比说，“我得马上赶回种植园去。”

“今天不走，行吗？”她问。

“要走，现在就得动身。我很久没去照顾种植园了，再说我还有一大堆急事要处理。不过，你能留莱斯莉在这儿住一段时间，我很感激，到时候我们再决定下一步怎么办。”

乔伊斯太太想再次挽留他，可她的丈夫阻止了她。

“如果他必须要走，那一定有他的理由，别强留了。”

律师的口气好像话里有话，她忍不住瞟了丈夫一眼。乔伊斯太太话到嘴边停住了，大家沉默了一会儿。后来，是克罗斯比先生先打破沉默开了口。

“对不起，我得马上动身，天黑前要赶回去。”说着，他站起身离开餐桌，“莱斯莉，你送我一下好吗？”

“当然。”

他们并肩走出餐厅。

“我觉得克罗斯比太不体贴人了，”乔伊斯太太说，“他应该知道，莱斯莉现在需要跟他待在一起呀。”

“如果不是有要紧的事情，我相信他不会走的。”

“哦，我去看看给莱斯莉准备的房间整理好了没有。她需要静养一段时间，然后再去放松一下。”

乔伊斯太太离开餐厅，乔伊斯先生又坐了下来。过了一会儿，他听见克罗斯比启动了摩托车，接着车轮碾过花园碎石路，发出嘎嘎的声响。他站起身，走进客厅。克罗斯比太太站在客厅的中央，双眼茫然地望着前方，手里捏着一封打开的信。他立刻认出了那封信。当他进来时，她瞥了他一眼，他发现她脸色苍白。

“他知道了。”她喃喃地说。

乔伊斯先生走到她身边，接过那封信。他划亮了一根火柴，把那封信点着了。她看着它燃烧。当他再也拿不住的时候，他把纸片丢在地砖上面，他们两人看着那张纸片蜷缩、烧焦。然后，他用脚把它踩成一堆灰烬。

“他知道了什么？”

她久久地盯着他，眼睛里闪烁着怪异的光芒。那是轻蔑还是绝望？乔伊斯先生分辨不出来。

“他知道了杰夫是我的情夫。”

乔伊斯先生静静地听着，一声不吭。

“多年以来，他一直是我的情夫。差不多从战后他刚回来的时候，我们就好上了。我们知道必须小心行事。我们成为情人之后，我故意装作讨厌他，罗伯特在家的时候，他很少到我们家来。我经常开车到一个我们俩都知道的地方跟他见面，一个星期两三次，要是罗伯特去新加坡，他就在深夜趁仆人们睡觉后到我家来。我们一直在约会，经常见面，没有人对此产生一丁点儿怀疑。可是最近，大约是一年前吧，他变了。我不知道是怎么回事。我无法相信他不再喜欢我了。他一直否认自己变心了。我发了疯似的。我跟他大吵大闹。有时候我觉得他恨我。噢，你不会知道我忍受了什么样的痛苦。那就像是在地狱里煎熬。我知道他不再需要我了，但我不能让他离开。痛苦啊！痛苦啊！我爱过他。我把一切都给了他。他是我的生命。后来，我听说他跟一个华人妇女同居。我无法相信。我不愿相信。最后，我亲眼见到了她，看见她戴着金镯子、金项链在村子里大摇大摆地走路，一个又老又胖的丑女人。她比我年龄还大。太可怕了！村子里的人全都知道，她是他的情妇。我从她身边走过时，她看着我，我心里也明白，她知道我也是他的情妇。我派人去叫他。我跟他说，我必须见他。就是你读过的那封信。我写信的时候简直要疯了。我不知道自己在做什么。我不在乎。我已经十天没见到他了。那简直是度日如年。我们最后一次分别时，他把我抱在怀里，亲吻我，叫我别多心。可是他离开我之后，就投入她的怀抱里去了。”

她一直用低沉、激烈的语调说着，这时，她停了一下，绞扭着双手。

“都怪那封倒霉的信！我们一直很小心。每次看完我给他写的便条，他就会马上撕掉。我怎么知道，他竟然把那封信留下了呢？他来了之后，我跟他说，我知道那个华人妇女的事了。他拒不承认。

他说那不过是谣言。我当时发疯了。我不知道自己跟他说些什么。噢！我恨透了他。我对着他乱撕乱扯。我尽挑一些伤害他的话说。我侮辱他。我可能还向他脸上吐了唾沫。最后，他对我发火了。他说对我这个人腻味透顶了。然后，他承认那个华人妇女的事是真的。他说他认识她已经有好多年了，战争爆发之前就认识了。他说只有那个女人才是他的真爱，跟其他女人不过是逢场作戏而已。他说他很高兴我知道了这件事，说现在总算可以让他清静了。后来发生的事情我记不清楚了。我发疯了，怒火中烧。我抓起左轮手枪，我开枪了。他惨叫一声，我看见我击中他了。他跌跌撞撞地冲向走廊。我追了出去，再次开了枪。他跌倒了，我站在他的身边，我不停地射击、射击，直到手枪发出咔哒声，我知道子弹打光了。”

说到这里，她停了下来，激动地喘着粗气。她的脸已不再是人的脸，残忍、愤怒和痛苦使它变了形。你绝对想不到，这样一位娴静文雅的女人，竟会怀着那样恶毒的淫欲之火。乔伊斯先生向后倒退了一步。看见她这副样子，他彻底吓坏了。那不是一张人脸，而是一张疯狂、狰狞的面具。这时，他听到隔壁房间有人在喊，那声音是嘹亮、友善而欢快的。那是乔伊斯太太。

“来吧，亲爱的莱斯莉，你的房间已经收拾好啦。你得马上睡觉。”

听到那声呼唤，克罗斯比太太的脸渐渐恢复了原状。就像一张揉皱的纸被手抚平了一样，激动的心绪和神情逐渐消退，过了一会儿，她的脸变得冷静、沉着、坦然了。她的脸色仍有些苍白，但她的嘴唇却露出了可爱而亲切的笑容。她又成了那位有良好教养甚至高雅的女性。

“我来了，亲爱的多丽丝。给你添了那么多的麻烦，真是太抱歉了。”

疗养院

阿申登住进疗养院的前六个星期里，一直躺在床上。除了早晚来给他检查的医生、护理他的护士和送饭递茶的女仆外，再也见不着半个人影。由于他身患肺结核，返回瑞士已经不可能。在伦敦为他看病的一位专家把他送到了苏格兰北部的这家疗养院。

盼望已久的时刻终于来了，医生告诉他，他能下床了。下午，一位护士帮他整理了衣着，在轮椅上给他垫上靠垫，裹上毛毯，把他推到了有很多人的阳台上，让他也享受一下晴朗天空下的阳光。这时正值隆冬。疗养院坐落在一座小山顶上，从这里鸟瞰雪后的乡村，银装素裹。病人们斜靠在轮椅上，零零落落地散在阳台各处，他们有的聊天，有的看书。不时地有人发出阵阵的咳嗽声，这时你便发现他们会惊恐地看看咳嗽时捂在嘴上的手帕。送阿申登来的护士转过身来，面向坐在旁边的另一个男子，由于职业的要求，她的动作自然、活泼、轻盈、温柔。

“给您介绍一下，这位是阿申登先生。”她说。

然后，又对阿申登说：“他叫马克廖。他和坎贝尔先生在这里疗养的时间最长。”

阿申登的另一边坐着一个俊俏的姑娘。红红的卷发，一双蓝得闪亮的眼睛；虽然没有化妆涂脂粉，但红润的嘴唇、漂亮的双颊还是衬托出她那白嫩细腻的皮肤。虽说病魔已侵入她羸弱[①]的肌理，却仍不失为一个美人儿。她身着皮大衣，又用毯子严实地裹着。她的脸相当瘦削，以至于使她那本来不大的鼻子显得格外凸出。她友好地向阿申登看了一眼，但没有讲话。阿申登羞于在陌生人面前启齿，只好等人家来给他介绍。

“第一次下床，是吗？”马克廖说。

“第一次。”

“住哪间病室？”

阿申登告诉了他。

“这间房子不大呀，这里的每间病室我都熟悉。我在这疗养院住了十七年了。我弄到了一间最好的病室。这是理所应得的。坎贝尔先生看着眼馋，企图占有它，真见鬼，我是不会让他半点儿的，我有资格住这间房，我比他先住进来整整半个年头。”

马克廖身体颀长，皮包骨（连他的头盖骨甚至也能看清楚了），凹脸儿，高颧骨，憔悴的脸上有着一个高高的鼻梁、一双猫头鹰似的大眼睛。

“十七年可不短呀。”阿申登说。他实在想不出其他的话说。

“随着时间的流逝，我逐渐喜欢上这里的一草一木、一山一水。在头一两年里，到了夏天我就外出避暑。而现在再也不了，疗养院就是我的家。我有一个哥哥和两个姐姐，他们都已经成家立业了，他们不依靠我。一旦你在这里待上几年，追溯以往平凡的生活，会觉得这里的生活并不单调。你的朋友们一意孤行，你与他们不大一样。世界纷纷攘攘，忙忙碌碌，其实，一切皆是虚空、枉费心机，就是那么回事。也就是说嘈杂，乏味。不，一个人最好不要进这地

① 羸（léi）弱，形容软弱无力。

狱里来。我要待到脚一蹬，进了棺材，才能离开这里。”

那位伦敦的医学专家告诉阿申登，只要他合理安排时间，照顾好自己，很快就会痊愈。他好奇地望着马克廖。

“你自己整天做些什么呢？”他问。

“做什么？害了肺结核病就是一辈子的事啦，我的老天爷。一早起床，量一量体温啦，称一称体重啦，不慌不忙地穿上衣服，去吃早饭啦，然后看看报，散散步，休息片刻，又吃中饭。饭后，打打桥牌。接着第二次休息，再吃晚饭。再来一阵桥牌，便上床睡觉。这里有一所相当大的图书馆。所有的新书这儿都有，不过实际上根本没多少时间看书。我喜欢跟人家聊天。在这里，你能遇到各种各样的人。他们进的进，出的出，有时他们以为病好啦，草草出院，结果有许多人又返了回来。有时则是因为人死了，才‘出院’的。我已经看到不少人是这么出去的。可能在我走出这张地狱门之前还要看到更多哩。”

坐在阿申登另一边的那个姑娘突然打断了他的话。

“我告诉你，除了马克廖，再也没有谁死到临头还这么嬉皮笑脸的。”她说。

马克廖咯咯地笑起来。

“对于死呀活呀的，我可搞不清楚。不过我要不是对我自己也是这么说的，就不算人，我说，好在是糊弄别人而不是糊弄自己。”

他忽然想起阿申登还不认识这位漂亮的姑娘，连忙向他介绍道：“我想毕肖普小姐还不认识阿申登先生吧。呃，这位小姐是英国人，可是个好姑娘啰。”

“您来这里多久了？”阿申登问。

“才两年，这是我要在这里度过的最后一个冬天。伦诺克斯大夫说要不了几个月我就会痊愈。所以，再也没有理由不让我回家了。”

“傻姑娘，我就这样说你，”马克廖说，“既来之，则安之嘛，我由衷地劝告你。”

这时一个人拄着拐杖，从走廊那边一摇一拐地慢慢走过来。

“呃，瞧，坦普尔顿少校来了。”毕肖普小姐嫣然一笑，说道。等坦普尔顿走近时，她打招呼说：“见到您还能起床很高兴。”

“哦，没什么，只是一点儿小感冒，今天全好了。”

还没等他说几句话，突然一阵咳嗽，咳嗽得他全身都托在拐杖上。一阵剧烈的咳嗽后，他又笑眯眯地说起来：

“就是这该死的咳嗽不得脱身，”他说，“也许是烟抽多了的缘故。伦诺克斯大夫说我应该戒掉烟，可我又戒不了。”

坦普尔顿身材修长，有一副唱戏者的面容，灰黄色的脸，一双黑得发亮的眼睛，长着一撮浓黑的牙刷式的胡子。他身穿一件阿斯特拉罕羔羊皮领皮毛大衣，看上去仪表堂堂，有几分惹眼。阿申登通过毕肖普小姐的介绍认识了他。坦普尔顿少校说了几句轻松、亲切的客套话后，便邀请毕肖普小姐陪他一起出去走走。他被允许可以到疗养院后面的树林里散步，在那里走上一小段距离，然后折回来。马克廖望着他们姗姗而去。

“我想他们两个是不是有点儿意思。”

“有人说坦普尔顿患病以前就是个姑娘迷。”

“这阵子还看不出多少迹象呀。”阿申登说。

“你当然不行，只有我才看得清楚，我见到过不少这样离奇的故事，只要我肯讲，我能讲个没完没了。”

“既然这样，那么您为何不讲一讲呢？”

马克廖咧着嘴笑起来。“好吧，我就给你讲一个。三四年前，这里有一个品质十分恶劣的妇女。她丈夫每隔一周的周末来看她一次，他对她着了迷，常从伦敦坐飞机到这里来。但是伦诺克斯大夫十分肯定她跟这里的某一个人一直有不正当的关系，但又查不出是谁。于是，一天夜里，我们都睡了，他在她房门外的地上涂上一层薄薄的油漆，第二天逐个检查每个人的鞋子。结果呢？那个家伙的鞋上沾了油漆。查出后，他被赶出了疗养院。你知道，伦诺克斯大夫是个讲究名声的人，他是不愿意让这个地方背上臭名声的。”

“坦普尔顿在这里多久了？”

“三四个月吧，绝大部分时间他都躺在床上。他自认为这样做最好。除非爱维·毕肖普小姐是个笨蛋，才会爱上他。她的病完全有好的可能，我看到的这种例子很多。你知道，我可以肯定地说，我只要看一眼这个人，就能判断出他的病是治得好还是治不好。要是治不好，我还能相当准确地估计出他还能挺多久。在这方面，我几乎没有判断错过。我给坦普尔顿下结论，他顶多能活两年左右。”

马克廖瞅了阿申登一眼，阿申登觉得虽然他讲的话有点儿故弄玄虚，但知道他想的是什么，竟不禁对自己日益恶化的病情担忧起来。马克廖眼光一闪，明白阿申登在想什么。

“你会好的。我没有相当的把握，是不会这么讲的。我可不愿意因为我在病人中无端推测人家的生死，宣扬对神的畏惧，而被伦诺克斯大夫赶出疗养院。”

这时，阿申登的护士把他送回了病室休息。虽然他下床在外面只待了一个小时，但感到很疲倦，他午休时睡得很好。晚上，伦诺克斯大夫来给他检查，他看了看体温表。

“情况还算好。”他说。

伦诺克斯大夫个子矮小，说话温和，却又尖刻。他既是一位好医生，又是一位优秀的实干家和一位热心的钓鱼爱好者。捕鱼季节一到，他便把治疗病人的事情交给助手，自己一心去钓鱼。一开始，病人们有些埋怨。但当他们吃到他弄来的小鲑鱼，改善了一日三餐单调的伙食时，心里就觉得乐滋滋的。他爱跟人聊天，于是便站在阿申登的床前聊开了。他用很重的苏格兰方言问他下午是否同其他病人聊天了。阿申登告诉大夫，护士介绍他认识了马克廖。伦诺克斯大笑起来。

“他算是我们疗养院的元老了。他对疗养院和病人比我更了解。他是怎么知道这些情况的我不得而知。凡是发生在这疗养院里的事情，哪怕是人家的私生活，他都清楚。这样的流言蜚语若问起那些老女仆来，连她们都一无所知。他给你讲过坎贝尔的事吗？”

“提到过。”

“他不喜欢坎贝尔，坎贝尔也很讨厌他。有时想起这对冤家对头真觉得滑稽可笑。他们在这里住了十七年了。十七年来他们两人一直吵吵闹闹、骂骂咧咧，视彼此为眼中钉。我不让他们来我这里互相说长论短。坎贝尔的房间正在马克廖的下面，坎贝尔爱拉小提琴，这叫马克廖烦得要命。他说听他拉那种千篇一律的调子已经有十五年了。而坎贝尔呢，他说马克廖是个音乐盲，对音乐不识西丁。马克廖请我去劝坎贝尔别拉小提琴了，但我不会这样做的，因为只要他不是在规定的休息时间内拉，其他时间他完全有权自由支配。我要马克廖换个房间，他又执意不肯。他说坎贝尔拉小提琴的目的就是要把他气跑，他好鸠占鹊巢，因为他的房间是这栋病室中最好的一间，如果让他如愿以偿，那才真是王八蛋哩。你看他们两个都是中年人了，却互相猜忌着对方过日子，你不觉得有点儿奇怪吗？他们互不相让，而又同桌就餐；一起打牌，而又没有一次不是面红耳赤的。有时我只好吓唬他们，如果老是这样不像话，我就要把他们都赶出疗养院。这样才安静得几天。他们在这儿待的时间长了，谁都不在乎。他们早已不适应外界的生活。几年前坎贝尔准备外出休两个月的假，可是刚走一周，他就回来了，他说是吃不了外面的苦，街上那么多行人都众目睽睽地盯着他，令他胆战心惊。”

当阿申登的健康状况有所好转，能同其他病人打打交道时，他竟发现自己被带入了一个无奇不有的天地里。一天上午，伦诺克斯大夫告诉他，以后他可以进食堂就餐了。这是一间宽敞、低塌、有着宽大窗户的房子；房子的窗户常开着。晴天，温暖的阳光笔直地照进餐厅里。来这里就餐的有各种各样的人，年轻的、中年的和老年的，有像马克廖和坎贝尔在疗养院住了这么多年，而且希望在此度过一生的；也有只不过才住了几个月的。他们往往是满堂群聚，使得阿申登要花许多时间才能把这些人分清楚。

有一个名叫阿特金小姐的老姑娘，年纪三十有余，多年以来，她每年冬天都要来这里度冬；一到夏天，她就到亲戚朋友那里去住。她单身一人，无任何牵挂，想去哪里就去哪里。她喜欢这种生活，她长期住在这里，也使她在这群人中有了一点儿地位，成了一名图书馆的名誉管理员。她跟护士长处得亲密无间。她要是见了你，总要聊上几句，不过接着使你感到纳闷的是，你所说的一切又都传到别人耳朵里去了。这有利于伦诺克斯大夫了解他的病人是否相处得融洽，生活得快乐；了解他们是不是会做轻率、鲁莽和违背他意旨的事。很少有什么能逃脱阿特金小姐那双锐利的眼睛，什么事都打她那儿传到护士长那里，然后传到伦诺克斯大夫那里。

由于她这么多年来，每年都到这里住上一段时间，像马克廖和坎贝尔一样，她也同一位年长的军官分在同一张桌子上吃饭。这位军官是由于他的官衔而被安排在这张桌子上的。这张桌子与其他的并没有什么区别，也没有放在什么特别显眼的位置，只是因为那里坐的都是些老病友而被视为一个令人羡慕的位子。显然，许多年长的妇女对此表示不满，因为阿特金小姐每年夏天要外出四五个月，却被安排在那张桌上，而她们长年累月待在疗养院，倒被安排坐在其他桌子上。

有个年纪较大的印度官员，除了马克廖和坎贝尔外，就要数他在疗养院待得最久了。他曾管辖过一个大主教辖区。他如饥似渴地盼望着马克廖或坎贝尔快快死去，以便能让他补坐到那一桌。

阿申登结识了坎贝尔。坎贝尔身材高挑，脑袋剃得净光，瘦得人家会暗暗地问他的四肢是怎样连接在一起的。他坐在轮椅上，身子向前倾着，会使你不由自主地想起木偶戏里的皮折子。他脾气暴躁，爱发火。他问阿申登的第一件事便是：

“你喜欢音乐吗？”

“喜欢的。”

“这里谁都不喜欢。我爱拉小提琴，你要是有兴趣，随时可到我房里来，我拉几首给你听听。”

“可别去，”在旁边听到了这席话的马克廖说，“那是受折磨啊。”

“你怎么能如此无礼呀？”阿特金小姐叫了起来，“坎贝尔的小提琴拉得动听极了。”

“这个鬼地方的人都是音乐盲，对音乐不识西丁。”坎贝尔说。

马克廖讥嘲地笑了一声走开了。阿特金小姐竭力使这场小小的口角平息下来。

“甭跟他计较。”

“啊，不会的。等着瞧吧。我就要好好让他尝尝我的厉害。”

坎贝尔回到房里，选定一首曲子拉了一遍又一遍，整整拉了一个下午。马克廖在房里烦躁得砰砰地直跺地板。而坎贝尔却越拉越得意。马克廖只好请人去求情说他头痛死了，能不能停一停，他回答说他有权想拉就拉，马克廖不愿意，也得容忍一下。第二天，他们碰到一起，又大吵了一架。

阿申登被安排和漂亮的毕肖普小姐、坦普尔顿少校，以及一位叫亨利·切斯特的伦敦会计一桌吃饭。切斯特是个矮个子、宽肩膀、穿着很精干的人。一看就知道他患了肺结核。这对他是个出乎意外的打击。他本来是个普普通通的人，约三四十岁，已婚，有两个孩子，家住在郊区，生活过得蛮不错。每天上午，他都得进城逛逛，看看日报；晚上才回家，在家里，吃完晚饭又看看晚报。除了他的工作、他的家庭，他对其他一切都不感兴趣。他热爱自己的工作，赚了大钱，过着舒适、安逸的生活，每年还储存一笔可观的数目。每到星期六下午和星期日，他就打打高尔夫球。每年八月，他要外出度假三个星期，到东海岸旧地重游。他盘算着等孩子们长大成人、成家立业后，自己退休交班，让儿子接管他的事业，自己和妻子到乡下去过日子。在那里度过他们的晚年，直到死神悄悄地把他们带走。有了这种生活，他自然心安理得，不再追求什么世外桃源，这是千千万万像他这样的人心满意足的生活。他就是这种平民百姓。

然而不幸的遭遇偏偏发生在他身上。他是因打高尔夫球患上感冒的，后来又影响到肺部，咳嗽老是不得断根。他的身体本来很健康的，从来不与医生打什么交道，可是后来，他还是在妻子的规劝下不得不同意就医了。结果诊断出他的两肺都患有结核病，生命的唯一希望是立刻进疗养院去治疗。这使他大为震惊，犹如晴天霹雳。医生说他在一两年内还有重返工作岗位的可能。可是，两年过去了，伦诺克斯大夫又改口说至少在一年内不要考虑这件事。大夫把他痰中的结核杆菌和X光照片中活动的病菌在肺中形成的斑点指给他看，他几乎吓得魂飞魄散。在他看来，这是命运安排给他的一场既残酷无情又不公平的恶作剧。他从未有过放荡的生活，从未贪恋沉迷于酒色；要是纸醉金迷过，招来了病，他也无话可说。可是这些他都未曾沾过边。这是天大的不公平呀！

他心灰意冷，看书也没心思，没日没夜地想着他的健康状况，这已成了他不可抑制的精神负担。他整天提心吊胆地注视着身体的变化情况。医生只好拿走他的温度计，要不他每天要测试自己的温度达十次之多。他老是担心医生会对他的病情漠不关心，生怕他们不参考他自己提供的体温测量记录。当医生把他所提供的情况置之不理时，他恼羞成怒，逢人就发牢骚。但由于他生性乐观，一旦忘了这一切时，他便笑逐颜开；突然想起自己还是个病人时，眼睛里就流露出怕死的神色。

每到月底，他妻子就来同他在疗养院附近的一间小屋里一起消遣一两天。伦诺克斯大夫很不喜欢任何病人的亲戚来同病人这样相处，因为这样会使病人兴奋、安静不下来。亨利·切斯特那种渴望妻子来的急切心情，叫人看了也实在是动容。可是一旦她来了，他又并不如想象中的那么欢欣雀跃。

切斯特夫人是一个开朗乐观的女性。虽然外貌长得不美，但衣着朴实、整洁，比她丈夫毫不逊色。看得出她是一位好妻子，好母亲。她温柔、娴静，健壮的体魄完全担负得起家庭的事务，从不求三拜四。他们结婚这么多年来，尽管生活沉闷乏味，她仍十分乐观。她唯一的消遣就是看看电影；她最大的乐趣就是到伦敦大百货商店去买点儿这个那个的。她从未感到生活单调过，这种生活使她完全心满意足。

阿申登喜欢她，他带着浓厚的兴趣听她谈起她的孩子、她在城郊的房子、她的邻居和她那些无足轻重的琐事。有一次他在路上碰上了她。由于切斯特正在接受治疗，不能陪着她一起出来，她便一个人出来走走，阿申登邀她一起去散步。一路上，他们扯了些家常，切斯特夫人突然问他对她丈夫有何看法。

“我想，他的病在大大地好转。”

“我是多么着急呀。”

“你知道，治病可是件循序渐进的事，要拖上一阵子的，没有耐心，哪能行。”

他们走了一会儿，阿申登发现她在偷偷地哭泣。

“你不要为他难过。”阿申登温和地说。

“你不知道每次我到这里来都要受多大的委屈。我知道我不应该讲出来，可是我怎么忍受得了。我是能够相信你的，对吗？”

“当然。”

“我爱他，并且我把我的一切都献给了他。只要是为了他，上刀山下火海我都敢。我们从来没有红过脸，也从来没有因一件小事吵闹过。我不知道为什么他突然无缘无故开始恨起我来。这使我的心都要碎了。”

“哦，我真不敢相信，你不在这里时，他无时无刻不在提起你，甚至聊起天来都无精打采的，总是心不在焉。他也是把一切都献给你了。”

“不错，我不在时他是这样。我一来呀，他看到我身体好，他就要寻事了。你看，他病入膏肓而我却健康无恙。对此，他十分不满。他憎恨我，因为他会一命呜呼，而我将长命百岁，并且过得十分快活。我不得不随时都提防着点儿，就怕我说了什么，或是谈到孩子和将来时，伤着他的心；而他呢，却只是谈他的失望和痛苦。我要是提到修整房子或是换了个仆人，他就受不了，抱怨我没把他放在心上。以前我们心心相印，而现在我觉得我们之间有一条不可填补的鸿沟。我不该怪他，我知道那只是他患了病的缘故，不管怎样他的确可亲可爱、心地善良，是世界上最平易近人的人。可我现在倒有些怕到这儿来了，每次来时心里都惴惴不安，临到走时才松了口气似的。我想，要是我也患了肺结核，他会感到非常难过的，但他内心深处倒说不定会觉得称心如意呢。如果他想起我也会死去，他也就会饶恕我，不埋怨命运了。有时候谈到他死后我打算怎么办，他的话使我难过极了。我发狂似的大哭着请求他别说这些伤心话，他说他马上就会死，我不要妒忌他的这一点点快乐。我还能活上许多年，并且会幸福的。天啊，我一想起我们这么多年来相亲相爱的夫妻感情就这样无端地被葬送了，心里真难受。”

切斯特夫人一屁股坐在路旁的一条石凳上，伤心地哭泣着。阿申登同情地望着她，一时想不出什么安慰的话来。刚才她所讲的，对他来说并不怎么突然。

“能给我支烟抽吗？”她最后说，“我不能让他看出我哭过。要不，亨利知道我哭了，肯定会认为他的情况不妙。死真有那么可怕吗？人人都这样贪生怕死吗？”

“我说不上来。”阿申登说。

“我母亲过世时，并不觉得可怕。她临死之前，还在开玩笑哩。只是她是由于高龄过世的。”

切斯特夫人不动声色，两个人又继续朝前走，都默不作声。

“你不会由于我刚才讲了这些话，对亨利有什么别的看法吧？”她说。

“当然不会。”

“他是一个好丈夫，好父亲。我一生中还从未见过比他更好的人。直到他得了病，我才看出他脑子里有这种不仁不义、眼光狭隘的想法。”

这场谈话，引起了阿申登的一番思考。人家常说，他对人性的评价过低，这是因为他不注意用一般的标准去判断身边的人。他承认这一点，或是笑一笑，或是噙着热泪，或是耸一耸肩膀，搞得那些人无可奈何。的确，人们总是难以指望脾气好的人能忍受得了这样令人痛苦而又可悲的想法，谁又说得出人究竟能经受得住多大的起跌呢？

问题的根源就在于他思想贫乏，亨利·切斯特先生一生下来就注定要走一条芸芸众生所走的道路，面临人生兴衰的筛选。当灾难临头时，他无力以对。他如同被砌在一栋高大的厂房中无数砖块中的一块，一旦不符合质量要求，就会发生裂缝。假定这块砖会说话，它也会大声叫道：“我完成不了自己的使命，必定要从支撑我的所有那些砖块中被弄出来并被扔进垃圾堆里，我到底怎么啦？”亨利·切斯特这种无可奈何的、忍受不了灾难的想法并不是他的过错。并不是每一个人都善于在逆境中找到欣慰的。这就是我们这个时代的悲剧，这个悲剧的造成是由于这些人的灵魂在上帝面前失去了信仰。对上帝能带给他们幸福所抱有的希望和欣慰，在他们那里统统都成了泡影。结果认为什么东西都无法改变他们现有的处境。

俗话说苦难使人变得崇高，这是不真实的。一般的规律是它会使人变得卑劣、自私、玩世不恭；而在这家疗养院里并没有多大的苦难。结核病的某一阶段伴着轻微的发烧，这不仅不会使人消沉，反而会给人增添活力，因而病人似乎得到了希望方面的启迪和支撑，满怀信心地期待着美好的未来。可是尽管如此，死亡的想法也常常下意识地萦绕他们的脑际，就像贯穿整个轻松小歌剧中的一首充满幽默、讽刺的主题曲。有时这种欢快的、带有旋律的咏叹调随着舞蹈的节拍离奇地变成了一首颇具威胁性的、刺激神经的悲调。那些鸡毛蒜皮的日常生活小事、那些嫉妒和忧虑，似乎都荡然无存了。怜悯和恐怖会使心脏骤然停止跳动，死亡的威胁就像一个久旱的森林即将遭到一场可怕的暴风雨的袭击一样，笼罩在每一个人的头上。

阿申登来疗养院后，又有一个二十岁左右的青年住进了疗养院。他是海军一个潜水舰队的中尉。他得的正是人们常在小说里提到的痨病。他是高个儿，脸庞清秀，褐色的卷发，蓝蓝的眼睛，脸上常挂着一丝甜蜜的笑容。阿申登白天同他坐在阳台上晒过两三次太阳。他一谈起那些音乐演出和电影明星便绘声绘色，滔滔不绝；看到那些有关足球赛和拳术新闻的报纸甚至会手舞足蹈起来。不久，他就卧病不起了，从此，阿申登再也没看见过他。后来，只得由他家里人来护理他。不到两个月，上帝便结束了他年轻的生命。他无所怨尤地死了，就像一只牲口那样，自己面临着什么，他是一无所知的。一两天来，疗养院里寂静无声，如同监狱里处死了一名罪犯一样。按照人的自我生存的本能和规律，这个小伙子在人们的记忆里消失了。

生活照常是一日三餐，打高尔夫球，做操，休息，吵架，妒忌，诽谤和苦恼——像以前一样无休无止地继续下去。坎贝尔出于对马克廖的愤恨，依旧拉他那首获奖歌曲和《安妮·芳丽》。马克廖依旧炫耀他的牌技，闲谈别人的健康状况和这样那样的教训。阿特金小姐依旧在背后指责别人。亨利·切斯特依旧埋怨医生对他的病漫不经心，抱怨自己的命运太苦，因为过久了这种模式化的生活，什么也觉得索然无味了。阿申登照旧读他的书，并兴趣盎然地、耐心地观察着他熟悉的那一伙人。

他同坦普尔顿少校成了莫逆之交。坦普尔顿是个约莫四十岁的人。他曾一直在皇家近卫军工作，但在第一次世界大战后他辞去了这个职位。他是一个兴趣多样的人，这样一来也就一味追求起享受来了。赛马季节他参与赛马，射箭季节他表演射箭，捕猎季节他出去捕猎。待这些都过去了，他就到蒙特卡洛[①]去赌博。他在阿申登面前炫耀说，他在赌场本来赢了一大笔钱，结果又在赌场输了个精光。他对女人十分感兴趣。若是他编造的故事成功了，她们就会钟情于他。他好吃，贪杯。伦敦各家旅馆领班的名字他无一不晓，所以无论到哪里他都可以享受一顿美餐。他是半数以上的俱乐部里的成员。数年来，他一直是过这种无益、自私、没有价值的生活，一种好多人望尘莫及而他却无忧无虑地过了很长一段时间的生活。

有一次，阿申登问他要是他再有一次生命的话，他会怎样度过。他回答说他要原原本本照现在这种方式过。他是个饶有风趣的人，说起话来十分幽默，让人爱听。他的谈吐只涉及事物的表面，他也只是知道一些这样的东西。他的话总带着一种轻松自在和自信的情调。他常挑逗疗养院的那些不出众的姑娘们。对那些不好惹的绅士们也要开开玩笑。因为他的态度和蔼，加之举止文明，所以人

① 蒙特卡洛，摩纳哥公国第一城市，世界著名的赌城。

家又都不好生他的气。

就像他熟知梅菲尔区的那些街道一样，他对那些手里钱多得不知如何花的人在哪些地方鬼混，也是了如指掌。他生性爱打赌，爱扶助朋友，爱给流浪汉施点儿小恩小惠。可以说，他在世界上没做过好事，但也从没有做过任何伤天害理的事。因此他这个人加减起来等于零。与许多情趣和品德都比他高尚的人们相比，与他交往更令人愉快。

现在他病入膏肓，命在旦夕，尽管他也知道自己的病情，可他仍然能若无其事，笑声朗朗。他过的好日子虽说是昙花一现，他也不觉得有什么遗憾。得了结核病是个不可抗拒的厄运，但是最多不过是见阎王罢了。世界上没有长生不老的人。每当人们提到“死”这个字时，他说就等于在战争中身亡，或是在刺刀见红中丧生。他的整个一生的主题就如同一个人在一场赌博中的失败——赔了钱，永不去计较。花了钱不要紧，只要得到了极大的满足。他认为那样才算人过的日子。任何一个令人心旷神怡的宴会尽管还在进行，但终究有个收场的时候，你是席到终场喝了牛奶才走的呢，还是酒正酣时离席的，反正到第二天就都是那么回事了。

在疗养院所有的人当中，从道德上讲，他可是最不值得一提的人了，不过，只有他才是唯一不畏惧死神并乐意接受不测风云的角色。面对死神，他连正眼都懒得看它，你说这是他的轻率、有失体统也罢，或是满不在乎的豪侠意识也罢。

最近发生的一件事是他在疗养院比过去更深地坠入了情网。他的一腔深情有如一江春水般势不可挡。他的情人可说是不计其数，但几乎没有一个是动真感情的。他既追求那些花钱叫来的风花雪月的歌女们，又倾心于那些在家庭宴会上结识的水性杨花的女人们。但每当他的自由有可能遭到危害时，他都会小心翼翼地避开。他生活的唯一目的就是尽可能地寻欢作乐。如果是涉及两性之间的事，他便采取朝秦暮楚的方式，老在物色新欢。他喜欢那些有夫之妇，即使她们已经是半老徐娘，谈情说爱的事已经非其所能，可只要能引起她们的兴趣，他什么事都愿意做。她们心里明白他对她们存有好感，便向他暗送秋波。她们大错特错地认为他决不会让她们上当。有一次他给阿申登讲了一件事，阿申登认为那倒是充分暴露了他的内心世界。

“你知道，一个男人可以弄到他所喜爱的任何一个女人，只要是竭尽全力。一旦你把她搞到手了，就又想把她抛掉，尽管抛弃也不会使她丢什么面子的。”

坦普尔顿向爱维·毕肖普小姐求过爱。那是人之常情，是无可非议的事。爱维·毕肖普在疗养院算得上是最年轻、最漂亮的姑娘。事实上，她并不如阿申登第一次和她见面时所想象的那么年轻。她已经满二十九了。要不是近八年来她一直在瑞士、英国、苏格兰一个又一个的疗养院里疗养，要不是病魔的纠缠，她会显得更年轻、更漂亮，人家会误认为她只有二十岁哩。

她从现实生活中认识了男人的世界。她把单纯无邪同无比的狡黠结合起来。她亲眼见到了不少风流韵事的由始至终。有好多不同国籍的男人曾向她求爱。对他们的追求，她都一一沉着而诙谐地应付了过去。在他们达到痴狂的程度时，她却能毫不动摇于她洁身自好的信念。她的性格倔强得真叫那些如花似玉的美男子意想不到，而一旦到了非明白相告不可时，她又善于用明了、冷静、果断的语言，说出自己的意思。她想戏弄一下乔治·坦普尔顿。她明白这只是开开玩笑而已，便装得对他很有些情意绵绵，但十分明显的是，她不曾像他那样，把这似情似爱的东西看得如此认真。

坦普尔顿像阿申登一样，每天晚上六点钟睡觉，晚饭也在自己房里吃。因此，他和爱维小姐就只有白天见面的机会。他们有时也去溜达几分钟，除此以外，便很少在一起。午饭时爱维小姐、坦普尔顿、亨利·切斯特和阿申登四个人之间的谈话都是些现成的客套话。很明显，坦普尔顿对这两个男人是找不到什么话好说的。

在阿申登看来，坦普尔顿也打算熄灭自己内心对爱维小姐的“爱情”之火，可这女孩儿却似乎以更深沉的爱在燃烧着坦普尔顿的心。不过他不能断定的是，爱维小姐是否意识到了男方的这种若即若离的感情，也说不上来这对她会意味着什么。有时坦普尔顿会情不自禁地向她表示自己的爱慕之情，她又总是用嘲讽的语言挖苦他，引起满堂哄笑。坦普尔顿也只好跟着苦笑。他的笑里包含着一种痛苦和凄凉，所以他再也不愿让她把自己当作一个花花公子看待了。

阿申登越是了解爱维小姐，就越喜欢她。她那病态的美中有几分伤感，半透明的皮肤引人注目，瘦削的脸上一双大得特别、蓝得出奇的眼睛。她这副模样也委实有点儿哀婉动人。尽管疗养院有这么多人，她还是觉得世界寂寞、枯燥。她母亲忙于各种社交生活，姐姐们都结了婚；家里对她这个分离了八年之久的姑娘，根本无暇顾及。以前，他们还偶尔写写信，来看看她，而现在竟视若路人，断了往来。对于这种情形，她并不觉得痛苦，好像她忍受得了这种冷淡。她跟疗养院里的每一个人都合得来。对所有人的诉苦和伤心事，她总是满怀着同情去倾听。对切斯特，她也是主动心平气和地去劝导他，极力使他振作起来。

“呃，切斯特先生，”一天，吃午饭时她跟他说，“又是月底了，你妻子明天又要来看你了。”

“不，这个月她不会来了。”他一边用低沉的声音说，一边低着头，望着自己的饭碗。

“唉，真是遗憾。为什么不来了呢？孩子们都乖吗？”

“伦诺克斯大夫说她不来的好。”

一阵沉默，爱维迷惑不解地望着他。

“真倒霉呀，老伙计，”坦普尔顿发出了悲叹，“为什么不叫伦诺克斯见鬼去？”

“他最清楚是怎么回事了。”切斯特说。

爱维又看了他一眼，开始谈点儿别的事情。

回想起来，阿申登现在明白了爱维可能了解事情的真相。第二天，他碰巧同切斯特走到了一起。

“你妻子不来，委实为你感到一些遗憾，”他说，“你很想让她来看你吧？”

“是呀，盼着哩。”

他瞥了阿申登一眼。阿申登觉得，他有话要说，似乎又难于启齿，于是狠狠地耸了一下肩膀。

“她不来，是我的责任。我要伦诺克斯写信不要她来。我实在受不了了。我整整一个月都在盼着她来，而一旦她来了，我反而痛恨她。你知道，我得的这个该死的病多么可怕。她健康的身体，百病难入，而且神采奕奕。我看到她眼里流露出的那种痛苦，我都快要疯了。丈夫长住在医院，她真的就不会有别的想法吗？要是你病了，谁来护理呢？就算有人来护理，可他们只是表面上在关心你，而实际上他们在庆幸病的是你，而不是他们。难道我是个蠢猪，看不出来吗？”

阿申登不禁想起切斯特夫人坐在路旁的一条石凳上向他哭诉的情景。

“你不让她来，难道不怕她生气吗？”

“她不应该这样。我自己这么倒霉，哪管得了扫她的兴。”

阿申登不知说什么好。两个人默不作声地向前走，走着走着，切斯特突然怒不可遏，打破了沉默。

“你体贴别人，大公无私，很好，你或将永生，而我死在眉睫，苍天有眼，我不想死，为何就不行？这太不公平了。”

时间无情地流逝。像疗养院这个地方是没有什么新鲜事值得去关注的。自然，坦普尔顿爱上了爱维·毕肖普小姐的新闻不可避免地会在疗养院传开。爱维小姐究竟有何感触很难说。她只是喜欢坦普尔顿，谈不上追求。不过，看来她对于不能和他单独在一起也感到苦恼哩。一两个中年妇女在她面前虚情假意地想诱使她供出他俩的私情，可是像她这样心眼儿多的人，不难识别出她们的用意何在。对她们的旁敲侧击和别有用心的盘问，她总是一笑置之。

“她没有笨到看不出他发疯似的爱她。”

“她无权那样地戏弄他。”

“我肯定他们是两相情愿的。”

“伦诺克斯大夫应该把这件事告诉她母亲。”

再没有谁比马克廖更加反感了。

“天大的笑话。归根结底他们只落得个竹篮提水一场空。这一个同肺结核已是生死之交，那一个也好不了多少。”

坎贝尔的观点不同，他嘲笑地说：

“我要为他俩尽可能生活美满、幸福而付出一切努力。我打赌，只要这个人不是蠢材，他就知道他们俩被一种假象蒙骗了。这无须怪他们。”

“你这无赖。”马克廖说。

“哦，别那么说啦。坦普尔顿不是那种同姑娘玩儿惠斯特牌[①]的人，除非他另有所图，况且爱维是一个懂点儿人情世故的姑娘，我敢打赌。”

阿申登最了解他们这两个人，所以比其他任何人都清楚他们的内情。坦普尔顿最后也对他比较信任了，这不禁使他暗自笑起来。

“跟一个正派的姑娘谈情说爱，真是我一生中最棘手的事了，

---

① 惠斯特牌，两对人玩的一种纸牌游戏，起源于英国。

但也是我这一辈子梦寐以求的最后一件事。说句老实话，我已坠入情网不能自拔。如果我是一个健康的人，说不定我明天就要跟她结婚。我从来没见过这么好的姑娘。我曾追求过多少姑娘，多少体面的姑娘。可是，她们都是些讨厌透顶的货色，而她一点儿也不。她聪明伶俐，而且秀色可餐。天啊，多美的皮肤！多美的头发！可这还不是最令我倾倒的。你知道是什么把我迷住了吗？有时想起这件事来就觉得笑死人。像我这样一个风流了一生的浪子，一个七尺男子汉，现在对这个女人，居然会像一个贪婪的守财奴得到了奇珍异宝一样地喜不自胜。她是我心目中的十全十美的女人，我不能失之交臂，我激动得简直像一条可怜虫一样。我想你听我这么说，会感到惊讶的，对吧？”

“一点儿也不会，”阿申登说，“你不是那种无知、无义的浪子。这只不过是人到中年的一种多愁善感罢了。”

“你这个坏小子。”坦普尔顿大笑起来。

“她对这件事是什么态度？”

“天啊，你不会以为我已跟她这么表白过了吧。我在任何人面前都没有说过那种话，也决不会对她讲。说不定不出六个月我就会死去，再说我又怎能这样向一个姑娘表白呢？”

后来阿申登才完全相信爱维真的爱上了坦普尔顿，一如他爱她一样。坦普尔顿到餐厅吃饭时，他注意到爱维小姐怪不好意思的。她趁坦普尔顿不留神时，会含情脉脉地偷偷看他。听坦普尔顿说起他过往的经历时，她的微笑中带有一种特别的甜蜜。她觉得他的爱情是一种能抚慰她心灵的温暖，如同雪后那些病人坐在轮椅上得到太阳的温暖时，心情所感到的舒畅；坦普尔顿就是她的阳光，闪烁着灿烂的光芒，温暖了她的心房。她愿今生今世长久酣睡在这阳光之下。当然爱维小姐很可能还想让事情就处在这样一种若即若离的状态。阿申登似乎也没有必要告诉坦普尔顿说，她会非常乐意听他倾诉的。

不久，一件意外的不幸事故打破了疗养院寂寞的生活。

马克廖和坎贝尔虽然常常喋喋不休，打起桥牌来仍是在一起的，因为坦普尔顿进院以前，他们都是疗养院的最佳牌手。他们向来争执不休，谁是谁非只有天知道。时间一久便互相了如指掌了，谁要是要什么把戏，双方都一目了然。他们以谁的分数多作为取乐的事。坦普尔顿一般不参加他们的玩儿牌，尽管他也是一位优秀的牌手，他宁愿和爱维·毕肖普小姐搭档，马克廖和坎贝尔也只好这么着。其实，毕肖普小姐一点儿也不会玩，当她出错了牌失掉了一局时，她一边大笑，一边说："哦，这不过是一场牌局嘛，有什么大不了的。"

碰巧有一天下午，爱维小姐因为头痛在自己房里没出来，坦普尔顿欣然答应同坎贝尔和马克廖打牌，外加阿申登。虽然已是三月底，可一连下了好几天大雪，他们戴着手套，穿上皮大衣，戴着皮帽子，不顾阳台三面临风，寒风直灌，坐在阳台上打了起来。像坦普尔顿这样的大赌徒，丝毫不把在这种游戏中的小小赌注放在眼里，所以他叫的牌往往过于胆大贪婪，而且他的牌打得比他们几个都强。一般他能打满自己喊的墩数，至少是接近那个墩数。有时出现加倍、再加倍的局面，牌就出现了高墩数，往往打到小满贯；这是一种容易引起冲动的游戏。

马克廖和坎贝尔这对冤家，你挖苦我，我挖苦你。五点半，最后一局开始了。因为六点钟铃声一响，人人都得散场休息。这是一场鏖战。双方摆好阵势，马克廖和坎贝尔正好相对，冤家路窄，谁都非得赢了对方不可。

五点五十，整个牌局即将结束，最后一盘也发牌了，坦普尔顿是马克廖的搭档，阿申登是坎贝尔的搭档。马克廖从梅花二开叫，阿申登没有叫牌；坦普尔顿暗示他略能助一臂之力，最后马克廖喊了个大满贯。坎贝尔加了倍，马克廖再加一倍。这下可有热闹看了，其他桌上打牌的人轰的一声跑过来，围了个里三层，外三层。围观的人鸦雀无声地看他们出牌。

马克廖激动得面色苍白，额头上尽是豆大的汗珠，两只手也在颤抖。坎贝尔牌势压人，马克廖只好先出两张小牌来调主，保留大主以求赢牌，结果真的把他们两家的主都调下来了。最后他用逼对方出牌的办法又把第十三墩拿到了手。围观的人爆发出一阵热烈的喝彩声。马克廖高兴得跳了起来，他把他那攥紧的拳头在坎贝尔眼前晃来晃去。

"拉你那该死的提琴去吧，"他喊叫起来，"大满贯加倍再加倍。呀哈哈，我一生只想打满个大满贯，今天如愿以偿了。上帝保佑，上帝保佑呀！"

他喘着粗气，头一晕，身子向前摇晃了几下，猛地栽倒在桌子上。一股鲜血从口腔、鼻腔喷涌出来。医生来了，护士也来了，可是他已经断了气。

第三天清晨，他被埋葬了，以免疗养院里其他病人由于这件不愉快的事而被弄得惴惴不安。

一位从格拉斯哥[①]来的身着丧服的亲属参加了他的葬礼。马克廖生前没有一个人喜欢他，死后也没有一个人讨厌他，一周以后，他就被悄然地遗忘了。按照住院时间长短和入院的先后，轮到那个印度官员坐上了其早就向往的餐桌位，坎贝尔则搬进了他多年来梦寐以求的马克廖住的那间病室。

"以后我们该和和睦睦地过日子了，"伦诺克斯大夫对阿申登说，"你不知道他们两个好多年来一直吵吵闹闹、怨天尤人，叫我多伤脑筋啊。说句实在话，一个人要管理好一家疗养院，没有耐性是不

---

① 格拉斯哥，英国第三大城市。

行的。我一想起他给我带来的那些伤脑筋的事，他这样死了也活该，看其他人还敢不敢这样无理取闹。”

“不管怎样，未免有点儿太突然了。”阿申登说。

“他是个死无寸用的东西，还有些姑娘为此而伤心呢。那可怜的、心思细腻的爱维·毕肖普小姐还痛哭流涕哩。”

“我不信，她哭只是为马克廖感到难过罢了。”

这段时间，只有一个人忘不了马克廖，那就是坎贝尔。他像一只丧家之犬走来走去。毫无疑问是马克廖的死使他惶恐不安。几天来他心绪不宁，思虑重重。三餐茶饭都由护士送进房里吃。他找伦诺克斯大夫说他住的这间病室不如自己原来那间，要搬回原处。伦诺克斯大夫发了一顿脾气，其实他平时很少这样。大夫说，这么多年来他一直纠缠着要住这间病室，现在让他住了又要搬回去，真是出尔反尔。大夫说，他或是就住着不动，要不就从疗养院滚出去。他回到病室里闷闷不乐，坐在房里发呆。

“您怎么不拉小提琴了呢？”护士长终于问起他来，“两个星期了，我一直没有听到过您拉琴的声音。”

“不拉了。”

“为什么？”

“再拉也没有什么意思了。平时我能从拉琴中得到某种乐趣，是因为我知道那样能使马克廖气得发疯；而现在我拉不拉反正无人过问。我从此再也不拉它了。”

阿申登在疗养院的最后一段时期，坎贝尔一直没动过小提琴。马克廖莫名其妙的死使他对生活失去了兴趣。因为没有人跟他吵闹了，没有人同他生气了，生活没有了刺激。他知道，用不了多久自己也同样会步马克廖的后尘，走进坟墓。

马克廖的猝死带给坦普尔顿的却是另外一种影响，一种完全出乎意料的影响。他用含蓄的、颇有见地的口吻跟阿申登说：

“太妙了，像他那样在胜利的一瞬间死去，这简直太妙了。我想为什么每一个人不都这样在一瞬间死去呢？他在疗养院住过许多年了，对吗？”

“我想有十八年了。”

“我不知道他这十八年过得是否有意义。我不知道，一个人恣意行乐好不好，是不是一定都得承担后果。”

“我想，这在于你对生活的期望有多大。”

“这就叫作生活吗？”

阿申登没有回答。坦普尔顿期待几个月后自己将会痊愈，可是只要你看他一眼，就知道他完全没有康复的可能，他呀，面有死色哩！

“你知道我干了件什么事吗？”坦普尔顿问，“我已经向爱维小姐求爱，求她跟我结婚。”

阿申登吃了一惊。

“她是怎么回答你的？”

“哎呀，天呀，她说这是她一生以来听到过的最可笑的话，说我打这样的主意真蠢。”

“你得承认她说得对。”

“是的，不过她还是打算跟我结婚。”

“简直是疯了。”

“是的。但不管怎样，我们打算请伦诺克斯大夫给我检查身体，问问他怎么看这件事。”

冬天终于过去了；群山仍是雪的峰，冰的剑，森然屹立，浩渺相连。村子里溶化了的冰雪潺潺地流过山涧，低矮的斜坡上柏桦树含苞待放，到处充满着春天迷人的气息。阳光显得格外温和。春天的到来使人们生机勃勃，有些人甚至欢欣雀跃。那些只到疗养院过冬的老病号们正盘算着去南方消遣。

坦普尔顿和爱维一同去伦诺克斯大夫那里去检查，把他俩的想法告诉了他。伦诺克斯大夫给他们检查完毕，照过 X 光，做了各种检查。约定他们某天来看检查结果和医生们的会诊意见。

他们刚要去看检查结果的那天，阿申登遇见了他们，他们虽然心里焦急不安，但对这件事尽力做出一种满不在乎、泰然自若的样子。伦诺克斯大夫给他们看了检查结果，直言不讳地讲了他们的病情。

“是这样的情况，很正确，”坦普尔顿说，“不过，我们想知道的是我们能不能结婚。”

“太不像话了。”

“我们知道，不过要紧吗？”

“要是有了孩子，就是你们的罪过。”

“我们没有说要孩子嘛。”爱维说。

“好吧，那么，我简明扼要地说一下你们的情况。再由你们自己做选择。”

坦普尔顿向爱维笑了笑，拉住了她的手。

医生继续说：“我认为毕肖普小姐的身体状况是很难让她过一般人的生活的，如果她要活命，就只能像她这八年一样过……”

“一定要在疗养院吗？”

“是的，在疗养院。只要是一个明白事理的人所要求的寿命，不是强求年高长寿，当然是还可以舒舒服服地过些日子的。疾病是悄然而至的。她如果结婚，就会要操劳家务，旧病复发的后果是不堪设想的。再说坦普尔顿吧，我更加扼要地告诉你，你已经亲眼看到了你自己的 X 光照片。你的肺全部被结核了。假如你硬是要结婚，不到六个月就会死去。”

“不结婚又能活多久呢？”

伦诺克斯犹豫了一下。

“不要紧，实话告诉我吧。”

“两三年。”

“谢谢您，这就是我们想知道的。”

他们像来时一样，手拉着手走了。爱维小姐的脸上淌着热泪。他们窃窃私语了一会儿，讲的什么只有天知道。午饭时分，只见他们喜溢眉宇。他们告诉阿申登和切斯特，等领了结婚证他们就结婚。爱维转过身来，面向切斯特。

“我十二分乐意邀请您的妻子也参加我们的婚礼。您说她会来吗？”

“你们不打算在这里结婚吧？”

“是的。我们双方的亲属都不会赞成的，因此我们打算结了婚再告诉他们。我们会请伦诺克斯大夫批准我们的婚假的。”

她温柔地瞧着切斯特等他开口，因为他还没有回答她那句话呢。另外那两个人也盯着他。切斯特声音有些发颤地说：

“多谢你邀请她。我写信去请她参加。”

这个消息在病人中传开了。虽然大家表面上都为他们祝贺，但不少人私下议论着，说这是件荒唐之极的事。特别当他们知道——疗养院发生的任何事情迟早也会被他们知道——伦诺克斯已告诉他们，若是他们结婚，坦普尔顿活不了六个月时，他们更是吓得目瞪口呆。甚至连那些平时最不容易动感情的人听到他们为了爱情而要献出自己的生命时，也无不为之感动。

顿时，疗养院充满了一片和谐、欢天喜地的气氛，人人奔走相告，那些平时少言寡语的人话也多了起来，有的人竟连自己的焦虑也抛开了。不仅春天的到来给这些久病的人们带来了新的希望，这对情人的伟大爱情也闪烁着灿烂的光芒，照耀着这群人的心田。爱维欣喜若狂，这种喜悦和激动使她变得更年轻、更美丽了。坦普尔顿也好像身在云雾之中。

他喜笑颜开，一个劲儿地开玩笑，仿佛完全没有了忧虑和烦恼。说不定人们会说他还想无忧无虑地活上半辈子哩。不过，有一天他向阿申登吐露了真心话。

“你知道，这个地方蛮不赖的，”他说，“爱维已经告诉我，我死后她仍要回到疗养院来。她熟悉这里的每一个人，在这儿她是不会感到寂寞的。”

“医生做的诊断也常常会错的，”阿申登说，“我不明白，你能够活下去，为什么老是讲这种生离死别的话，什么‘我只要求三个月，只要求痛痛快快地活三个月’啦，等等。”

切斯特夫人在他们婚礼前两天到了。她好几个月没和丈夫见面，相互显得腼腆含羞。不难想象不在一起时，他们有多寂寞，相互的思念有多缠绵，多不是滋味。现在切斯特已意识到自己的错误，并尽力甩掉他那种惯有的消沉，努力再现出当年那种快活、亲切的小人物的派头。

婚礼前夕，大家共享晚宴，酒宴上坦普尔顿和阿申登豪情奔放。他们痛饮香槟酒，嬉笑喧天，一直闹到晚上十点。第二天上午，婚礼在苏格兰教会举行。伴郎是阿申登。疗养院里凡是能起身下床的都参加了婚礼。

午宴后，轿车立即就要载上这对新婚夫妇出发。病友、医生和护士一起都来欢送他们。不知是谁在轿车的顶上系着一只旧鞋，当坦普尔顿夫妇从院门口出来的时候，米粒如雨滴般地向他们撒去[①]。欢呼声随着马达声此起彼伏。他们奔向了爱情的幸福港湾，又面向着顷刻的死亡。

人群渐渐地散去。切斯特和妻子肩并着肩默默地走着。走过一段路，切斯特含羞地拉起妻子的手，他的心随之一颤。她偷偷地斜

---

① 表示祝愿婚礼的风俗礼仪。

视了他一眼，看见他眼睛里噙着泪花。

“忘掉我吧，亲爱的，”他说，“我对你太不好了。”

“我知道你并不是有意的。”她的声音有点儿颤抖。

“不，我是有意的，要你受苦是因为我在受苦。我再不这样了。通过坦普尔顿和爱维·毕肖普的爱情——我不知怎么说才好——使我彻底改变了对一切事物的看法。我再也不在乎我就快要死去了。我认识到死亡并不那么要紧，远不能和爱情相比。我愿你长生不老，无比幸福。我再也不怨你，再也不愤世嫉俗了。现在我高兴的是，死的是我，而不是你，我祝愿你万事如意。我爱你，亲爱的。”

九月公主

从前，暹罗[1]国王有两个女儿，他给她们取名叫黑夜和白天。不久，他又得了两个女儿，于是他把大女儿和二女儿的名字改了，按四季的名称命名四个女儿：春季和秋季，冬季和夏季。但是，随着时光的流逝，国王又添了三个女儿。他再一次给她们更换名字，用一周七天的名称顺序命名自己的七个女儿。

可是，当他的第八个女儿出世的时候，他抓耳挠腮，不知该怎么办。突然，他想到一年中的十二个月份。王后说，月份的名称也不过才有十二个呀。再说，非得记住那么多新的名字，简直把她都搞糊涂啦。然而，国王是个有板有眼的人，一旦主意已定，决不改变。他把所有女儿的名字都换了，管她们叫一月、二月、三月（当然是用暹罗文），直到最小的一个，叫八月。后来又出生的那个就命名为九月。

“如今只剩下十月、十一月和十二月了，”王后说，“等这三个也用完了，咱们还得给女儿再换名字。”

“不，不会的，”国王说，“因为，我觉得不论是谁，有十二个

---

① 暹（xiān）罗，即今天的泰国。

女儿也足够了。等亲爱的小十二月诞生之后，我将不得不把你的头砍掉。”

国王说到这儿，伤心地哭了，因为他特别疼爱王后。不用说，王后听了这番话也非常不安，因为她知道：如果国王不得不让她人头落地的话，他一定难过得要命。当然，她自己也不会好受的。但是谁想到事态的发展使他俩都无须再为这桩事发愁了，因为，九月公主就是他们最小的女儿，后来王后生的全是儿子。国王是按照字母的顺序为他们起名字。因此，好长一段时间，国王和王后用不着再为起名字的事担忧了。

事实上，她们的儿子总共才排到字母“J”而已。

可是，暹罗国王的女儿们由于名字总是这样改来改去，性格长期以来一直很暴戾，尤其那几个大女儿，因为改的次数比别人多，更是如此。只有小女儿九月公主性格温柔善良，因为她从来没有尝到过叫别的名字的滋味，只知道自己叫九月。当然，除了她的姐姐们，出于乖张的性格，不是叫她这个名字就是叫她那个名字。

暹罗国王有一个习惯。据我看，这个习惯若能传到欧洲，将受益匪浅。那就是，他在过生日那天，不接受礼物，而是赠送礼物。看起来仿佛他喜欢这种习惯似的，因为他不止一次地说，很遗憾他的诞生之日只有一天，因此每年只能过一次生日。不过，即使这样，他最后还是把暹罗国各个城市的市长赠送他的结婚礼物、其他时节送的礼物，连同他自己那过时的王冠，统统都当作他的生日礼物给送出去了。

这一年，又到了他的诞辰，他手边没有什么别的东西好送，就给他的女儿们每人一只漂亮的金鸟笼，里面有一只漂亮的绿鹦鹉。一共是九只，每个笼子上面按照公主的名字写着月份的名称。九位公主都为自己的鹦鹉感到自豪，她们每天花上一个小时——因为她们和父王一样是有板有眼的人——教鹦鹉说话。不久，每只鹦鹉都会说“上帝保佑国王”（用难度很大的暹罗语）。有几只还会用至少七种东方语言说“漂亮的鹦鹉”。

但是有一天，九月公主走去向她的鹦鹉道早安时，发现它躺在金鸟笼的笼底死啦。顿时，她泪如雨下。宫女们怎么劝说也无济于事。她哭得那么悲伤，弄得宫女不知所措，只好禀告王后。王后说宫女们胡说八道，还说最好让小公主去睡觉，不必吃晚饭了。宫女们满心想着参加晚宴，迫不及待地安顿九月公主上床就寝，把她独自留在房里。

九月公主尽管肚子饿了，躺在床上还是一个劲儿地哭个不停。这时，她忽然看见一只小鸟蹦进她的房间。她从嘴里抽出大拇指，一屁股坐起来。接着，小鸟开始唱起歌来。这是一首优美动听的歌曲，唱的是国王花园里的湖，照在平静湖面上的垂柳，以及在倒映于湖水里的柳树枝的影子中间游来游去的金鱼。歌声停了，公主不再哭了，连没吃晚饭的事儿也忘得一干二净。

“这首歌真好听。”她说道。

小鸟向她鞠了个躬。艺术家们天生有礼貌，喜欢听人家赞扬。

“您愿意留下我，代替您死去的鹦鹉吗？”小鸟问，“确实，我外表没有鹦鹉漂亮，不过，在嗓子方面我可比它强得多。”

九月公主高兴得直拍手。小鸟飞到她的床脚下，一直把她唱入梦乡。

第二天，她醒来时，小鸟仍然待在那儿。她睁开眼睛，小鸟说了声早晨好。宫女给公主端来了早点。小鸟从她的手心里啄米粒吃，在她的茶盘里洗澡，还喝茶盘里的水。宫女们说她们觉得喝洗澡水可太不文明啦。但是，九月公主说那是艺术家的性格。小鸟吃完早点，又开始唱歌。歌声如此美妙，以致使宫女们大为惊讶。因为，她们从来没有听见过这样的歌声。九月公主感到既得意，又高兴。

“现在，我想让我的八个姐姐看看你。”公主说。

她伸出右手的食指，当作栖木，小鸟飞下来停在上面。就这样，九月公主由宫女们陪同，走遍皇宫挨个去拜会所有的公主姐姐；从一月公主开始，一直到八月公主，因为她很注意礼节。每到一处，小鸟给每位公主唱上一支不同的歌儿，而那些鹦鹉只会说“上帝保佑国王”和“漂亮的鹦鹉”。最后，她带着小鸟去见国王和王后，他们又惊又喜。

“我就知道不让你吃晚饭就睡觉是做对了。”王后说。

“这只小鸟唱得比鹦鹉好听多啦。”国王说。

“我早该料到你听老百姓说‘上帝保佑国王’已经听腻了，”王后说，“我真想不出为什么那些姑娘们也教她们的鹦鹉说这个。”

“这种感情是可贵的，”国王说，“听多少遍我也不介意。但是，那些鹦鹉老是说‘漂亮的鹦鹉’，我倒真听腻了。”

“它们是用七种不同的语言说的呀。”公主们说。

“我相信它们是用七种不同的语言说的，”国王说，“不过，这确实叫我想起来我的议员们。他们总是用七种不同的方式说同一件事，而这件事，不管怎么说，都毫无意义。”

众位公主，正如我在前面提到过的，天生性格乖张，听到父王的话，都很不高兴，那些鹦鹉看上去也灰溜溜的。只有九月公主在皇宫各个角落里跑来跑去，说个不停，像只云雀。那只小鸟围着九月公主飞来飞去，边飞边唱，像只夜莺。实际上它就是一只夜莺。

就这样一连过了好几天。后来，八位公主凑在一起商量对策。她们一起来找九月公主，围着她坐成一圈儿，把脚盘在屁股底下，只有那样才合乎暹罗公主的体统。

“可怜的九月，”她们说，“你那美丽的鹦鹉死了，我们都很难过。你不能像我们一样有只爱鸟，一定很苦恼。所以，我们大家把自己的零用钱凑在一起，打算给你买一只可爱的黄、绿两色的鹦鹉。”

“别多此一举啦，”九月公主说（这句话有点儿不太客气，可是暹罗公主彼此有时候也耍个小脾气），“我已经有了一只爱鸟，它会给我唱最动听的歌。我真不知道要一只黄绿色的鹦鹉究竟有什么用？”

一月公主轻蔑地用鼻子哼了一声，接着，二月公主、三月公主也都哼了一声。事实上，所有这八位公主都哼了一声，只不过是按照排行大小顺序进行的。

等她们每个人都哼完了，九月公主问道：

“你们这是怎么啦？难道你们都伤风感冒了吗？”

“呃，亲爱的，”她们说，“要说你的那只鸟，你让那小东西随心所欲地飞来飞去，真是荒唐。”她们环顾了一下室内，眼眉挑得老高，几乎看不到前额。

“这样你们会显出可怕的抬头纹的。”九月公主说。

“能问一声你的小鸟在哪儿吗？”她们说。

“它去拜望它的岳父去了。”九月公主回答道。

“你怎么知道它还会回来呢？”众位公主问。

“它每次走了都回来的。”九月公主说。

“好吧，亲爱的，”八位公主说，“你若听从我们的忠告的话，就用不着冒这样的险了。假如它回来，请注意，它要是真的回来就算你走运，冷不防把它关进笼子里，在笼子里养着它，那才是唯一保险的办法。”

“可是我喜欢看它在屋里自由自在地飞翔啊。”九月公主说。

“安全第一。”她的姐姐们面色不祥地说。

她们站起来，摇着脑袋出去了。剩下九月公主一个人，心里惴惴不安。她似乎觉得小鸟离开了很长时间，她想不出它在干什么。也许发生了什么事。外面有老鹰，还有人设的罗网，你很难说它会碰上什么意外。此外，说不定它把她忘记了，要不就是它另有新欢。那可太糟糕啦。她多么希望小鸟平平安安地回来，然后，把它关进那只准备好的金鸟笼里。自从宫女们埋葬了死去的鹦鹉以后，那只鸟笼一直放在原来的地方。

突然，从九月公主的耳朵后面传来一阵吱吱的叫声，她回头一看，小鸟正栖在她的肩头。小鸟悄悄地飞进来，那么轻手轻脚地落下，以至于她都没听到动静。

“你怎么这么晚才回来？”公主问。

“我想，我让您担心啦，”小鸟说，“老实说，今天晚上我差点儿就回不来啦。我的岳父举行宴会，大家都让我住下。但是，我想您一定会着急的。”

在当时的情况下，小鸟说这种话是很不合时宜的。

九月公主感觉自己的心在胸膛里怦怦直跳，她打定主意不再冒险。她抬手一把捉住小鸟。对公主的这一举动，小鸟早就习以为常；她喜欢在自己手掌中感受它那心房扑通扑通地跳动，跳动得那么快。我想，小鸟一定也喜欢感受她那双小手的温暖。因此，小鸟毫不怀疑。可当公主把小鸟拿到笼子前，猛地往里一放，把笼门一关的时候，可真把它吓坏了，它一时不知说什么才好。稍停片刻，它蹦到象牙栖木上说：

“您是在逗我玩儿，对吗？”

“我没有跟你开玩笑，”九月公主说，“晚上，母后的猫到处乱跑，我想，你在笼子里可以万无一失。”

“我真不明白为什么王后要养那么多猫。”小鸟有点儿生气地说。

“呃，你知道，它们是很特殊的猫，”公主说，“长着蓝蓝的眼睛，尾巴上有个结。它们是王室的一种特产，如果你明白我的意思的话。”

“完全明白，”小鸟说，“不过，您为什么不事先打个招呼，就把我关进笼子呢？我想，这并不是我喜欢待的地方。”

“要是老让我为你的安全担心，那我一夜也不会合眼的。”

“嗯，只此一次，我倒也不介意，”小鸟说，“只要您明天早晨放我出去就行。”

小鸟吃了一顿极为丰盛的晚餐，然后开始唱歌。但是，刚唱了一半，就停了下来。

“不知道怎么啦，”它说，“今晚我就是不想唱歌。”

“好吧，”九月公主说，“那就去睡吧。”

于是，小鸟把头往翅膀底下一扎，不一会儿就睡熟了。公主也睡着了。但是，天刚破晓，她就被小鸟扯着嗓子的叫声给惊醒了。

“醒醒，醒醒，”小鸟说，“打开笼门放我出去。我要在露水未干的时候，好好地飞一飞。”

“你在笼子里不是挺好吗，”九月公主说，“你有一只漂亮的金鸟笼。那是父王的王国里最巧的工匠制作的。父王可喜欢这个鸟笼啦，以致他把工匠的头砍掉，让他再也造不出第二个来。”

“放我出去，放我出去。”小鸟说。

“你一日三餐由我的宫女侍奉，从早到晚不用为任何事情担忧，你只管尽情唱你的歌。”

“放我出去，放我出去。”小鸟说。它极力想从鸟笼的栏杆缝中间挤出去，那当然办不到；它又拼命地撞那扇门，当然也撞不开。

这时，那八位公主走进来看着它。她们对九月公主说，她听从了姐姐们的劝告是很明智的，并且说，它很快就会习惯在鸟笼子里生活了；过不了多久它就会全然忘掉过去的自由啦。她们在场时，小鸟一句话都不说。但她们刚一离去，小鸟又开始大喊大叫起来：“还我自由，还我自由。”

“你怎么这么傻呢，”九月公主说，“我把你关在笼子里，完全是因为我太喜欢你了。我比你更清楚怎样做对你有好。给我唱支动听的歌吧，我给你一块红糖。”

但是，小鸟站在笼子的一角，眼睛望着蔚蓝的天空，始终没吐一个音。一整天，它都没有唱。

“生气有什么用？”九月公主说，“你为什么不用歌声来忘掉你的烦恼呢？”

“我怎么能唱得出来？”小鸟回答说，“我想要看看树林、湖水和田地里长着的绿油油的稻穗。”

“如果你所想要的就是这些，我带你去散步。”九月公主说。她拿着鸟笼走出去，来到周围种着柳树的湖边，站在一望无际的稻田埂上。

“我以后每天带你出来，”九月公主说，“我爱你，并且我一心想让你高兴。”

“这跟我飞在空中看，不是一回事，”小鸟说，“从笼子缝中间看到的稻田、湖水和垂柳显得毫无生气。”

于是九月公主带它回到家，给它送上晚饭，但它滴水不进。公主有点儿着急，便去找她的姐姐们求教。

“你必须要坚强。”她们说。

“不过，如果它什么也不吃，会饿死的。”她答道。

“那它就太忘恩负义了，”她们说，“它应该明白你完全是为了它好。如果它冥顽不化，最后一命呜呼了，那就是活该。你正好可以摆脱它。”

九月公主真看不出那样做对她有什么好处，然而，她们是八个对一个，年纪也都比她大。她只得作罢了。

“说不定到明天它就会习惯笼中的生活了。”她说。

第二天，她一醒来就高高兴兴地大声跟鸟儿说早安。没有回答。她跳下床朝鸟笼跑去，她不由得惊叫了一声，只见小鸟侧身躺在笼底，双眼紧闭，看上去像是死了。她打开笼门，伸进手把小鸟拿出来。她感觉到小鸟的心脏还在跳动，这才宽慰地呜咽出一声来。

“醒醒，醒醒，小鸟。”她说。

她开始哭起来，眼泪落在小鸟身上。它睁开眼睛，觉察到自己周围没有笼子的栏杆了。

“我没有自由就不能唱歌；如果不能唱歌，我就会死去。”小鸟这么说。

公主失声痛哭。

“那我还你自由，”她说，“我把你关进金笼，因为我爱你。我只愿你归我一人所有，但我从未想到那样会害死你。飞吧，飞到湖边的树林中去，飞过绿色的稻田。我太爱你了，只要你快乐，怎么样都可以。”

她推开窗户，把小鸟轻轻地放在窗台上。小鸟微微地抖动了一下。

“想来就来，想走就走，小鸟，”她说，“我决不再把你关在笼子里了。”

“我会回来的，因为我爱您，小公主，”小鸟说，“我要给您唱我会唱的最动听的歌。我要远走高飞，但我一定经常回来，我永远不会忘记您。”小鸟又抖动一下，“老天爷呀，我的身体变得多僵啊。”它说。

说完，它张开双翅，直飞入碧空中。但是，小公主哇的一声哭起来。因为要把你所爱的人的幸福放在你自己的幸福之上，的确是件很不容易的事。

她的小鸟飞得看不见踪影了，她突然感到一阵孤单。当她的姐姐们知道了所发生的一切后，嘲笑她，说什么小鸟再也不会回来啦。可是后来，小鸟还是回来了，它栖息在九月公主的肩膀上，从她的手心里吃食，给她唱它在周游世界中学会的好听的歌曲。

九月公主不论白天、黑夜都开着窗，以便小鸟可以随时进出。这样对公主大有好处，使她出落得异常美丽。她长大后，嫁给了柬埔寨的国王。一路上，她骑着大白象来到他住的城市。

但是，她的姐姐们睡觉时从来不开窗，一个个长得像丑八怪，脾气又坏。到了出嫁的年龄，国王只得把她们打发给他的议员们。每人的陪嫁只有一磅茶叶和一只暹罗猫。

整整一打

我喜欢艾尔珊这个地方。这是英格兰南部的一处海滨度假胜地，距离布莱顿不太远。这个令人感到惬意的小镇有一种乔治王朝[①]晚期的迷人风格。小镇既不熙熙攘攘，也不过于花哨。

十年前我经常到那里去。那时还能看到一些古老的建筑零零落落地分布在小镇各处。这些老房子结构坚固，外观有一点儿花哨，但并不叫人反感。这种风格的建筑就像是一个家境破落的贵妇。她出身高贵，对自己的祖先感到非常骄傲，总是小心翼翼地向你提及她的家世。这样的妇人绝不会使你产生受到冒犯的感觉，而会感到她非常有趣。这些建筑都建造于“英格兰第一绅士”[②]统治时期。很有可能是当时的一位官运不济的朝廷重臣在此了却了残生。

小镇的大街上有一种慵懒的气息，医生的汽车似乎是一个放错了地方的物件。家庭主妇们在街道上不紧不慢地采购着家里的日常用品。有的人一边同肉贩闲聊着，一边看着他从一扇南塘羊颈部最

① 乔治王朝，乔治国王统治时期（1714—1837），为英国留下了大量雅致而和谐的建筑遗产。

② 英格兰第一绅士，指乔治四世（1762—1830），因其开朗、聪敏、机智，获得“英格兰第一绅士”之誉。

好的部位割下一片肉来；有的人一边拿出网兜，让杂货店主将半磅茶叶和一袋食盐装进去，一边和蔼地问候他的妻子。

我不知道艾尔珊这个地方是否曾时尚过，但那时肯定不是。但这个地方值得光顾，而且物价低廉。有很多老年妇女、大龄剩女和寡妇们选择在这里居住。这里还有很多印度籍平民和退伍军人，他们有点儿忐忑不安地盼着每年八九月份的到来。这么说绝非是蔑视他们，因为每到这个季节，这里就会有大批的度假者蜂拥而至，他们就可以向游客出租房屋了。游客们可以在这些瑞士风格的膳宿公寓①内度过几个星期的悠闲生活。

我从不在旅游季节到艾尔珊来。那时所有接待住宿的地方都会爆满。身着宽松运动衣的小伙子们会沿着海滨路闲逛，皮耶罗小丑会在海边表演节目。在多尔芬旅馆，台球室内击球的声音会一直持续到夜里十一点。

我只有在冬季才到艾尔珊来。这个季节空闲的出租房很多。沿着海滨的一排排建筑都建于一百多年前，这些房屋外立面采用拉毛粉刷，全都安着飘窗。此时这些房屋大都挂着可以出租的标识。这个季节的多尔芬旅馆内，只有一个侍者与几个仆人接待住宿的客人。一到晚上十点，门房就会来到吸烟室，看你的眼神显然是要撵你走。你只能站起来回屋睡觉。但冬季的艾尔珊非常恬静。多尔芬也是一个让人居住得很舒适的旅馆。想到当年已经摄政的王子与费兹赫伯特夫人②一起，曾多次坐着马车来到这家旅馆的咖啡厅喝茶，就会让客人有一种愉快的感觉。在旅馆接待大厅的墙壁上，有一封用镜框镶嵌的书信。这封信是大名鼎鼎的萨克雷先生写的，内容是预订一套能够俯瞰海滨的、有一间客厅和两间卧室的上等房，并且

① 膳宿公寓，常指法国或其他欧洲国家按固定价格或者半价提供的寄宿公寓。

② 费兹赫伯特夫人（1756—1837），曾与乔治四世结婚的一个罗马天主教寡妇。

指明要派一辆出租马车到车站去接他。

大概在战后两三年的一个十一月份，我得了一场流感。为了养病，我来到了艾尔珊。

我是在下午到达小镇的。放好行李，我就去海边散步了。下午天空阴沉，大海一片沉寂。海面灰蒙蒙的，空气很冷。有几只海鸥在紧挨着沙滩的海面上飞翔。由于是冬天，帆船的船桅都落了下来，被拖上满是鹅卵石的海滩。灰暗而破旧的更衣棚一间紧挨着一间，排成一列。小镇的管理部门在海滨大道两侧安置了不少长凳，但这些凳子上现在都空无一人。有几个人正在海边吃力地走着，有的人与我同向，有的人是迎面而来。这些人是在锻炼身体。

一个长着红鼻子的上校迈着沉重的脚步从我身边走过。他穿着一件宽大的运动裤，身后跟着一个本土军士、两位上了年纪的女士和一位长相平平的姑娘。两位年长的女士都穿着短裙和结实的鞋，那位姑娘戴着一顶无檐圆帽。此前我从未见这片海如此荒凉过。那一排排的出租房屋就像是一些邋遢的老处女在苦等着永远也不会露面的情人。甚至让人感觉亲切的多尔芬旅馆现在也显得苍白和凄凉了。我的心情也变得阴郁起来。生活突然之间变得非常平庸。

我返回旅馆，拉上客厅窗户的窗帘，拨弄着壁炉中的火舌，然后拿起一本书来排遣心中的忧思。

吃晚饭的时间快到了，我真的很高兴。我穿好衣服，走进咖啡厅，发现旅馆的其他客人已经先到了一步。我随意地扫了一眼，看到一位中年女士独自坐着；两位老先生可能是打高尔夫球的，面色红润，都有些秃顶了，两人郁郁寡欢地吃着。房间内剩下的客人就是坐在飘窗旁的那三个人了。他们立即引起了我的兴趣。这三人中有一位老先生和两位女士。其中一位年纪较大的女士可能是他的妻子，另一位年纪较轻，可能是他的女儿。正是这位年纪较大的女士首先引起了我的兴趣。她穿着一件宽大的黑色丝绸外衣，头戴一顶黑色镶了花边的帽子。她的手腕上套着沉甸甸的金手镯，脖子上挂着一条大金项链，项链上带有一个大盒坠。她的衣领上也别着一枚硕大的金质领针。我不知道现在有什么人还会戴这样的首饰。即使是过去，也只有二手珠宝的经销商和当铺老板才戴。我的目光在这些怪异的老式饰品上多停留了片刻。这些首饰非常结实，价格昂贵，但看起来非常丑陋。我有点儿伤感地笑了，心想，佩戴这类首饰的女人们早已死去多年了。看到这些首饰，你不禁会想起女人们内着裙撑、外穿镶有荷叶边裙子的年代，现在这些装束已经被衬裙和平顶卷边圆帽所取代了。那个年代的英国人喜欢结实和值钱的东西。那时他们每个周日的早上都要去教堂做礼拜，然后到公园散步。那时他们请客人吃饭一定要上十二道菜，主人要亲自切分牛肉和鸡。饭后，会弹琴的女士一定会演奏门德尔松①的《无词歌》来为同伴们助兴，拥有优美男中音的男士也一定会高歌一曲古老的英国民歌。

那位年轻女士背对我坐着，因此我只能看到她修长而年轻的背影。她有一头浓密的棕色头发，似乎经过了精心梳理。她穿着一身灰色的衣服。这三个人在小声地嘀咕着什么。这时，年轻女士转过头来，因此我可以看到她脸部的侧影。她漂亮得令人窒息。她的鼻梁笔直而高挺，脸颊的侧面轮廓非常精致，像是一尊高雅的雕像。这时我才看清她梳着亚历山大皇后的发型。

这几个人吃完，站起身来要走了。那位年纪较大的女士目不斜视、步态优雅地走出了餐厅。那位年轻女士跟在她后面。我吃惊地发现，她其实并不年轻了。她的连衣裙样式非常简洁，裙子的样式显得有点儿古老，比现在流行的样式长很多。我猜这种样式的裙子更能将腰部的线条显露出来。但这是一种女孩们穿的裙子。她个子

---

① 门德尔松·巴托尔迪（1809—1847），德国作曲家、指挥家，代表作有《仲夏夜之梦》序曲等。

高挑，稍显纤弱，就像是一位丁尼生作品中的女主角，步态优雅地走了过去。我先前已经注意到了她的鼻子，现在感到这简直就是一个希腊女神的鼻子。她的嘴型也很美，眼睛又蓝又大。她脸上的皮肤一点儿也没松弛，只是额头与眼角上有了皱纹；但这张脸年轻的时候一定非常漂亮。她使你想起罗马时代的那些优雅的贵夫人们，在阿尔玛·塔德玛[①]的画作中经常可以看见这样的人物。尽管画作中的贵妇们穿着罗马人的服装，但难以抹去她们身上英国人的气质。我已经二十五年没有见过这种类型的冷美人了。就像讽刺短诗一样，这种风格现在已经消亡了。我就像一个考古学家偶遇一些年代久远的雕像，为未曾预料地见到了这些以往年代的遗物而激动不已。因为这几天太过沉闷了。

两位女士离开后，老先生也站了起来，但片刻后又重新坐了下来。服务员给他端过来一杯浓郁的波尔图葡萄酒。他嗅了嗅，抿了一小口，用舌头仔细地品了品。我注意观察他。他身材矮小，比他那位令人印象深刻的妻子要矮很多；他身体略有发福，但并不显肥胖，头发灰白而卷曲。他脸上的皱纹很多，略带一点儿幽默的表情。他的双唇抿得很紧，下巴方正。以我们目前的眼光来评价，他的衣着有些奢华。他穿着一件黑丝绒夹克，一件有饰边的衬衣。衬衣的领口很低，系着一个很大的黑色领结。他下身穿一条非常宽大的晚礼服裤，让你隐约觉得这是一件戏服。慢慢喝完杯里的葡萄酒，老先生站起来，缓步走出了餐厅。

当我路过接待大厅的时候，忽然对这些入住的客人产生了好奇心，想知道他们的名字。我扫视了一眼入住登记簿，看见上面登记的是一位女士所写的字体，棱角分明。这种字体是四十年前学校所

① 阿尔玛·塔德玛（1836—1912），荷兰裔英国画家，作品以描绘豪华的古代世界（中世纪前）而闻名。

教的一种流行字体。上面登记的名字是：埃德温·圣克莱尔先生与夫人和波切斯特小姐；上面登记的住址是：伦敦贝华特区伦斯特广场68号。这肯定是那三个人的名字了。但这个地址让我感到非常好奇。我问旅馆的经理是否知道圣克莱尔先生是做什么的。她告诉我说他可能在伦敦市政厅工作。

我走进台球室打了一小会儿台球，然后穿过休息室上楼。那两位面色红润的先生正在休息室读晚报。那位老太太正捧着一本小说在打瞌睡。那三个人坐在一个角落里。圣克莱尔夫人在打毛衣，波切斯特小姐在绣花，而圣克莱尔先生在用浑厚的声音小声地诵读。我走过他身旁的时候，看到他正在读《荒凉山庄》。

第二天，我的大多数时间是在阅读和写作中度过的。但下午时我出去散了会儿步。在返回旅馆的路上，我在海滨的一条长凳上坐了一会儿。天气已经不像昨天那么冷了，周围的景物让人感到舒心。正在无所事事之时，我看到一个人从远处向我走来。这人走近后，我发现他是一个衣衫有些褴褛的矮个子男人。他穿着一件单薄的黑色大衣，戴着一顶破旧的圆顶硬呢帽。他的双手插在衣服口袋内，看起来感觉很冷。他走过我身旁的时候打量了我一眼，往前走了几步后，踌躇了一下，然后停下脚步，转过身来。当他再次走回我身边时，他从衣服口袋内抽出一只手，在帽子上碰了碰。我注意到他戴了一副破旧的黑手套，猜测他很可能是一个经济上陷入困境的鳏夫①。或者他就是个沉默寡言的人，像我一样，最近刚得了一场流感，尚未痊愈。

“对不起，先生，”他说，“能借根火柴用吗？”

“当然。”

他在我身边坐下。当我伸手到衣服口袋内去拿火柴时，他也伸

---

① 鳏（guān）夫，指丧妻未再结婚的男人。

手到自己的衣服口袋中去拿香烟。他掏出了一个黄金洛牌香烟的小烟盒，脸色沉了下来。

“天哪，天哪，怎么搞的！盒里空了，真倒霉。”

“抽我的吧。”我微笑着说。

我掏出烟盒，他从中取了一支。

“金的？”当我合上烟盒时他敲了敲烟盒，然后问道，“金烟盒我总也留不住。我曾先后有过三个，但全都被偷走了。”

他眼光忧郁地看着自己脚上的鞋。这双鞋确实也该修修了。他是一个干瘪的小个子，鼻子又长又细，有一双淡蓝色的眼睛。他的皮肤蜡黄，脸上布满了皱纹。我猜不出他有多大年纪。他可能只有三十五岁，也可能有六十岁了。你除了感觉到他是一个无足轻重的人之外，他身上没有任何不寻常之处了。可除了一眼望去便知他很穷之外，他一身干净、整洁，是个体面之人，而且他也希望别人尊敬他。现在，我知道他不是一个哑巴。他可能是一个初级律师的雇员；他的太太最近刚过世了，被关爱员工的老板送到艾尔珊来度假，好让他能从这个打击中恢复过来。

“您要在这里待很长时间吗，先生？”他问道。

“十天到两个星期吧。”

“我非常熟悉这个地方，先生。我可以骄傲地说，几乎没有哪个海滨胜地是我没去过的了。但无论哪个地方都比不上艾尔珊。这里的居民很友好，他们文雅，从不吵吵嚷嚷。艾尔珊给我留下了非常愉快的回忆。我很早以前就很熟悉艾尔珊这个地方。当年我就是在圣马丁教堂举行的婚礼。”

“真的吗？”我随口说。

“我结婚的时候非常幸福。”

“听你这么说，我真为你高兴。”我答道。

“我的这场婚姻维持了九个月。”他沉思着说。

他说的都是些私事。我本来没有兴趣听，但我清楚地看出，如果我能听听他的这段婚姻经历，他会非常高兴。我虽然没有什么兴趣，但至少还有一点儿好奇心，因此我等着他继续说下去。但是他没有再说什么，只是轻轻地叹了口气。最终还是由我打破了沉默。

“现在这里的游客似乎不太多了。”我说。

“我喜欢这样。我是一个喜欢清静的人。正如刚才我说的，我在许多海滨胜地都待过很长时间，但我从不在旅游旺季去那些地方。我喜欢这里的冬天。”

“你没觉得这里的冬天充满着一种忧伤的气息吗？”

他转过身来对着我，将他戴着手套的手放在我的胳膊上。

“这里确实让人感到忧伤。正因为如此，要是能出点儿太阳就好了。”

这话在我听来有点儿傻，因此我没有作答。他把手从我身上拿开，站了起来。

“先生，我不能再陪您了。很高兴能认识您。”

他非常有礼貌地将头上的暗色帽子脱下，点了点头走开了。空气越来越冷了，我想我也该回多尔芬旅馆了。当我走到旅馆宽阔的台阶前时，一辆带篷四轮马车驶了过来。拉车的是两匹瘦骨嶙峋的马。圣克莱尔先生从马车上走下来。他头上戴着一顶帽子。这顶帽子好像是圆顶硬呢帽与大礼帽结合的不和谐产物。他先将手伸给他妻子，然后伸给他侄女，搀扶两位女士走下马车。门童跟在他们身后将坐垫和脚垫拿了进来。圣克莱尔先生给车夫付钱的时候，我听到他对车夫说，明天还在约定的时间到这里来。我听明白了，圣克莱尔先生每天下午都要乘带篷四轮马车出去转转。如果我知道这三人中谁都没坐过汽车，恐怕我也不会感到惊讶的。

旅馆的女经理告诉我说，这三人独来独往，并不想认识住在旅馆的其他客人。我的想象力又开始自由驰骋起来。我看到他们一日进三餐，我看到圣克莱尔夫妇上午坐在旅馆大门外的台阶的最高一级上。圣克莱尔先生总是读《泰晤士报》，而他夫人总是在织毛线。我猜圣克莱尔夫人这一辈子都没有读过一张报纸。因为他们除了《泰晤士报》外，手上从来不拿其他任何书报。圣克莱尔先生每天进城当然也是带着这份《泰晤士报》了。大约在十二点的时候，波切斯特小姐与他们碰面了。

“今天散步怎么样，埃莉诺？”圣克莱尔夫人问。

“很好，格特鲁德姑妈。”埃莉诺小姐答道。

所以，我又了解到，正如圣克莱尔夫人每天下午要坐“车”出去兜兜风一样，波切斯特小姐每天上午都要出去散散步。

“你打完这一行后，亲爱的，”圣克莱尔扫了一眼他妻子织的毛线后说道，“咱俩最好也在午饭前散散步，这样有益健康。”

“好啊。”圣克莱尔夫人说。

她将手上的织物叠好，递给波切斯特小姐，“埃莉诺，你要是上楼，就帮我拿上去吧。”

“那没问题，格特鲁德姑妈。”

“我看你散步后有点儿累了，亲爱的。”

“我午饭前会休息一会儿的。”

波切斯特小姐走进旅馆，圣克莱尔夫妇沿着海滨大道并肩慢行着。他们俩走到一个固定的地方，然后又折了回来。

当我在楼梯遇见他（或她）时，我会微微鞠躬，他（或她）也会没有任何表情地鞠躬作答；在早上遇见他（或她）时，我礼貌性地问一句“早安”，但对方也只是微微鞠躬，并不回答。似乎我不可能有机会与他们中的任何一个人说上话。但最近我觉得圣克莱尔先生不时会朝我扫上一眼。我想他可能听说过我的名字了。我颇有点儿自负地猜测，他看向我很可能是对我产生了好奇。在这一两天后，我正坐在自己的房间内，门童进来传了个口信。

“圣克莱尔先生让我转达他对您的敬意，并让我问一下，您能否借他一本《惠特克年鉴》看看？”

我大吃一惊。

“他怎么会认为我一定有《惠特克年鉴》呢？”

“哦，先生，旅馆经理告诉过他，您是一位作家。”

我无法理解这两者之间有什么联系。

“麻烦告诉圣克莱尔先生，我现在手头上没有《惠特克年鉴》，因此非常抱歉。我要是有一本的话，我会非常高兴借给他的。”

我的运气来了。现在我是一心想要对这些行为怪异的人有更多的了解。这些年来，我经常在亚洲大陆旅行，时不时地能遇上一些孤零零的部落，并在那些完全陌生的异族人的小村落里住上几天。没有人知道他们是怎样到达这里的，也没有人知道他们为什么要在这里定居下来。他们有自己的生活方式，讲他们自己的语言，与周围的部落完全没有联系。没有人知道他们是否是当年横扫欧亚大陆的蒙古人遗留下来的一支后裔，也没有人知道他们的祖先是否就是那个曾贵为这个国家皇帝的伟大人物。他们是些神秘的人。他们既没有未来，也没有历史。

在我看来，这个怪异的家庭与那些部落的人有很多相似之处。他们都属于那个已经流逝的过去。他们使我想起了我们父亲那一辈人才读的小说中的人物，那些旧式小说的风格非常从容不迫。他们属于十九世纪八十年代，而且之后再也没有跳出过那个年代。他们竟然可以这样生活四十年，仿佛这个世界静止了一般，这太不寻常了。他们又把我带回到童年的记忆中，让我想起那些早就死去的人。我不知道是不是因为他们不愿与他人交往，才使我产生了他们很特别、不同于其他任何人的印象。在过去，一个人要是被别人称作“怪人”的话，上帝呀，这个人还就真称得上是个了不起的人物呢。

因此，那天吃完晚饭后，我就走进休息室，壮着胆子对圣克莱尔先生说：

“先生，我为没有借给您《惠特克年鉴》一事感到非常抱歉。但我还有一些其他书籍，如果您需要的话，我非常高兴能借给您。”

圣克莱尔先生显然吃了一惊。其他两位女士目不斜视地继续做着她们手上的活计。房间里寂静得让人尴尬。

“这没关系。旅馆的经理告诉我，你是一个小说作家。”

我绞尽脑汁也想不明白，但显然我的职业与《惠特克年鉴》之间应该有某种联系。

“过去我们经常邀请特洛勒普[①]先生到我们位于伦斯特广场的家吃饭。我记得他曾说过，对一个小说家来说，有两本书最有用：一本是《圣经》，一本是《惠特克年鉴》。”

“我知道萨克雷曾在这家旅馆住过。”我不知道该说点儿什么才能让这场谈话继续下去。

“我从来都不太喜欢萨克雷的作品。他与我已经过世的岳父莎吉恩特·桑德斯吃过好几顿饭。我认为他的作品过于玩世不恭。我侄女到现在也没读过《名利场》。”

波切斯特小姐听到圣克莱尔先生提到了她，脸上微微泛起了红晕。一位服务员端着咖啡进来，圣克莱尔夫人对她丈夫说：“亲爱的，也许这位先生能赏光与咱们一道喝杯咖啡。”

虽然这话没有直接对我说，但我急忙答道：“非常荣幸。”

我坐下了。

“特洛勒普是我最喜欢的小说家，”圣克莱尔先生说，“他是一位彻底的绅士。我也很欣赏查尔斯·狄更斯，但查尔斯·狄更斯的小说无法吸引一位绅士。我知道现在的年轻人认为，特洛勒普的

---

① 特洛勒普（1815—1882），英国小说家，代表作有《巴彻斯特教堂尖塔》等长篇小说。

小说乏味。我侄女——波切斯特小姐，她就偏爱威廉·布莱克[①]的作品。”

“我想，我还从没有读过他的作品。”我说。

“哦，我看你有点儿像我，你也有点儿落伍了。我侄女曾劝我读一本罗达·布劳顿[②]的小说，但我读了一百页后，说什么也读不下去了。”

“我并没有说我喜欢那本书，埃德温姑父，”波切斯特小姐为自己辩解道，脸又红了起来，“我对您说的是这本书的节奏有点儿快，但所有人都在谈论这本书。”

“我相信你的格特鲁德姑妈不会让你读这类书的，埃莉诺。”

“我记得布劳顿小姐曾对我说过，她年轻的时候人们说她写的小说节奏太快；她岁数大了时，人们又说她的小说节奏太慢。这可让她犯难了，她用同样风格写小说有四十年了。”

“哦，你认识布劳顿小姐？”波切斯特小姐问我，这是她第一次跟我说话，“这可太有意思了。你也认识薇达[③]吗？”

“埃莉诺，你还要说些什么！我相信你从未读过薇达写的任何小说。”

“我当然读过，埃德温姑父。我读过她写的《两面旗之下》，我非常喜欢这本书。”

“你太让我感到震惊了。我真不知道现在的姑娘都要变成什么样了。”

“您一直说，等我过了三十岁，就可以让我读任何我想读的书了。”

---

① 威廉·布莱克（1757—1827），英国诗人、画家。

② 罗达·布劳顿（1840—1920），英国女作家。

③ 薇达（1839—1908），英国维多利亚时代的著名女作家。

“亲爱的埃莉诺，自由与许可之间是有区别的。”圣克莱尔先生说道，同时微微一笑，以使自己的责备显得不那么严厉，但语气仍然很严肃。

我不知道通过叙述这段对话是否把我当时的印象向您转达清楚了。我当时感觉到屋内充满了过去年代的那种迷人氛围。我真想整个晚上都能听他们这样谈话，听他们谈论堕落的十九世纪八十年代，那时他们还都年轻。我真想有个法子能让他们同意，让我到他们位于伦斯特广场的家里去看一看，让我能看一眼他们居住的那所宽敞的房子。我应该能认出必然会摆放于客厅的那套古板的家具，每件家具都摆放在固定的位置，上面覆盖着织锦。陈列柜内琳琅满目的德累斯顿瓷器一定能把我的思绪带回到童年时代。由于客厅只在正式聚会时才用，人们一般习惯坐在餐厅里。餐厅内铺着土耳其地毯，周围的红木橱柜里摆满了银质的餐具。餐厅的墙上肯定会挂上油画，这些油画曾使沃德·汉弗莱①夫人和她的马修②叔叔激动不已。

第二天上午，我在艾尔珊一条别致的僻静小路上散步时，遇到了波切斯特小姐。她正在进行她每日的徒步锻炼。我本打算与她同行一段路。但转念一想，即使与我这么大岁数的男人一起散步，也肯定会使这位五十来岁的老姑娘感到尴尬。我经过她身边时，她向我微微鞠躬，脸又红了。奇怪的是，在她身后仅几码远的地方，我又碰到了那个可笑的小个子男人。他依然是衣衫褴褛的样子，戴着黑手套。我与他曾在海滨路上说过几句话。他用手碰了碰他那顶破旧的圆顶硬呢帽。

“对不起，先生，能借根火柴吗？”

---

① 沃德·汉弗莱（1851—1920），英国作家。

② 马修（1822—1888），英国诗人兼评论家。

“当然，”我有点儿挖苦地说，“但这次我可能身上没带香烟。”

“那来一支我的好了。”他一边说，一边掏出他的纸烟盒，但里面空空如也，“天哪，天哪，我又忘了带烟。这也太巧了。”

我继续往前走去。但我感到他有点儿加快了脚步。我开始有点儿怀疑他了。我担心他会不会去骚扰波切斯特小姐。有一瞬间，我真想折回去，但我没有这么做。他是一个文明的小个子男人，我想他不会去骚扰一位独行女士的。

那天下午，我又见到了他。当时我正在海滨路上坐着，他犹豫不决地向我慢慢走来。随后就好像是刮起了一阵风，而他就像是一片干树叶被风刮着向前飘行。这次他没有踌躇，而是直接在我身旁坐下了。

“咱俩又见面了，先生。这个世界太小。如果没有给您造成不便的话，能否让我在这里坐上几分钟？我有点儿累了。”

“这是一条公共板凳，你跟我一样，都有权坐在这里。”

我没有等他向我要一根火柴，而是立即递给他一支香烟。

“您真是太好了，先生！我必须控制自己每天的吸烟量，但吸烟是我的一大享受。一个人变老了，生活的乐趣也就少了。但是我自身的经验告诉我，一个人也就愈发重视这些不多的乐趣了。”

“这倒是个给自己找安慰的说法。”

“对不起，先生，我想您是一位著名的作家。我猜得对不对？”

“我是一位作家，”我回答说，“但你是怎么知道的？”

“我在书籍的插图中见过您的肖像。我猜您没有认出我来。”

我又看了他一眼，他是一个瘦弱的小个子男人，衣着整洁，只是一身黑色的外套有点儿破旧了。他的鼻子很长，长着一双淡蓝色的眼睛。

“我想，我不认识你。”

“看来我是变了，”他叹了口气，“曾经有一段时间，我的照片被登载在英国所有报纸上。当然，印刷的照片不大清晰，难怪您没有认出我来。我敢负责任地说，先生，有些照片是太模糊了，要不是看到这些照片下面有我的名字，就连我自己都猜不出照片中的人是我。”

他沉默了一会儿。现在大海正在退潮，海岸的鹅卵石滩外是黄泥带，半掩在黄泥中的防波堤就像是一头史前怪兽的脊梁骨。

“当作家一定非常有趣，先生。我常想，如果我能把自己的经历写出来，那一定能吓人一跳。我曾经读过不少书，但是最近读得少了，主要是由于视力下降。我相信，如果我试一试的话，我也能写一本书。”

“据说任何人都可以写一本书。”我说。

“我不是想要写一本小说。我这个人不适合去写小说，我更愿意去写点儿历史之类的书。如果有人愿意出稿费的话，我就想写一本自己的回忆录。”

“现在很流行写回忆录。”

“无论从哪方面来讲，能有我这样经历的人都不多。不久前，我还给一家《星期日报》写信，提出了这个建议，但他们却没有给我答复。”

他久久地打量着我。他的神情很庄严，不像是要管我要点儿零钱的样子。

“您还是不知道我是谁，对吗，先生？”

“我真的不知道。”

他似乎又考虑了一会儿，然后脱下他的黑手套，盯着手套上的一个破洞看了一会儿。后来，他毫无自我意识地转向我说：“我就是大名鼎鼎的莫蒂默·埃利斯。”

“哦？”

我真不知道该说些什么。我确信自己过去从未听过这个名字。

看到他脸上出现了失望的表情，我不免有点儿尴尬。

“莫蒂默·埃利斯，”他重复着这个名字，“您不会要对我说，您从来就没听说过这个名字吧？”

“恐怕我只能这么说了。我经常出国，在国内待的时间不多。”

我不禁想，他是靠什么出名的。各种可能都被我一一推翻了。尽管在英国靠体育就能使人出名，但他这样的身板可不是当运动员的料。他可能是一个心理咨询师，或者是一个台球冠军。当然，他不可能是一名前内阁大臣，否则我也不可能不认识他。他可能曾任英国贸易部属某个已废止的委员会的主席，但他一点儿也没有政治家的样子。

“您应该知道这个名字呀，”他颇有些抱怨地说，“有好几个星期，我都是被整个英国谈论最多的人。再看看我。您肯定曾经在报纸上见过我的照片——那个叫莫蒂默·埃利斯的人。”

“对不起，我还是想不起来。”我摇了摇头。

他停顿了片刻，以使他要说的话有更好的效果。

“我就是那个著名的重婚者。”

当一个陌生人告诉你，他是一个著名的重婚者，你会如何回答他呢？坦白地说，我认为自己通常情况下还是一个能言善辩之人，并为此而感到几分自负。但现在我发现自己哑口无言了。

“我曾经有过十一个妻子，先生。”他继续往下说。

“大多数人有一个妻子就够难应付的了。”

“哦，这需要实践。当你有过十一个妻子后，你对女人就无所不知了。”

“那你为什么就只娶了十一个？”

“我就知道您会这样问的。我看到您的第一眼时，我就对自己说，这个人长着一副聪明的面孔。先生，我自己也对此迷惑不解。十一似乎是一个可笑的数字，对吗？似乎还有什么没有完成。现在所有人都喜欢三这个数字，七也不错，据说九是个吉祥数，十也没有毛病。但我怎么就停到了十一这个数字上呢？这是我感到遗憾的地方。如果我能将这个数目提高到一整打的话，我这辈子就别无他求了。”

他解开外套的扣子，从里面的一个口袋里拿出一本皱巴巴、油渍渍的笔记本。他从这个笔记本里取出一大包剪报。这些剪报破破烂烂的，沾满了油渍与污迹。他展开了其中的两三份。

“现在您看看这些照片。我问您，这些照片像我吗？真是让人气愤啊。如果单看这些照片，您不会认为我是一个罪犯。”

从这些剪报的大小来看，相关报道占了很大的版面。看来在文字编辑们眼里，莫蒂默·埃利斯确实很有新闻价值。其中一篇报道的标题是《一个有多房太太的男人》，另一篇报道的标题是《没有心肝的恶棍受到了惩罚》，第三篇报道的标题是《卑鄙的恶棍遭遇了滑铁卢》。

“报上对你的评价可不怎么样啊。”我小声呢喃着。

“我从不关心报上说些什么，”他耸了耸消瘦的肩膀，“自那以后，我算是彻底了解这帮记者了。不，我恨的是那个法官。他对我的裁决简直是骇人听闻。但恶有恶报。我告诉你，做出那项裁决后不到一年，他就死了。”

我快速地浏览了一遍手上的报纸。

“报道中说他判了你五年的监禁。”

“我称这是一项可耻的判决。看报纸上是怎么说的。”他用食指指着一处地方，“‘其中三个受害者请求法官宽恕他。’这说明了她们对我的态度。而在这之后，这个法官还是判了我五年监禁。看他怎么称呼我的，‘一个没有心肝的恶棍’。而我可以说是一个最有情有义的男人了。接着看，‘一条社会的蛀虫，对公众造成了危害’。他还说，如果他有权力这样做的话，一定要判得更重。虽说他判了我五年，但我还没有非常仇恨他。就算我非常仇恨他，那也不过分。我问你，他这样说我，合理吗？不，他是大错特错了。我永远也不会宽恕他，即使我活到一百岁也不会。”

这个重婚者的脸颊涨得通红，他的双眼此刻充满了怒火。这是一个触到了他痛处的话题。

“我可以读一读这些报道吗？”我问他。

“我拿出来就是让您读的。我是真心想让您读，先生。如果您读了以后没有说我是一个大混蛋，那么就算我没有看错人。”

我读过一篇篇剪报后，知道莫蒂默·埃利斯对英国的海滨胜地真的非常熟悉。这些地方是他的狩猎场。他的做法是到某个旅游旺季已过的海滨胜地去，在一栋客人很少的出租公寓内租一套房。他很快就会与一些女人熟悉起来。这些女人可能是寡妇，也可能是老处女。我注意到她们当时的年龄都在三十五岁到五十岁之间。她们在证人席上做证时说，她们第一次遇见他都是在海滨大道上的。他通常会在两个星期内向她们求婚，然后很快就结婚了。他引诱她们的方法各不相同，但是他最后都把她们的积蓄哄骗到手了。几个月后，他就会借口有公务要去伦敦，然后便一去不返。只有一个女人在此之后又见过他一面，其他人只是在她们被迫出席做证时，才在被告席上又见到了他。

她们都是有些身份的女人：一个女人出身医生家庭，一个女人出身神职人员家庭，一个女人是出租公寓的管理员，一个女人的前夫是旅行推销员，一个女人的前夫是个已退休的裁缝。这些女人大多数都有五百英镑至一千英镑的财产。但无论她们有多少钱，最后都被他骗光了，导致这些女人一文不名。她们中的一些人讲述了自己被骗后的凄惨生活，真是让人闻之落泪。但她们都说，他曾对她们非常好，像是一个好丈夫。不仅有三个女人请求法官宽恕他，甚至还有一个女人在证人席上说，如果他愿意回来，她准备接纳他。

他注意到我正在读这一段。

“她愿意为我去工作，”他说，“这一点毫无疑问。但我说，最好就让过去的事就这样过去吧。坦白地说，我虽然非常喜欢吃羊身上最好的那块肉，但这块肉如果已经冰凉，那就没有味道了。”

只是由于巧合，莫蒂默·埃利斯才没有娶到第十二个妻子。我知道他非常在意这样对称的数字。他曾千方百计想要娶哈伯德小姐为妻。他告诉我说：“她共有两千英镑的财产。她只要有一点儿钱就都买成战时公债了。”他俩的结婚公告都已经张贴出去了。不巧的是，他的前妻碰见了他。她经过询问后向警察报了案。就在他将要举行第十二次婚礼的前一天，警察逮捕了他。

“她是一个坏女人，”他对我说，“她背叛了我，而且是以这种恶毒的方式。”

“她是怎么背叛你的？”

“哦，我是在伊斯特本[①]碰见她的。那是十二月里的一天，在码头上。她告诉我，她过去经营女帽，现在退休了。她说自己积攒了数目不小的一笔钱，但是没有说具体数目，但给我的感觉，她应该有一千五百英镑。但是我娶了她之后才知道，她只有三百英镑。这真让人无法相信。而她竟然还向警察告发了我。跟你说吧，许多男人如果知道他们受到了愚弄，都会勃然大怒的，而我从未责怪过她。我甚至从未向她表示自己很失望。我只是一个字都没有留下就离开了。

“那三百英镑我没有留给她，我拿走了。但您也要知道，先生，”他接着说道，带着一种受到了伤害的语气，“三百英镑花不了很长时间。而且我是在跟她结婚四个月后，她才吐露真相的。”

“恕我冒昧，”我说，“请不要认为我的问题贬低了你的个人魅

① 伊斯特本，英格兰南部海岸城镇，位于东苏塞克斯郡。

力，但是，她们为什么会嫁给你呢？”

“因为我向她们求婚了。”他回答，显然对我的问题感到很突然。

“从来就没有人拒绝过你吗？”

“很少。在我的一生中，拒绝我求婚的女人不超过四五个吧。当然，我都是感到自己比较有把握时才求婚的，有时也会有人拒绝我的求婚。我当然不能指望每次都会有女人对我一见钟情了。一般情况下，我对一个女人最多投入七周的时间，如果到时还没有效果，我就不再与她周旋了。”

我陷入沉思之中。但过了一会儿，我注意到，这位表情丰富的朋友脸上正布满了笑容。

“我知道您在想什么。”他说，“一定是我的外表使您感到迷惑不解。您不知道她们看上了我的什么。电影和小说中的男主角都英俊潇洒。您认为女人们看中的男人要么是牛仔类型的，要么就是旧式西班牙风格，很浪漫而又有人情味的那种。他们双眼炯炯有神，有着古铜色的皮肤，跳起舞来非常优美。您要让我笑破肚皮了。”

“我很高兴你能直言。”

“您结过婚吗，先生？”

“结过。但我只有一个妻子。”

“这样不行。只娶一个老婆你无法透彻地了解女人，你不能只从一个例子中推导出结论。现在我问你，如果你只养过一条牛头梗犬①，你对犬类会有多少了解呢？”

我想这个问题只是为了加强他的语气，完全不需要回答。他略微停顿了一会儿，以引起聆听者——我——的注意，然后继续说下去。

---

① 牛头梗（gěng）犬，原产于英国，梗犬的一种，待人温顺，服从性强，可成为忠实的家庭守卫犬。

“您错了，先生。您完全错了。她们可能会喜欢一个长相英俊的小伙子，但她们并不想嫁给他。女人对男人的外表并不真正在意。

“道格拉斯 • 杰罗尔德[①]的长相就很丑，但他非常聪明。他就说过，如果让他与一个女人待上十分钟，就能让这间屋内最英俊的男人灰溜溜地走开。

“女人们不想嫁给聪明的男人，也不想嫁给风趣的男人，她们认为这样的男人不够庄重。女人们同样不想嫁给长相特别英俊的男人，她们认为这样的男人也不够庄重。她们需要嫁给一个庄重的男人。她们首先考虑的是安全，然后是这个男人对她们是否殷勤。我这个人可能既不英俊，也不风趣，但请相信我说的话，我拥有女人所需要的一切。我对此很自信。证据就是，我曾让我娶过的所有女人都感到幸福。”

“你三任前妻都曾在法庭上为你求情，其中一个还愿意接纳你，这肯定能大大增加你的自信。”

“您不知道，我在监狱中对此一直都非常焦虑。当我刑满释放的时候，我真担心她们会在监狱的大门外等我。我当时对监狱长说，看在上帝的面子上，先生，把我偷偷送出去吧，不要让任何人看到我。”

他又把手套戴回手上，盯着食指上的那个破洞。

“住在寄宿公寓就有这样的好处，先生。您可能要问了，一个男人没有妻子服侍，怎么能保持整洁和干净呢？但我已经结过多次婚了，我一个人能过得好好的。有些男人不喜欢结婚，这让我难以理解。实际上，你只有全身心地投入到一件事上，才能把这件事做好。我喜欢做一个已婚男人。对我而言，想要讨女人喜欢，这一点儿都不难。而有些男人却不屑去做这些事。正如我刚才所言，女人

---

① 道格拉斯 · 杰罗尔德（1803—1857），英国作家。

们需要的是殷勤。我出门前肯定要给我的妻子一个吻，我回家后也肯定要先给她一个吻。我很少回家时不给她们带上点儿鲜花或巧克力。我从来不吝啬这方面的花销。”

“但你花的都是她们的钱。”我插嘴道。

“那又有什么关系呢？重要的不是你买这件礼物花了钱，而是这件礼物所表达的意义。女人们重视的正是这一点。我不是一个喜欢自吹自擂的人，但我可以这样评价自己：我是一个好丈夫。”

我随意翻看着手里有关那次审判的剪报。

“我发现了一件令我感到好奇的事，”我说，“所有这些女人都有值得尊敬的身份，都是有一定阅历、安分守己的正派人。然而，她们在认识你这么短的时间内，不经过调查，就嫁给了你。”

他拍了拍我的胳膊。

“这一点，您就无法理解了，先生。女人都渴望嫁个男人。无论她们是年轻还是年长，个头是高还是矮，皮肤是黑还是白，她们都有一个共同之处：她们想要嫁人。请您注意，我都是在教堂举行婚礼。一个女人只有在教堂举行了婚礼才会真正感到安全。您说我不够英俊，是的，我也是这样看自己的。但即便我只有一条腿而且还驼背，女人们照样会争先恐后地嫁给我，我想娶几个就能娶几个。她们在意的不是要嫁给一个什么样的男人，而是能否嫁出去。这是女人们患上的一种狂躁症，是一种病态。她们之所以都没有在见到我第二面后就嫁给我，那是因为我只在确信有把握后才向她们求婚。其结果就是，我求婚的次数非常有限，总共也就结了十一次婚。刚十一次，这也太少了，连一整打都没凑上。如果我想要的话，我肯定能结三十次。我向您保证，先生，当我想到自己曾有过的机会，我都为自己的节制而感到惊讶。”

“你对我说过，你很喜欢读历史书。”

“是的，这是沃伦·黑斯廷斯[1]曾说过的话，对不对？我读到这句话的时候印象特别深刻。把他这句话套用在我身上，是再合适不过了。”

“你这样不断地求婚，就从未感到过厌倦吗？”

“哦，先生，我想我这个人很有逻辑头脑。观察同样的原因能导出相同的结果，总是使我感到非常愉快。当然，您要理解我说的是什么意思。比如，如果对方是一个从未结过婚的女人，我就称自己是一个鳏夫。这一招真是灵验啊。您知道，一个老处女往往会喜欢有些阅历的男人。但如果对方是个寡妇，我就总是说自己是个大龄剩男。一个寡妇害怕嫁给一个结过婚的男人，这类男人懂的太多。”

我把剪报还给他。他将它们整整齐齐地叠好，重新夹入那个油渍渍的笔记本中。

“您不知道，先生，我总是感到自己被冤枉了。您看他们怎么评价我：一条社会的蛀虫、无耻的恶棍、卑鄙的无赖。您现在再看看我。我问您，我像是那种人吗？您现在了解我了，我将自己的一切都告诉您了，而您又非常善于识别人，您现在认为我是一个坏人吗？”

“我对你了解得还很少。”我认为自己这样回答很圆滑。

“我想，那些法官、陪审员，还有公众，他们是否曾站在我的立场上考虑过这个问题。当我被带进法庭时，观众席上是一片嘘声。法警不得不护着我，以免我挨打。他们有人想过我是怎么对待这些女人的没有。”

“你拿走了她们的钱。”

“我当然要拿走她们的钱了。就像其他人一样，我也要生活呀。

---

① 沃伦·黑斯廷斯（1732—1818），英国首任也是最著名的印度总督（1772—1785）。

但我也给她们回报了。您知道我都给了她们怎样的回报吗？”

这又是一个不需要回答的问题。尽管他盯着我，好像希望我回答似的，但我没有作声。另外，我确实也不知道怎么回答。他的声音提高了，说话也一字一顿的。看得出来，他是认真了。

“让我来告诉你，我拿什么来交换她们的钱财。这就是一次浪漫的经历。看看这个地方，”他伸出手来画了一个大圈，将大海和地平线都画了进去，“在英格兰有上百处这样的地方。看看这片大海和天空，看看这些出租房，再看看码头和海滨大道。难道这些没有使您感到情绪低落吗？这里真是死一般的沉寂。您是想到这里来放松放松，只待上一两个星期，您的感受不会太深。但想想那些年复一年生活在这里的女人，她们看不到前途，她们在这里谁都不认识，她们只是不愁吃穿而已。

“我想您可能真的不知道她们过的那种可怕的生活。她们的生活就像这条海滨大道一样，表面覆盖着混凝土，一直向前延伸，没有尽头，从一处海滨景区通向另一处海滨景区。即便到了旅游旺季，这些也跟她们没有什么关系。她们是局外人。她们觉得自己还是死了更好一些。就在这时，我出现了。请您记住，如果一个女人不愿意承认自己已经过了三十五岁，我是不会去向她献殷勤的。

“我给予她们爱情。很多女人从来没有体验过被男人追求是种什么感觉。很多女人也从来没有过黑暗中坐在一条长凳上，一个男人搂住她腰肢的经历。我给她们带来了新鲜与刺激，我让她们重新找回了自信。她们被束之高阁，难以嫁人。而我悄悄地靠近，从容不迫地给予她们关爱。在她们单调乏味的生活中出现了一缕阳光，那就是我。她们争先恐后地要嫁给我，这一点儿也不奇怪，她们要接我再回去也毫不奇怪。唯一将我赶出来的女人就是那个女帽商。她说她是个寡妇，我私下里对她的评价是，她再也嫁不出去了。您要说我对她们做了什么缺德事，这不对。我给十一个女人带去了幸福和快乐。她们今后再也不会有这样的机会了。您要说我是个恶棍或者坏蛋，那您就错了。我是个慈善家，但他们却判了我五年监禁。他们应该授予我一枚英国溺水者营救会的勋章。”

他取出他那空空如也的黄金洛牌香烟盒，看了看，然后沉郁地摇了摇头。当我将自己的烟盒递给他的时候，他二话没说就取出了一支香烟。我看着这个“好人”，他在竭力控制自己的情绪。

“我问你，我做了这么多慈善事，可我得到回报了吗？”他又开始说上了，“除了食宿费用外，我连买包烟的钱都没有了。我这个人不会攒钱。证据就摆在眼前，我都到了这个岁数了，可口袋里从来就留不住几块钱。”他侧身瞅了我一眼，“我竟然到了这个地步，真是落魄到家了。我过去从来都是靠自己挣钱，我这一生都没有向一个朋友借过钱。我在想，先生，您能否借我一点儿钱。说出这样的话，真让我感到惭愧。但现在的情况是，如果您能借给我一英镑，对我来说都是一大笔钱。”

好吧，我从这个重婚者这里得到的乐趣足以值一英镑了。我伸手去掏钱包。

“我愿意借给你一点儿钱。”我说。

他看着我掏出的钞票。

“您能借给我两英镑吗，先生？”

“可以。”

我递给他两张一英镑的钞票，他接过后叹了一口气。

“您不知道这两英镑对我意味着什么。我过去习惯了舒适的家庭生活，现在却不知道自己下一个晚上会到哪儿去睡觉。”

“有一件事情希望你能告诉我，”我说，“我虽然不是玩世不恭的人，但我认为总体来说，女性更适用于这句格言：施恩比受惠更幸福。而男性则不大适用。你是怎样哄得这些正派而且无疑很节俭的女人这样相信你，将她们的全部积蓄都交给你的？”

他被逗乐了，长相平平的脸上满是笑容。

“好吧，先生。莎士比亚曾经说过，野心常因过大而招致失败[①]。这就是答案。告诉一个女人，如果她将积蓄交给你去运营，你能在六个月内让她的钱翻一番，她就会忙不迭地把钱交到你的手上。贪婪，这就是答案。只因为她们贪婪。”

接触了这个有趣的恶棍后又回到正派人中间，尤其是像圣克莱尔夫妇和波切斯特小姐这样依然佩着薰衣草香袋、穿着四周撑起衬裙的人们中间，就像上了一道在冰激凌上浇了滚烫调味汁的菜，强烈的反差真的很刺激人的胃口。我现在每天晚上都与这家人一起消磨时光。只要两位女士一离开餐厅，圣克莱尔先生马上就会让服务员送来一张便条，邀请我与他一起喝一杯波尔图葡萄酒。喝完葡萄酒后，我们俩就会走进休息室喝咖啡。圣克莱尔先生自己还要喝点儿陈年白兰地。与他们一家人在一起的时光极度乏味，恐怕我是唯一能对此迷恋的人了。旅馆经理曾告诉他们，我正在写剧本。

“亨利·欧文爵士还在莱森戏院的时候，我们经常去那家剧院看戏。”圣克莱尔先生说，“我曾有幸见过他。有一次约翰·埃弗里特·米莱斯爵士带我到加里克俱乐部去吃晚饭，我在那里被介绍与他相识。他那时还没有爵士头衔呢。”

“埃德温，告诉他当时欧文先生对你说了些什么。”圣克莱尔夫人说。

圣克莱尔先生摆出了一副演戏的样子，活灵活现地模仿着亨利·欧文的神态说：“‘你长着一副演员的面孔，圣克莱尔先生，’他对我说，‘如果你什么时候想要当演员的话，就来找我，我来给你安排一个角色。’”圣克莱尔先生现在完全露出了他原本的样子，“这番话足以使一个年轻人飘飘然了。”

---

① 出自《马克白》，也译为《麦克白》。

“但您却没有因此而成为一位演员。”我说。

“我不否认，如果在其他情况下，我可能就会受此诱惑而成为演员了。但当时我要考虑家人的态度。如果我不选择经商，我父亲会伤心死的。”

“您是经营什么的？”

“我是一名茶叶商，先生。我的公司是伦敦历史最悠久的茶叶公司。

“在我年轻的时候，英国人普遍都喝中国茶，而我用了四十年的时间试图改变人们的这一习惯，我竭力想要人们养成喝锡兰茶的习惯。”

我想象着他用了一生的时间来劝导大众放弃他们想要的东西，而去购买他们不想要的东西，真是个可爱而又有个性的老头。

“我丈夫年轻的时候在业余时间演过很多戏。人们认为他的演技很棒。”圣克莱尔夫人说。

“我一般都演莎士比亚的戏剧，有时也出演过《造谣学校》[①]。我从来不会出演那些乱七八糟的戏剧。但那都是过去的事了。我有表演的天赋，浪费了真是太可惜了，但现在太晚了。聚餐的时候，有时在女士们的强烈要求下，我会朗诵一段哈姆雷特的著名独白。现在我也就只能做做这些了。”

“哦！哦！哦！我一想到那种聚餐，一想到那种迷人的氛围，不禁浑身都要颤抖起来。不知我是否能有幸被邀请参加一次这样的聚餐。”圣克莱尔夫人对我的反应有些吃惊，冲我微微笑了笑，但仍是一脸的严肃。

“我丈夫年轻的时候像个波西米亚人，非常的放荡不羁。”她说。

---

①《造谣学校》，18世纪一部著名的讽刺喜剧，英国剧作家谢里丹（1751-1816）的代表作。

“我曾经痴迷、放荡过。我认识许多画家和作家，如威尔基·柯林斯[①]。我还结识了一些报纸的专栏作家。瓦茨[②]曾为我妻子画了一幅肖像。我还买过一幅米莱斯[③]的油画，我认识许多拉斐尔前派[④]的画家。”

“您也买过罗塞蒂[⑤]的画吗？”

“没有。我钦佩罗塞蒂的天才，但我不赞成他的私生活。如果一个画家我不屑于请他到家里吃饭，我就决不会买他的画。”

波切斯特小姐看了看手表说：“您今晚不给我们读书了吗，埃德温姑父？”而我的脑袋这时也有点儿昏昏沉沉，因此告辞了。

一天晚上，当我与圣克莱尔先生在一起喝着波尔图葡萄酒的时候，他告诉了我波切斯特小姐的故事。她与圣克莱尔夫人的一个外甥订了婚。他是一个有资格出席高级法庭的律师。但是后来，他与洗衣女仆的女儿私通的事曝光了。

“这太可怕了，”圣克莱尔先生说，“太可怕了。我侄女当然也就只有与他分手了。她退还了他的订婚戒指、他的书信，还有他的照片，说她不可能再嫁给他了。她请求他娶了那个他做了不当之事的女孩儿，说自己能当她的姐姐。那件事让她彻底伤心了。自那以后，她就无心嫁人了。”

“他娶了那个女孩儿吗？”

圣克莱尔先生摇摇头，叹了口气。

“没有，我们完全看错他这个人了。每当我妻子想到她的一个外

---

① 威尔基·柯林斯（1824—1889），英国小说家，代表作为《月亮宝石》《白衣女人》。

② 瓦茨（1817—1904），英国画家、雕塑家。

③ 米莱斯（1829—1896），19世纪英国画家。

④ 拉斐尔前派，1848年在英国兴起的美术改革运动，主张回归到15世纪意大利文艺复兴初期的、画出大量细节并运用强烈色彩的画风。

⑤ 罗塞蒂（1828—1882），意大利裔英国画家、诗人。

甥竟然做出这样丢脸的事情来，心里就感到极度的悲伤。过了一段时间，我们听说他与一位年轻女士订婚了。这个姑娘家境不错，她自己就有一万英镑的财产。我认为自己有责任将他过去的所作所为告知这个姑娘的父亲，因此给她父亲写了一封信。他给我的回信非常傲慢无礼。他说他宁愿他的女婿在婚前有个情妇，而不是在婚后去找。”

“后来呢？”

“他们俩结婚了。我妻子的这个外甥现在是英国高等法院的一名大法官，他的妻子成了大法官夫人。但我们从来不邀请他来家里做客。当我妻子的这个外甥受封骑士爵位后，埃莉诺曾建议我们请他吃顿饭，但我妻子却说永远不许他再踏进我们家的门槛。我支持她这个决定。”

“那个洗衣女仆的女儿呢？”

“她后来嫁给了一个门当户对的丈夫。她住在坎特伯雷市的一套公寓房内。我侄女自己有点儿钱，她尽力帮助这个女人，而且还是她第一个孩子的教母。”

可怜的波切斯特小姐，她是将自己牺牲在维多利亚时代的道德祭坛上了。恐怕她从这一切中得到的唯一收获，就是意识到自己表现得十分完美。

“波切斯特小姐是个外貌很有吸引力的女人，”我说，“她年轻的时候一定非常漂亮。我想不通，她怎么就没有再找个男人呢。”

“波切斯特小姐曾经是个公认的大美人。阿尔玛·塔德玛非常欣赏她的美貌，曾邀请她做他一幅画中人物的模特。我们当然不能允许她这么做了。”圣克莱尔先生的语气表明，这个提议严重伤害了他的感情，他认为当模特不大正派，“除了她的那个表兄，波切斯特小姐没有再看上别的任何一个男人。他们俩分手已经三十年了，她从来没有提起过他。可我相信，她心里还在默默地爱着他。她是一个真诚的女人，一辈子只爱一个男人。虽然我对她被剥夺了婚姻与当母亲的快乐而感到遗憾，可我非常钦佩她的忠诚。”

但是一个女人的内心是猜不透的。认定她就会这样安分守己下去，下这样的结论恐怕还为时过早。埃德温姑父，您虽然认识埃莉诺这么多年，自打她母亲身体日渐衰弱，最后撒手人寰，您就把这个孤儿接到了自己家里，接到了您那位于伦斯特广场的舒适甚至有些奢华的家中，可她那时还是一个孩子。现在，我们就进入实质性的问题，埃德温姑父，您真的了解埃莉诺吗？

圣克莱尔先生给我讲述了波切斯特小姐感人的故事之后，我才知道了她至今未嫁的原因。两天后的一个下午，我打了一场高尔夫球。刚回到旅馆，旅馆的经理就慌慌张张地上楼来对我说：“这是圣克莱尔先生的便条，他要我在您一回到旅馆后就请您立即去二十七号房间。”

“我知道了。出什么事了吗？”

“哦，出了一件罕见的乱子。他们会告诉您的。”

我敲了敲二十七号房间的门，听到门内传出了“请进，请进”的声音。听到这个声音，使我想起圣克莱尔先生可能曾在伦敦最优秀的业余剧团出演过莎士比亚的戏剧。我走进房间，发现圣克莱尔夫人正躺在沙发上，额头上敷着一块浸了科隆香水的手帕，手上拿着一瓶嗅盐①。圣克莱尔先生则站在壁炉前，他的姿势就像是不想让屋里的其他人烤到火一样。

“以这样一种无礼的方式请您过来，我首先要向您表示道歉。但我们俩现在极度焦虑，我们想，也许您能对发生的这件事情有个解释。”

① 嗅盐，又叫“鹿角酒”，是一种由碳酸铵和香料配置而成的药品，给人闻后有恢复或刺激作用，特别用来减轻昏迷或头痛。

显然，他现在处于极度的烦乱中。

“发生什么事了？”

“我侄女，波切斯特小姐，她跟人私奔了。今天早上她给我妻子送了个字条，说她的头痛症又犯了。而她只要一犯头痛症，就希望别人不要去打搅她。直到今天下午，我妻子才去屋里看她，看看能为她做点儿什么。谁知她的屋内空无一人，她的旅行箱都收拾妥当了，她的化妆盒与银器都不见了。她在枕头上给我们留了一封信，告诉我们她的仓促之举。”

“非常抱歉，”我说，“我不知道我到底能做点儿什么。”

“根据我们俩的印象，您是她在艾尔珊所认识的唯一的一位男士。”

他这句话把我弄得有些尴尬。

“我可没有与她私奔，”我说，“还好我是一个结了婚的男人。”

“我知道您没有和她私奔。一开始我们想，可能……但不是您，那又会是谁呢？”

“这我可不知道。”

“把那封信给他看看，埃德温。”圣克莱尔夫人躺在沙发上说。

“别动，格特鲁德。要不你又会腰痛的。”波切斯特小姐有头痛症，圣克莱尔夫人有腰痛症，那么圣克莱尔先生会有什么病呢？我敢拿五英镑出来打赌，圣克莱尔先生有痛风症。他把那封信递给了我，我庄重而又同情地读着。

最亲爱的埃德温姑父和格特鲁德姑妈：

当你们看到这封信的时候，我已经远走高飞了。今天上午，我就要与一位男士结婚了。他对我非常好。我知道自己这样逃走是不对的，但我害怕你们会竭力阻止我的这场婚姻，而实际上，没有什么能改变我的主意了。我想我这样悄悄地结婚，而让你们对此一无所知，这样可以避免咱们之间出现不愉快的局面。我的新郎是个非常孤僻的人，由于长期生活在热带国家，他的身体也不是很好。他认为我们俩办一个非常私密的婚礼会更好一些。如果你们知道我有多幸福，我想你们会原谅我的。请把我的箱子送往维多利亚火车站的行李房。

爱你们的侄女埃莉诺

“我永远也不会原谅她，”当我把信还给他的时候，圣克莱尔先生说，“她永远也不能再踏进我的家门。格特鲁德，我不许你再在我面前提到埃莉诺的名字。”

圣克莱尔夫人默默地开始啜泣。

“您这样也太绝情了吧？”我说，“波切斯特小姐为什么就不能结婚呢？”

“她都这么大年纪了，”他愤怒地回答，“这也太可笑了。我们一家会成为所有伦斯特广场居民的笑话。你知道她多大岁数了吗？她都五十一岁了。”

“五十四岁。”圣克莱尔夫人抽泣着说。

“我们一直把她视为掌上明珠，把她看作自己的女儿。她做老姑娘已经很多年了。我认为以她现在这样的年龄，结婚绝对不合适。”

“对我们而言，她总是个孩子，埃德温。”圣克莱尔夫人祈求道。

“她嫁给的那个男人是谁？这是一场让人怨恨难消的骗局。她一定是在我们俩眼皮底下跟他勾搭上了。她甚至没有告诉我们他的名字。我担心会出现最坏的结果。”

我脑子里突然闪现出几天前的一幕。那天早上吃完早餐后，我出去买了包香烟。在香烟铺，我遇见了莫蒂默·埃利斯。我有几天没有见到他了。

“你看起来非常整洁。”我说。

他的皮鞋修好了，打上鞋油后显得乌黑锃亮；他的头发也梳过了，穿着一件新衬衣，戴着一副新手套。我想他是有效地使用了我给他的那两英镑。

“今天上午我要到伦敦去办点儿公事。”他回答说。

我点点头就离开了香烟铺。

我又想起了两个星期前在小路上散步时的情景。当时我碰到了波切斯特小姐，在她身后几码远的地方又碰到了莫蒂默·埃利斯。难道不是他们俩正在一起散步，看到我后，他就故意落在了后面吗？上帝呀，我全明白了。

“我记得您说过，波切斯特小姐自己也有一些钱？”我问圣克莱尔先生。

“她有一点儿钱，也就是三千英镑吧。”

现在我可以肯定了。我茫然地望着这一对老夫妻。突然，圣克莱尔夫人跳了起来。

“埃德温，埃德温，要是他没有娶她呢？”

圣克莱尔先生听闻此言，双手抱住了脑袋，一下子瘫坐在一把椅子上。

“这种奇耻大辱会要了我的命的。”他呻吟着。

“不必惊慌，”我说，“他会在教堂与她结婚的。”

老两口没有注意我说的话。他们俩可能认为我突然说起了疯话。我现在完全可以肯定了。莫蒂默·埃利斯终于实现了他的抱负。波切斯特小姐成全了他娶一整打老婆的愿望。

简

第一次见到简·福勒的情形，至今还清晰地印在我的脑海里。当时我对她的观察非常仔细，所以才能对自己的记忆如此自信。回想往事，我必须坦白地说，我没有卷入到一场荒诞的恶作剧中，真是万幸。我那时刚从中国回来，正跟托尔夫人在伦敦喝茶。托尔夫人赶时髦，把家里重新装修过了。带着女性特有的无情，她把舒舒服服坐了好几年的椅子，自打结婚以来就伴随她的桌子、柜子和室内的装饰品，以及她出生时就已挂在墙上的油画等，全都扫地出门。然后将屋内装饰都交给一位专家，由他去设计。现在客厅内的一切对她而言都是陌生的了，客厅内的一切都与她的过去无关了，再也无法让她产生温馨的回忆。那天她特意邀请我去她家，看看她家新近完工的装修，看看那些可以夸耀的时髦摆设。她家里的摆设能酸洗的都酸洗了，不能酸洗的则刷了漆。没有哪两样东西是能够互相般配的，但所有的摆设还算和谐。

“你还记得我以前那套可笑的客厅家具吗？”托尔夫人问。

窗帘非常昂贵，但风格却很淳朴。沙发的表面材料是意大利锦缎，我坐的椅子表面是斜针绣的布料。整个客厅很漂亮，显得豪华而不过于炫耀，独创而又不怪异。但在我看来，好像缺了点儿什么。

我一边嘴上对客厅的装修赞不绝口，一边心里纳闷，为什么我会更喜欢以前的客厅呢。我更喜欢那套被淘汰掉的印花棉布面的旧家具；更喜欢我熟悉的、原来墙上挂着的维多利亚风格的水粉画；更喜欢原先用来装饰壁炉台的那些德累斯顿瓷器。我在想，我还是怀念屋里原来的那些东西，而现在装修公司用工业产品把室内彻底变了个样，这样他们才能挣到钱。这个效果真的能让人满意吗？托尔夫人四下打量着自己的房间，一副心满意足的样子。

“你喜欢这些石头灯吗？”她问，“这些灯发出的光真柔和。”

“我个人更喜欢明亮一些的灯。”我微笑着说。

“要灯光既明亮又柔和，这可是太难了一点儿。”托尔夫人笑了。

我猜不出她到底多大岁数。我还是少年时，她就是一个比我大很多的已婚女子了，可她现在把我当作她的同辈人来对待。她经常说她对自己的岁数并不保密，她现在已满四十了。然后她会微笑着补充说，所有女人透露的岁数，都会比她的实际年龄小五岁。她说她从来都不会刻意去掩饰自己染发的事实（她有一头漂亮的棕色头发，稍微有一点儿红）。她说自己的头发已经变得灰白了，所以要染一染；一旦头发彻底白了，她就不会再染了。

“那时候人们就会说我是鹤发童颜了。”

她的脸上化了淡妆，双眼也仔细地描画过，显得非常灵动。她是一个漂亮的女人，身着一件很好看的裙子。她说自己刚满四十岁。在石头灯暗淡的光线下，你绝对看不出她会比这个岁数大上哪怕是一天。

“只有在梳妆台前，我才能忍受耀眼灯光的直接照射，”她露出一种嘲讽的微笑，补充说，“在梳妆台前，我需要明亮的灯光，这样我才能看清自己的真实容貌，才能采取一些必要的补救措施。”

我们俩轻松愉快地闲聊着大家都认识的一些熟人。托尔夫人告诉我一些最近流传很广的丑闻，使我也能够与时俱进。奔波于世界各地之后，能坐在这样一把舒适的椅子上，感受着壁炉中熊熊燃烧的炉火，把玩着优雅茶几上摆放着的精美茶具，与这样一位谈话风趣、风度迷人的女士闲谈着，真是让人感到惬意。她把我当成了一位浪迹天涯而最近刚刚返回故乡的游子，想要好好款待我。她对自己以往举办宴会的成功颇感自豪。她为邀请哪些客人赴宴绞尽了脑汁，其伤神的程度丝毫不亚于她对宴会食谱的上心；而任何有幸参加过一次她所举办的宴会的客人，都把这视为一次莫大的享受。现在她确定了下次举办宴会的时间，问我想要在宴会上见到哪些人。

"但有一件事我要先告诉你。如果简•福勒还在这里，我就不得不推迟这次宴会了。"

"简•福勒是谁？"

托尔夫人露出了苦笑。

"她是一个让我感到头痛的女人。"

"哦！"

"你还记得我的屋子装修前有一张照片吗？我曾把这张照片挂在钢琴上方。照片中的女人穿着袖口收紧的紧身衣，胸前挂着小金坠盒，头发向后梳着；她的前额宽大，耳朵支棱着，扁平的鼻子上架着一副眼镜。那个女人就是简•福勒。"

"你的房间装修前到处都是照片。"我心不在焉地说。

"那时的房间真是乱啊，现在真不敢想象当时的情景。我把那些照片都包进一个大牛皮纸袋里，放到阁楼去了。"

"对了，这个简•福勒到底是谁呢？"我又问了一遍，同时微微一笑。

"她是我的大姑姐，是我丈夫的姐姐，嫁给了一个住在北方的制造商。她已经守寡多年了。她非常有钱。"

"她为什么会让你头痛呢？"

"她非常有钱，穿着却太邋遢、太土气了。她看起来要比我大二十岁，可她几乎跟她遇到的所有人都说我们俩是同学。她把家庭情谊看得太重，而我又是她唯一在世的亲戚，所以她只要到伦敦来，就肯定会住到我这里。她认为如果住到别处，我会不高兴的。而且她到我这里一住就是三四个星期。我们俩就在客厅里坐着。她织织毛线，看看书。有时她一定要请我到克拉里奇饭店[①]去吃饭。她看起来就像是一个滑稽的老女仆，我特别不愿意让别人看见我和这样一个人坐在一起吃饭，可旁边的桌上却尽是熟人。在我们俩坐车回家的路上，她还说她非常高兴能小小地款待我一顿。她还亲手为我编织茶壶的保暖套。没办法，只要她在这里，我就不得不用她编的这些茶壶保暖套、小餐布等。”

托尔夫人停下来喘了口气。

“我想，像你这样聪明的人，肯定有办法来应付这样的事。”

“嗨，你不知道，我真是没有办法了。她是个大好人，对我又真是太好了。我虽然觉得她很让人心烦，但还不能让她看出来。”

“她什么时候来？”

“明天。”

但这句话还未落地，门铃就响了起来，然后门厅里传出了一阵喧嚣声。一两分钟后，管家领进了一位老太太。

“福勒夫人到。”管家高声说。

“简，”托尔夫人跳了起来，大声喊着，“我可没想到你今天就到了。”

“你的管家也是跟我这么说。可我在信中确实说，我是今天到。”

托尔夫人此时已恢复了镇定。

“哦，这没关系。无论你什么时候来，我都高兴。还好，今天

---

① 克拉里奇饭店，位于伦敦西区的中心，是高级住宅区梅菲尔区域的一家顶级豪华饭店。

晚上我没有别的应酬。”

“你千万不要为我费心。我只要煮一个鸡蛋当作晚饭就够了。”

托尔夫人微微撇了撇嘴，以至于她漂亮的脸蛋都有些变形了。就煮一个鸡蛋！

“哦，我想我能拿出比你这个要求高一些的晚餐。”

当我想到这两位女士的岁数几乎相当时，就忍不住偷偷乐了。福勒夫人看起来足有五十五岁了。她的块头有点儿大，戴着一顶黑色宽边草帽，帽檐下垂着的黑色孔眼面纱一直搭到肩上。她外穿一件样式古怪且配有过多装饰的披风，内着一件长裙，但显得非常臃肿，好像里面还穿着多层衬裙一样，脚上穿着一双肥大的靴子。她的眼睛显然有点儿近视，因为她看你时都要通过那副大大的金边眼镜。

“喝杯茶，好吗？”托尔夫人问道。

“如果没有给你添太多麻烦的话。我先把披风脱下来。”

她开始脱下手上戴的黑色手套，然后脱下披风。她的脖子上戴着一条很粗的金项链，链上垂着一个很大的金坠盒。我猜里面装的一定是她已故丈夫的照片。然后她又摘下帽子，将帽子、手套和披风一起，整整齐齐地放在沙发的一个角上。

托尔夫人见此，噘了噘嘴。托尔夫人刚装修的客厅既朴素又高雅，福勒夫人的这些服饰与客厅的风格显然格格不入。我对她到底从哪里搞到了这些不同寻常的服饰感到很好奇。它们都很新，且质地昂贵。如果仍然有人在制作这些近二十年都没有人穿过的服装，那就太让我感到震惊了。福勒夫人一头灰白的头发，发型很普通，前额和耳朵都露了出来，头发中间简单地分了个缝。她的头发显然从来没有用过马塞尔牌卷发钳。现在她的目光落在了茶几上。茶几上摆放着格鲁吉亚银茶壶和伍斯特瓷杯。

“玛莉安，我上次来的时候给你织了一个茶壶保暖套，怎么没了？”她问道，“你没有用吗？”

“用了，我每天都用，”托尔夫人虚情假意地说，“但不幸的是，前几天出了点儿小事故，保暖套被烧坏了。”

“我刚给你的就烧坏了？”

“我们确实是太不小心了。”

“没有关系，”福勒夫人微笑着说，“我会给你再织一个的。我明天就上自由商店去买一些丝线。”

托尔夫人的脸一下就暗沉下来。

“你可千万不要再费心了，放我这里糟蹋了。你教区牧师的妻子不是也想要的吗？”

“哦，我已经送给她一个了。”福勒夫人欢快地说。

我注意到她一笑就会露出一口小巧而整齐的雪白牙齿。她的牙齿真的很美。她的笑容也很亲切。

我意识到现在该是我离开的时候了，于是我起身向两位女士告别。

第二天一早，托尔夫人的电话铃声便把我吵醒了。我一下子就从她的声音中听出，她现在很兴奋。

“我告诉你一个特别的新闻，”她说道，“简就要结婚了。”

“你在开玩笑吧。”

“新郎今晚就要到我家来吃饭，她要把他介绍给我。我想要你也过来。”

“哦，我在这个场合恐怕有些碍事吧？”

“不，不碍事。是简提出的，是她要你来的。一定来啊！”

她话音里都带着笑声。

“新郎是谁？”

“这我可不知道。她告诉我，他是一个建筑师。你可以想象简能嫁给一个什么样的男人。”

我反正也没有什么事情可做，而且参加托尔夫人的宴席肯定错不了。

我到她家的时候，托尔夫人正一个人待着。她身着一件很气派的茶会礼服。那件衣服的花色已不大适合她这样年龄的人。

“简在里面打扮自己已有好一阵子了。我非常想让你看看她出来后会是个什么样子。她现在是心慌意乱着呢。她说他崇拜她。他的名字叫吉尔伯特。她提到他的名字时，声音都会颤抖，简直滑稽透了。我差点儿笑出声来。”

“不知道他长得什么样。”

“哦，不用猜我就知道。他肯定是个大块头，秃顶，大腹便便的肚子上斜挂着一条硕大的金链子。他肯定有一张肥大而红润的脸，胡须刮得干干净净。他说话的嗓音肯定很洪亮。”

福勒夫人走了进来。她上身穿着一件非常硬挺的黑色丝绸礼服，下身穿着一条宽大的拖地长裙；她的礼服领部微微带点儿V字形，衣袖一直垂到了肘部；她的脖子上戴着一条镶有宝石的银项链，手上拿着一副黑手套和一把黑色鸵鸟羽毛扇。可以看出，她是要竭力展示出真实的自我，而绝大多数人都难以做到这一点。你看到她，马上就会知道她是一个值得尊敬的寡妇，前夫肯定是一个北方的工厂主，而且家境殷实。

“简，你的脖子真美。”托尔夫人友善地笑了笑，说道。

与她饱经风霜的面孔相比，她的脖子确实白嫩得令人有些诧异。她脖子上的皮肤白皙而光滑，一点儿皱纹都没有。然后我注意到，她其实也是一个非常聪明的人。

“玛莉安把消息告诉你了吗？”她对我说，同时微微一笑，非常亲切和自然，仿佛我们俩已经是老朋友了。

“我要向您表示祝贺。”我说。

“等你看到我年轻的新郎时，再说这句话吧。”

“你一讲到你年轻的新郎，语气总是那么甜蜜。”托尔夫人笑着说。福勒夫人那副可笑的眼镜后面的眸子一定又在闪闪发光了。

“你可不要认为我的新郎就一定是个衰老头。你肯定也不希望我嫁给一个一条腿已经伸进棺材里的糟老头子，对吧？”

她给我们的预先提醒只有这句话，但也确实没有时间来详细谈论她的新郎了。此时管家已经打开大门，高声宣道：

“吉尔伯特·纳皮尔先生到。”

客厅里走进来一位身穿无尾礼服的年轻人，礼服裁剪得非常合体。他身材纤瘦，个子不太高，一头漂亮的头发微微带点儿自然卷；脸上刮得光光的，长着一双蓝色的眼睛。他的长相谈不上特别英俊，但和善可亲，招人喜欢。十年后，他可能是一个脸色蜡黄、身材干瘪的男人；但是眼下，由于非常年轻，他显得朝气蓬勃、精神饱满。他肯定还不到二十四周岁。

我首先想到的就是，这个人是简·福勒夫人未婚夫的儿子（我猜她的新郎应该是个鳏夫）。他来这里是来告知，他父亲由于突然出现痛风症而不能赴宴了。但是他一看到简·福勒夫人，脸上马上神采飞扬。他伸出双手向她走去，简·福勒夫人也伸出双手，上前握住了他的双手，脸上露出羞怯的笑容。她转过身来对她的弟媳说道：

“玛莉安，这位就是我的未婚夫。”

他伸出手来。

“我希望您能喜欢我，托尔夫人，”他说，“简告诉我说，她在这个世界上就只剩下您这一个亲人了。”

能亲眼看到托尔夫人此刻脸上的表情可真是太妙了。我不由得暗自赞叹良好的教养加上社会习俗的强大威力，这两者的结合能够最终战胜一个女人的天性。她的脸上先是错愕，然后是掩饰不住的沮丧，但很快就换成了一副和蔼可亲、表示欢迎的表情。但她显然不知该说什么才好。吉尔伯特自然有点儿尴尬，而我也在挖空心思地想着说点儿什么，以不至于笑出声来。只有福勒夫人自己镇定自若。

“我知道你会喜欢他的，玛莉安。没有谁比他更喜欢享受美食了。”她转向那个年轻人，“玛莉安家的美食可是很有名的哟。”

“我知道的。”他面露喜色地说。

托尔夫人匆匆说了句什么，我们就往楼下走去。这次晚宴可以说是一场精巧的喜剧，让我难以忘却。托尔夫人不知道这两个人到底是在拿她开玩笑，还是简巧妙地隐瞒了她新郎的年龄，想要看她的洋相。可简从来就不是一个爱开玩笑的人，她也不可能干出这恶作剧似的事情来。托尔夫人既感到吃惊，又感到气恼和困惑。但她还是恢复了镇静；无论如何，她不能忘记自己是一个完美的女主人，她的责任就是要把晚宴进行下去。尽管她说话依然很欢快，但我不知道吉尔伯特·纳皮尔注意到没有，她虽然表面上显得热情和友好，但看向他的眼神却是冷冰冰的，明显带有敌意。她在仔细地审视他。她在寻求窥探他内心秘密的方法。我能看出来，她现在是真的生气了。尽管她的脸上涂了脂粉，我还是发现她由于气恼而涨红了脸。

“玛莉安，你今天真是红光满面呀。”简说，她和蔼的眼睛透过大大的圆形眼镜片看着她。

“我化妆时有点儿匆忙。可能是多涂了些胭脂。”

“是胭脂红吗？我想应该是你的面色红润吧。要不我也不会注意到。”她冲吉尔伯特羞涩地笑了笑，“你不知道，玛莉安跟我小时候就是同学。你现在肯定想不到我们俩曾经还是同学，对不对？当然，我的生活一直都很安静。”

我不知道她说这番话的用意是什么，但她的表情非常自然，让我感到不可思议。但无论如何，这番话还是激怒了托尔夫人，以至于她将矜持抛到了脑后。

“我说，简，我们俩都不要再让人看着足有五十岁的样子了。”她说。

如果她这句话的用意是要让这个寡妇感到不快，那她就失败了。

“吉尔伯特说，为了他，让我千万不要对别人说，我的岁数已经过了四十九岁。”她平淡地说。

托尔夫人的手都有点儿颤抖了，但她还是反唇相讥道：

“你们俩当然是有一定的年龄差距了。”

“二十七岁，”简说，“你认为这个差距很大吗？吉尔伯特说，以我现在的年龄，我看起来很年轻。我告诉过你，我可不想嫁给一个一条腿已经伸进棺材里的老男人。”

我禁不住又笑了起来，吉尔伯特也跟着笑起来。他的笑声非常坦诚，像个大男孩儿似的。似乎简说的每句话他都觉得有趣。但托尔夫人已经是忍无可忍。我知道如果没人救驾的话，她马上就要失态，要大发雷霆了。我赶忙岔开了这个话题。

“我想您现在一定在忙着置办结婚的衣服吧？”我说。

“没有。本来我想从利物浦的一个裁缝那里购置婚服。自从第一次出嫁后，我就一直在他那里置办衣服。但吉尔伯特不同意。他可真是独裁，当然他的品位也很高。”

她面带微笑，充满柔情地望着他，目光中还有几分羞涩，就好像自己还是一个十七岁的少女。

尽管托尔夫人脸上抹了胭脂，我还是可以看出她的脸色变得煞白。

“我们俩要到意大利去度蜜月。吉尔伯特以前一直没有机会去考察那些文艺复兴时期的建筑。作为一个建筑师，亲眼看一看那些建筑是非常重要的。去往意大利的途中，我们俩要先在巴黎停留一段时间，就在巴黎置办我的婚服。”

“你们俩这次要走很长时间吗？”

“吉尔伯特请了六个月的假。这对他来说，真是个莫大的享受。对不对？你们不知道，他之前从未请过两个星期以上的假。”

“为什么？”托尔夫人问道。尽管她想掩饰，但话音依然很冷淡。

“他的经济条件不允许他这样，可怜的人儿。”

“哦！”托尔夫人说，语调中似乎藏着深意。

咖啡端了上来，女士们上楼去了。我跟吉尔伯特东拉西扯地闲聊着。男人间无话可说时就是如此。但是两分钟后，管家给我带来了一个便条。便条是托尔夫人写的，内容如下：

赶快到楼上来，然后马上离开。将他一起带走。我要马上把这件事跟简当面理论清楚，否则我会气疯的。

我只能编个理由。

“托尔夫人有点儿头痛，她想要上床躺着了。我想如果你不介意的话，我们俩最好现在就走吧。”

“好的。”他回答。

我们俩来到楼上，五分钟后我们俩就走出了大门。我叫了一辆出租车，提议送这个年轻人一段路程。

“谢谢，不用了，”他说，“我只要走到那个拐角，就可以搭上公共汽车了。”

托尔夫人听到大门在我俩身后关上了，马上就发起火来。

“你疯了吗，简？”

“我相信，我跟那些住在疯人院以外的人没有什么差别。”简温和地说。

“你能告诉我，你为什么要嫁给那个年轻人吗？”托尔夫人的语气还是保持着足够的礼貌。

“部分原因是他不接受我的拒绝。他向我求了五次婚，我没有办法再拒绝他了。”

“你想过没有，他为什么这样死皮赖脸地向你求婚？”

“我让他感到开心。”

托尔夫人气愤地喊道：

“他是一个寡廉少耻的无赖。我差一点儿就当面这样告诉他。”

“你要是那样做可就不对了，那样就太不礼貌了。”

“他身无分文而你又这么富有。你难道就真的傻到看不出来，他娶你只是看上了你的钱。”

简一点儿也没生气。她淡然地看着眼前这个愤怒的弟媳。

“我可不这样看，”她说，“我认为他很爱我。”

“你是一个老太太了，简。”

“玛莉安，咱们俩可是同岁呀。”她微笑着说。

“我从来都不放任自己，我要显得年轻得多。没有任何人说我的年龄超过了四十岁。但即使是我，也不会梦想着嫁给一个比我小二十岁的男孩儿。”

“二十七岁。”简更正道。

“你难道是想对我说，你相信一个年轻人会真心去爱一个岁数足以做他母亲的女人？有这种可能吗？”

“我在乡村生活了很长一段时间，因此我想我对人的本质了解不多。但我听别人讲，有个奥地利人叫弗洛伊德，我相信……”

托尔夫人粗鲁地打断了她的话。

“别再荒唐了，简。这件事太不体面，太让人丢脸了。我一直认为你是一个明智的女人。我做梦也想不到，你竟然会爱上一个男孩儿。”

“我并没有爱上他。我这样告诉过他。当然，我非常喜欢他，要不我也不会想到要嫁给他。我认为，只有开诚布公地告诉他我内心的感受，这样对他才公平。”

托尔夫人大口地喘着气。身体中的血液直冲她的脑门，她感到呼吸有点儿困难。她手上没有扇子，因此只能抓过一张晚报拼命地扇起来。

“如果你不爱他，那为什么你还要嫁给他？”

“我守寡的年头太长了，我的生活也太清静了。我想改变一下这种生活。”

“如果你想要嫁人就嫁呗，可你为什么不嫁给一个与你岁数相当的男人？”

“没有任何一个与我岁数相当的男人向我求过五次婚。事实上，根本就没有与我岁数相当的男人向我求过婚。”

简一边回答，一边轻声笑了起来。这简直要把托尔夫人给气疯了。“别笑了，简。我真受不了。我想你的脑子出了毛病，你真是疯了。”她实在是忍受不了了，眼泪夺眶而出。她知道在她这个年纪可哭不起，她的眼睛会红肿一天一夜，她的形象可就全毁了。但她没有办法止住眼泪。她透过玛莉安的大眼镜片看着她，手无意识地抚着她穿着黑丝裙的大腿。

“你的生活会变得非常的不堪，你会非常难受的。”托尔夫人一边抽泣着说，一边小心翼翼地轻轻擦拭着自己的眼睛，以免眼睫毛上的黑色被泪水冲掉。

“我想不会出现你说的这种情况的。”简以她一贯温柔而和善的语调说，似乎还带着点儿微笑。

“我们俩已经就这些问题深入地探讨过了。我一直都认为自己是一个很随和的人，容易与他人相处。我认为自己能够让吉尔伯特感到十分幸福和舒适的，而且从来没有人好好地照顾过他。我们俩是经过深思熟虑后才决定结婚的。我们俩已经达成了一致意见，如果我们两人中的一方今后想要离婚，另一方绝不为难。”

托尔夫人已经恢复了镇定，这样她就可以继续说出她刻薄的言辞了。

“他让你给他多少钱？”

“我提出每年给他一千英镑，但他拒绝了。当我提出这个建议时，他觉得很不安。他说他挣的钱足够自己花销了。”

“他比我想象得要狡猾得多。”托尔夫人尖刻地说。

简没有马上答话。她用和蔼而坚定的目光瞅了瞅她的弟媳，然后才说：

“亲爱的，我跟你不同，你从没有像我一样长年守寡，对不对？”

托尔夫人望着她。简的脸有点儿发红，甚至感到了一些不自在。可她是一个非常单纯的女人，她的话当然不会含沙射影。托尔夫人镇定了一下，摆出一副严肃的神情。

“我现在的脑子全乱了，我必须上床睡觉了，”她说，“咱俩明天早上再讨论这件事。”

“明天早上恐怕不大方便，亲爱的。我和吉尔伯特明天早上要去举行婚礼。”

托尔夫人惊愕地摊开双手，她已经无话可说了。

婚礼是在结婚登记处举行的。我和托尔夫人做了证婚人。吉尔伯特身着一套当时流行的蓝色西服，看起来非常年轻。他显然很激动。对任何一个男人来说，这都是一个备受煎熬的时刻。但简依然镇定自若，真让人感到钦佩。她就好像是个曾经结过多次婚的时髦女人。只有她脸上微微出现的红晕才暴露了她平静外表下激动的内心。任何女人在这样的时刻，内心都会非常激动的。她穿着一件非常正式的银灰色天鹅绒裙。我看出来了，这件裙子的裁剪是出自利物浦的那位裁缝之手。这个裁缝无疑是个性格绝好的寡妇，多年来简的衣服都是让她来做的。简也有点儿顺从于轻佻的风尚了，她现在戴着一顶阔边花式女帽，上面插满了鸵鸟的羽毛。她戴着一副金边眼镜，与这顶帽子显得极不协调。

仪式结束后，负责主持仪式的官员同他们俩握了手，向他们俩表达了祝贺。当然，贺词使用的是严格的官方语言。我想他有点儿被这对新人的巨大年龄差吓到了。新郎微微有点儿脸红，他亲吻了新娘。托尔夫人虽然面色依然不悦，但还是亲吻了她。然后新娘用期待的眼光看看我。显然我也应该去亲吻她。我确实也这么做了。但坦白地说，当我们一行人走出结婚登记处，经过外面看热闹的人群时，我感到有点儿羞涩。这些人看着这对新人，脸上都露出嘲讽的神情。一直到钻进了托尔夫人的汽车，我才感到松了一口气。我们直接驶往维多利亚火车站。由于这对快乐的新人要乘下午两点的火车赶往巴黎，简坚持喜宴就在车站的酒店举办。她说如果不能提前站在车站的站台上，她会心神不宁的。托尔夫人只是出于强烈的家庭责任感才出席了喜宴。因此，她在宴会上一直很低调，而且什么都没有吃（这一点我没办法责怪她，因为饭菜实在糟糕，而且我也讨厌在午饭时喝香槟），说话也缺少了平日的欢快。尽管如此，她还是尽职尽责地看了一遍菜谱。

“我总是认为，一个人离家外出之前应该有一顿丰盛的饭菜才对。”她说。

我和托尔夫人将吉尔伯特与简送上了火车，目送火车离去。然后，我开车把托尔夫人送回家。

“你认为他们俩的婚姻能持续多久？”她问，“能有六个月？”

“咱们还是尽量往最好的方向想吧。”我微笑着回答。

“别冥顽不化了。他们俩不可能有什么好结果。他娶她就是看上了她的钱，你不这样看吗？因此这场婚姻长久不了。我只是希望到那时，她不要太难受。不过，这也是她自作自受。”

我笑了。她的话虽然没有恶意，但从她说这句话的口气里，我完全能听出来她的话外音。

“哈哈，如果这是一场短命的婚姻，你就会非常宽慰地说：‘我告诫过你。’”我说。

“我可以向你保证，我绝不会这么做。”

“那样的话，你同样会感到满足。你会庆幸自己的自控能力如此之强，以至于没有说出‘我告诫过你’。”

“她真是又老又丑又蠢。”

“你真的认为她很蠢吗？”我问，“她虽然话不多，但她说的话都在点子上。”

“我这一辈子就没听她说过一句笑话。”

当吉尔伯特与简度完蜜月回来时，我已经又一次去了远东。而且这一次，我一去就是将近两年。托尔夫人不喜欢写信。虽然我偶尔给她寄张风景明信片，她却从来不给我回信。但是我回到伦敦后不到一个星期就见到了她。应邀出席一个宴会时，我发现自己的座位正好跟她挨着。这是一个大型宴会，我想我们就像二十四只黑画眉，被放在派里面烤。[①] 我到达宴会厅的时间有点儿晚了，急急忙忙找座位，根本就没有注意参加宴会的都有哪些人。当大家都坐定后，我看了一圈儿围坐在长条桌旁的客人，发现许多都是照片经常

① 出自童谣《六便士之歌》，大意如下：唱一支六便士之歌，满口袋的黑麦，24 只黑鸟放到馅饼里烤！掰开馅饼，黑鸟开始唱歌。这不是国王面前美味的大餐吗？国王在账房里数钱。王后在客厅里吃着蜂蜜面包。而女仆在花园里晾晒衣服，一只黑鸟飞下来咬断了她的鼻子！

被刊登在报刊上的名人。宴会的女主人特别喜欢邀请所谓的名流参加她主办的聚会，因此，这场宴席真可谓高朋满座，名流如云呀。

我与托尔夫人足足有两年的时间没有见面了，因此自然要先客套几句。然后我就问起了简。

“她很好呀。”托尔夫人干巴巴地说。

“那场婚姻结局如何？”

托尔夫人没有马上回答，她从面前的盘子中拿起一枚咸杏。

“似乎很成功。”

“那么，是你估计错了？”

“我说过这场婚姻长久不了。我现在仍然是这样认为。这场婚姻完全违背人类的本性。”

“她现在幸福吗？”

“他们俩都很幸福。”

“我猜你与他们俩见面的次数不多。”

“起初经常见面。但现在……”托尔夫人噘了噘嘴，“简高贵得很。”

“你这话是什么意思？”我笑了起来。

“我想我应该告诉你，她今晚就在这里。”

“在这里？”

我吃了一惊。我又看了一遍围坐在桌边的人。女主人是一个风趣的女人，她能令客人们都感到非常愉快。但我无法想象她会邀请那样一位打扮俗气的老女人，而且还是一个毫无名气的建筑师的妻子前来赴宴。托尔夫人看到我困惑不解的样子，精明地猜到了我在想什么。她脸上露出了勉强的笑。

“注意看男主人的左边。”

我按她说的方向看去。坐在那里的那个女人非常古怪，因此我一走进拥挤的客厅就注意到了她。我注意到她的眼神，她似乎对我感到有点儿眼熟。但我的确从未见过她。她的头发呈铁灰色，因此年龄肯定不小了。她的头型很美，头发剪得短短的，发尾烫成了密密的小卷，紧紧地贴着后颈。她没有刻意装扮自己，好让自己显得年轻一些。在参加宴会的女士中，只有她既没有涂口红，也没有抹胭脂和扑粉，因而很引人注目。她的面容并不很漂亮，但饱经风霜的脸上泛着红润。由于没有任何人为的修饰，因而她的面容显得自然和悦人。跟她脸部的颜色形成对比的是，她的肩膀非常白嫩，真可以用绝美一词来形容。一个三十岁的女人，如果有这样一副肩膀，也会为此而骄傲的。

她的服饰很奇特。我很少见过这样大胆穿着的。她的上衣领口剪裁得很低，下穿一条时下流行的短裙，裙子是黑黄相间的花色。她这身装束让人感觉好像是要去参加一场化装舞会。如果换一个人穿上这一身的话，就会令人有厌恶感；而她这样穿却让人觉得简洁和自然。她还戴着一副单镜片的眼镜，眼镜用一条宽宽的绸带固定着。这让她的一身装束显得魅惑而不做作，奢华而不炫耀。

“难道那个女人就是你的大姑姐吗？”我呼吸有点儿急促地问。

“她就是简·纳皮尔。”托尔夫人冷冷地说。

她此时正在说话。男主人面冲着她，没等她说完，脸上就露出了微笑。男主人坐在她的左侧，微微有些秃顶，剩下的头发也都白了。他的目光犀利，面容显得很聪慧。他身体向前倾着，神情专注地听她说话。而坐在对面的两个客人也停止了交谈，仔细地听着。她说完后，他们都突然仰身向后靠到椅背上，哈哈大笑起来。桌子对面有一个男人向托尔夫人打招呼。我认出他是一位著名的政治家。

“您的大姑姐又说了个笑话，托尔夫人。”他说。

托尔夫人微微一笑。

“她可是个无价之宝，对不对？”

“我自罚喝一大杯香槟，然后你无论如何也要告诉我，这到底是怎么回事。”我说。

就这样，我了解了事情的全部经过。

在他们俩度蜜月的第一站，吉尔伯特就领着简到巴黎大大小小的服装店去挑选衣服。他并不直接反对她大量购买自己中意的那些“长袍”，而是巧妙地劝说她定做一两件“裙服”。这些“裙服”都是按照他自己设计的样式制作的。他对这类事情似乎很有想法。他还雇用了一个伶俐的法国女仆。这可是简从来都没有过的事情。以往她都是自己动手缝缝补补，如果需要打扫房间的卫生，她习惯打电话找一个钟点女工来做。吉尔伯特为她设计的服装与她以往的样式截然不同，她从未穿过这样的服装。但他谨慎地逐渐改变着她的服装式样，避免走得太快、太远。她虽然心怀疑虑，但为了让他高兴，还是挑选了几件自认能穿出去的衣服。这样一来，她过去习惯穿的那些肥大的衬裙当然也就没有用处了。她虽然也为此而犹豫过，但还是抛弃了那些臃肿的服装。

“现在你都看到了，”托尔夫人的话音中带着一些不屑，“她除了一件薄薄的真丝紧身装之外，什么都没穿。我真感到奇怪，她这么大年纪了，怎么就没有感冒呢？”

吉尔伯特和法国女仆教她如何穿着。让人意想不到的是，她很快就学会了。法国女仆很羡慕女主人漂亮的胳膊和双肩。不将这样的优美展现出来，那真是天理不容。

“先别忙，阿芳欣妮，”吉尔伯特说，“我又为夫人设计了几套衣服，她会显得更美的。”

这些服装的效果当然非常惊人。但任何人戴着一副金边眼镜都不会让人有完美的感觉。吉尔伯特让简试着换上一副玳瑁边的眼镜。可他还是摇了摇头。

“如果是一个女孩儿的话，这个搭配就很好，”他说，“但你的岁数太大了，简，你不适合戴眼镜。”突然，他产生了一个灵感，“对了，我有主意了。你一定要戴一副单镜片的眼镜才行。”

“哦，吉尔伯特，这可不行。”

她看着他。他非常激动，那完全是一种艺术家的激动。她笑了。他对她太好了，只要他高兴，她愿意做任何事情。

“好吧，我试试。”她说。

当他们找到一家眼镜店，选完合适的镜架后，简乐呵呵地将一个单镜片眼镜扣到眼睛上。吉尔伯特猛地拍了一下巴掌，当着目瞪口呆的售货员的面，他在简的双颊上各亲了一口。

“你看起来真是太美了。”他喊道。

他们俩就这样前往意大利，在那里快乐地度过了几个月的时间。他在那里研究文艺复兴时期和巴洛克风格的建筑。简不仅慢慢适应了她的新装扮，而且发现她自己也喜欢这样。起初，当她走进宾馆的餐厅时，所有人都转过身来盯着她看，她还感到有点儿羞涩，因为以往从来没有哪个人愿意正眼看她一眼。现在，她却为此而感到美滋滋的呢。女士们纷纷向她打听她在哪里买的衣服。

“您喜欢吗？”她娴静地问，“是我丈夫亲自为我设计的。”

“如果您不介意的话，我也想照您的衣服样式做一套。”

简虽然多年来一直过着一种非常闭塞的生活，但这绝不意味着她缺乏女人固有的天性。她早就准备好了如何应答这类问题。

“很抱歉。我丈夫是一个很特别的人，他决不会让任何人复制我的衣服样式。他希望我的衣服样式独一无二。”

她本以为这样说别人会嘲笑她，但她们没有。她们只是回答：

“哦，当然。我完全理解。您确实非常出众。”

但她看得出来，这些人还是在心里默记下了她的衣服样式，这让她感到有些不悦。她这一生中还是头一次穿得这么独特。她想不明白，为什么所有人都想要模仿她的穿着。

“吉尔伯特，”有一次她有点儿赌气地说，“下次你为我设计服装时，要让谁也没办法模仿。”

“唯一的办法就是设计出只有你能穿的衣服。”

“你能做到这一点吗？”

“可以，但你先要为我做点儿事。”

“什么事？”

“剪短你的头发。”

我想这是简第一次对他的要求犹豫不决。她的头发又长又厚。她还没出嫁的时候就为自己的头发而感到骄傲，将自己的头发剪掉，真是一个非常激进的举措。真可称得上是破釜沉舟啊。对她而言，这是她不能撤下的最后一块阵地了。但她还是迈出了这一步。她当时说：“我知道玛莉安会认为我是个十足的傻瓜，而且我再也没法回到利物浦了。”

当他们在返回住处的路上经过巴黎街头时，吉尔伯特将她领入一家世界上最高档的美发店。她进去的时候两腿发软，心脏猛烈地跳动着。但当她走出这家美发店的时候，她的头型已经全部显露了出来，蓬松的灰色鬈发显得既大胆又活泼。皮格马利翁完成了他惊人的杰作，伽拉忒亚诞生了。[①]

“我明白点儿了，”我说，“但这些还不足以解释为什么简今晚会出现在这里，出现在这个满是公爵夫人、内阁大臣等上流人士的场合。她现在可是左边坐着宴会的男主人，右边坐着一位海军元帅。”

“简是个幽默大师，”托尔夫人说，“你没看到她说了句什么，大家就全都笑了吗？”

毫无疑问，托尔夫人现在心中有了苦衷。

---

① 皮格马利翁，希腊神话人物，塞浦路斯国王。他塑造了一座美女象牙雕像，并深深地爱上了它。阿佛洛狄忒女神应其请求赐予雕像生命，雕像美女曾被称为“伽拉忒亚”。

“当简写信告诉我，他们俩已经度完蜜月，正在返回伦敦时，我想我必须请他们吃一顿饭。其实我心里并不想请他们俩，但还必须这样做。一方面，我知道这个宴会一定非常枯燥无味，因此不打算请任何重要人士参加，免得他们扫兴。可另一方面，我又不想让简认为我没有什么像样的朋友。你知道我像样的朋友也就不超过八个人。但我想只有请十二个朋友参加，才能使这个宴会够体面。我那段时间一直很忙，直到宴会开始的那天晚上才见到简。她让我们大家都等了她一小会儿（这也是吉尔伯特的一个高明之处）。她最后才飘然而至。我简直要晕过去了。她让餐厅内所有的女士都黯然失色，显得土里土气了。她让我觉得自己就像个打扮妖艳的老妓女。”

托尔夫人喝了一小口香槟。

“我希望能向你描述出她当时穿的外套。那套服装换成其他任何一个人，恐怕都穿不出去，但穿在她身上却堪称完美。还有她戴的那个单镜片眼镜！我认识她已经三十五年了，我还从来没见过她不戴一副双镜片眼镜的样子。”

“但你知道她身材很好。”

“我哪里会知道呢？我自从认识她起，她就一直穿着那身你第一次看见她时穿的衣服。你当时能看出她的身材好吗？她似乎没有意识到她所引起的轰动，反倒认为这样的反应理所当然。我原来一直担心我为他们举办的这场宴会肯定会冷场，现在总算欣慰地舒了口气。即使她有点儿不善与人交谈，有了她的那身打扮，其他的也就不重要了。她坐在餐桌的另一头。我听到那边笑声不断。客人们能在我的宴会上感到开心，这让我很高兴。但宴会结束后，我却大吃一惊。至少有三位先生过来跟我说，我的大姑姐是个极为风趣的人，问我如果他们想去登门拜访，她能否答应。我真不知道该如何回答那个问题。一天后，今晚宴会的女主人就给我打来了电话。她听说我的大姑姐来伦敦了，而且是个很风趣的人，问我能否请她过来吃午饭，也好借机见见她。这个女人的直觉从来都没有错过。果然不到一个月的时间，所有人都在谈论简。我今天能到这里来，并非由于我是女主人的老朋友，请她吃过无数次饭；我能受邀参加这个宴会，只是由于我是简的弟媳而已。”

可怜的托尔夫人，想不到她到头来会受到这样的屈辱。对她来说，这种局面真可谓是一种报复。虽说我对简的故事感到很有趣，但我还是觉得应该说点儿什么来安慰她。

“人们一般都喜欢那些使他们开心的人。”我想要安慰她，故意这么说。

“她从来都没有让我笑过。”

从桌子那头又传来了一阵大笑声。我猜简又说了点儿什么逗乐的话。

“你的意思是说，你是唯一一个认为她毫无风趣的人？”我微笑着问。

“你过去认为她是个懂幽默的人吗？”

“我必须承认，我过去也不认为她是一个幽默的人。”

“她现在说的话，跟她这三十五年来说的没有什么两样。我看到大家都在笑，所以我也就跟着笑。我不想让别人认为我是个十足的傻瓜。但我根本没觉得她的话中有什么值得笑的地方。”

“就像维多利亚女王一样。”我说。

这是一句比喻不当的俏皮话。托尔夫人立时拉下脸来，直截了当地这样告诉我。我赶忙岔开了话题。

“吉尔伯特也在这里吗？”我一边问，一边用目光扫视着周围。

“当然也要邀请吉尔伯特了。如果没有邀请他的话，简是不会来的。但今晚他要去参加一个建筑师协会或者什么组织的宴会，所以就没有来这里。”

“我非常想再认识认识她。”

“吃完饭，你直接过去跟她说话就行了。她会邀请你参加她举办的星期二聚会。”

“她的星期二聚会？”

“她每个星期二都在自己家里举行聚会。你能在那里见到你所听说过的任何一个人。这个聚会在伦敦颇负盛名。她在一年的时间里就取得了这么大的成功，而我用了二十年都没有做到。”

“你跟我说的这件事简直如同是个奇迹了。她是怎么做到这一点的呢？”

托尔夫人耸了耸她那美丽但多肉的肩膀。

“你问我，我又问谁去？”她说。

吃完饭后，我就试图向简坐的沙发那边靠拢，但被人群阻隔了。过了一会儿，宴会的女主人走过来对我说：

“我必须向你介绍我举办的这场聚会的明星。你认识简·纳皮尔吗？她是一个非常风趣的人。她比喜剧演员还要有趣。”

我被引到简坐的沙发旁边，吃饭时一直坐在她身旁的元帅现在依然坐在那里，而且他丝毫也没有要走开的意思。简同我握了握手，把我介绍给了元帅。

“您认识雷金纳德·弗罗比歇爵士吗？”

我们开始闲聊。简和过去一样，还是那么朴实，自然大方，毫不做作，但她绝妙的打扮使她无论说什么都有一种特别的韵味。不知不觉间，我已经笑得前仰后合了。她说了句什么，非常敏锐，非常贴切，但一点儿也没有故作诙谐的感觉。她说话的样子，她透过眼镜平和地瞅着我的眼光，都让人完全无法抗拒。我有一种彻底放松、身心愉悦的感觉。当我离开她身边的时候，她对我说：

“如果您星期二晚上没有更好的地方可去，就到我那儿去吧。吉尔伯特会很高兴见到你的。”

“当他在伦敦住上一个月后，就会知道，他不会再有更好的地方可去了。”元帅说。

就这样，星期二我前往简的住处，但到的有点儿晚了。说实话，我对自己周围的这些客人还是感到有些意外。这里真可谓是作家、画家、政治家、演员、贵妇和知名美女们的大集合。托尔夫人说得对，这确实是一个盛大的派对。自从斯塔福德豪斯公馆被卖掉之后，我在伦敦就再也没有看到过这么盛大的聚会了。聚会中并没有特意安排吃喝玩乐的项目，茶点虽然谈不上奢侈，但也足够丰富了。简天性沉静，她似乎也自得其乐。我没有看到她为招待客人而忙得不可开交，但客人们却喜欢到她这里来。欢悦愉快的聚会一直持续到凌晨两点才结束。

这次聚会之后，我经常与她见面。我不仅经常到她家里去，而且每次应邀去吃午饭或晚饭，也总会遇见她。我对幽默不大在行，因此总想弄清楚她是怎样才获得了这种特殊的技能。她说的任何话都让人发笑。就如同某种别人难以仿制的美酒一样，她的话同样无法效仿。她不会写诙谐的短诗，也没有妙语连珠。她的话语中从来没有恶意，也从来不会用冷嘲热讽的语言去伤害别人。

有些人认为，要风趣就得说些粗鄙的话，而非言简意赅。但简从来没说过任何一句使维多利亚时代的人脸红的话。我确信她的幽默是无意识行为，未经事前考虑。她的幽默就像蝴蝶从一朵鲜花飞向另一朵鲜花一样，只是随性的行为，决然没有任何事先的谋划或是练习。她的幽默是通过她说话的方式和她的目光表现出来的。

正是由于吉尔伯特为她设计了这种炫耀而夸张的装扮，她说出的话很自然地就产生了一种微妙的幽默感。但她的打扮只是产生这种幽默感的部分原因。现在只要她开口说话，人们就忍不住要笑。人们也不再为吉尔伯特为何娶一个比他年龄大那么多的妻子而感到不解了。人们认识到，与简这样的女人在一起，岁数并不重要。人们开始认为他是一位非常幸运的年轻人。

那位海军元帅在跟我谈论她时，引用了莎士比亚的一句名言："岁月带不走她的容颜，年华不能使她老去。"

吉尔伯特很高兴简取得了成功。我越是了解这个年轻人就越喜欢他。现在已经很清楚了，他既不是一个坏蛋，也不是为了金钱而追求简。他不仅为简感到骄傲，而且真心爱她。他对她的体贴照料令人感动。他是一个非常无私、心地善良的年轻人。

"现在您怎么评价简呢？"有一次，他以一种成功者的语气，带点儿孩子气的口吻问我。

"我不知道你们俩谁更神奇一些，"我回答，"是你还是她。"

"哦，我没法跟她比。"

"胡说。你不会认为我是一个大傻瓜吧？我难道还看不出来，正是你改变了简，使她现在这么受欢迎。"

"我唯一的贡献是，在别人没有发现的时候，我看到了她的非凡之处。"他说。

"你看出了她身上具有塑造出绝佳形象的可能，这我可以理解。但你把她变成了一个幽默大师，我无论如何也不明白你怎么能做到。"

"我一直认为她说的话都非常有趣。她一直就是个幽默大师。"

"你可是唯一持这种观点的人。"

托尔夫人很有雅量，她现在知道自己错怪了吉尔伯特。她与吉尔伯特的关系日渐密切。但表面上，她依然坚持自己的观点，认为他们的婚姻不可能长久。我对她这种观点感到很好笑。

"不会吧？我从来就没有看到过这样一对深爱对方的夫妇。"我说。

"吉尔伯特现在已经二十七岁了，这正是一个吸引漂亮女孩儿的年龄。那天晚上你注意没有，就是在简的派对中，雷金纳德爵士那个漂亮的小侄女，我想简非常注意观察他们俩。我对此有种不祥的预感。”

“世界上没有哪个姑娘比得过简，我想她有这个自信。”

“那就等着瞧吧。”托尔夫人说。

“你曾说过他们俩的婚姻持续不了六个月。”

“哦，现在我修正为三年。”

当一个人固执于他的看法时，他其实是希望自己判断错了。人类的天性就是如此。托尔夫人的这个猜测确实是有些过于自信，但最后却是她猜对了。她始终认为这对不相配的夫妻长久不了，事实也果真如此。而且命运总是跟我们开玩笑，你认为会向东，但它却向西。托尔夫人虽然可以为自己猜对了而沾沾自喜，但我想她很快就会意识到自己还是错了。因为事情根本没有朝她预测的方向发展。

一天，我接到了她的一个电话，要我时间方便的话，立刻去见她。当我被带进客厅后，托尔夫人马上从椅子上站起来，用悄然无声却又快速的脚步向我走来，就像花豹悄悄靠近猎物那样。我看出她的内心很不平静。

“简与吉尔伯特已经分手了。”她说。

“真的吗？这么说你猜对了。”

托尔夫人用一种我无法理解的眼神看着我。

“可怜的简。”我喃喃自语道。

“可怜的简！”她重复着我的话，但话音中却充满了讽刺，我不禁惊呆了。

她简直不知道该怎样告诉我到底发生了什么事。

吉尔伯特前脚离开她家，她后脚就急忙给我打电话，让我过来。他走进她家的时候脸色苍白，一副忧心如焚的样子。她立即就看出来发生了什么不祥之事。他没有开口，她就知道他要说什么。

“玛莉安，简把我甩了。”

她冲他微微一笑，握住了他的手。

“我知道你表现得很绅士。如果别人知道是你甩了她，那她就没有脸面了。”

“我到您这里来，是希望得到您的同情的。”

“哦，我并没有指责你呀，吉尔伯特，”托尔夫人非常和蔼地说，“这是必然要发生的事情。”

他叹了一口气。

“我也是这么想的。我无法指望永远拴住她。她太优秀了，而我只是一个再普通不过的人罢了。”

托尔夫人拍拍他的手。他的表现确实很绅士。

“现在到什么程度了？”

“她要跟我离婚。”

“简一直说，如果你想要娶哪个姑娘，她不会挡你的道。”

“自从我做了简的丈夫，我就从来没有过再娶任何别的女人的念头。”他说。

托尔夫人有点儿迷惑了。

“你难道不是在说，你已经把简给甩了吗？”

“我？我怎么可能有这样的想法呢。打死我也不会这样做的。”

“那么，她为什么要跟你离婚呢？”

“跟我办完离婚手续后，她要马上嫁给雷金纳德·弗罗比歇爵士。”托尔夫人尖声叫了起来。她感到自己的头脑中一片空白，不得不掏出嗅盐来闻闻。

“难道是你做了什么对不住她的事情？”

“我什么都没做。”

“难道你就这样答应了她，让她把你利用完后就这样甩了？”

“我们俩婚前就有过约定，如果两人中有一人想要离婚，另一人不得设置障碍。”

“但那是为你设置的。因为你比她小二十七岁。”

“结果这个约定被她用上了。”他语调酸楚地说。

托尔夫人又是规劝，又是辩解，但吉尔伯特坚持认为既然已经有约在先，那他就不能给简设置障碍。他离开后，托尔夫人感到六神无主。在把事情经过完全告诉我之后，她才大大地松了一口气。她看到我跟她一样地吃惊，感到十分开心。如果我没有与她一样对简的这一行为表示愤慨，她便会认为我对男性缺乏尊敬，是一种道德上的犯罪了。

在她正这样激动着的时候，客厅的门被推开了，管家将简请了进来。她穿的服装都是黑色或白色，这无疑与她目前有点儿模糊的身份很相配。但她身上服装的样式却非常新颖和独特，头上戴着的帽子也完全与众不同。她的这身打扮让我一见之下屏住了呼吸。但她依然是那样平和与镇静。她走上前来想要亲吻托尔夫人，但托尔夫人高傲地躲开了。她冷淡地说：

“吉尔伯特刚离开这里。”

“是的，这我知道，”简微笑着说，“是我让他过来见你的。我今晚要到巴黎去，我想拜托你这段时间多关照他一些。我担心他在开始的这段时间里会有点儿孤独。如果你能安慰安慰他，我心里会觉得好受一些。”

托尔夫人双手一拍，说道：

“吉尔伯特刚才对我说了件让我感到难以置信的事。他告诉我说，你要与他离婚，然后嫁给雷金纳德·弗罗比歇爵士。”

“你不记得了吗？在我与吉尔伯特结婚前，你曾建议我要嫁给一个与我岁数相当的男人。雷金纳德·弗罗比歇爵士今年五十三岁。”

“但是，简，你现在的一切全要归功于吉尔伯特，”托尔夫人愤愤不平地说，“如果没有他，你能有今天吗？如果没有他给你设计服装，你什么都不是。”

“哦，他答应继续为我设计服装呢。”简语气平和地说。

“没有哪个女人还能找到比他更合格的丈夫了。他对你是始终如一的关爱。”

“哦，我知道他很可爱。”

“那你怎么还能这样没有良心呢？”

“可我从来就没有爱过吉尔伯特呀，”简说，“我一直是这样告诉他的。我现在开始觉得需要一个与我同龄男人的陪伴了。我想我与吉尔伯特结婚的时间够长了。这个年轻人与我没有什么共同语言。”她略微停顿了一下，向我们俩露出了迷人的笑容，“我当然不会忘了吉尔伯特。我已经与雷金纳德·弗罗比歇爵士安排好了。爵士有一个侄女与他很般配。我和爵士结婚后，会马上邀请他们俩到马耳他去度假。你们可能知道，爵士即将就任皇家海军地中海地区的司令官，所以我也要到那里去居住。如果他们俩相爱了，我一点儿也不会感到意外的。”

托尔夫人从鼻孔里哼出点儿笑声。

“你是否也跟雷金纳德·弗罗比歇爵士达成了协议，如果你们俩中的某一方想要离婚，另一方不得设置任何障碍呢？”

“我提出了这样的建议，”简泰然自若地说，“但爵士说，他看中的人错不了；而他自己也没有再娶其他女人的念头了。如果有人想要娶我，他说他的军舰上有口径八十二英寸的大炮，他会在近距离内与那个人讨论这个问题。”她透过眼镜看了我们俩一眼。

即便担心托尔夫人生气，我也止不住笑出声来。

“哈哈，他可真是个多情的男人。”

托尔夫人确实冲我生气地蹙了蹙眉。

“我从来都不认为自己很幽默，玛莉安，”简微笑着说，露出了她白洁而整齐的牙齿，“我很高兴能在更多的人对我改变看法之前，离开伦敦。”

“您要是能告诉我，您取得了如此巨大成功的秘诀在哪里就好了。”我说。

她朝我转过身来，依然是那副我所熟悉的平和而单纯的神情。

“你不知道，当我嫁给吉尔伯特定居在伦敦后，不管我说什么，别人都要笑。对此，我比任何人都更感到惊讶。我这样说话已经有三十年了，没有任何人觉得我这样说话会惹人发笑。我曾经认为，这一定是由于我的服装样式或者我的短发，要不然就是我的眼镜的缘故。但后来发现，我的话惹人发笑是由于我说了实话。人们认为讲实话很幽默，这太不寻常了。总有一天会有一些人发现这个秘密。当人们对讲实话习以为常后，人们当然也就不会认为这有什么值得笑的了。”

“为什么我是唯一认为你的话没有什么可笑的人呢？”托尔夫人问。

简踌躇了片刻，仿佛她真的在寻找一个满意的解释。

“也许是你看待一件事情时只看到了它的表象，亲爱的玛莉安。”她以自己一贯的方式，语气温和地说。

这句话无疑是对她的一个最恰当的评价。我感觉简说的话总能一语中的。她确实是个无价之宝。

舞男舞女

酒吧间里很拥挤。桑迪·韦斯科特在喝过两杯鸡尾酒后，开始觉得肚子有点儿饿了。他看了看手表。应邀九点半来吃饭，现在已经快十点了。伊娃·巴雷特总是姗姗来迟，如果能在十点半吃上点儿什么，就得算他有福气了。他又转身向酒吧伙计要了杯鸡尾酒，正好看见一个人走进酒吧间。

“喂，科特曼，”桑迪说，“来一杯吗？”

“乐于从命，先生。”

科特曼长得不错，三十岁左右，个子不高，但是身材匀称，使得他看上去一点儿都不矮。他穿着一件双排纽扣的长礼服，腰身稍嫌过紧，蝴蝶领结却有些大而无当[①]。一头波浪形的黑发，厚密蓬松，而又十分光润柔滑，从前额一直梳向脑后，两只大眼睛闪闪发亮。讲起话来温文尔雅，稍微带点儿伦敦口音。

“斯特拉好吗？”桑迪问。

“哦，她很好。她喜欢在表演前躺一会儿，您知道的。定定神儿，用她的话说。”

---

① 大而无当，原指大得无边际，后用作表示大得不切合实际、不合用。

“她那个绝技，给我一千英镑我也不干。”

“我想您也不会干的。除了她之外，没有人能干得了，我是说，从那么高的地方，而且只有五英尺深的水。”

“这是我所见过的最令人提心吊胆的表演了。”

科特曼笑了。他把这话当作恭维。斯特拉是他的妻子。当然，去冒险的是她，可那火焰却是他想出来的，而正是这把火吸引了观众，使节目获得巨大成功。斯特拉从一把六十英尺高的梯子上跳进一个水箱，如他所说，箱里水深不足五英尺。在她就要跳水之前，他们往水面泼上一层汽油，由科特曼点燃；烈焰腾空而起，斯特拉翩然跳落，直入水中。

“帕科·埃斯皮诺尔跟我说，这是夜总会有史以来最叫座的节目。”桑迪说。

“我知道。帕科告诉我，他们在七月里已经做了通常要到八月才能做完的生意。而这全是因为有了我们，他这么对我说。”

“这么说，你们该发一笔财了。”

“啊，还不能那么说。您知道，我们签了合同的。自然，我们当时没有料到会如此轰动。不过，埃斯皮诺尔先生提到下个月还要留我们，不妨告诉您，如果条件照旧或者和原来差不多，他可就留不住我们了。您看，今早我还收到一位经理人的信，邀请我们到多维尔去。”

“我们的人来了。”桑迪说。

他点点头，离开了科特曼。伊娃·巴雷特率领着她的客人们兴冲冲地来了。她在楼下把客人们聚到一起，总共八个人。

“我就知道会在这儿找到你，桑迪，”她说，“我没迟到，对吧？”

“不过半个小时。”

“问问他们都要喝点儿什么，然后咱们就吃饭。”

酒吧间里几乎已经没有什么客人了，大多数人都到下面露台去吃饭了。他们正站在吧台前时，帕科・埃斯皮诺尔走进来，停下和伊娃・巴雷特握手。帕科是个年轻人，钱财都挥霍光了，现在正靠替夜总会安排招徕[1]客人的节目为生。职责所系，对阔绰显赫者当然得彬彬有礼。查洛纳・巴雷特太太是位身缠万贯的美国富孀，不仅大宴宾客，而且下场赌博。其实，午饭也罢，晚饭也罢，就连那两场进餐时的节目，还不都是为了引诱人们到赌桌上去输钱吗？

"给我准备的座位怎么样，帕科？"伊娃・巴雷特问。

"最好的座位。"他那双漂亮的阿根廷人的深色眼睛，表露出对巴雷特太太徐娘半老却风韵犹存的赞慕，这也是生意经，"您看过斯特拉的表演吗？"

"当然。三次啦。这是我见过的最吓人的玩意儿。"

"桑迪每晚都来。"

"我想在她摔死时能在场。要不了多久，她总有一晚会送命，只要能来，我就不想错过那个场面。"

帕科笑起来。

"她太成功了，我们打算再留她一个月。我只希望八月底以前她别把命送掉。那以后嘛，就随她的便了。"

"啊，天哪，难道要叫我每晚都是鳟鱼、烤仔鸡，就这样一直吃到八月底吗？"桑迪嚷道。

"你真不知足，桑迪，"伊娃・巴雷特说，"来，咱们进去吃饭吧。我饿坏了。"

帕科・埃斯皮诺尔问酒吧伙计看见科特曼没有。伙计说他刚才和韦斯科特先生一起喝过酒。

"哦，好吧。如果他再来这儿，告诉他，我有话要跟他说。"

---

① 招徕（lái），指招揽。

巴雷特太太在通向下面露台的台阶上站住，等那位报界代表——一个头发蓬乱、憔悴瘦小的女人拿着笔记本走上前来。桑迪低声向她通报了客人的姓名。这是一场典型的里维埃拉交际会。在场的有一位英国勋爵及其夫人，两人都又瘦又高，他们愿意同任何人一道进餐，只要能白吃就行。到不了午夜，这两位肯定就会喝得烂醉。有一位憔悴的苏格兰女人，她那张脸活像是一副经受了上千年暴风雨吹打的秘鲁人的面具。还有她的英格兰人丈夫，尽管此人是个掮客[①]，却也爽快、热诚，具有军人的气质。他给人的印象是非常正直和正派，以至于当他将一件好东西作为特别的恩惠推销给你，到头来却证明一无用处时，你几乎会替他比替自己还要惋惜。有一位意大利伯爵夫人，其实她既非意大利人，也不是伯爵夫人，不过，她倒是打得一手漂亮的桥牌。另外还有一位俄罗斯亲王，他打算把巴雷特太太变成亲王夫人，目前正在替别人倒卖香槟酒、汽车以及古代大画家的作品。

人们正在跳舞，巴雷特太太俯视着舞池里密集的人群，短短的上唇使她显出一副轻蔑的表情，她在等着这场舞结束。这是一个有特别节目安排的夜晚，餐桌都挤到了一起。露台外面，波澜不惊的大海寂然无声。音乐终止，侍者领班笑容可掬地走上前来，把巴雷特太太带到她的餐桌那边，她派头十足地走下台阶。

“从我们这儿看跳水真的是不赖。”她一边说着，一边坐了下来。

“我喜欢紧挨着水箱的位子，”桑迪说，“在那儿能看见她的脸。”

“漂亮吗？”伯爵夫人问。

“不为那个，为的是看她的眼神。每次她都吓得要死。”

“啊，我才不信呢。”那位生意人说，他叫古德哈特上校，尽管谁也弄不清楚他这头衔究竟是怎么来的，“这整场了不起的绝技无

---

① 掮（qián）客，指中间商。

非是个骗人的把戏。不会真有危险的，我说。”

“你知道什么。从那么高，往这么浅的水里跳，她必须得一碰到水面，马上就闪电般地转身。只要稍有差错，脑袋就会狠狠地撞到水箱底，把脊梁骨摔断。”

“说的就是这个呀，老弟，”上校说，“骗人的把戏，我说，没什么可争辩的。”

“不管怎么样，没有危险，就没有意思了。”伊娃・巴雷特说，“表演总共不到一分钟。要不是她在拿生命冒险，这玩意儿就是当今最大的骗局了。别把咱们说成是一次又一次地来上当吧。”

“其实一切都是骗局。信我的话没错。”

“是呀，你是该知道。”桑迪说。

如果上校察觉出这话可能是恶意挖苦，倒掩饰得令人佩服。他笑了笑。

“不妨告诉你，我是知道一点儿的，”上校承认，“我是说，我的眼够尖的，要骗我可不容易。”

水箱在露台左边的最里面，后面由支架撑起一把很高的梯子，梯顶有个极小的平台。又跳过两三轮舞，伊娃・巴雷特和客人们正在吃芦笋时，乐声停止，灯光渐暗。一盏聚光灯打到水箱上。在耀眼的白光中可以看见科特曼。他登上六级梯子，到了与箱顶齐平的位置。

“女士们，先生们，”他用响亮清晰的嗓音大声说，“你们即将目睹本世纪最最神奇的技艺表演。斯特拉女士，全世界最卓越的跳水家，就要从六十英尺高的地方跳进冒着火焰的五英尺深的水里。这个绝技还从来没有人表演过，谁愿意试试，斯特拉女士准备奉送一百英镑。女士们，先生们，我荣幸地向大家介绍斯特拉女士。”

一个小小的人儿出现在通往露台的台阶顶上，快步跑到水箱前面，朝喝彩的观众鞠躬。她身穿一件男士丝绸浴衣，头戴游泳帽，瘦瘦的脸上化了舞台妆。意大利伯爵夫人透过长柄眼镜打量着她。

“不漂亮。”她说。

“身条儿好，”伊娃·巴雷特说，“一会儿你就看见了。”

斯特拉脱掉浴衣交给科特曼。科特曼从梯子上走下来。斯特拉面向人群，在那里站立了几分钟。人们都在暗处，只能看见一张张模糊不清的脸和一块块白衬衫的前胸。斯特拉身材娇小，体型优美，双腿颀长，臀部窄小。游泳衣十分合身。

“你说得对，身条儿的确不错，伊娃，”上校说，“当然，稍微有点儿瘦。不过，我知道，你们女人认为这样正好。”

斯特拉开始往梯子上爬，聚光灯跟着她。梯子高得令人不敢相信。一个侍者往水面上泼了汽油。科特曼接过一个燃烧着的火炬。他看着斯特拉登上梯顶，在平台上站好。

“好了吗？”他喊。

“好了。”

“跳。”他嚷道。

话刚出口，他几乎是将那燃烧着的火焰投进水中。火焰顿时飞起，火苗向上蹿得很高，实在吓人。就在这一瞬间，斯特拉纵身跳下，恰似一道闪电，穿过熊熊的烈焰，直冲而下，入水不久，大火熄灭。转眼间，她已钻上水面，在暴风雨般的欢呼喝彩声中跃出水箱。科特曼为她裹好浴衣。她一再鞠躬致谢。喝彩声连绵不绝，乐声大作。最后，她挥挥手，跑下台阶，从餐桌之间快步向门口走去。全场灯光又亮了起来，侍者们赶紧忙起刚才中断的活计。

桑迪·韦斯科特舒了一口气。连他自己也不知道他感到的是失望，还是释然。

“妙极了。”那位英国勋爵说。

“全是骗人的把戏，”上校有股子大不列颠人的执拗劲儿，“随你拿什么打赌都行。”

“这么快就完了，”尊贵的英国勋爵夫人说，“我的意思是说，实在不值得花这份钱。”

不过，幸好不是她的钱。从来就没有人花过她的钱。意大利伯爵夫人向前探过身子。她英语讲得非常流利，只是口音很重。

“伊娃，我亲爱的，坐在阳台底下靠门的桌子前的那两个奇怪的人是谁呀？”

“很有意思，是不是？”桑迪说，“我的眼睛简直都舍不得离开他们身上了。”

伊娃·巴雷特向伯爵夫人说的那张桌子望去，俄罗斯亲王本是背朝那边坐着，也转过身子去看。

“真奇怪，”伊娃说，“我得问问安吉洛他们是谁。”

巴雷特太太是这样一种女人，她能叫出欧洲所有大饭店侍者领班的名字。她吩咐正给她斟酒的侍者去把安吉洛叫来。

那的确是很古怪的一对。他们孤零零地坐在一张小桌子上。两人都很年长了。男的高大粗壮，一头厚密的白发，两道浓重的白眉，上唇还有一大抹白胡子。他的样子很像已故的意大利国王亨伯特。他俨然端坐，身穿整套晚礼服，系一条白领带，外加硬领，式样已经过时几乎三十年了。陪伴他的是位老妇人，一身黑缎子舞会礼服，领口极低，腰间紧束，颈上戴着一串彩珠项链。她显然是戴着假发，而且是很不适合于她的假发，做工极为精细，满是大大小小的发卷，乌黑油亮。她浓妆艳抹到惊世骇俗的程度，眼下和眼睑涂成艳蓝，眉毛描得漆黑，脸颊上抹了大块粉色胭脂，嘴唇涂抹得鲜红。她的脸上皮肉松弛，皱纹很深。那双肆无忌惮的大眼睛热切地搜寻着一张张餐桌，将一切纳入眼底，每隔一小会儿便指点老伴儿看这看那。

这里的男人都只穿常礼服，女人则穿浅淡颜色的薄长裙。在这时髦的人群中，他们的样子显得很怪，引得许多人都转过身看他们。但是，这众目睽睽却似乎并未令老妇人感到丝毫的局促不安，当她觉得有人注意他们时，反倒调皮地挑起双眉，粲然地笑着，眼珠骨碌碌地转，好像是在答谢人们的喝彩一般。

安吉洛匆匆赶到主顾伊娃·巴雷特跟前。

“您找我吗，尊贵的夫人？”

“是的，安吉洛。靠门坐着的那两位老人是什么人呀，快说，我们都要急死啦。”

安吉洛朝那边瞧了一眼，然后显出一副不以为然的样子。他面部的表情，双肩的动作，脊背的扭转，两手的姿势，也许就连脚尖的转动，全都表示出一种半开玩笑似的歉意。

“您不必理会他们，尊贵的夫人。”他当然清楚，巴雷特夫人无权领受这一称呼，正如他明白，那位意大利伯爵夫人既非意大利人又非伯爵夫人，而那位英国勋爵只要有人肯破费就从没出过一次酒钱一样；可是他也知道，这种称呼绝不会让巴雷特夫人不高兴，“他们求我给张桌子，想看斯特拉女士跳水。以前，他们自己也干过这一行。我知道他们不配在这儿吃饭，可他们一个劲儿地求我，让我实在不忍心拒绝。”

“我可觉得他们挺有意思的。我真喜欢他们。”

“我跟他们认识有些年头啦。说实在的，那位男士还是我的同乡呢。”侍者领班讨好似的笑了一声，“我答应给他们张桌子，条件是不准跳舞。我可不想冒险，尊贵的夫人。”

“哎，我倒挺想看看他们跳舞呢。”

“凡事总得有个分寸，尊贵的夫人。”安吉洛一本正经地说。

他微笑着，又鞠一躬，退了下去。

“快看，”桑迪大声说，“他们要走了。”

那对老夫妇正在付账。老头子站起来，将一条不怎么干净的大白羽毛披肩围在妻子的脖子上。老太太也起身。老头子把手臂递过去，神态昂然，身躯笔挺，她挽着丈夫轻快地向外走，相比之下，她显得又瘦又小。在她身后，黑缎袍曳着长长的裙裾。伊娃·巴雷特（她已经五十好几了）看得兴奋地喊了起来。

“瞧，我记得在我上学的时候，我母亲就穿过一件这样的袍子。”

那一对滑稽的老夫妇手挽着手，穿过夜总会里一间又一间的大厅，来到门口。老头子对门童说：

“请告诉我演员化妆室在哪里。我们想去向斯特拉女士致意。”

门童打量了他们一下，心里便有了数。他们不是那种必须恭恭敬敬对待的人。

“你在那儿找不着她。”

“她还没有走吧？我想她两点还要表演第二场？”

“不错。没准儿在酒吧间呢。”

“咱们过去瞧瞧，不碍事的，卡洛。”老太太说。

“好的，亲爱的。”他的卷舌音挺重。

他们缓步登上台阶，走进酒吧间。这里已经是空荡荡的了，除酒吧间的小伙计外，只在屋角两张扶手椅上坐着一对男女。老太太松开丈夫的胳臂，伸出双手，腿脚很是利落地走上前去。

“你好吗，亲爱的？我觉着非得来祝贺你不可。咱们一样，都是英国人。咱们还是同行。这节目真了不起，亲爱的，是个不小的成功。”她转向科特曼，“这是你丈夫吧？”

斯特拉从扶手椅里站起身，有点惶惑地听着这位老太太滔滔不绝的话，嘴角浮出一丝羞涩的笑容。

“是的，他叫希德。”

“见到你很高兴。”他说。

“这是我的丈夫，”老太太用胳膊肘朝白发苍苍的高个子男人微微一指，“潘内齐先生。他其实是个伯爵，我自然也就是潘内齐伯爵夫人，不过，在我们洗手不干这一行以后，就不用这个头衔了。”

“你们要喝一杯吗？”科特曼问。

“不，让我们来请，”潘内齐太太说着，坐到一把扶手椅里，“卡洛，你叫。”

酒吧伙计走过来，他们问了一番，要了三瓶啤酒。斯特拉什么也不想喝。

“不演完第二场，她什么也会不喝。”科特曼解释说。

斯特拉小巧玲珑，大约二十六岁，浅褐色的头发剪短烫过了，一双灰色的眼睛。她涂了口红，脸上有点儿淡淡的胭脂。她肤色苍白，并不是很漂亮，但是小脸儿端正悦人，身上穿着一件做工简单的白绸晚礼服。啤酒送来了，看起来不太健谈的潘内齐先生痛痛快快喝了一大口。

“您是干哪一行的？”希德·科特曼客气地问。

潘内齐太太化过妆的亮闪闪的眼睛滴溜溜地转着，看了他一眼，转身对她的丈夫说：

“告诉他们我是谁，卡洛。”

“美人炮弹。”他说。

潘内齐太太微微地笑着，脸上变得容光焕发，她用小鸟儿般的目光迅速地瞅瞅这个，望望那个。他们惊愕地看着她。

“弗洛拉，”她说，“美人炮弹。”

她显然以为他们会做出强烈的反应，结果是弄得这一对年轻人有点儿不知所措。斯特拉困惑地看了希德一眼。希德出来解围。

“那时候可能还没有我们吧。”

“当然没有你们啦。是呀，我们正好是在可怜的维多利亚女王[①]

① 维多利亚女王（1819—1901），英国历史上在位时间第二长的君主，在位64年，仅次于伊丽莎白二世女王。

驾崩的那一年歇手不干的。这在当年也是轰动一时呢。你们肯定听说过我，一定的。”她看到两人茫然的样子，口气有点儿变化，“那段时间，我的表演在伦敦最叫座。在老水族馆，是呀。当时所有的上流人士全来看我表演。有威尔士亲王，还有好多我叫不上名字的大人物。全城的人都谈论我。对不对，卡洛？”

“她让水族馆整整挤了一年。”

“那可是从来没有过的最壮观的节目啦。是呀，前几年我走到德·巴思夫人跟前打算自我介绍一下，就是莉莉·兰特里，你知道的。她常来这里住一住。夫人对我记得可清楚啦。她说，她看过我的表演十次呢。”

“您怎么表演呢？”斯特拉问。

“拿大炮把我射出去。相信我，可轰动啦。在伦敦演完以后，我又到世界各地去表演。是呀，亲爱的，我不否认，如今我是个老太婆了。潘内齐先生七十八岁了，我也不再是七十岁了，可是那阵子，伦敦所有张贴海报的地方都贴着我的画像。德·巴思夫人对我说：‘亲爱的，你跟我一样有名气。’不过，你们也知道人们是怎么回事，给他们一点儿好东西看，他们就迷一阵，只是他们要换口味；甭管多好，没多久就腻味了，就再也不来看了。他们对你也会这样，亲爱的，和从前对我一个样儿。这种事咱们大家全得碰上。不过，潘内齐先生脑子灵活。他从十几岁就吃这碗饭，在马戏团，知道吧，当领班。我最早就是这么认识他的。我那时候在杂技团，表演空中飞人。他那时比如今还漂亮，你们真该看看他当年那个模样，俄罗斯长靴，马裤，上衣贴身，满胸丝绦，骑着马绕场飞跑，长鞭啪啪地响，是我这辈子见过的最英俊的男人了。”

潘内齐先生一言不发，只是若有所思地捻着他那一大把白胡子。

“是呀，我刚才说了，他从不乱花钱。到经理人不能再聘我们的时候，他就说，咱们不干啦。他说得对，当过伦敦最红的明星，我们不能再回马戏团了。我是说，潘内齐先生真的是个伯爵，他得考虑他的尊严。所以，我们就来到这里，买下一所房子，开始出租。潘内齐先生早就想好了要改行。现在，我们来这儿已经有三十五年了。直到两三年前，我们都干得不错。后来，经济萧条了，租户们也跟开始那会儿的不一样了，他们要卧室里有电灯，有自来水，还有别的我叫不出名字的东西。

“给他们一张名片，卡洛。潘内齐先生亲自掌厨，你们什么时候想要个真正像家的地方，好知道上哪儿去找。我喜欢同行，咱们有太多有趣的事可以聊呢，你跟我，亲爱的。一朝卖艺，永远同行，我说。”

这时候，主管酒吧的侍者吃了晚饭回来。他看见了希德。

“啊，科特曼先生，埃斯皮诺尔先生找你来着，说有事要谈。”

“哦，他在哪儿？”

“就在这附近的什么地方。”

“我们要走了，”潘内齐太太说着站起来，“哪天来和我们一块儿吃午饭吧，好吗？我想给你们看看我的旧照片和剪报。真奇怪，你们没听说过美人炮弹，我那时候跟伦敦塔一样的有名气呀。”

潘内齐太太发现这些年轻人竟然没有听说过她，倒并不生气，只是觉得可笑。

他们互相告别，斯特拉又瘫倒在她的椅子上。

“我把酒喝完，”希德说，“然后去看看帕科有什么事。小鸭子，你是待在这儿，还是想到你的化妆室去？”

斯特拉双手攥得紧紧的，没有回答。希德看看她，赶紧把眼睛转开。

“真有意思，那位老太太，”他还是那么乐呵呵的，“真是个有趣的人。我估计她说的是真话。可是，我得说，实在令人难以置信。她居然曾经吸引了所有伦敦人的眼球，什么，四十年前？可笑的是，她居然以为还会有什么人记得她。她似乎怎么也不能理解，对于她的事情，我们怎么连一次也没听说过。”

他偷偷地瞟了她一眼，却发现她在哭。希德一下子讲不出话了。眼泪正顺着她苍白的面颊向下流。她忍住，没有哭出声来。

“怎么啦，亲爱的？”

“希德，今晚我干不了啦。”她抽泣着。

“怎么干不了？”

“我害怕。”

他握住她的手。

“我知道你能挺过去，”他说，“你是世界上最最勇敢的姑娘。喝口白兰地，振作一下。”

“不，喝了会更糟。”

“你不能这样让你的观众失望呀。”

“什么狗屁观众。胡吃滥喝的猪。一群只会叫叫嚷嚷的笨蛋，都是有钱不知道怎么花。我真受不了他们。我摔死了，他们也不会在乎。”

“当然啦，他们就为找点儿刺激才来的，我不否认这个，”他不安地回答，“可是，你知道的，我也明白，这表演没什么危险，只要你稳住就没事。”

“我已经稳不住了，希德。我会摔死的。”

她的声音高了一点儿，希德连忙回身去看酒吧的侍者。那人正在看《尼斯的侦察兵》，没有注意他们。

“你不知道从那上边，从梯子顶上往下看水箱的时候有多害怕。我不骗你，刚才我以为我都要昏过去了。告诉你，今天晚上我干不了啦，你得帮我去告诉他们，希德。”

“今晚要是害怕，明天准会更糟糕。”

“不，不会的。就是这连演两场要我的命。得等那么久，多揪心呀。你去找埃斯皮诺尔先生，跟他说我不能一晚两场。我受不了。”

“他绝不会答应的。整个晚上的生意全靠你呢。那些人就是为了看你才来的。”

“我没办法，跟你说我干不了。”

他沉默了一会儿。泪水还在顺着斯特拉苍白的小脸儿往下流，希德看出她正在渐渐地失去自制力。这几天来，他一直觉得要出事，心里很着急。他极力不给她说话的机会，隐约觉得，最好不要让她把情绪诉诸言辞。可是他总在担心，因为他爱斯特拉。

“亲爱的，埃斯皮诺尔在找我。”他说。

“干什么？”

“不知道。我去告诉他，说你一晚只能表演一次，不能再多，看他怎么说。你在这儿等着，好吗？”

“不，我到化妆室去。”

十分钟后希德在化妆室找到了她。希德兴高采烈，脚步轻快，一下闯开了门。

“我给你带来了一个好消息，亲爱的。他们下个月还要用我们，演出费用加一倍。”

他跑过去要抱着她亲吻，斯特拉把他推开了。

“今晚我还得再表演吗？”

“恐怕只能是这样了。我竭力跟他说，每晚只表演一场，可他根本不听。他说晚餐时你那一场很关键。不过毕竟是双倍的钱，值了。”

斯特拉扑倒在地，这一次她号啕大哭起来。

“我不能干了，希德，我不能。我要摔死的。”

希德在地上坐下来，扶起她的头，把她抱在怀里抚慰着。

“挺住，亲爱的。你不能拒绝这么大一笔钱。想想看，就是我们什么也不做，都够我们过一个冬天的。再说，到七月底就剩四天了，往后就剩八月一个月了。”

“不，不，不。我怕极了。我不想死，希德。我爱你。”

“我知道你爱我，亲爱的，我也爱你。想想，从我们结婚起，我就没有看过别的女人一眼。我们从没有这么多钱，以后也不会再有了。这种事，你是知道的，现在我们红得发紫，但是不会永远这样。我们得趁热打铁呀。”

“你要我去死吗，希德？”

“别说傻话。想想，没有你，我上哪儿去呢？你一定不能这样罢手不做了。你还得考虑你的自尊心。你是世界上的名人哪。”

“跟从前的那个美人炮弹一样。”她大声说，接着又愤怒地笑了起来。

“那个该死的老太婆。”他心里想。

他知道这是压垮骆驼的最后那根稻草。真倒霉，斯特拉真的受到了影响。

“她让我开了眼，”她接着说，“他们干吗要一次又一次来看我表演呢？为的就是可能看到我把命送掉。等我死了一个星期，他们就会连我的名字都忘得一干二净。人都是这样的。我一看那个涂脂抹粉的老太太就全明白了。唉，希德，我难受极了。”她伸出双臂勾住他的脖子，把脸贴到他的脸上，“希德，干这个没好处，我不能再干了。”

“今晚，是吗？要是你真的不愿意，我就去告诉埃斯皮诺尔，说你昏倒了。我敢说，就这一次，没什么问题。”

“我不是说今晚，我是说永远不干了。”

她觉得希德的身子颤动了一下。

“希德，亲爱的，别以为我是在发傻。这种感觉不是今天才有的，我越来越受不了。我一想到这些，夜里就睡不着，刚一迷糊，就看见自己站在梯子顶上往下看。今天晚上，我差点儿就走不上去了，哆嗦得那么厉害，你点火说跳的时候，好像有什么东西在把我往后拉。我甚至连自己跳了都不知道。一直到发现自己已经站在台上，听着他们鼓掌，我的脑子都是懵的。希德，你要是爱我，就不要让我受这份折磨了。”

希德长叹了一声。他自己也已泪眼模糊，因为他真心真意地爱斯特拉。

“你知道那意味着什么。”他说，“回到过去的生活。再跳马拉松舞，回到所有的那一切。”

“什么都比这个强。”

过去的生活，他们俩都记得。希德十八岁就做了职业男舞伴，他那黝黑的西班牙人皮肤非常漂亮，人又长得精神，老年女人和中年女人都乐意花钱同他跳舞，他从没失业过。从英国漂荡到欧洲大陆以后，他就在这儿待了下来。从一个饭店转到另一个饭店，冬天到里维埃拉，夏天到法国海滨浴场。他们的日子过得不坏，一般是两三个人在一起，都是男的，在廉价出租的寓所共住一间屋子。他们不必早起，只要能穿戴好，十二点到饭店陪那些想减轻体重的肥胖女人跳舞就行。下午他们没什么事可做，直到五点再来饭店，坐在桌旁，三个人一起，打量着过往的客人们，看看谁可能是主顾。他们都有一些常客。夜里他们去餐厅，那里给他们提供一顿像样的饭菜。在上菜的间隙，他们就跳舞。这能赚不少钱。从随便哪个同他们跳舞的人身上，通常都能得到五十或一百法郎。有时，某位出手阔绰的女人同他们中的一个连着跳上两三个晚上之后，甚至会给到一千法郎。有时某位中年女人会叫他们之中的一个陪自己过一夜，便又能进账两百五十法郎。另外，总会有这种机会，一两个老女人犯迷糊，他们就能弄到一些白金蓝宝石戒指、烟盒、衣服和手表。

希德的一个朋友就同这样一个女人结了婚，女人老得足以当他的母亲，不过，她给了他汽车和赌资，住在比亚里茨[1]的一所漂亮的别墅里。那是大家都有钱挥霍的一段好日子。

萧条时期到来后，职业舞男们便遭了殃。饭店空了，顾客们似乎都不肯为跟漂亮小伙子跳舞花钱了。希德常常是整天闲着连买杯酒的钱都挣不到，而且不止一次，某个足有一吨重的老女人居然厚着脸皮只给他十个法郎。但是他的生活开销并没有减少，因为他必须衣冠楚楚，不然，旅馆经理就会找麻烦，洗衣服得破费一大笔，他需要的衬衣多得惊人；还有鞋子，那些地板很费鞋的，而鞋子又必须总是显得干净如新才行。房钱得付，还有午餐。

就在那时，他在埃维昂[2]遇上了斯特拉。那是个糟糕的季节。斯特拉是游泳教练，她是澳大利亚人，是一个出色的跳水员。每天上午和下午表演，夜里受雇到饭店伴舞。他们俩在餐厅里与客人分开的一张小桌上吃饭，乐队一开始演奏，两人便翩翩起舞，吸引顾客下舞池跳舞。可常常没有人跟着他们下去，于是，他们俩便只能自己一直跳着。做职业舞伴时，他们所获无几，只是互相爱上了。在那个糟糕的季节快要结束时，他们俩结婚了。

他们俩从不为此后悔。他们熬过了艰苦的岁月。尽管为了保住饭碗，他们隐瞒了夫妻关系（上了年纪的太太们不喜欢跟一个有妻子在场的已婚男人跳舞）。可是，两人要想都找到饭店的差事还是不容易，而希德又远远赚不到足够的钱来供养妻子，即使住最简陋的公寓也不够。

舞男这个行业没落了。他们到巴黎学了一种新舞蹈，但是竞争十分激烈，很难得到娱乐餐厅的雇用。斯特拉是一名舞厅的优秀舞

---

① 比亚里茨，法国大西洋沿岸最豪华、庞大的度假胜地。

② 埃维昂，法国著名的旅游胜地。

女，可当时人们热衷的是惊险杂技表演。因此，不论他们怎样努力排练，她也没能做出什么惊人的成绩。人们看腻了阿帕什舞[①]，他们有一次竟连续失业好几个星期。希德的手表、金烟盒、白金戒指，统统进了当铺。最后，在尼斯，他们穷途潦倒到希德不得不把自己的晚礼服也送进了当铺。那真是场灾难。

他们不得已参加了一个大胆的经理主办的马拉松舞展示。一天跳二十四小时，每小时休息十五分钟。真可怕，腿跳疼了，跳木了，常常好半天都不知道自己在干什么，只是跟着音乐节拍舞动，尽可能少花费力气。这样，他们挣到了一点儿钱，人们拿出一百法郎，或是两百法郎，给他们加油打气。有时，为了引人注目，他们不得不强打精神，来一次舞蹈表演。碰上观众兴致好，倒也能带来一笔可观的收入。他们俩都拼命地工作。到第十一天的早上，斯特拉晕倒了，她只好不干了。希德一个人继续干下去，跳呀，不停地跳，一个人可笑地独舞。那是他们最落魄的时候。真的是到了山穷水尽的地步。那段生活，给他们留下了悲惨、难忘的记忆。

但也正是在那个时候，希德忽然间灵机一动。这灵感是他独自绕着大厅慢慢跳着舞时出现在他脑子里的。斯特拉总说自己能往碟子里跳水。就是这个主意。

“人的主意来得真奇怪，”他后来说，“就像闪电一样。”

他忽然想起曾经看见过一个男孩儿点燃洒在便道上的汽油，呼地一下火烧了起来。当然是水面的烈火和壮观的跳水抓住了人们的心。希德立刻停止跳舞，他太兴奋，跳不下去了。他把这个主意跟斯特拉一说，她也动心了。

于是，希德便给一个当经理人的朋友写了一封信，大家都喜欢希德，他是个挺好的小伙子，经理人出钱置办了设备，又在巴黎一

---

① 阿帕什舞，美国西南部的一种印第安舞。

家马戏团为他们俩签了一份合同。节目大获成功。他们在马戏团的地位稳住了。工作邀约从四面八方飞来，希德为自己买了一套新服装。在获得海滨夏季夜总会的工作邀约时，他们的声誉达到了顶峰。希德说斯特拉红得发紫，这话一点儿也不夸张。

“我们的一切烦恼和不幸都已经过去了，我的好姑娘，”他怜爱地说，“现在我们能存上一点儿钱以防不测了，等观众看腻了这个表演，我再想出点儿别的什么办法。”

可是现在，一点儿思想准备也没有，在他们最走红的时候，斯特拉却要撒手不干了。他不知道该对她说些什么。看她这样难过，他的心都要碎了。现在，他甚至比刚结婚时更爱斯特拉。他爱她，因为他们曾经共同患难，无论多么艰难，有一次连着五天，每人除了一大块面包和一杯牛奶之外，什么吃的也没有；他爱她，还因为她使自己脱离了困境，又有了好衣服穿，又能一天吃上三顿饭了。他不敢看斯特拉，他承受不了那双可爱的灰色眼睛里痛苦的表情。斯特拉怯生生地伸出一只手来抚摸他的手。希德长叹了一声。

“你知道那意味着什么，亲爱的。我们和饭店的关系早就了结了，无论如何，那一行也干不成了。就算还有点儿生意，那也是比我们更年轻一点儿的人的事。你和我一样清楚那些老娘儿们是什么样的人。她们要的是小伙子。再说，我的个子确实也不够高。年轻的时候还不大要紧，现在说我显得年轻也没有用，因为我已经不再年轻了。”

“也许咱们能去拍电影。”

他耸耸肩。这个，他们在走投无路的时候曾经试过。

“干什么我都不在乎。去商店卖东西我也愿意。”

“你以为只要四处打听打听，就能找着工作了吗？”

她又哭了起来。

“别哭了，亲爱的。我的心都要碎了。”

“我们已经存了一点儿钱。”

“这我知道。只够维持六个月。以后呢，只有挨饿。先把零碎东西当掉，接着再当衣服，跟过去一样。再往后，就是到什么低级的酒馆去跳舞，为了挣一顿晚饭和五十法郎一晚。还可能连着几个星期找不到工作。一听说有什么马拉松舞就会去参加。谁知道人们对那些表演会喜欢多久呢？”

“我知道你觉得我不讲理了，希德。”

这时，他转过身看着斯特拉。她的双眼浸满泪水。希德对她微微一笑，那么温柔，那么迷人。

“不，我没有，小鸭子。我要使你快乐。不管怎么说，你是我的一切。我爱你。”

他把斯特拉搂过来，抱在怀里。他可以感觉出她的心在怦怦地跳。既然斯特拉有这种感觉，他也没有办法。万一她真送了命呢？不，不，就由着她吧，钱呢，见它的鬼去吧。他觉得斯特拉的身子微微动了一下。

“怎么啦，亲爱的？”

斯特拉脱出他的怀抱，站了起来。她走到梳妆台前。

“我想是该准备上场的时候了。”她说。

希德蓦地站起身来。

“你今晚不是不再上场了吗？”

“今晚，每晚，一直到摔死为止。有什么办法呢？我知道你说得对，希德。我不能再回头受那份罪了，那些低级旅馆里臭气熏天的房间，连饭都吃不饱。啊，还有马拉松舞。你干吗又提起它？一连多少天又累又脏，非要到身体累垮了才算完。也许我能再坚持一个月，咱们挣到的钱也就足够让你有机会去想点儿别的办法了。”

“不，亲爱的，我不能答应。不要干了，总会有办法的。从前我们挨过饿，以后继续挨饿也无所谓。”

斯特拉脱掉衣服，只穿着一双长袜，在镜子前面赤裸着身子站了一会儿。她对镜子里的自己苦笑着。

“我不能让我的观众失望。”她冷笑着说。

上校夫人

故事发生在战争爆发之前的两三年。

佩里格林上校夫妇正吃着早餐。虽说只有两个人，他们却各自坐在那张长餐桌的两端。由当时一些时髦画家绘制的乔治·佩里格林家族祖先们的肖像，仿佛正从墙上俯瞰夫妇二人。管家送进来早晨的邮件，有几封是给上校的信件，有公函，有《泰晤士报》和寄给上校夫人伊薇的一件包裹。上校看了看他的信，然后，打开《泰晤士报》开始读起来。他们吃完了早点，站起身来时，上校发现妻子还没有把她的包裹打开。

“那里面是什么？”他问。

“是几本书吧。”

“我来替你打开，好吗？”

“行啊。”

上校一向不愿意把捆包裹的绳子割断，所以就费了点儿劲儿解开了绳结。

“都是一样的，”他打开包裹说，“你为什么要买六本同样的书呢？”他一边说，一边打开其中的一本，“是诗歌，”他看着扉页念道，“《金字塔倒塌之际》，伊·凯·汉密尔顿著。”伊娃·凯瑟琳·

汉密尔顿是伊薇与他结婚前的姓。

上校望望她，又惊又喜，“伊薇[1]，你出了一本书？你可真行。”

“我原本以为，你对这种书是不会感兴趣的。你愿意看看吗？”

“好，你知道我对诗歌一窍不通。不过——现在嘛，我倒很想要一本；我一定好好拜读。我把书拿到书房去，今天早上有很多事情要处理哩。”

上校带着《泰晤士报》、他的信件和那本书走出餐厅。他的书房宽敞舒适，摆着一张大写字台和一把皮面扶手椅，墙上挂着他作为“狩猎纪念”而珍藏的猎物标本。排列在书架上的有各种参考工具书，关于农业、园艺、钓鱼和狩猎的书籍，还有论述上次世界大战的著作。乔治·佩里格林上校在那次战争中荣获过一枚军人十字勋章和一枚金十字勋章。结婚前，他一直在威尔士皇家禁卫军里服役。战争结束后，他辞去军职，定居在一座由他的祖辈在乔治三世时建造的很大的别墅里（距离谢菲尔德约二十英里），过起隐士的生活。乔治·佩里格林精心经营着一块大约有一千五百英亩的土地，另外兼做当地治安推事的差事，他工作勤勉，认真尽责。到了狩猎季节，他每周会骑着马带着猎狗去打猎两次。他射击技术高超，又是一个高尔夫球手；虽然如今已年过半百，但是他还能打一场激烈的网球赛。说他是一名全能运动员，一点儿也不夸张。

虽说近来体重不断增加，他仍不失为一个体型匀称的男人；高高的个子，卷曲的灰白头发，只是在头顶的地方开始有点儿脱发，一双蓝色的眼睛里流露出坦率的神情，五官端正，面色红润。他热衷为人们办事，担任着几个地方组织的主席职务。同时，与自己的阶级、身份相称的是，他是一位忠实的保守党党员，他关心下属的

① 伊薇（Evie）是伊娃（Eva）的昵称。

福利，认为这是自己的责任。并且你还会欣喜地发现，他能够依靠伊薇去处理照看病人和救济穷人的事务。在靠近村庄的地方，他盖了一所小医院，用自己的钱支付一位护士的工资。他唯一要求受惠者们做的事情就是，在选举中，不管是郡选举还是普选，投他这个候选人一票。他为人厚道，对待下属从不摆架子，能体谅佃户[①]的苦衷，在附近的乡绅中很受欢迎。如果有人说一句他是个大好人，他就很高兴（虽说还有点儿难为情）、很知足了，他并不需要更多赞扬。

美中不足的是，他没有孩子。不然的话，他一定是个称职的父亲，善良、严厉，并且一定会像绅士们那样教育儿子，送他们到伊顿公学去上学。当然，他还要教他们钓鱼、打猎和骑马。但是事实上，他的继承人却是他的侄子，也就是他那位死于车祸的哥哥的儿子。他倒是一个挺不错的孩子，可性格完全不像佩里格林，不像，一点儿也不像。更糟糕的是，孩子那不明智的妈妈竟然把他送进了一所男女同校的学校。

伊薇干了一桩让他失望的事。不可否认，伊薇出身高贵，手里有点儿钱，是个持家能手，很受村里人的爱戴。佩里格林娶她的时候，她还是个漂亮的小姑娘；奶油色的皮肤，淡棕色的头发，身材健美，打得一手好网球。他简直不能理解为什么她不能生育。

当然，如今她已经不再年轻，眼看快四十五岁了，皮肤已经发黄，头发失去了光泽，人也瘦得可怜。不过，她的衣着却整洁、合身。她似乎已经不太关注自己的容貌，不再花时间化妆打扮，甚至连唇膏都不用了。有时候，她穿上最漂亮的衣服去参加一个晚宴，人们从中仍能想象出她年轻时的风采。可在平时，她又是那种没有人会去注意的女人。

不管怎么说，她是位很好的女性，一位贤妻。至于不会生养，

---

① 佃（diàn）户，旧时租地主土地的农民。

这绝非她的过失。然而，对一个盼望有个亲生儿女的人来说，这总是件憾事。她看上去缺乏活力，这就是她的症结所在。

当佩里格林向她求婚的时候，他认为自己是爱她的，起码是按照一个想成家立业的男人那样充分地爱着她。可是，随着时间的流逝，他越来越感觉到，他们两人毫无共同之处。她不喜欢打猎，而钓鱼又使她厌烦。自然而然的，他们变得疏远了。

说句公道话，他不得不承认，她从来没有打扰过他。两人谁都没有当众发过脾气，也没发生过争吵。在她看来，好像丈夫的一意孤行是天经地义的事。他有时到伦敦去，她从来不要跟他一起去。在伦敦，佩里格林有个相好的姑娘。其实，不能算是个姑娘，她肯定满三十五岁了，不过，她的皮肤白里透红，很是招人喜爱。他只要事先发封电报过去，他们就会一起吃饭，一起看电影，一起过夜。谁叫他是个男人呢？一个健康正常的男人在生活中总得有点儿乐趣嘛。他心里一直有个想法：如果伊薇不是一个这么顺从的女人的话，那么她一定会更加适合做自己的妻子的。可是，他并不喜欢这个想法，于是便把它抛到了一边。

乔治·佩里格林是个处处为别人着想的绅士，他刚把《泰晤士报》看完，就打发管家把报纸给伊薇送去。然后，他看了看手表，时间是十点半，他和一个佃户约好十一点会面，现在还有半小时的空闲。

“让我趁这个时候看看伊薇的书吧。”他自言自语地说。

他笑吟吟地拿起书。伊薇在自己卧室里收藏着不少有学问的人读的书，可没有一本是他感兴趣的；既然这些书伊薇爱看，那就让她看好了。他发现眼下他手里的这本最多不过九十页，这还很符合他的心思。他赞成埃德加·爱伦·坡[①]的观点：诗歌不宜过长。

① 埃德加·爱伦·坡（1809—1849），美国作家、诗人、编者与文学评论家，被尊崇为美国浪漫主义运动要角之一，以悬疑、惊悚小说最负盛名。

但是，翻过几页之后，他注意到有些诗句太长，既不规律，也不押韵。他是不喜欢读这种诗的，记得他刚上学，还是个小孩子时，曾学过一首诗，开头是：那孩子站在火烧火燎的甲板上。后来在伊顿公学上学，有一首开头写道：毁灭抓住了你，无情的国王。后来还学了《亨利五世》，这是学生必读的篇目，学了半个学期。他惊愕地把目光停留在伊薇的书页上。

“这哪里是诗呢？”他说。

幸好书中并不是所有的诗都是如此。只夹杂着几首这样的诗，上面三四个字一行，下面变成十个或十五个字一行，看上去就怪别扭的。其中有几首小诗，真得感谢上帝，倒是又短又押韵，句子长短也一样。有几首还在前面加了“十四行诗”的标题。出于好奇，他数了数，真是十四行。他读了起来，似乎还不错，只不过看不懂里面说的什么。他不由自主地重复着：毁灭抓住了你，无情的国王。

“可怜的伊薇。”他叹息了一声。

这时，他约好的那个佃户被带进书房。他放下书本起身接待，开始商议起他们的事情。

“我读了你的书，伊薇，”在吃午饭的时候，他说，“非常好，出这本书你花了不少钱吧？”

“没有。我运气不错，一个出版商接受了这本书。”

“诗歌的稿酬是不会太多的，亲爱的。”他说得既温存又关切。

“不会太多，我估计也没有多少。今天早上班诺克找你有事吗？”

班诺克就是打断他读伊薇诗歌的那个佃户。

“他找我预支一部分钱，打算买一头纯种的公牛。他是个好人，我倒有几分想答应他了。”

乔治·佩里格林觉察到伊薇无意谈论她的书，于是，他也用不着为换一个话题而感到不安了。让他沾沾自喜的是：伊薇在书的扉页上用了她结婚前的姓。尽管他认为关于那本书的事，不大可能有人会知道，他还是以自己的不同寻常的姓氏为荣的。万一某个可恶的穷文人在一份报纸上取笑伊薇的作品的话，他是不会高兴的。

在以后的几个星期里，他一直没有问伊薇关于她贸然搞起写作的事，这看来还是明智的。同时，她对此事也只字不提。好像写诗是件不光彩的事情似的，他们之间仿佛达成默契，谁都不去提它。但是后来发生了一件奇怪的事情。佩里格林因公必须到伦敦去，他带着达芙妮出去吃饭，就是每次他进城总要一起待上几个小时的那个姑娘。

“喂，乔治，”她说，“你太太是不是写了一本人们都在谈论的书？”

“你说什么呀？”

“是这么回事，我认识一位评论家，那天晚上我们去吃饭，他带着一本书。‘是给我看的吗？’我问，‘是本什么书？’‘噢，我想这种书是不合你的胃口的，’他说，‘是本诗集，我刚刚写了一篇评论文章。’‘诗歌我是从来不看的。’我说。‘这是我看过的最富于激情的诗了，’他说，‘销路好极啦，写得非常好。’”

“作者是谁？”乔治问。

“是一个姓汉密尔顿的女人。我朋友告诉我，那不是她的真名。他说她的真名是佩里格林。‘真巧，’我说，‘我认识一个人就姓佩里格林。’‘在军队里是个上校，’他说，‘住在谢菲尔德附近。’”

“你真不该和朋友们谈到我。”乔治生气地皱起眉头。

“不要生气嘛，亲爱的。当时我就说了一句：‘你跟我说的不是同一个人。’”达芙妮咯咯地笑起来，“我朋友说：‘人们都说他是个地地道道的老顽固。’”

乔治是个很有幽默感的人。

“你完全可以说得再严重点儿嘛，”他笑了笑，“如果我太太真的写了一本书的话，我哪能不知道呢？”

“我想也是的。”

好在她对这件事没有多大兴趣。当上校开始谈到别的话题时，她早把它忘到了脑后。上校也把这件事忘了。据他判断，那个愚蠢的评论家只不过是骗骗达芙妮罢了。一想到有人因为听说这是本热门的书，就买来一读，结果却发现满篇都是乱糟糟的不能理解的空话，他就觉得很可笑。

佩里格林是好几个俱乐部的会员。第二天，他觉得该在中午一点时到圣詹姆斯街去吃午饭。他打算下午早一点儿赶火车回谢菲尔德。在走进餐厅之前，他坐在一张舒适的扶手椅里喝着葡萄酒，这时，他的一位老朋友走上前来。

“嗨，老兄，您好？”他说，“当一位名人的丈夫，您感到满意吗？”

乔治·佩里格林望着他的朋友，仿佛从对方的眼睛里看见一抹饶有趣味的闪光。

“我不明白您在说什么。”他回答。

“说实话，乔治。人人都知道伊·凯·汉密尔顿是您的老婆。这是少有的事，一本诗歌集竟获得如此大的成功。您看，亨利·达什伍德正在和我同桌吃饭，他很想见见您。”

“真见鬼，亨利·达什伍德是谁？他为什么想见我？”

“啊，亲爱的朋友，您这阵子一个人在乡下都干了些什么呀？亨利称得上是当下最好的评论家，他为伊薇的书写了一篇绝妙的评论。您是说，她没有把它拿给您看？”

不等乔治回答，他的朋友就把一个男人叫了过来。来人又高又瘦，前额很宽，留着络腮胡子，长长的鼻子，有点儿驼背：这种人是乔治一见就不喜欢的类型。经过一番介绍之后，亨利·达什伍德坐了下来。

“佩里格林太太正好也在伦敦吧？我多么想见见她。”他说。

“不，我太太不喜欢伦敦，她更喜欢乡下。”乔治生硬地说。

“对我的评论，她给我写了一封很亲切的信，让我很满意。您知道，我们评论家一向是费力不讨好的。她的书简直使我大吃一惊，写得那么清新，别具一格，充满了时代气息，一点儿不晦涩。看来，她写自由体的诗歌和写旧体格律诗一样不费力气。”然后，大概他觉得既然是搞评论的，就该提出些意见来，“有时候，她的听觉还不够敏锐。不过，这没什么，艾米莉·狄金森[①]也有这个缺点。其中有几首短篇的抒情诗几乎像是大诗人兰多[②]写的。”

评论家的一番议论让乔治·佩里格林越听越糊涂。这真是个令人厌恶的喜欢卖弄学问的人。但是，上校一贯好脾气，于是有礼貌地做了回答。亨利·达什伍德接着说下去，仿佛并没有在意对方的回答。

“不过，这本书之所以获得极大的成功，是因为在它的每一行诗里都充满了激情。许多年轻的诗人可以说都是一些贫血、冷漠、麻木和迟钝的文人。而在这部作品里，人们却感受到了发自内心的、毫无掩饰的激情。当然，其中那种深挚而坦诚的情感是悲剧性的。呃，亲爱的上校，海涅说得多么贴切：诗人从巨大的伤痛中创作出精妙的诗歌。您知道每当我一遍又一遍读着这些令人心碎的诗句时，我就想起了萨福[③]。”

乔治·佩里格林实在听不下去了，便站了起来。

---

① 艾米莉·狄金森（1830—1886），美国诗人，代表作有《云暗》《逃亡》等。

② 兰多（1775—1864），英国诗人、评论家，作品包括东方英雄史诗《格比尔》和散文《文人与政治家的想象对话》。

③ 萨福（约公元前630或者前612—约前592或者前560），古希腊第一位女诗人。

“哦，您对我太太的这本小书给了这么高的评价，真是太感谢了。我想她听了一定很高兴。可是，我得走了。我必须吃点儿饭，就去赶火车了。”

“讨人嫌的家伙。”他一边气冲冲地对自己说，一边上楼到餐厅去。

吃晚饭时，他刚好回到家里。等伊薇上床睡觉后，他走进书房去找她写的那本书。他想，他应该再仔细读一遍，以便亲自看个明白，看看到底有什么值得人们大惊小怪的。可是，那本书找不着了，肯定是伊薇拿走了。

“蠢货。”他嘟囔了一句。

他早已经跟伊薇表示过，他觉得那本书好极啦。现在还能再说什么呢？唉，这没什么。他点燃烟斗，拿起一本《田野》杂志，一直看到入睡。

可是，大约过了一个星期，一天他凑巧要到谢菲尔德去一趟。他在俱乐部里吃午饭，刚要吃完，哈弗雷尔公爵走了进来。他是当地数一数二的有钱人，上校当然认识他，不过只是交情一般而已。当公爵在他身边停住脚步时，他很奇怪。

“真是遗憾，您的太太没能到我们这儿来共度周末，”他带着点儿迟疑可又是非常诚恳的语气说，“我们有不少人盼望着见到她呢。”

乔治心中一惊，他想一定是哈弗雷尔公爵一家邀请他和伊薇去度周末，而伊薇连招呼都没有跟他打一声就谢绝了。他稳了稳情绪说，他也觉得很抱歉。

“希望下次能有幸见到她。”公爵愉快地说完就走开了。

佩里格林上校非常生气，一到家便对他妻子说：

“你瞧，有人邀请我们到哈弗雷尔，你怎么就给回绝了呢？为什么你说我们不能去呢？从前我们一直没有受到过邀请，那儿是郡里最好的打猎场所。”

“我倒没想到这一点。我以为这种邀请只会让你厌烦。”

“真是的。至少你该问我一声，问我要不要去。”

“对不起。”

他看着她。在她的表情中好像有些他不十分理解的东西。他皱起眉头。

“我想人家总会邀请了我吧？”

伊薇的脸微微地红了。

“告诉你吧，事实上人家并没有邀请你。”

“真该死，邀请你而不邀请我，他们太无礼了。”

“我想他们可能觉得这不是你喜欢的那种聚会。公爵夫人很喜欢和作家一类的人交往，你知道。她邀请了亨利·达什伍德，那位评论家，并且出于某种原因，他想见见我。”

“你真该谢绝，好极啦，伊薇。”

“我只好这么做。”她笑着说，迟疑了片刻，“乔治，我的出版商打算在本月底为我举办一个小型的宴会，当然，他们希望你也参加。”

“啊，我想我是不怎么喜欢这种聚会的。如果你愿意的话，我可以陪你到伦敦。我会找人跟我去吃饭的。”

他指的当然是达芙妮。

“我猜宴会一定很乏味，可是他们坚持要办。另外，在随后的一天，那位把我的书拿走的美国出版商准备在克拉里奇饭店举行鸡尾酒会。你要是不介意，也欢迎你去。”

“我怕去了给你添麻烦。不过，你要是真心邀请我，我就去。”

“那可太好啦。”

乔治·佩里格林觉得鸡尾酒会搞得眼花缭乱。参加的人真不少，其中有的人看起来挺不错的，几位女士打扮得落落大方，但是那些男人似乎让他非常厌恶。经过介绍跟他认识的人，你知道，都称他为佩里格林上校，伊·凯·汉密尔顿的丈夫。男人们好像跟他没有什么话好说，倒是那几位女士跟他说个没完。

“您一定为您的妻子感到自豪吧。那本书棒极了，不是吗？您知道我一口气从头读到尾，简直舍不得放下，并且看完了第一遍，又开始从头读起，再看第二遍。”

那位英国出版商对他说：“这二十多年来，没有哪一本诗歌集获得这样的成功，也没有哪一本得到这么高的评价。”

美国出版商对他说：

“这是一流的作品，在美国肯定会一鸣惊人，您就等着瞧吧。”

美国出版商送给伊薇一大束兰花。真是可笑，乔治心里琢磨着。当他们进来的时候，人们争先恐后地想和伊薇认识。很明显，人们向她表达着对她的赞美和钦羡，而她则报以微笑或说上一两句表示感谢的话。她兴奋得脸颊有点儿发红，但显得相当从容。尽管上校把所有这一切都看作是一钱不值的胡言乱语，他却也不无赞赏地发现：他太太应对得恰到好处。

“反正有一点，”他对自己说，“人们看得出来她是个贵妇人。那倒霉的洋相在这儿算是出够啦。”

上校喝了不少的鸡尾酒。有一件事让他感到些许不安，他注意到有好几个他刚结识的人都用一种好奇的目光看着他，让他弄不明白是怎么回事。有一次，当他从坐在沙发上的两位女士身边走过时，他发觉她们在谈论他，等走过去之后，他几乎可以肯定她们在窃笑。宴会终于结束了，他如释重负。

在他们坐出租车回旅馆的路上，伊薇对他说：

“你真好，亲爱的。你可说是为酒会添了不少彩，姑娘们一个劲儿地议论你，说你长得英俊、帅气。”

“姑娘们，”他刻薄地说，“是老母夜叉吧。”

“你不喜欢这个酒会，亲爱的？”

“不喜欢，烦死人啦。”

她捏了捏他的手，表示同情。

“我们乘坐下午的火车回去，希望你不要介意。上午我还得办几件事。”

“好的。你要出去买东西吗？”

“倒是想买一两样东西。不过，我想去拍一张照。我讨厌搞这一套，可他们认为我应该照一张。是给美国的出版商，你知道。”

上校没说话，但脑子里却转悠开了。他想，当美国人看见这张相貌平平、瘦小枯干的女人的照片时，知道这就是他的太太，他们一定会大吃一惊的。在他的印象里，美国人喜欢妖艳的女人。

他一直在思索着。第二天早上，伊薇出去了。他先去了俱乐部，又来到图书馆，查阅了近期的《泰晤士报文学增刊》《新政治家》和《旁观者》。很快他找到评论伊薇的那本书。他没有很仔细地看，不过足以看出来，这些评论全是夸夸其谈。

然后，他来到皮卡迪利广场的一家书店，以前他偶尔也到这儿买过书。他决定要把伊薇这本倒霉的书好好地读一读。然而，他又不愿去问她，是不是她把给他的那本书拿走了。他觉得干脆自己再去买一本吧。走进书店之前，他先看了看橱窗，一眼就看见了陈列着一本《金字塔倒塌之际》。倒霉的书名，显得多愚蠢啊！他走了进去，一个年轻人走上前来，问他买什么。

“不，我只是随便看看。”直接找售货员要伊薇的书多难为情啊，还是自己找一本再拿给售货员吧。真是糟糕，哪儿也没有。最后，他只得装出漫不经心的样子问旁边的年轻人：“顺便问一下，你们有《金字塔倒塌之际》这本书吗？”

“新的版本今天早上刚到，我去给您拿一本。”

转眼间，年轻人拿来了一本。这人身材矮小，体型结实，一头蓬乱的红头发，戴着眼镜。跟身形挺拔、一副军人派头的乔治·佩里格林上校比起来，他要矮上一大截。

“这就是新的版本吗？”他问。

“是的，先生。这是第五版，销售量大得和一部小说一样。”

上校犹豫了一会儿。

“你认为它为什么这样成功呢？一般而言，人们都很少读诗歌的。”

“不过，这本书可精彩了，您知道的。我自己就读过了。”

很明显，年轻人有点儿文化，可是口音听起来土里土气的。于是，上校本能地摆出高人一等的架势。

“人们喜欢的是书里叙述的故事，引人入胜，您知道，尽管是悲剧性的。”

上校皱起眉头。他断定这位年轻人读书不得要领。没有一个人告诉过他，这本倒霉的书里还有一个故事；从自己读过的评论中也没有提到这一点。年轻人接着又说下去：

“当然，书中的故事不过是昙花一现，如果您明白我的意思的话。据我看，作者的灵感有几分像是自己的亲身经历，如同豪斯曼当年创作《希罗普郡少年》一样，他永远不写别的任何作品了。”

“这本书多少钱？”上校不耐烦地打断对方的话，“不用包上了，我放在口袋里就行了。”

十一月的早上，天气阴冷，上校穿着一件大衣。

在火车站，乔治买了几份晚报和杂志，和伊薇走进一节头等车厢，在一个角落里舒舒服服地坐下来，两人相对而坐，乔治看着他的报刊。五点钟，他们一起到餐车喝了茶，闲聊了一会儿。车到站了，他们乘坐一辆在此等候他们的小汽车回到家。洗完澡，他们换上吃晚饭时穿的衣服。饭后，伊薇说她累坏了，得去睡觉，按照惯例，她吻了吻上校的前额。

然后，他走进门厅，从大衣口袋里拿出伊薇那本书，走到书房，开始读起来。他总是觉得读诗歌很困难，即使读得很认真，一个字一个字地读，也弄不明白里面的内容。于是，他从头开始读第二遍。这回他越读越觉得心里不是滋味了。他终归不是个傻瓜，等他把全书读完之后，里面说的什么，他完全清楚了。

书里的诗有一部分是自由体，另一部分则采用传统的格律诗。但是里面叙述的故事，即使对一个没有任何文学修养的人来说，也是既连贯又明白的。这本书是讲一个已婚的中年妇女和一个年轻人之间的爱情。乔治•佩里格林上校就像做一道简单的加法算术题那样，很容易地辨识出故事说的是谁了。

全书都是用第一人称写的，开头写的是那个青春年华已逝的女人，当她发觉那个年轻男人爱上她的时候，惊讶得浑身发抖。她踌躇、犹豫，不知如何是好，难道是自己在欺骗自己。突然，她发现自己也在疯狂地爱着他，这一下把她吓得要命。她想：即使她屈从于自己的感情，双方年龄上的差距只能给她带来不幸，这太荒唐了。她千方百计不让对方表达出这种感情。

可这一天终于到来了，他向她倾吐了爱慕之情，并逼着她表示她也爱他，还要求她和他私奔。她怎么能丢下自己的丈夫和自己的家呢；况且她已步入中年，而他正年轻力壮，两人怎么一起生活呢？他的爱情能持久吗？她恳求他怜悯她。但是，他的爱坚不可摧；他需要她，真心实意地需要她。

最后，在战栗、心悸的渴盼中，她投入他的怀抱。接着，作者在观众面前展示出一幕令人心醉的幸福场景，仿佛这个呆板、沉闷、平常的世界一下子焕发出奇异的光彩；爱情之歌从她笔下潺潺流出。这个中年女人爱慕她的情人年轻健美的身体。当读到她赞赏他宽广的胸膛、苗条的侧腹、健硕的大腿和平坦的小腹时，乔治的脸红了。

最热烈、煽情的作品，达芙妮的朋友不就是这样说的吗，真是一点儿不假。令人作呕。

另外还有几首悲伤的短诗，里面写的是：当他后来突然离开她的时候，她哀叹生活的空虚，结尾是一声哭喊，说她不论忍受什么样的痛苦都是值得的，因为她已经享受了巨大的幸福。作者描绘了两人一起度过的不平凡的长夜，激情过后相互拥抱着疲惫的身体入睡；描绘了他们不畏世俗的眼光，愿意任由情感驾驭着，去享受那短暂的、充满激情的狂喜。

书中女主人公原以为她们的爱情只能维持几个星期罢了，谁知却奇迹般地一直持续下来。其中一首诗提到：三年过去了，而他们心中的爱意丝毫也没有减退。他一直要求她跟他远走高飞，去到意大利的一座小城，希腊的一个岛上，到突尼斯的一座城堡里，这样，他们就可以永远在一起了。而在另一首诗里，她苦苦哀求他让事情维持原来的样子。他们的幸福很不牢靠。也许正是因为他们不得不遇到一些困难，以及他们的相见并不那么容易，所以他们的爱情才长久地保持着早期的炽热。

后来，那个年轻男人突然死了。至于他是怎么死的，什么时候，在什么地方，乔治没有在书中找到线索。接下来是一声长长的、悲痛欲绝的哭喊，这是一种无法公开表达而只能暗地里宣泄的悲痛。她不得不像往常一样快乐，招待客人，外出赴宴，尽管她生活中的乐趣已经消失。她陷入极度的苦恼之中。在最后一组四节短诗中，作者怀着失去情人的哀痛心情，表达了她对操纵着人类命运的邪恶神灵的感激，因为她至少一度曾享受过人间最大的幸福。

到乔治•佩里格林最后读完那本书的时候，已经是凌晨三点了。从每一行诗里，他好像都听见了伊薇的声音，他不止一次地看见了伊薇常用的词句。其中某些细节读起来，简直对他们两个都一样的熟悉。毋庸置疑，书里说的就是她自己的故事；显然，她过去有个情人，后来她的情人死了。

尽管上校心神恍惚，为此感到震惊；但他却并没有太生气，太吃惊，太沮丧，他感到的只是诧异。简直使人难以置信，伊薇竟然在外面有风流韵事，而且还搞得那么火热。他突然一下子恍然大悟，那次在俱乐部和他说话的男人为什么会流露出那么奇怪的眼神，原来是这么一回事；难怪达芙妮谈到这本书的时候，显得那么幸灾乐祸；难怪在那次鸡尾酒会上，当他从那两个女人身旁走过时，她们都在窃笑。

上校出了一身冷汗。一瞬间，他觉得怒火中烧，从椅子上跳起来，想去叫醒伊薇，问个水落石出。可走到门口时，他停住了。他究竟有什么证据呢？仅凭这一本书吗？他还记得，自己曾经对伊薇说这本书好得很。其实，他一点儿也没有看，只是假装看过了。如果他不得不承认这一点的话，他岂不成了一个名副其实的傻瓜。

“我必须谨慎行事才对。”他嘀咕着。

他决定再等两三天，周密地考虑考虑，然后再做出决策。他爬上了床，但久久不能入睡。

“伊薇，”他一遍又一遍地呢喃着，“怎么偏偏是伊薇呢。”

第二天早上，上校和夫人照常在饭桌上见面。伊薇仍然那么平静、温柔和镇定；她是一个无意把自己打扮得更年轻的中年妇女，一个丝毫引不起他兴趣的女人。他望着她，仿佛多年没有见过她似的。她照旧不动声色，淡蓝色的眼睛里闪烁着无动于衷的光芒。从她那坦率的眉宇间看不出任何罪恶的迹象。她像往常那样漫不经心地说了几句。

“在伦敦匆忙地待了两天之后，又回到乡间，多么好啊。今天上午，你打算做什么？”说得叫人不能理解。

三天后，上校拜访了他的律师。亨利·布莱恩是乔治的一个老朋友，同时是他的律师，住的地方离佩里格林家不远。多年来，他们一直互相到对方的狩猎场去打猎。一个星期里他有两天做乡间的绅士，其他五天则是谢菲尔德一个忙碌的律师。他身材高大健壮，总是精神饱满、喜笑颜开。他喜欢别人把他主要当作一个运动员和一个愉快的伙伴来看待，而律师工作只是偶尔为之。不过，他头脑灵活，阅历、见识颇广。

“哎呀，乔治，今天哪阵风把你吹来了？”上校刚走进办公室，他就发出洪亮的声音，“在伦敦玩得痛快吧？下个星期我打算带我太太去几天。伊薇好吗？”

“我就是为伊薇的事情来找你的，”佩里格林说，怀疑地看了对方一眼，“你看过她的书了吗？”

近日来的烦恼使得他越来越敏感，他感觉律师的表情里含有一些细微的变化。他马上警觉起来。

“哦，我看了。巨大的成功，不是吗？真有意思，伊薇忽然写起诗来了。这事真是新鲜。”

乔治·佩里格林几乎要沉不住气了。

“这本书让我变成了一个该死的傻瓜。”

“哎，别瞎说了，乔治！伊薇写了一本书，这没有什么害处呀。你应该引以为荣啊。”

“别瞎说了。书里写的是她自己的事。你知道，别人也会知道。恐怕，只有我一个人不知道她的情人是谁。”

“我们每个人都有想象力，朋友，你没有理由胡思乱想，故事应该是虚构的。”

“听我说，亨利，我们俩彼此非常了解，一直同欢乐、共患难。请老实告诉我：你能当着我的面发誓说，你相信这是个虚构的故事吗？”

亨利·布莱恩坐在椅子上不安地动了动。他被乔治难过的语调弄得一时不知该怎么说才好。

“你怎么能问我这样的问题，你应该去问伊薇。”

“我没有勇气，”乔治痛苦地停顿了片刻，然后说，“我害怕她告诉我事情的真相。”

一阵使人难堪的沉默。

“那家伙是谁？”

亨利·布莱恩直勾勾地看着他。

“我不知道。即使我知道，也不能告诉你呀。”

“你太不够朋友啦。难道你没有看见我现在处于多么尴尬的境地？难道你认为，受人奚落是一件值得高兴的事吗？”

律师点燃一支香烟，不停地喷着烟雾，一声不吭。

“我不知道我能为你做点儿什么？”律师最后说。

“我想你有私家侦探吧。请他们帮忙把这件事搞清楚。”

“派侦探去查自己朋友的妻子，不太好吧，朋友。另外，就算伊薇有外遇，已经是过去的事了。我不相信现在还能留下什么踪迹和线索，你根本查不出来。”

“不管怎么说，你就安排侦探去吧。我要弄个明白。”

“我不能那么干，乔治。如果你决心已定，只有另请高明。你听我说，即使你弄到证据，伊薇对你不忠，又有什么用？一个人因为自己妻子十年前与人通奸而要离婚，这不是太傻了吗？”

“不管怎么说，我得把她的事情搞清楚。”

“你现在可以搞清楚。不过，你跟我一样很明白，那么一来，伊薇就会离开你。你愿意她这样干吗？”

乔治摆出一副愁眉苦脸的样子。

“我不知道。我一直认为，对我来说，她是个好太太；把家务料理得头头是道，从来没有因仆人而烦恼，花园收拾得干干净净，和村里人相处得和和气气。真该死，我得考虑我的自尊心啊。既然知道她对我不忠，我怎么能和她一起生活下去呢？”

“你对她忠诚吗？”

“说不上忠诚不忠诚，你知道。毕竟我们结婚将近二十四年了，而伊薇对夫妻生活毫无兴趣。”

律师把眉毛微微一扬，可乔治光顾着说话，没有注意到。

“我不否认，我常常自己去寻开心。这是一个男人所需要的。女人就不同啦。”

“我们只是站在男人的立场上说话罢了。”亨利·布莱恩轻轻一笑。

“伊薇绝对不是个不顺从的女人。我是说，她一向很谨慎，从不轻举妄动。她究竟为什么要写出这本该死的书来呢？”

“在我看来，这是一种活生生的经历。也许对她来说，用这种方式把它倾吐出来，是一种安慰。”

“呃，如果她非写不可，为什么不用个假名呢？”

“她不是用了她结婚前的姓吗。我估计，她原本以为那样就足够了。假如这本书没有这么轰动的话，她用结婚前的姓就可以了嘛。”

乔治·佩里格林上校和他的律师面对面坐在写字台前。上校用胳膊肘支在写字台上，双手托着脸颊，皱着眉头思考。

“糟糕的是，我连那个家伙是什么样的人都搞不明白。甚至连他算不算得上是个绅士，也没人说得清楚。我的意思是说，他到底是个乡巴佬，还是个律师事务所的小职员，谁知道呢？”

亨利·布莱恩竭力不让自己笑出来，用一种亲切、宽容的眼神回答说：

“我对伊薇很了解，我想对方可能是挺不错的。不管怎么说，我敢肯定，他不是我事务所的职员。”

“这对我的打击太大了，”上校叹了口气说，“我本以为她是爱我的。她要是不恨我的话，就不会写这本书了。”

“啊，我不信，我想她不可能对你有怀恨之心。”

“你总不会装模作样说她爱我吧。”

“不会的。”

“好，那么她究竟觉得我这个人怎么样呢？”

亨利·布莱恩靠在转椅背上，沉思地看着上校。

“漠不关心，我是这么看的。”上校不寒而栗，满脸通红。

“归根到底，你并不爱她，对吗？”

乔治·佩里格林没有正面回答。

“她不能生育，这对我是个极大的灾难。但我一直没有让她看出来，她叫我失望。我对她一直体贴入微，在可能的范围内，我尽量满足她的要求。”

律师用一只手捂住嘴巴，忍住要表露出来的笑意。

“这件事真把我害苦啦，”佩里格林接着说下去，“简直是活见鬼，即使倒退十年，伊薇也不是年轻姑娘了。天知道，她一点儿也不中看，要多丑有多丑。”他深深地叹了口气，“你要是身处我的位置上，会怎么做？”

“我什么也不做。”

乔治·佩里格林挺直腰板，严肃地盯住亨利，就像在检阅他的下属似的。

“我不能置若罔闻呀。我成了人家谈话的笑柄，我再也抬不起头来了。”

“胡扯，”律师庄重地说，接着换了一副仁慈、亲切的面孔，“听我讲，朋友，人都死了，一切都已成过去。忘了吧，还是去跟人们谈谈伊薇的书吧，要大谈而特谈；对他们说，你如何为她而感到自豪。要摆出一副非常信任她的样子。你知道，她不能永远对你不忠诚呀。时间在不停地前进，人们又是如此地健忘，他们很快就会把一切忘得一干二净的。”

“我可忘不了呀。”

“你们都是中年人了。她对你的恩情可能比你所想到的要多得多。失去了她，你会感到孤独的。如果你忘不了这件事，我想那也无关紧要。只要你迟钝的头脑能意识到的话，伊薇身上有许多你的慧眼还没有发现出来的东西。”

“真倒霉，听你讲倒好像一切都怪我似的。”

“不，我不是那个意思。不过，事情也不能怪伊薇。我不信她有爱上那个年轻人的想法。你还记得结尾的那几行诗吗？我的看法是：虽然她为他的去世悲痛欲绝，但她却以一种奇怪的方式欢迎这个结果。因为她一直认为：把他们联结在一起的那根纽带非常脆弱。他是在狂热的初恋中离开人世的，所以只品尝了爱情的幸福，而一直没有体验过爱情的短暂。她一想到他摆脱了一切烦恼，也就在自己极度的悲伤中到了安慰。”

“你的这番大道理我是懂不了多少的，老兄。不过，我似乎有些明白你的意图。”

上校闷闷不乐地望着写字台上的墨水盒，沉默了。律师好奇而又同情地望着他。

“你能体会到为了掩盖自己内心的悲痛，她得付出多大的努力吗？”律师温和地说。

上校叹了一口气。

“我完蛋啦。我想你是对的，无法挽回的事，哭也没用。如果我大惊小怪的话，只会把事情搞得更糟。”

“嗯？”

上校可怜巴巴地笑了笑。

“我听从你的劝告。我什么也不做了。让他们拿我当该死的傻瓜看吧，让这一切都见鬼去吧。这是实话，没有伊薇，我真不知道该怎么活。不过，我想告诉你，有一件事我至死也不明白：那个家伙到底看上了她什么？”

风　筝

我知道这个故事很怪诞、荒唐，连我自己都理解不了。我之所以想把它白纸黑字地写下来，只是抱着一线希望：或许在我写作的过程中，我能对它有更清楚的认识，或者更确切地说，是希望哪位读者对人性的复杂程度比我有更深刻的了解，能够不吝指教，给我个解释，驱散我心中的疑团。

当然，我最先想到的也就是其中或许隐含着某些弗洛伊德式的玄机。时至今日，我已经读过不少弗洛伊德的书籍，还有其追随者的几本著作，而且为了写这个故事，我最近又特意浏览了一遍“现代文库”版的弗氏文集，他的主要著作大多已收录其中。这多少也算是桩苦差事，因为他是个相当无趣而且啰唆的作家，而且他在号称自己开创了某种理论时，那种刻薄的态度明显表现出一种虚荣和自负，以及对于同行们的嫉恨。

就是这么一个人，竟然摇身一变成了一个科学家，一门学科的创始人。不过，我相信，他这个人在为人处世上倒应该是个和善、温厚的老家伙。因为我们都知道，一个人在为人和为文方面往往会有巨大的反差。在作品当中越是表现得严酷、尖酸刻薄，在实际生活中反而越是有可能会温文尔雅、畏首畏尾，连一只鹅都不敢嘘一声。

不过这话又扯远了，跟我要说的本题无关。话说尽管我特意重读了弗洛伊德的著作，但却丝毫未能打消我脑子里一直存在的疑问。所以我只能就事论事，尽量把事情的经过如实讲述清楚，仅此而已。

首先要声明的一点是，这并非我自己的故事，而且跟故事有关的那些人我一个都不认识。这是有天傍晚我的朋友奈德·普雷斯顿讲给我听的。他之所以讲给我听，是因为他不知道该怎么处理摆在他面前的难题，而他原以为我或许能给他提出点儿建议，对他有所帮助。但是事实证明，我一点儿忙都帮不上。

在上面一个故事[①]里我已经介绍过奈德·普雷斯顿，我想读者应该知道他的情况了，所以我只需提醒一下，我的这位朋友是沃姆伍德·斯克拉比斯监狱的监察员。他对待自己的工作非常认真，每每把囚犯们的麻烦当成他自己的一样看待。我们一直都喜欢在皇家咖啡馆[②]一起用餐；当时我们正坐在咖啡馆里慢悠悠地喝着咖啡和利口酒，奈德则公然违背他的医生的禁令，吸着加长的上好哈瓦那雪茄。

“这段时间，我正跟斯克拉比斯监狱里一个很有趣的家伙打交道，”他沉吟了一会儿后说，“我要是知道该怎么对付他就好了。”

“他是因为什么被关进去的？”我问。

“他离开了他的妻子，法庭责令他每周付给她一定数额的赡养费，可是他拒不执行，一分钱都不肯付。我跟他摆事实讲道理，一

---

① 见1963年版企鹅丛书威廉·萨默塞特·毛姆著《短篇小说选集第四卷》中的《插曲》。

② 位于伦敦皮卡迪利广场摄政街68号，是一家著名的餐厅和聚会场所，于1865年开业，到19世纪90年代已经成为著名的风尚地标，王尔德、萧伯纳、弗吉尼亚·伍尔夫、丘吉尔、伊丽莎白·泰勒和戴安娜王妃等各界名流都曾是这里的常客。

直讲到口干舌燥了都是白搭。我跟他说，他这不过是在自暴自弃、自毁前程。他回答说，他宁可把牢底坐穿，她也甭想从他手里拿到一分钱。我跟他说，不能眼看着她饿死吧，而他只回了我一句：‘为什么不？’他行为优雅，举止大方，有很好的工作，经济上没有困难，他看起来平时也是快快乐乐的，只是对妻子恨到了极点，只要一想到她的日子该会有多难熬，他就是坐牢也开心。”

“他为什么这么讨厌她呢？”

“她毁了他的风筝。”

“她做了什么？”我惊呼。

“你听到了。她毁掉了他的风筝。他说他到死都不能原谅她。”

“他肯定是疯了。”

“不，他没疯，他绝对通情达理，而且是个相当聪明、体面的小伙子。”

他叫赫伯特·桑伯里。他的母亲是位非常优雅的女士，从来不允许别人叫他的昵称赫伯或是伯蒂，总是叫他的本名赫伯特，就像她从来都不叫她丈夫萨姆而永远是塞缪尔一样。桑伯里太太名叫贝阿特丽丝，当初桑伯里先生在跟她订婚以后，曾斗胆叫过她一次贝阿，她马上就坚决地表示反对。

“我的教名是贝阿特丽丝，”她说，“我一直都叫贝阿特丽丝，将来也一样，不论是对你还是对我最亲近的人来说，都是如此。”

她是位小个子女人，身材略显瘦，但很结实，很活跃。她肤色发黄，五官端正，生得线条清晰、轮廓分明，眼睛虽小，却像珠子般圆润、明亮。在她这个年纪，她的头发黑得有些可疑，总是梳理得干净利落、一丝不乱，发型跟维多利亚女王的几位公主一模一样，这种发型自从她可以自己做主以来就再没有改变过。她这一生当中从来都没用粉扑碰过自己的鼻子，就更别说用什么胭脂和唇膏了。为了保持头发最初的色泽而采取的措施，如果情形属实的话，这就算是她对于轻浮和虚荣做出的唯一妥协。她从来都只穿上好面料的黑色衣裙，从不考虑什么流行和时尚，只管按照既耐用又得体的样式裁制，由街角的一个小女人奉命执行。她唯一的装饰就是脖子上系的一条细金链子，上面挂了一个小小的金质十字架。

塞缪尔·桑伯里的个子也不高。跟他妻子一样瘦削精干，只不过头发是浅黄棕的沙砾色，现在已经相当稀疏，所以他只好把一边的头发留得很长，小心地梳上去盖住头顶中心的一大片光秃。他的眼睛是淡蓝色的，面色苍白。他是一家律师事务所的书记，从办公室的小听差一路干到目前这个令人尊敬的位置。他的雇主称呼他桑伯里先生，有时候让他负责去见某位无足轻重的客户。

结婚二十四年来，塞缪尔·桑伯里每天早上都乘坐同一班火车赶往伦敦市中心，当然星期天和每年两周的海滨度假除外，每天傍晚又是乘坐同一班火车回到他居住的郊区。他的衣着非常干净、整洁：上班的时候是一条素净的灰色长裤、一件黑色外套，再配上一顶圆顶硬礼帽；回到家以后，他就换上拖鞋和一件已经不再适合穿去上班的面料已经磨得光滑了的黑色旧外套。不过，等到星期天，他跟桑伯里太太一起去小教堂时，他会换上一件大礼服，再配上他的圆顶硬礼帽。这样一来，既表现出他对休息日的尊重，同时又表达出他对于那些骑自行车去教堂或是一直在街上闲荡等着小酒馆开张的人们之不敬神行为的抗议。

原则上来讲，桑伯里夫妇都是绝对的禁酒主义者。不过到了星期天，为了补偿塞缪尔工作日每天都吃的烤饼[1]、黄油加一杯牛奶的节俭午餐，贝阿特丽丝会为他准备一顿烤牛肉加约克郡布丁[2]的丰

---

① 烤饼，或译为司康饼，一种英国特色的速成面包，用大麦或燕麦粉加苏打、糖、盐等烤制而成。

② 约克郡布丁，或译为约克夏布丁，一种传统的英式美食，用牛奶、面粉、鸡蛋和烤牛肉时流出的滴油等调制烘焙而成，经典的吃法是与烤牛肉同食。

盛正餐，而且为了他的健康着想，她也会鼓励他喝上一杯啤酒。由于她绝不容许在家里存放酒精饮料，早上做完礼拜后，他就会拿一个水壶从家里溜出来，到街角的小酒馆里买上一夸脱[①]啤酒。不过他无论如何都不肯单饮独酌，完全是出于以示友好，她也会陪着喝上一杯。

赫伯特是上帝赐予他们夫妇的独子，当然绝非是他们有意节制生育的结果。只是碰巧他们就生了这么一个孩子。夫妻俩对他可谓百般宠爱。刚生下来的时候，他是个可爱的婴儿，然后又长成一个漂亮的小男孩儿。

桑伯里太太可说是精心细致地将他带大的。她教他用餐时要端坐在桌前，不许把两肘靠在桌上；她教他如何像个小绅士般使用刀叉餐具；她教他在端起茶杯喝茶时要把小拇指翘起来。当他问她为什么要这么做时，她说：

“这个用不着你操心。就是该这么做。这就表示你懂事明理，知道好歹。”

赫伯特就这么按部就班地到了上学的年龄。桑伯里太太很焦虑，因为她从来都不让他跟街上的孩子一起玩儿。

“近朱者赤，近墨者黑，”她说，“我一直都是独善其身，而且将来也会继续独善其身下去。”

虽然他们自从结婚以来就住在这栋房子里，可她一直刻意地跟所有邻居都保持着距离。

“你从不知道伦敦城里住的都是些什么人，”她说，“一桩事会引出另一桩事，还没等你明白过来，你已经跟一大帮社会渣滓搅和到一块儿了，到那时，你就是想脱身都来不及。”

---

① 夸脱，英美制容量单位，1 夸脱在英国和美国代表不同的容量，英制约等于 1.13 升，美制约等于 0.94 升。

她极不情愿赫伯特被送进郡议会学校里，跟一大帮粗野孩子混在一起，于是她对他说：

“听好了，赫伯特，照我的榜样做；一定要独善其身，尽可能不跟外人有任何的交往。”

不过，赫伯特在学校里却跟大家相处得很好。他学习用功又一点儿都不愚蠢，各门功课的成绩都相当出色。而且可以发现，他在数字方面很有天分。

“如果这是事实的话，”塞缪尔·桑伯里说，“他将来最好就当个会计师吧。一个优秀的会计师总会有好的工作岗位等着他的。”

于是事情就这样决定下来，赫伯特就奔着会计师的前程去了。他个头也长高了。

“啊，赫伯特，”他妈妈说，“你很快就跟你爸爸一样高了。”

到他从学校里毕业的时候，他又长高了两英寸；等他不再长高的时候，他身高五英尺十英寸①。

“正好是恰当的高度，”他妈妈说，“不太高也不太矮。”

他是个相貌堂堂的小伙子，有他母亲那样端正的五官和深色的头发。不过继承了他父亲的蓝眼睛，虽说肤色苍白，不过生得光滑、洁净。

塞缪尔·桑伯里把儿子安排进一家会计事务所，这家事务所每年为他的律师行进行两次会计结算。到赫伯特年满二十一岁②的时候，他每周就能给他妈妈带来一笔相当不错的小收入了。她再返还他三个半克朗③的硬币用来买午餐，十个先令当零花钱，其余的她都为他存入储蓄银行，以备将来不时之需。

---

① 约一米七八。

② 当时英国的法定成年年龄为 21 岁，1969 年，英国通过《家事法改革法案》(The Family Law Reform Act)，将成为成年人的年龄降低为 18 岁。

③ 英国旧币制单位，半克朗相当于两先令六便士。

赫伯特二十一岁生日的那天夜里，桑伯里先生和太太上床以后——我得顺便说一句，桑伯里太太从来都不说“上床”二字，她只说“就寝”，不过桑伯里先生可不像他妻子那么文雅，他总是说：“我要上贝德福德了。①”——桑伯里太太说：

“有些人就是不知道他们有多幸运；感谢上帝，我知道。谁家都没有比咱们赫伯特更好的儿子啦。从小到大，他几乎没生过一次病，而且从来没让我操过心。我只是想说明，只要你抚养孩子的方法是正确的，他们就能为你增添光彩。想想看他都二十一岁了，真是不敢相信啊。”

“是呀，我想在儿子还没有能大展宏图之前，他就该结婚成家，离开咱们啦。”

“他为什么会那么想呢？”桑伯里太太暴躁地说，“他在这儿有个很好的家，不是吗？你可不能往他头脑里灌输这种愚蠢的想法，塞缪尔。否则你跟我就会吵架啦，你也知道，这是我最不愿看到的。结婚成家，瞧你说的！他可是有脑子的，绝不会打这种蠢主意。他知道什么样的生活是舒服富裕的。他有脑子，赫伯特可不傻。”

桑伯里先生不吭声了。他早就知道，对于贝阿特丽丝说的话，你反驳也是没用的。

“我不赞同一个男人在还没有自己成熟的想法之前，就急着结婚。”她继续说，“而一个男人在三十五岁前，是不会有他成熟的想法和真正的主见的。”

“他一直对自己的现状挺满意的。”桑伯里先生想转换一下话题。

“他确实应该感到满意才对。”桑伯里太太说，仍旧有些心烦意乱。

---

① 原文是“Me for Bedford”，贝德福德是英国中部贝德福德郡的首府，是桑伯里先生对于“上床”开玩笑的说法，可惜译文中无法传达。

夫妻俩确实慷慨大方。桑伯里先生送给儿子一块银质腕表，指针是夜光的，黑暗中都能看得清；而桑伯里太太则送了他一个风筝。这当然不是她送他的第一个风筝。第一个要追溯到他七岁的时候了。事情的起因是这样的，在他们住所附近有一块很大的公共绿地，星期六下午碰上天气好的时候，桑伯里太太就会带她丈夫和儿子去那儿散步。她说塞缪尔在空气污浊的办公室里关了整整一个星期之后，去呼吸一下新鲜空气对他有好处。公共绿地上总是有很多人，不过像桑伯里太太这种喜欢独善其身的上等人，总是尽其所能，躲得远远的。

“快看，它们风筝，妈妈。”有一天赫伯特突然说。

有清爽的微风吹着，几只风筝，有大有小，正在空中翱翔。

“是那些风筝，赫伯特，不是它们风筝。”桑伯里太太说。

“想去看看它们是从哪儿放起来的吗，赫伯特？”他父亲问。

“噢，是的，爸爸。”

公共绿地中央有一个小缓坡，一家人走到跟前的时候，看到男孩儿、女孩儿以及几个大人正从坡上快步冲下来，给手上的风筝一个动力，让它吃住风。有时风筝没有吃住风就会掉到地上，不过吃住风之后就会升起来，放风筝的人赶快松些手里的筝线，风筝就会扶摇直上，越飞越高。赫伯特看得如痴如醉。

“妈妈，我能有个风筝吗？”他激动地说。

他已经知道，当他想要什么东西的时候，最好是先跟他妈妈开口。

“要风筝干吗？”她问。

“放呀，妈妈。”

“那风筝上枝枝杈杈的，也不怕割伤自己。”她说。

桑伯里先生和太太看过小男孩儿的头顶会意地相视一笑。想想看，他都想要个风筝了，真长成个小大人了呢。

“你要是肯做个好孩子，每天早上不用我告诉你，你就主动刷牙的话，也许圣诞老人在圣诞节那天，真的会给你带一个风筝来的。”

当时离圣诞节已经不远了，圣诞老人果然给赫伯特带来了他的第一个风筝。一开始他不太会操作，桑伯里先生不得不亲自从山坡上跑下来，先为他把风筝放起来。那是个很小的风筝，不过当赫伯特眼看着它越升越高，感觉到它拽动手里筝线的小小拉力时，他真的很激动、很陶醉。

从此以后，每逢星期六下午，一等他父亲从城里回来，他就缠着父母赶快到公共绿地上去。他很快就掌握了放风筝的要领，桑伯里先生和太太亲切地注视着他从小坡顶上跑下来，当他们眼看着风筝很快吃住风，他手里的筝线越放越长时，他们的心都会被为儿子感到的骄傲而涨得满满的。

放风筝成了赫伯特最大的爱好。随着他年龄的增长、个头的增高，他妈妈给他买的风筝也越来越大。他非常善于估计和利用风向和风速，能娴熟地掌控他的风筝，做出一些让你觉得不可思议的绝活。

公共绿地上也有其他放风筝的人，不仅有小孩儿，也有大人。没有比共同的爱好更能拉近人们彼此之间的距离的了。没过多久，尽管桑伯里太太一直都秉持她那孤高排外的做派，但她发现她自己、她的塞缪尔和赫伯特，跟各色人等都有了泛泛之交。他们会相互比较各自的风筝，吹嘘自己的过人绝技。

赫伯特现在已经是个十六岁的小伙子了，有时候，他会向另一位放风筝的好手发出挑战。他会运用策略，故意使他的风筝迎风追上对手的风筝，让自己的筝线跟对手的搅在一起，然后突然猛地一拉，将对手的风筝带下来。不过，很久之前，桑伯里先生就已经被儿子的热情所感染，自己也爱上了放风筝，他常常自己也来放。看到他这样一位身着条纹西装裤和黑色外套、头戴圆顶硬礼帽的绅士，一路从小山坡上跑下来，那感觉一定挺滑稽的。桑伯里太太也会颇有尊严地跟在他后面一路小跑，等风筝已经平稳地升到高空以后，她会从他手里接过筝线，抬头仰望着它在空中翱翔。

对于他们一家三口来说，星期六的下午成了一周当中最为盛大的日子。在桑伯里先生和赫伯特一大早离开家去赶开往城里的火车时，他们所做的第一件事一定是抬头望天，看看那天的天气是否适合放风筝。他们最喜欢的是那种刮阵风的天气，正因为风向的不确定，反而给了他们演练技能的最好机会。整整一个星期，每天傍晚他们讨论的都是这个。

他们很看不起那些比他们小的风筝，对于比他们大的则满怀羡慕。他们讨论起其他放风筝的人，就跟拳击手或足球运动员谈起他们的对手时一样，神情显得既激动又轻蔑。他们的野心就在于拥有一个比任何人的风筝都更大的风筝，能够飞得比别人的都高。

一般的风筝线，他们早就弃置不用了，因为他们在赫伯特二十一岁生日那天送给他的风筝足有七英尺高，他们用钢琴的钢丝缠在一面小鼓上当筝线。可赫伯特还是不满足。他不知道从哪儿听说，有人已经发明了一种立体的箱形风筝，这很快引起了他的兴趣。他想他自己也能设计出同类型的风筝来，由于他自己也多少会一点儿绘图，马上就着手进行设计了。他做了一个小型的模型，有天下午，他把它拿出去试放，不过没有成功。他是个倔强执拗的孩子，决不肯轻易认输。他的设计肯定有什么地方不对，那他就下定决心改正错误，最终把它给做对。

然后，一件让桑伯里夫妇感到意外的事情发生了。赫伯特开始在晚饭后外出。桑伯里太太不太高兴，不过桑伯里先生好言相劝。毕竟，这孩子都二十二岁了，他整天待在家里肯定觉得无聊。如果他想出去走走或是看场电影，这也没什么大不了的。谁知赫伯特竟坠入了情网。有个星期六的傍晚，一家三口在公共绿地上开心地玩了一阵子，回家吃晚饭时，赫伯特突然毫无征兆地说：

“妈妈，我已经邀请了一位年轻女孩儿明天过来喝茶。可以吗？”

“你什么？”桑伯里太太说，一时都忘了正确的语法。

“您已经听到了，妈妈。”

“我能问一下她是谁，你又是怎么认识她的吗？”

“她姓贝文，贝蒂·贝文。我是某个星期六下午在电影院里认识她的，当时正在下雨。也是碰巧。她就坐在我身旁的座位，她的手提包掉地上了，我给她捡起来，她说谢谢，我们就很自然地聊了起来。”

“你是想跟我说，你落入了这么个老掉牙的圈套吗？把手提包给掉了，你听听！”

“您想岔了，妈妈。她是个好姑娘，真的，而且也受过良好的教育。”

“这件事是什么时候发生的？”

“大约三个月前吧。”

“啊，你三个月前就碰到了她，现在才请她来喝茶？”

“瞧您说的，自从那以后，我当然也跟她见过面的。认识她的第一天，看完电影后，我问她愿不愿意星期二傍晚再跟我一起看场电影。她说她不知道，也许可以也许不行。不过她终究还是来了。”

“那还用说。我想她肯定会来的。”

“从那以后，我们大约一个星期一起看两场电影。”

“这就是你最近这么频繁外出的原因吗？”

“没错。不过，您听我说，我并不想把她强加给您，要是您不同意她过来喝茶的话，我就说您头疼，我们在外面转一转就行了。”

“你妈妈当然同意让她过来喝茶，”桑伯里先生说，“是不是，亲爱的？只不过你妈妈受不了陌生人。她从来都不喜欢见生人的。”

“我但求独善其身，”桑伯里太太沉着脸说，“她是做什么工作的？”

“她在城里一家打字事务所里工作，住在家里，如果您把那个也叫家的话。您看，她妈妈去世了，她爸爸再婚后，又生了三个孩子，她跟她后妈处不来。她后妈总是说她，埋怨她，找她的茬儿，她说。”

桑伯里太太把茶会安排得非常时髦讲究。她把客厅里一张小桌子上的小摆设拿走，那张小桌子他们从来都没用过，在上面铺了一块台布。又取出他们同样从来都没用过的整套茶具和镀金的茶壶，然后她做了烤饼，烤了个蛋糕，还有切成薄片的黄油面包。

“我想让她见识见识，咱们家可不是等闲之辈。”她告诉她的塞缪尔。

赫伯特去接贝文小姐，桑伯里先生特意守在门口迎接他们，以免赫伯特把她领进他们平常吃饭喝茶的餐厅。赫伯特把那位年轻的小姐引进客厅以后，惊讶地瞥了一眼备好的茶桌。

“这就是贝蒂，妈妈。”赫伯特介绍道。

“是贝文小姐吧，我想。”桑伯里太太说。

“是的。不过，您叫我贝蒂就行了。”

“初次见面就这么称呼，有点儿为时过早吧，”桑伯里太太亲切地微微一笑说，“你不坐下来吗，贝文小姐？”

真够奇怪的，或者也许根本就没什么好奇怪的，贝蒂·贝文看起来非常像桑伯里太太年轻时候的模样。她有同样线条清晰、轮廓分明的五官以及珠子般圆润、明亮的小眼睛，不过她把嘴唇涂得血红，两颊上也淡淡地抹了一层胭红，而且她那头短短的黑发是自然卷。桑伯里太太一瞥之下，就把所有这一切都看在眼里，她把她身上那件时髦的人造丝裙子值多少钱，能精确地估算到相差不到几个便士，对她脚上那双鞋跟高得离谱的鞋和头上那顶轻佻的帽子，她也能估算出价格来。她的裙摆很短，露出一大截肉色的玻璃丝袜。

桑伯里太太很不认同她的妆容和衣着，马上就对她这个人很不喜欢了。不过她已经下定决心要表现得像位贵夫人，倘若她都不知道该如何表现得像位贵妇的话，那天底下就没人知道了。所以，一开始一切倒还顺利。她斟好了茶，让赫伯特递给他的女朋友一杯。

“问问贝文小姐要不要吃一点儿黄油面包或是烤饼，塞缪尔，亲爱的。”

“都来点儿吧，”塞缪尔说，把两个盘子都递了过去，以他那种毛躁的方式，“我喜欢看人大口大口地吃。”

贝蒂很不自信地夹了一片黄油面包和一块烤饼放到她的茶碟里，桑伯里太太殷勤和蔼地谈起了天气。她心满意足地看着贝蒂的举止越来越局促不安。然后她把蛋糕切开，给她的客人递上一大块。贝蒂咬了一口，当她把蛋糕往茶碟里放的时候，一不小心掉到了地上。

“噢，真抱歉。”贝蒂赶忙把蛋糕捡了起来。

“一点儿关系都没有，我再给你切一块。”桑伯里太太说。

“噢，不用麻烦了，我没那么挑剔。地板很干净的。”

“希望如此，”桑伯里太太面带着尖酸的笑容说，“不过说什么也不能让你吃一块掉到地上的蛋糕。把它拿过来，赫伯特，我再给贝文小姐切一块。”

“我不想要了，桑伯里太太，真的吃不下了。”

“很遗憾你不喜欢我的蛋糕。我可是特意给你烤的。”她尝了一口，“我觉得味道还可以。”

“不是这样的，桑伯里太太，这是制作得很精美、很好吃的蛋糕，只是我一点儿都不饿。”

贝蒂谢绝了再喝茶，桑伯里太太当然看得出来她很高兴地把给她的那一杯喝掉了。“我估摸着他们家是在厨房里吃饭的。”她私下里暗想道。

这时，赫伯特点了根香烟。

“给我也来一根，赫伯，”贝蒂说，“我此时也巴不得抽上一口呢。”

桑伯里太太并不赞同女性吸烟，不过，她只是微微地抬了抬眉毛。

“我们更喜欢叫他赫伯特，贝文小姐。”她说。

贝蒂可不是个傻子，她看得出来桑伯里太太一直都在竭尽所能地让她不舒服，现在她可看到反击的机会了。

“我知道，”她说，“当他告诉我他的名字叫赫伯特的时候，我差一点儿笑出声来。想想看，大家竟然叫他赫伯特，真够滑稽的。”

“很遗憾你不喜欢我儿子受洗[①]时取的教名。我觉得这是个很好的名字。不过，我想这都取决于你是出生在哪个阶层。”

赫伯特插进来英雄救美了。

“在事务所里他们都管我叫伯蒂，妈妈。”

“那么我只能说，他们都是一群庸碌之辈。”

桑伯里太太由此陷入威严的沉默中，接下来的谈话明显已经有些尴尬，就只能由桑伯里先生和赫伯特负责维持了。桑伯里太太觉察到贝蒂被激怒了，这倒是正中她的下怀。她还觉察到那个女孩儿很想走，可是不知道该如何启齿。她决定不去帮她。最后还是赫伯特把这个难题接了过去。

“好了，贝蒂，我觉得我们差不多该走了，”他说，“我送你回去吧。”

“要走了吗？”桑伯里太太说，站起身来，“很高兴你肯光临

---

① 受洗，一个宗教用词或信仰用词，指基督教徒接受洗礼。

寒舍。”

“漂亮的女孩儿。”两位年轻人离开之后，桑伯里先生试探着说。

“一点儿也不漂亮。看看她那涂脂抹粉的脸。要是她洗去胭脂，没把头发烫卷的话，看起来肯定就大不一样了，听我的话准没错。粗俗，一点儿没错，粗俗得如同泥土。”

一个小时以后，赫伯特回来了。他很生气。

“我说，妈妈，你这么对待一个可怜的女孩儿，到底是什么意思啊？我真为你感到羞耻。”

“不许跟你母亲这么说话，赫伯特，”她生气地说，“你压根儿都不应该把这么个女人带到我的家里来。她真是粗鄙，粗鄙得如同泥土。”

当桑伯里太太勃然大怒的时候，不仅是她的语法会摇摇欲坠，有些音发起来都会走调。赫伯特对她说的这番话并没太在意。

“她说她这辈子也没受过这样的侮辱。我费了九牛二虎之力，才算把她给安抚下来。”

“哼，她永远都别想再到这个家里来了，我就跟你把话挑明了吧。”

“这只是你的想法罢了。我已经跟她订婚了，所以你自己看着办吧。”

桑伯里太太猛吸了一口冷气。“你不会吧？”

“没错，我们订婚了。这么跟你说吧，我已经考虑了很长时间了，又碰上她今晚这么心烦意乱，所以我就正式向她求婚了，我费了好大的劲儿才总算是说服了她。”

“你这个傻瓜，”桑伯里太太尖声喊着，“白痴。”

接下来的场面可就相当不好看了。桑伯里太太跟她儿子吵了个昏天黑地，当可怜的塞缪尔想息事宁人，做个和事佬的时候，母子俩都粗暴地告诉他闭嘴。最后赫伯特冲出了房间，奔出了大门，桑伯里太太则气得失声痛哭。

第二天，谁都没再提昨天发生的事情。桑伯里太太对赫伯特的态度冰冷、客气，他则面色阴沉、一言不发。晚饭后，他就出去了。到了星期六，他告诉父母当天下午他要去订婚，所以不能跟他们一起前往公共绿地了。

“我敢说，没有你，我们也能对付。”桑伯里太太冷冷地说。

就快到一家三口通常去海边度两周假期的时候了。他们一直都是去荷恩湾[①]的，因为桑伯里太太说去那儿度假的都是上层社会的人士，而且多年来，他们都在那里租住同一个寓所。一天傍晚，赫伯特装出一副不经意的样子说：

“顺便说一句，妈妈，您最好写信告诉他们一声，今年不需要预订我的房间了。贝蒂和我马上就要结婚了，我们打算去绍森德[②]度蜜月。”

有那么一会儿，房间里死一般的寂静。

“有些突然啊，是不是，赫伯特？”桑伯里先生心神不宁地说。

“嗯，贝蒂的事务所在裁员，她失业了，所以我们就想还是马上结婚的好。我们已经在戴比尼街上租下了一套两居室，正在用我储蓄银行里的钱置办家具呢。”

桑伯里太太一声不吭。她面色煞白，眼泪顺着她瘦削的面颊流下来。

“哎，别这样，妈妈，别把这件事情看得太严重了，”赫伯特说，“男人到了一定年龄总归是要结婚的。要是爸爸没跟您结婚的话，也就不会有现在的我了，是不是？”

---

① 荷恩湾，英国东南肯特郡的一个海边城镇。

② 绍森德，英国英格兰东南部埃塞克斯郡滨海城市，是一处游憩胜地，是著名的海滨浴场。

桑伯里太太不耐烦地用手抹去了泪水。

“不是你爸爸跟我结婚，是我跟他结的婚。我知道他诚实可靠，品行端正。我知道他会成为一个好丈夫和好父亲。我从来就没有为此而后悔过，你爸爸也一样。我说的没错，塞缪尔，对不对？”

“千真万确，贝阿特丽丝。”他马上说。

“您知道，等您了解贝蒂以后，您会喜欢她的。她是个好姑娘，真的很好。我相信您会发现你们之间是有很多共同点的。您得给她一个机会，妈妈。”

“她永远都别想再踏进这栋房子一步，除非是踏着我的身体过去。”

“这太荒唐了，妈妈。只要您肯通情达理地想想，一切还不是跟从前一样吗？我是说，我们还可以一如既往地在星期六去放风筝，就跟从前一样。只不过这一次我因为要订婚，所以比较难办。您看，她眼下还不明白放风筝有什么意义，不过她会明白过来的，等我结婚以后情况就不同了，我是说我可以过来跟您和爸爸放风筝；这样才合情理嘛。”

“这只是你的想法。好吧，你给我听好了，如果你娶了那个女人，我就不准你再放我的风筝了。我可从来就没把它送给你，这是我从家务开支里省出钱来买的，它是我的，明白了吗？”

“那好吧，您就自己留着它吧。反正贝蒂说那是小孩子的玩意儿，我自己倒是真该觉得羞愧的，都这把年纪了还整天惦记着放风筝。”

他站起身来，再一次昂首挺胸、气冲冲地走出了家门。两周之后，他结婚了。桑伯里太太拒绝前去参加婚礼，也不让塞缪尔去。他们照常到荷恩湾度假两周，回来后便重新过起他们习以为常的生活。

星期六下午，桑伯里夫妇两人就自己前往公共绿地，去放他们那个巨大的风筝。桑伯里太太从来都不提她儿子的名字。她下定决心绝不宽恕他。不过桑伯里先生还经常在早班火车上碰到儿子，因为父子俩搭乘的是同一班列车，两人在挤进同一节车厢的时候会说上几句家常。有一天早上，桑伯里先生抬头望了望天空。

“今天是放风筝的好天气。”他说。

“您跟妈妈还放吗？”

“你以为呢？她现在跟我一样放得可好了。你真该看看她把裙子别起来，从小山坡上跑下来的样子。我这么跟你说吧，我以前还真不知道她还有这两下子。跑？嘿，她能跑得比我都好。”

“别逗我笑了，爸爸！”

“我都纳闷，你竟然没给自己买个风筝，赫伯特。你一直都那么酷爱风筝的。”

“这话没错。我也的确提起过一两回的，可您知道女人都是怎么回事，贝蒂说：‘别这么幼稚了。’噢，我真不知道这都是怎么了。我当然不是想要个小孩子的风筝，而大风筝是要花不少钱的。我们刚开始置办家具时，贝蒂说从长远来看，买最好的反而更划算，所以我们是以分期付款的方式买的家具，每月付一笔钱外带租金，我赚的钱也就刚刚够我们俩的生活开销。人们都说两个人一起生活并不比一个人过更费钱，可至少到目前为止，我还没有这种体会。”

“她不工作吗？”

“噢，是的。她说她辛辛苦苦工作了这么多年，现在终于结婚了，她打算放松放松，而且家里也总得有人负责打扫和做饭吧。”

就这样过去了有半年的时间，然后在一个星期六的下午，当桑伯里夫妇正像往常那样待在公共绿地上的时候，桑伯里太太对她丈夫说：

“你发现了吗，塞缪尔？”

“我看到赫伯特了，如果你是这个意思的话。我没跟你说，是因为我以为这只会让你心烦。”

“别跟他说话。就假装你没看见他。”

赫伯特站在一帮无所事事看热闹的人当中。他并没试图跟他父母搭话，不过他的目光却一直紧盯着过去都是由他放飞的那只大风筝上，这一点并没有逃过桑伯里太太的眼睛。在傍晚天气开始转凉时，桑伯里夫妇便打道回府。桑伯里太太的脸上洋溢着得意和兴奋。

“不知道儿子下星期六还会不会来。”塞缪尔说。

“如果我不认为打赌是错误的话，我会跟你赌六个便士，他一定会来，塞缪尔。我可是一直都在等着这一天呢。”

“是吗？”

“我从一开始就知道，他心里是绝对放不下这件事的。”

她说的没错。下一个星期六以及从那以后的每个星期六，只要天气不错，赫伯特肯定会在公共绿地上出现。他们之间并没有搭话。他只是在那儿站一会儿，看着他们放风筝，然后就溜达着走开。

不过在同样的情形持续了几个星期之后，桑伯里夫妇给他准备了一个惊喜。他们这一次放的不再是那个他过去经常放的风筝，而是一个全新的、箱形的风筝，个头不大，就是按照他过去亲自设计的那个模型制作的。他看到那些放风筝的人们都对这只风筝产生了很大的兴趣；大家满怀好奇地围着它看，桑伯里太太则饶有兴致地说个不停。

塞缪尔第一次从山坡上跑下来的时候，那个箱形风筝并没有飞起来，而是遗憾地砰的一声摔到了地上，赫伯特紧张得攥紧了拳头、咬紧了牙关。他受不了自己眼看着它跌下来。桑伯里先生再度爬上那个小山坡，第二次尝试时，箱形风筝终于成功地吃住了风。看热闹的人群中爆发出一片喝彩。桑伯里先生放了一会儿以后就把风筝拽下来，拿着它回到了小山坡上。桑伯里太太走到赫伯特面前。

“想试一试吗，赫伯特？”

他激动得透不过气来了。

“是的，妈妈，想。”

“这只是个小个儿的，因为他们说你得先掌握它的诀窍。它不像咱们原来放的那种风筝。不过我们已经完成了制作一个大型风筝的设计图，而且他们说等你熟悉了它的性能之后，碰上合适的风向，你能把它放到两英里那么高。”

桑伯里先生也走了过来。

“塞缪尔，赫伯特想试一试这个风筝。”

桑伯里先生高兴得满脸笑容，把风筝递给了儿子，赫伯特摘下帽子，请妈妈给他拿着。然后他飞快地冲下山坡，风筝胀得鼓鼓的，吃住了风，当他眼看着它翩翩升起时，心里不禁喜不自胜。看到那个小小的黑色风筝那么惬意地在空中翱翔，感觉真是棒极了，不过就在欣喜之余，他已经在想着那个正在制作当中的了不起的大风筝了。之前，他们可从未能做到这一点。妈妈说，它能放飞到两英里的高空，真是太棒了！

“你干吗不回家来喝杯茶呢，赫伯特？”桑伯里太太说，“我们正好可以给你看看我们订制的新风筝的设计图。也许你还能提点儿建议呢。”

他犹豫了。他跟贝蒂说他只是出来走走，活动活动筋骨，她并不知道他每个星期都到公共绿地这儿来，而且她还在等着他回去呢。可是这种诱惑实在是太大了。

“那我回家看看吧。”他说。

喝完茶以后，他们就看设计图。这个风筝堪称巨大，装有他见所未见的各种小配件，肯定要花一大笔钱。

“你们自己永远都别想把它给放起来。”他说。

“我们可以试试啊。”

“我想，或许你们不会拒绝我在一开始时帮助你们一下吧？”他挺没把握地问。

“这兴许是个不坏的主意。”桑伯里太太说。

赫伯特回到家的时候已经挺晚了，远远晚于他平常回来的时间，贝蒂非常恼火。

“你到底去哪儿了，赫伯？我还以为你死了呢。晚饭早就做好了，一直在等你。”

“我碰上了几位朋友，聊了几句。”

她目光犀利地看了他一眼，不过，没有搭腔。她在生着闷气。

吃完晚饭后，他建议他们该出去看场电影，可是她拒绝了。

“你要想看，你自己去好了，”她说，“我不想去。”

下个星期六他照旧去了公共绿地，母亲又让他放风筝。新风筝已经正式下了订单，预计三个星期之后便能拿到。过了一会儿，母亲对他说：

“伊丽莎白在那边。”

“贝蒂？”

“她在刺探你。”

他感到一阵惊恐，中间又夹杂着恼怒。不过，他还是装出一副天不怕地不怕的样子。

“让她跟踪好了。我不在乎。”

话虽如此，他毕竟还是挺紧张的，就没跟他父母回去喝茶。他直接回了家。贝蒂正在等他。

“原来这就是跟你聊天的朋友啊。你每个星期六都要出去散步，我怀疑你已经有一段时间了，后来，我突然恍然大悟，你是放风筝去了。你，一个成年人，干这种卑鄙可笑之事。”

“我才不管你称它是什么呢。我就是喜欢放风筝，就算你不喜欢，你也得接受。”

“我才不接受这个呢。实话告诉你吧，我可不想看着你出丑卖乖，像个傻瓜。”

“从小时候起，我就每个星期六下午去放风筝了，只要我乐意，我便去放。”

“就是那个老女人，她一心只想把你从我身边夺走。我知道她。在她那样对待我以后，你但凡还是个男人，就永远不要再理她。”

“我不许你那样叫她。她是我母亲，只要我愿意，我随时都有权利去看她。”

争吵持续了一个小时又一个小时。贝蒂冲着他叫，赫伯特也冲着她吼。他们之前也有过一些小的争执，因为他们俩都挺固执的，不过这一次才是他们第一次真正的吵架。

星期天，两个人谁都不搭理谁。在接下来的这一周里，他们俩虽然表面上维持着和平，不过全都一肚子怨气。碰巧接下来的两个星期六都下起瓢泼大雨。贝蒂看到大雨倾盆，不禁暗自得意，不过即便是赫伯特大失所望，他也一点儿没有表现出来。他们对于争吵的记忆渐渐淡忘了。他们家总共也就两间房，而且睡在同一张床上，两人还是忘掉他们之间的分歧为好。

贝蒂想尽各种办法对她的赫伯好，而且她认为现在她已经让他尝到了她伶牙俐齿的厉害，知道她不是好惹的，不会受任何人的蒙蔽，以后他也就会慢慢地变得通情达理了。就他而言，他也算得上是个好丈夫，在钱财上很大方，而且为人可靠。假以时日，她会把他驾驭得服服帖帖的。

可是持续了两周的坏天气终究还是转晴了。

“看起来明天是放风筝的好天气啦，”父子俩在等早班火车的站台上相遇后，桑伯里先生说，“新风筝已经送到了。”

“真的吗？”

“你妈妈说，我们当然很高兴你能过来帮我们试放，不过谁都无权硬插到一对夫妻中间，干涉他们的生活。我的意思是说，你要是怕贝蒂跟你大吵大闹的话，你最好还是别来了。我们在公共绿地上认识了一个年轻小伙子，他对我们这个风筝也是情有独钟，他说如果有什么人能把它放起来的话，那肯定非他莫属。”

听了这话，赫伯特嫉妒得心都痛了。

“我绝对不允许任何陌生人碰我们的风筝。到时候我一定来。”

“噢，你好好考虑考虑吧，赫伯特。就是你不来，我们也完全能理解。”

“我会来的。”赫伯特说。

第二天，他从城里下班回家后，马上就把上班的正装脱下来，又换上一条宽松的裤子和一件旧外套。这时贝蒂走进卧室。

“你在干吗？”

“换衣服。”他喜气洋洋地回答。他实在是太兴奋了，都没办法瞒着贝蒂了，“他们的新风筝已经送到了，我要放风筝去。”

“噢，不行，你不能去，”她说，“我不同意。”

“别这样，贝蒂。我要去，我跟你说，你要是不喜欢风筝的话，你可以自己做点儿别的事。”

“我不让你去，就是不让你去。”

她把门砰的一声关上，站到门前，挡住他的去路。她两眼放光，下巴紧绷。她个头娇小而他却是个高大健壮的男人。他抓住她的两只胳膊把她推到一边让开去路，可是她狠狠地踢了他的小腿一脚。

“你想让我给你的下巴来一拳吗？”

“你要是走了，就不要再回来。”她喊道。

他把她整个儿抱了起来，虽然她拼命挣扎，又踢又闹，他还是把她往床上一扔就出去了。

如果说那个小的箱形风筝就已经在公共绿地上引起轰动的话，那么跟这个新的比起来，之前的那个就实在是算不上什么了。不过，这个新风筝确实很难驾驭，虽然他们已经跑得气喘吁吁，而且其他热心的风筝高手们也都尽力帮忙，赫伯特还是没能把它放起来。

“没关系，”他说，“我们很快就能掌握窍门的。今天的风向不对，就是这么回事。”

他跟父母一起回家，他们一边喝茶，一边详细地讨论着新风筝的细节，就跟他以前在家里时一样。他一直拖延着不肯走，因为他无法想象贝蒂会跟他怎样大吵大闹，不过当桑伯里太太走进厨房准备晚餐的时候，他也就不得不回家去了。

贝蒂在看报纸。她抬头看了他一眼。

“你的行李已经打包好了。”她说。

“我的什么？”

“你听到我说的话了。我说过，你要是走了的话，就没必要再回来了。我忘了你还有东西在这儿。一切都已经打包好了。就在卧室里。”

他惊诧地看了她一会儿。她假装继续看她的报纸。他真想狠狠地揍她一顿。

“好吧，就照你说的办吧。”他说。

他走进卧室。他的衣服已经放在了一个手提箱里，还有一个棕色的纸袋子，贝蒂把剩下的所有东西都塞在了里面。他一手拎着手提箱，另一只手拿着那个纸袋子，一言不发地穿过客厅，离开了他们的家。他来到父母的房子前，按响了门铃。是母亲开的门。

“我回家来了，妈妈。”他说。

“真的吗，赫伯特？你的房间早已为你准备好了。把手里的东西放下，快进来。我们刚坐下吃晚饭。”母子俩走进餐厅，“塞缪尔，赫伯特回家了。赶快出去买一夸脱啤酒来。”

在饭桌上以及当晚剩余的时间里，他把跟贝蒂之间闹别扭的事告诉了他们。

“噢，你能脱身出来是你的运气，赫伯特，”桑伯里太太听了他的讲述后说，“我早就告诉过你，她绝对不配做你的妻子。粗俗，她粗俗得就像是泥土，而你却一直都是在这么高雅的环境里长大的。”

他发现睡在自己的床上很是惬意，这张床他从小一直睡到现在。并且，当他发现星期天一早从楼上下来吃早饭，无须刮胡子洗脸，还可以一边吃早饭，一边阅读《世界新闻》，这也同样让他感到惬意。

“咱们今天早上不去小教堂啦，”桑伯里太太说，“这对你来说是够心烦的，赫伯特；咱们今天就都一块儿放松放松。”

在接下来的这个星期里，他们花了很多时间来讨论风筝，同样也花了很多时间来谈论贝蒂。他们讨论的重点是，她接下来会怎么做。

“她会竭尽全力把你弄回去的。”桑伯里太太说。

“她这是痴心妄想。”赫伯特说。

“你得给她提供生活费。”他父亲说。

“儿子为什么就该这么做？”桑伯里太太喊，“她设圈套，诱使他娶了她，而现在又把他从他为她一手建起的家里给赶了出来。”

“她只要不来打搅我，该给她什么我都给。”

他回父母家后的这种舒适感与日俱增，事实上他已经开始觉得仿佛从来就没有离开过这里了。他就像一只小狗在它自己那个特别的篮筐里安顿了下来。有母亲替他洗刷衣物、修补鞋袜，这种感觉真好。

她为他提供的都是他一直习惯了的而且是他最喜欢吃的东西；贝蒂是那种敷衍凑合的厨子，一开始还兴致勃勃的，像是搞个野餐之类的，但那可不是一个男人真心喜欢的饮食方式，而且他一直都秉持母亲的观念，认为新鲜现做的食物要比买的罐头食品强得多。他已经腻味了每天都吃罐头三文鱼了。

除此之外，有了可以来回走动的充足的家居空间，也比只能禁闭在只有两个小房间的屋子里舒服多了，更何况其中的一小间还得兼做厨房之用。

“我生平犯的最大的错误，莫过于当时贸然离开了家，妈妈。”有一次他这么对母亲说。

“这个我知道，赫伯特。不过你现在已经回来了，你也无须再次离开家了。”

他的薪水是每周五支付，那天傍晚他们刚吃完晚饭，门铃响了。

“是她。”他们异口同声说。

赫伯特的脸唰地一下就白了。母亲瞥了他一眼。

“交给我好了，”她说，“我去会会她。”

她打开房门。贝蒂正站在门廊里。她想挤进门去，但桑伯里太太挡住了她的去路。

“我想见见赫伯。”

“不行。他不在。”

“不，他在。我看见他跟他爸爸一起进的门，然后再没有出来。”

“他不想见你，如果你想胡搅蛮缠的话，我就打电话叫警察来。”

“我想要我这个星期的生活费。”

“这也就是你想见他的全部目的吧。”她掏出自己的钱包，“这三十五先令给你。”

“三十五先令？光租金一个星期就十二先令。”

“只能给你这么多了。他在这儿还得付伙食费，是不是？”

“还有家具的分期付款呢。”

“这个到该交款的时候由我们来付。这钱你是要，还是不要？”

既迷惑又不满，遭到恫吓的贝蒂站在那里进退两难，茫然不知所措。桑伯里太太把钱往她手里一塞，砰的一声直接把门摔到她面前，随后回到餐厅。

“我已经把她给收拾得服服帖帖了。”桑伯里太太说。

门铃又响了，一遍又一遍地响个不停，可是谁都没去理会，过了一会儿也就停了。他们猜想贝蒂已经走了。

第二天是个好天气，风速也刚好合适，赫伯特在失败了两三次之后，发现自己终于掌握了放飞那个巨大的箱形风筝的窍门。它飞入蓝天，随着他不断地放出筝线，它扶摇直上，越飞越高。

“哇噢，它飞得足有一英里高呢，而且只多不少。”他兴奋地对母亲说。

他这辈子从没有如此陶醉和激动过。

几个星期过去了。他们一起起草了一封信，由赫伯特执笔写给贝蒂，正告她只要她不再骚扰他或是他家庭的成员，每周六上午她就能收到三十五先令的汇单，而且他还会按时付清家具的分期付款。桑伯里太太原本坚决反对这一条的，不过桑伯里先生有生以来头一回提出了不同意见，赫伯特也同意这么做。

到这个时候，赫伯特已经娴熟地掌握了新风筝的放飞技巧，而且能够玩出好多了不起的花样。他已经不屑于跟其他放风筝的人同场竞技了。他已经远远高出了他们的等级。星期六的下午是属于他展示其荣耀的时刻。他尽情地享受着看热闹的人群中唤起的钦佩和惊叹，以及在其他不那么幸运的风筝爱好者心中激起的羡慕和嫉妒。

然后有一天傍晚，在他跟父亲一起从火车站往家里走的路上，贝蒂意外地拦住了他。

“喂，赫伯。”她说。

“呃，贝蒂。”

“我想单独跟我丈夫谈谈，桑伯里先生。”

“你想跟我说的话里面，没有一句是我爸爸不能听的。”赫伯特生气地说。

她犹豫了一会儿。这时，桑伯里先生被搞得进退两难。他不知道到底是该走还是该留。

“那好吧，”她终于说，“我想请你回家。那天晚上我给你打包的时候并不是真心要赶你走。我那么做只是想吓唬吓唬你。我当时正在气头上。我很抱歉做出这样的行为。这实在是太傻了，为了风筝跟你争吵不休。”

“噢，我可不想回去，明白吗？你把我赶出来的那天，实在是帮了我的大忙。”

泪水开始顺着贝蒂的面颊流下来。

“可是我爱你啊，赫伯。你要是想放你那个愚蠢的破风筝，你尽管去放，我不在乎，只要你能回来。”

“多谢你啦，但这可不够。我知道什么时候我的日子才算是过得舒坦，而且我这辈子也已经过够了婚姻生活。咱们走吧，爸爸。”

他们继续快步向前走，贝蒂并没有试图跟上来。接下来的那个星期天，赫伯特和父母去了小教堂，吃完正餐后，赫伯特马上跑到存放煤炭的小棚子里去看他的宝贝风筝，他们一直把风筝放在棚子里的。他简直是一刻都离不开它。

可是这次，他马上就跑回屋里来了，他脸色煞白，手里提着一把短柄的小斧头。

“她把它给毁了。就是用这玩意儿干的。”

桑伯里夫妇发出一声惊恐的叫喊，连忙跑到煤棚里去看。赫伯特的话是真的。那个风筝，那个崭新、昂贵的风筝，已经变成了一地碎块。它是被那柄斧头残忍地砸碎的，木制部分已经被劈成碎片，线轴也被砍作数段。

“她肯定是趁咱们在小教堂的时候干的。看到咱们都出去了才下的手。”

“可她是怎么进来的呢？”桑伯里先生问。

“我本来有两把钥匙的。以前我回来的时候注意到少了一把，不过当时也没怎么当回事。”

“你也不能肯定就是她干的，公共绿地上的那些人里面有些很势利眼的家伙，也不能排除是他们干的可能。”

“好吧，咱们马上就能查明真相的，”赫伯特说，“我这就去当面问问她，如果真是她干的，我就杀了她。”

他愤怒到了极点，就连桑伯里太太都有些害怕了。

“你想因为谋杀被吊死吗？不，赫伯特，我不让你去。让你爸爸去吧，等他回来以后，咱们再决定该怎么办。”

“没错，赫伯特，还是让我去吧。”

他们费了不少力气才把他说服，最后还是桑伯里先生去了。半个小时以后，他回来了。

“确实是她干的。她毫不避讳地都告诉我了。她还很为此感到骄傲呢。我都不想重复她的原话，真让我感到震惊。长话短说吧，就是她嫉妒那个风筝。她说赫伯特爱那个风筝远甚于爱她，所以她才把它给砍了个稀巴烂，她还说，如果以后需要的话，她还会这么干的。”

“她没当面跟我说这些话算她走运。就算是被绞死，我也会把她的脖子给拧断的。好吧，她再也别想从我这儿拿到一分钱，就这么定了。”

“她会起诉你的。”他父亲说。

“让她去。”

“下个星期，就到该为那些家具付新一期的欠款了，赫伯特，”桑伯里太太轻描淡写地说，“换了是我，这笔钱我就不付。”

“这么一来，他们就得把家具给拉走了，”塞缪尔说，“而且前面已经付过的那些钱也就都打了水漂。”

“那又怎么样？”她回答说，“他承担得起。这么一来，他就能彻底把她给摆脱掉了，他也就真正重新回到我们身边来了，这才是最重要的。”

“我才不在乎钱不钱的，”赫伯特说，“我最想看到的就是他们上门把家具拉走时，她脸上的表情。对她来说，那几件家具可是宝贝，宝贵得不得了，还有那架钢琴，她把那架钢琴视为珍宝呢。”

因此到了下个星期五时，他就没给贝蒂邮寄每周定时支付的生活费。当她把家具店的一封信寄给他时——信上说如果在规定的期限之内，他仍旧不支付新一期付款的话，他们就要把家具拉走了——他回了他们一封信，说他不打算继续支付欠款了，他们可以随时把家具给拉走。

贝蒂开始经常在车站上堵截他，眼看他根本都不搭理她以后，就跟在他身后，在大街上对他破口大骂。傍晚时分，她就会来到他们家门前狂按门铃，一直按到他们觉得自己都快被逼疯了还不肯罢休，桑伯里先生和太太费尽九牛二虎之力才总算拦住赫伯特，不让他跑出去对她大打出手。

有一次，她扔了块石头，把他们家客厅的窗户都给打碎了。她在明信片上写下最下流的污言秽语，不断寄往他的办公室。最后，她走上治安法庭[①]控告她的丈夫——赫伯特——将她遗弃，而且不履行赡养她的义务。

赫伯特收到了法院传票。两人在法庭上各执一词，互不相让。如果说治安官觉得这件事实在有点儿匪夷所思的话，他也并没有表现出来。他竭力劝说夫妻俩庭外和解，可是赫伯特毅然拒绝回到他妻子身边。治安官只好命令他每周支付给贝蒂二十五先令的赡养费。他却说，他一分钱都不付。

---

① 治安法庭，或译为治安官法庭，是英格兰和威尔士审理刑事案件的基层法院。

“那你就得进监狱了，”治安官说，“下一个案件。”

可是赫伯特竟然说到做到。因为贝蒂的控诉，他再度被带到治安官面前，治安官问他是出于什么原因，竟然是不服从判决。

“我说过我不会付钱给她，我说到做到。在她毁了我的风筝之后，她一分钱都别想再得到。如果你要把我送进监狱的话，那我就进监狱好了。”

治安官这一次对他可是毫不留情。

“你真是个愚蠢透顶的年轻人，”他说，“我限你在一周的时间内付清拖欠的赡养费。如果你再有任何愚蠢的言行，你就得进监狱服刑，直到你恢复理性为止。”

赫伯特仍然拒绝付钱，正是出于这个原因，我的朋友奈德·普雷斯顿认识了他，我也因此才听到了这个故事。

“你对此有何高见？”奈德把故事讲完之后问，“你知道，贝蒂不是个坏女孩儿。我已经见过她几次，除了对赫伯特的风筝有疯狂而又荒唐的嫉妒心之外，她的做法没有任何错。而赫伯特无论如何都不是一个傻瓜。事实上，他的聪明程度还要高出平均水平。以你之见，在放风筝当中，到底是什么东西竟然使得这个该死的傻瓜如此地疯狂、痴迷呢？”

“我不知道。”我想了一会儿后说，“你看，我对于放风筝这种事一无所知。也许，当他注视着风筝飞上天空时，他体验到了一种唯我独尊的权力感，当他似乎能驱使天空中的风筝遵从他自己的意志时，他体验到了一种超越于天地万物之上的神秘感。也许正因如此，他以某种奇怪的方式使他的自我对自由飞翔、远远高出于他之上的风筝产生了认同，而那种感觉就像是从现实生活的千篇一律和单调乏味中逃离了出去一样。也许正是出于这个原因，放风筝于朦胧和混沌中便代表了一种向往自由和冒险的理想。而你知道，一个人一旦受到理想这种病毒的感染，那么就连国王陛下的所有内科和外科医生都要对他束手无策了。不过，所有这些说辞都纯属异想天开，可能只是我的牵强附会和荒谬之谈罢了。我想，对这个问题，你还去请教那些对于人类这种动物的心理比我了解更多的高人去吧。”